a Altura deslumbrante

KATHARINE McGEE

a Altura deslumbrante

Tradução
Ana Carolina Mesquita

ROCCO
JOVENS LEITORES

Título original
THE DAZZLING HEIGHTS

Esta é uma obra de ficção. Nomes, personagens, lugares e
incidentes são produtos da imaginação da autora, foram
usados de forma fictícia. Qualquer semelhança com pessoas reais,
vivas ou não, estabelecimentos comerciais, acontecimentos
ou localidades é mera coincidência.

Copyright © 2017 by Alloy Entertainment e Katharine McGee

Todos os direitos reservados.

Edição brasileira publicada mediante acordo
com Rights People, Londres.

alloyentertainment

Original produzido por Alloy Entertainment
1325 Avenue of the Americas
Nova York, NY 10019
www.alloyentertainment.com

Direitos para a língua portuguesa reservados
com exclusividade para o Brasil à
EDITORA ROCCO LTDA.
Av. Presidente Wilson, 231 – 8º andar
20030-021 – Rio de Janeiro – RJ
Tel.: (21) 3525-2000 – Fax: (21) 3525-2001
rocco@rocco.com.br | www.rocco.com.br

Printed in Brazil/Impresso no Brasil

preparação de originais
SOFIA SOTER

CIP-Brasil. Catalogação na fonte.
Sindicato Nacional dos Editores de Livros, RJ.

M429a McGee, Katharine
        A altura deslumbrante / Katharine McGee ; tradução Ana Carolina
      Mesquita. – 1. ed. – Rio de Janeiro: Rocco Jovens Leitores, 2019.

        Tradução de: The dazzling heights
        Sequência de: O milésimo andar
        ISBN: 978-85-7980-448-9
        ISBN: 978-85-7980-451-9 (e-book)

        1. Ficção americana. I. Mesquita, Ana Carolina. II. Título.

19-56485   CDD: 813
                                            CDU: 82-3(73)

Vanessa Mafra Xavier Salgado – Bibliotecária – CRB-7/6644

O texto deste livro obedece às normas do
Acordo Ortográfico da Língua Portuguesa.

Para meus pais

PRÓLOGO

VÁRIAS HORAS SE passariam até que o corpo da garota fosse encontrado.

Agora estava tarde; tão tarde que já era cedo novamente — aquela hora crepuscular surreal e encantada entre o fim de uma festa e o nascer de um novo dia. A hora em que a realidade se torna fraca e borrada, quando praticamente qualquer coisa parece ser possível.

A garota boiava de bruços na água. Acima dela assomava a cidade monumental, pontilhada de luzes como pirilampos, cada qual um indivíduo, uma frágil faísca de vida. A lua observava tudo com ar impassível, como se fosse o olho de um antigo deus.

Havia uma tranquilidade enganadora naquela cena. A água fluía ao redor da garota num lençol escuro e sereno, causando a impressão de que ela estava apenas descansando. Os tentáculos dos cabelos emolduravam o rosto em uma nuvem suave. As dobras do vestido colavam-se com determinação nas pernas, como se para protegê-la do frio da madrugada. A garota, porém, jamais voltaria a sentir frio.

Seus braços estavam abertos — como se ela quisesse alcançar alguém que amava ou afastar um perigo inconfesso, ou ainda, quem sabe, em sinal de arrependimento por algo que tinha feito. Com toda certeza a garota cometera erros na vida tão curta, mas não tinha como saber que despencariam todos de uma só vez à sua volta naquela noite.

Afinal, ninguém vai a uma festa esperando morrer.

MARIEL

Dois meses antes

MARIEL VALCONSUELO ESTAVA sentada de pernas cruzadas sobre a colcha de retalhos da cama de seu quarto apinhado no 103º andar da Torre. Havia inúmeras pessoas em todas as direções, separadas dela por poucos metros e uma ou outra parede de aço: sua mãe na cozinha, o grupo de crianças correndo pelo corredor, os vizinhos do apartamento ao lado, que brigavam com raiva, em voz baixa. Mesmo assim, Mariel poderia muito bem estar sozinha em Manhattan agora que não faria a menor diferença, pois não prestava atenção em mais ninguém.

Ela se inclinou para a frente, agarrada ao velho coelhinho de pelúcia. A luz difusa de um holograma de transmissão ruim brincava em seu rosto, iluminando o nariz curvo, o maxilar proeminente e os olhos escuros, agora cheios de lágrimas.

À sua frente tremulava a imagem de uma garota de cabelo loiro avermelhado e penetrantes olhos salpicados de dourado. Um sorriso brincava em seus lábios, como se ela soubesse de um milhão de segredos que ninguém jamais poderia adivinhar — o que muito provavelmente era verdade. No canto da imagem havia um minúsculo logo branco, onde se lia OBITUÁRIO DO INTERNATIONAL TIMES.

"Hoje lamentamos a perda de Eris Dodd-Radson" — assim começava a narração do obituário, gravada pela jovem atriz favorita de Eris. Mariel ficou imaginando qual valor astronômico o sr. Radson teria pago por *aquilo*. O tom da atriz era um pouquinho alegre demais para o tema; ela poderia facilmente estar falando sobre seu treino preferido. "Eris foi arrancada de nós por um acidente trágico. Tinha somente dezessete anos."

Acidente trágico. É só o que você tem a dizer quando uma garota cai do topo de um edifício em circunstâncias suspeitas? Os pais de Eris provavelmente apenas desejavam que as pessoas soubessem que Eris não tinha pulado. Como se alguém que a tivesse conhecido pudesse pensar uma coisa dessa.

Mariel havia assistido àquele vídeo de obituário incontáveis vezes desde que ele fora lançado, no mês passado. Àquela altura, já sabia as palavras de cor. Ah, sim, continuava odiando-o — o vídeo era limpinho demais, produzidinho demais, e ela sabia que a maior parte do que estava ali era mentira —, mas ela não tinha muitas outras lembranças de Eris. Sendo assim, Mariel abraçou o velho brinquedo puído de encontro ao peito e continuou a se torturar, assistindo ao vídeo da sua namorada que morrera cedo demais.

O holograma passou a mostrar clipes de Eris com diferentes idades: com uns dois ou três anos, dançando de tutu magnalétrico que se acendia com uma luz neon brilhante; quando criança, sobre esquis amarelos vibrantes, descendo uma montanha; quando adolescente, de férias com os pais em uma praia ensolarada fabulosa.

Ninguém nunca dera um tutu para Mariel. As únicas vezes em que ela estivera na neve foram quando se aventurou até os bairros em torno de Manhattan ou até os terraços públicos que existiam nos andares mais baixos do edifício. Sua vida era drasticamente diferente da de Eris, mas, quando elas estavam juntas, aquilo não parecia ter a mínima importância.

"Eris deixou seus amados pais, Caroline Dodd e Everett Radson; além de sua tia, Layne Arnold; seu tio, Ted Arnold; os primos Matt e Sasha Arnold; e a avó paterna, Peggy Radson." Nem menção da namorada, Mariel Valconsuelo. Daquele grupo infeliz, Mariel era a única — exceto a mãe de Eris — que a tinha amado de verdade.

"O velório será nesta terça-feira, dia 1º de novembro, na Igreja Episcopal de St. Martin, no 947º andar", continuava a atriz no holograma, finalmente conseguindo afetar um tom mais lúgubre.

Mariel tinha comparecido ao velório. Ficara nos fundos da igreja, segurando um rosário e tentando não gritar ante a visão do caixão perto do altar. Era tão cruelmente definitivo.

O vídeo passava então para uma foto espontânea de Eris sentada num banco da escola, de pernas cruzadas sob a saia preguada do uniforme, a cabeça atirada para trás em uma gargalhada.

"As contribuições em memória de Eris podem ser feitas em nome do novo fundo para bolsas acadêmicas da Academia Preparatória Berkeley, o Fundo Memorial Eris Dodd-Radson, destinado a alunos menos favorecidos com qualificações especiais."

Qualificações especiais. Mariel se perguntou se estar apaixonada pela falecida homenageada contaria como qualificação especial. Deus do céu, ela quase chegou a se inscrever para aquela bolsa, apenas para provar o quanto aquelas pessoas eram doentias por baixo do lustro de todo o dinheiro e privilégios. Eris teria achado aquela bolsa risível, já que nunca demonstrara o menor dos interesses pela escola. Um financiamento para a festa de formatura teria sido muito mais a sua cara. Não havia nada que Eris gostasse mais do que um vestido cintilante festivo, a não ser, talvez, sapatos combinando.

Mariel inclinou-se para a frente e estendeu a mão, como se quisesse tocar a projeção holográfica. Os últimos segundos do obituário mostravam mais imagens de Eris rindo com as amigas, aquela loira chamada Avery e algumas outras garotas cujos nomes Mariel não conseguia lembrar. Ela adorava aquela parte do vídeo, porque Eris parecia tão feliz, mas ao mesmo tempo ela se ressentia por não fazer parte daquilo.

O logo da produtora apareceu rapidamente sobre a última imagem e, em seguida, o holograma se apagou.

Ali estava a história oficial da vida de Eris, estampada com o maldito selo de aprovação do *International Times*, porém a presença de Mariel não se via em parte alguma. Ela tinha sido silenciosamente apagada da narrativa, como se Eris jamais a houvesse conhecido. Uma lágrima silenciosa rolou pelo seu rosto diante daquele pensamento.

Mariel morria de medo de esquecer a única garota que tinha amado. Já tinha acordado no meio da madrugada em pânico por não conseguir visualizar a forma exata como a boca de Eris costumava se erguer num sorriso, ou o estalar ansioso de seus dedos quando ela acabava de ter uma ideia. Era por isso que Mariel não parava de assistir àquele vídeo. Não conseguia abandonar, para sempre, o último vínculo que lhe restava com Eris.

Afundou novamente nos travesseiros e começou a recitar uma prece.

Normalmente, rezar acalmava Mariel, aliviava sua mente em frangalhos, mas hoje ela se sentia distraída. Seus pensamentos saltavam de um lado para o outro, escorregadios e velozes como hovers movimentando-se em uma rodovia expressa, e ela não era capaz de isolar nem um único deles.

Talvez, em vez de rezar, fosse melhor ler a Bíblia. Ela apanhou o tablet e abriu o texto, clicando na roda azul que abriria um verso ao acaso. Piscou, em choque, ao ver onde tinha parado: o Deuteronômio.

"O teu olho não perdoará; vida por vida, olho por olho, dente por dente, mão por mão, pé por pé. (...) Pois é esta a vingança do Senhor..."

Mariel inclinou-se para a frente, segurando com força as extremidades do tablet.

A morte de Eris não tinha sido um acidente causado por bebedeira. Ela sabia disso com uma certeza primitiva, visceral. Eris nem sequer bebera naquela noite. Ela dissera a Mariel que precisava "ajudar uma pessoa amiga", em suas próprias palavras, e então, por algum motivo inexplicável, subira até o telhado situado acima do apartamento de Avery Fuller.

Mariel nunca mais a viu.

O que teria realmente acontecido naquele ar frio, rarefeito, a uma altura tão impossível? Mariel sabia que existiam supostas testemunhas que corroboravam a história oficial de que Eris tinha se embebedado e escorregado até a morte, mas quem seriam essas testemunhas, afinal? Uma delas com certeza era Avery, mas quantas outras haveriam?

Olho por olho, dente por dente. Esta frase não parava de ecoar em sua cabeça, como címbalos.

Queda por queda, acrescentou uma voz dentro dela.

LEDA

— QUE CONFIGURAÇÃO prefere para a sala hoje, Leda?

Leda Cole sabia que era melhor não revirar os olhos. Limitou-se a ficar ali sentada toda empertigada no divã cinza do psicólogo, no qual ela se recusava a deitar-se, não importando quantas vezes o dr. Vanderstein a convidasse a fazê-lo. Ele que tirasse o cavalinho da chuva se achava que se recostar a estimularia a se abrir com ele.

— Esta aí está boa.

Leda agitou o pulso para fechar a janela holográfica que tinha se aberto à sua frente exibindo dezenas de opções de decoração para as paredes que mudavam de cor — um jardim de rosas britânico, um deserto escaldante do Saara, uma biblioteca aconchegante —, deixando a sala com a configuração insossa atual, de paredes bege e carpete cor de vômito. Sabia que provavelmente se tratava de um teste no qual fracassava, mas sentia um prazer doentio em obrigar o médico a passar uma hora naquele espaço deprimente com ela. Se ela precisava sofrer durante a consulta, era justo que ele sofresse também.

Como de costume, ele não comentou sobre a decisão.

— Como está se sentindo? — perguntou ele, em vez disso.

"Você quer mesmo saber como estou me sentindo?", pensou Leda, furiosa. Para começo de conversa, tinha sido traída pela sua melhor amiga e pelo único garoto de quem ela de fato gostara na vida, o garoto com quem perdeu a virgindade. Agora os dois estavam *juntos*, apesar de serem irmãos adotivos. Para piorar, tinha pego o pai traindo a mãe com uma de suas colegas de classe — Leda não conseguia chamar Eris de amiga. Ah, e depois Eris *morreu*, porque Leda sem querer a empurrara do topo da Torre.

— Bem — disse ela, rispidamente.

Ela sabia que precisava arrumar algo mais expansivo do que "bem", se quisesse se safar daquela sessão com o mínimo de facilidade. Leda já estivera em uma clínica de reabilitação; conhecia o roteiro. Respirou fundo e fez uma nova tentativa:

— Quer dizer, estou me recuperando, levando em conta as circunstâncias. Não é fácil, mas eu me sinto grata por contar com o apoio dos meus amigos.

Não que agora Leda desse a mínima para qualquer um de seus amigos. Tinha aprendido, da maneira mais difícil, que não podia confiar em ninguém.

— Você e Avery já conversaram sobre o que aconteceu? Sei que ela estava lá em cima com você, quando Eris caiu...

— Claro, Avery e eu conversamos sobre isso — interrompeu Leda, abruptamente. "Até parece." Avery Fuller, supostamente sua melhor amiga, tinha provado ser a pior de todas, mas Leda não gostava de ouvir o que tinha acontecido com Eris.

— E ajuda?

— Ajuda.

Leda esperou o dr. Vanderstein fazer outra pergunta, mas ele estava com a testa franzida, o olhar focado em um ponto distante, enquanto analisava uma projeção que somente ele podia enxergar. Subitamente, ela sentiu uma pontada de náusea. Será que o médico estava usando um detector de mentiras nela? Só porque ela não podia enxergá-los, não significava que aquela sala não estivesse equipada com inúmeros monitores de sinais vitais. Naquele exato momento ele podia estar monitorando sua frequência cardíaca ou sua pressão sanguínea, que provavelmente deviam estar nas alturas.

O médico soltou um suspiro exaurido.

— Leda, estamos nos encontrando desde que sua amiga morreu e não chegamos a lugar nenhum. O que acha que seria necessário para que você se sentisse melhor?

— Mas eu me *sinto* melhor! — protestou Leda. — Graças a você.

Ela deu um sorriso chocho para Vanderstein, mas ele não caiu.

— Percebi que não está tomando seus medicamentos — disse ele, mudando de assunto.

Leda mordeu o lábio. Ela não tinha tomado nada no último mês, nem uma única xenperidrina ou estabilizador de humor, nem sequer remédio para dormir. Ela não confiava em nenhum remédio artificial depois do que havia acontecido no topo daquele edifício. Eris podia ter sido uma vagabunda aproveitadora e destruidora de lares, mas Leda jamais quisera...

Não, lembrou a si mesma, fechando as mãos em punhos nas laterais de seu corpo. *Eu não a matei. Foi um acidente. Não foi culpa minha. Não foi culpa minha.* Ela não parava de repetir essa frase, como os mantras de yoga que ela costumava entoar em Silver Cove.

Se repetisse o bastante, talvez aquilo se tornasse realidade.

— Estou tentando me recuperar sozinha. Dado meu histórico, e tudo o mais.

Leda odiava ter de mencionar a reabilitação, mas estava começando a se sentir encurralada e não sabia mais o que dizer.

Vanderstein assentiu com algo que parecia ser respeito.

— Compreendo. Mas é um ano importante para você, com a faculdade no horizonte, e não quero que essa... situação afete adversamente o lado acadêmico.

"Isso é mais do que uma *situação*", pensou Leda, cheia de amargura.

— Segundo o computador do seu quarto, você não anda dormindo bem. Estou ficando preocupado — acrescentou Vanderstein.

— Desde quando você está monitorando o meu quarto? — gritou Leda, momentaneamente esquecendo o tom calmo e contido.

O médico teve a decência de parecer constrangido.

— Só os registros de sono — disse ele, depressa. — Seus pais concordaram... achei que tivessem lhe comunicado...

Leda assentiu, secamente. Lidaria com os pais mais tarde. Só porque ainda era menor de idade não significava que eles podiam invadir sua privacidade todo o tempo.

— Juro que estou bem.

Vanderstein ficou em silêncio novamente. Leda esperou. Que mais ele poderia fazer, autorizar o banheiro dela a rastrear sua urina da mesma maneira que era feito na reabilitação? Bom, que ele ficasse à vontade; não encontraria nada.

O médico deu alguns tapinhas em um dispensador embutido na parede, que cuspiu dois pequenos comprimidos. Eram de um tom cor-de-rosa alegre, da cor dos brinquedos de uma criança, ou da musse preferido de Leda, de cereja.

— Este é um remédio para dormir que se vende sem receita médica, da mais baixa dosagem. Por que não o experimenta hoje, se não conseguir dormir?

Ele franziu o cenho, provavelmente observando os olhos fundos dela, os ângulos destacados de seu rosto, ainda mais magro do que o normal.

Ele tinha razão, claro. Leda não estava mesmo dormindo direito. Temia adormecer e tentava manter-se acordada o máximo que podia, porque sabia muito bem que terríveis pesadelos a aguardavam. Sempre que ela pegava no sono, acordava quase que instantaneamente, suando frio, atormentada pelas lembranças daquela noite, do que ela tinha escondido de todos...

— Claro.

Ela apanhou os comprimidos e os enfiou na bolsa.

— Gostaria muito que você considerasse algumas de nossas outras opções: o tratamento de reconhecimento de luz, ou talvez a terapia de reimersão no trauma.

— Eu duvido muito que reviver o trauma possa ajudar, dado o que foi o meu trauma — cortou Leda, bruscamente. Nunca acreditara na teoria de que reviver seus momentos dolorosos na realidade virtual pudesse ajudar alguém a superá-los. Além disso, uma máquina invadindo seu cérebro agora não era bem o que ela queria, pois poderia de alguma maneira ler a lembrança que se encontrava enterrada ali.

— O que me diz de seu aparelho de Dreamweaver? — insistiu o médico. — Poderíamos carregá-lo com algumas lembranças-chave daquela noite para ver como seu inconsciente responde. Você sabe que os sonhos nada mais são que a matéria cerebral profunda tentando encontrar sentido para tudo o que lhe aconteceu, seja alegre ou doloroso...

Ele agora estava falando alguma outra coisa, chamando os sonhos de "espaço seguro" do cérebro, porém Leda já não estava mais prestando atenção. Uma lembrança de Eris no nono ano, gabando-se de ter conseguido quebrar os controles parentais do Dreamweaver para ter acesso aos sonhos "adultos", irrompeu em sua mente. Leda se lembrou do quanto se sentiu deslocada, ouvindo que Eris estava imersa em sonhos quentes enquanto ela mesma não conseguia sequer *imaginar* o sexo.

Levantou-se abruptamente.

— Precisamos terminar a sessão mais cedo. Acabei de me lembrar de uma coisa que preciso resolver. Até a próxima.

Saiu rapidamente pela porta de vidro flexível da Clínica Lyons, localizada no lado leste do 833º andar, justamente quando o aparelho em seus ouvidos começou a tocar um som alto e metálico. Era sua mãe. Balançou a cabeça para recusar o ping. Ilara ia querer saber como tinha sido a sessão, checar se ela estava vindo jantar, mas Leda não estava preparada para esse tipo de normalidade forçada e alegre no momento. Precisava de um instante sozinha, para acalmar os pensamentos e arrependimentos que se perseguiam num tumulto insano dentro de sua cabeça.

Entrou no elevador C local ascendente e desembarcou algumas paradas depois. Logo estava diante de uma enorme arcada, que tinha sido transportada pedra por pedra de uma antiga universidade britânica, esculpida com gigantescas letras blocadas onde se lia ESCOLA BERKELEY.

Leda soltou um suspiro de alívio ao atravessar a arcada e seus contatos automaticamente se desligaram. Antes de Eris morrer, ela nunca se dera conta de como poderia se sentir agradecida pela rede de altíssima segurança que protegia a sua escola.

Seus passos ecoaram nos corredores silenciosos. Aquele lugar era meio fantasmagórico à noite, tudo sob uma penumbra esmaecida e azul-acinzentada. Ela caminhou mais depressa, passando pelo lago de lírios e pelo ginásio de atletismo, em direção à porta azul no limite do campus. Normalmente, aquela sala ficava fechada depois das aulas, mas Leda tinha acesso a toda a escola graças a seu cargo no conselho estudantil. Deu um passo para a frente, deixando que o sistema de segurança registrasse suas retinas, e a porta abriu-se obedientemente.

Ela não pisava no observatório desde a disciplina optativa de astronomia que cursara na primavera anterior, porém ele estava exatamente igual: um amplo salão circular repleto de telescópios, telas de alta resolução e um amontoado de processadores de dados que Leda nunca aprendera a usar. Um domo geodésico assomava. No centro do piso, a *pièce de résistance*: um trecho cintilante do céu noturno.

O observatório era um dos poucos lugares na Torre que se projetava para *baixo* do andar onde se encontrava. Leda nunca entendera como a escola havia conseguido as licenças de zoneamento necessárias para aquilo, porém agora sentia-se feliz por o terem feito, pois significava que haviam podido construir o Olho Oval: um oval côncavo no chão, com aproximadamente três metros de comprimento e dois de largura, feito de vidro flexível triplamente reforçado, que dava uma ideia da altura imensa em que eles estavam, bem próximos do topo da Torre.

Leda se aproximou do Olho Oval. Estava escuro lá embaixo, nada além de sombras e umas poucas luzes ao acaso oscilando no que ela julgava serem os jardins públicos do 50º andar. "Dane-se", pensou enlouquecida, e pisou sobre o vidro flexível.

Atitudes como aquela eram proibidas, mas Leda sabia que a estrutura seria capaz de suportar seu peso. Olhou para baixo. Entre suas sapatilhas não havia mais nada além do ar vazio, do espaço impossível e infinito que se abria entre ela e a escuridão laminada lá embaixo. Foi isso que Eris viu quando eu a empurrei, pensou Leda, e desprezou a si mesma.

Abaixou-se, sem se importar com o fato de não existir nada além de umas poucas camadas de carbono fundido para protegê-la da queda de quatro mil metros. Trouxe os joelhos contra o peito, abaixou a cabeça e fechou os olhos.

Um feixe de luz cortou o ambiente. Leda levantou depressa a cabeça, em pânico. Ninguém mais tinha acesso ao observatório, a não ser os outros membros do conselho estudantil e os professores de astronomia. O que ela diria para explicar-se?

— Leda?

Seu coração afundou quando ela se deu conta de quem era.

— O que você está fazendo aqui, Avery?

— O mesmo que você, acho.

Leda sentiu-se pega desprevenida. Não ficava a sós com Avery desde aquela noite — em que a confrontou por estar com Atlas e Avery a levou até o telhado da Torre, e então tudo saiu violentamente do controle. Quis desesperadamente dizer alguma coisa, mas sua mente estava estranhamente congelada. O que ela *poderia* dizer, considerando todos os segredos que ela e Avery tinham criado e enterrado juntas?

Depois de um instante, Leda ficou chocada ao ouvir passos se aproximando, enquanto Avery caminhava até ela para sentar-se na borda oposta do Oval.

— Como você conseguiu entrar?

Ela não conseguiu controlar a curiosidade. Será que Avery ainda estava em contato com Watt, o hacker de um dos andares inferiores que, para começo de conversa, tinha ajudado Leda a descobrir o segredo de Avery? Leda também não falava com ele desde aquela noite, mas, com o computador quântico que ele estava escondendo, Watt era capaz de hackear praticamente qualquer coisa.

Avery encolheu os ombros.

— Pedi ao diretor acesso a este salão. Ficar aqui me ajuda.

"Ah, claro", pensou Leda com amargura, ela devia ter imaginado que a coisa era simples assim. Nada era impossível para Avery Fuller, a perfeita.

— Eu também sinto saudades dela — disse Avery, depressa.

Leda olhou para baixo, para a vastidão silenciosa da noite, para proteger-se do que estava vendo nos olhos de Avery.

— O que aconteceu naquela noite, Leda? — sussurrou Avery. — O que você tinha *tomado*?

Leda lembrou-se dos diversos comprimidos que tinha enfiado goela abaixo naquela noite, de como ela havia afundado cada vez mais em um turbilhão esquentado e raivoso de arrependimento.

— Aquele foi um dia muito difícil para mim. Descobri a verdade sobre um monte de gente naquele dia... gente em quem eu confiava. Gente que *me usou* — disse ela por fim, e ficou perversamente feliz ao ver Avery estremecer.

— Desculpe — disse Avery. — Mas, Leda, por favor. Conversa comigo.

Mais do que qualquer coisa, Leda desejava contar tudo para Avery: que tinha pegado o traste do seu pai traindo sua mãe, tendo um caso com Eris; que tinha se sentido péssima ao se dar conta de que Atlas só tinha ido para a cama com ela na tentativa desgraçada de esquecer Avery. Que tinha sido obrigada a drogar Watt para descobrir essa verdade específica.

Só que o problema da verdade é que, quando você a descobria, tornava-se impossível esquecê-la. Não havia quantidade suficiente de remédio neste mundo capaz de fazer isso. Portanto, Leda havia confrontado Avery, berrado com ela no topo da Torre, sem saber ao certo o que estava dizendo, sentindo-se tonta e desorientada naquele ar rarefeito. Então Eris aparecera no alto das escadas e dissera a Leda que *sentia muito*, como se a bosta de um pedido de desculpas pudesse consertar o estrago que ela tinha causado à sua família. Por que Eris continuou caminhando na direção de Leda mesmo depois de ela mandar que parasse? Não foi culpa de Leda ter tentado empurrar Eris para longe.

O problema foi tê-la empurrado com força demais, só isso.

A única coisa que Leda queria agora era confessar tudo à sua melhor amiga e chorar como uma criança.

Mas o orgulho teimoso e insistente abafou as palavras em sua garganta, fez com que seus olhos continuassem estreitos de desconfiança e com que sua cabeça permanecesse erguida.

— Você não iria entender — disse ela, com voz cansada. Que importância aquilo tinha, afinal? Eris já estava morta.

— Então me ajude a entender. Não precisamos continuar assim, Leda, ameaçando uma à outra desse jeito. Por que você não conta a todo mundo que não passou de um acidente? Eu sei que não foi sua intenção machucá-la.

Eram as mesmas palavras que ela havia pensado tantas e tantas vezes em silêncio, porém ouvi-las da boca de Avery despertou um pânico gelado que apertou Leda como se fosse um punho fechado.

Avery não *entendia*, porque as coisas eram sempre muito fáceis para ela. Leda sabia o que iria acontecer se tentasse contar a verdade. Provavelmente, haveria uma investigação e depois um julgamento. Tudo só pioraria porque Leda tinha tentado encobrir a história e o fato de que Eris estava dormindo com seu pai acabaria vindo à tona. Isso faria com que a família de Leda, com que *sua mãe*, passasse a viver um inferno. Leda não era nenhuma idiota. Ela sabia que aquilo parecia um motivo convincente pra cacete para matar Eris.

Que direito Avery achava que tinha, afinal, de ir até ali e absolvê-la, como se fosse uma espécie de deusa?

— Não ouse contar a ninguém! Se fizer isso, eu juro que vai se arrepender!

A ameaça caiu raivosamente no silêncio. Leda teve a sensação de que o salão tinha ficado vários graus mais frio.

Ela se levantou de forma meio desastrada, sentindo-se subitamente desesperada para ir embora. Ao sair do Olho Oval e pisar no carpete, Leda sentiu alguma coisa cair da sua bolsa. Os dois comprimidos para dormir cor-de-rosa berrante.

— Que bom ver que algumas coisas não mudaram.

O tom de voz de Avery era completamente neutro.

Leda nem se deu ao trabalho de explicar o quanto ela estava enganada. Avery sempre enxergaria o mundo da forma que bem entendesse.

À porta, ela parou para olhar para trás. Avery tinha se ajoelhado no meio do Olho Oval, pressionando as mãos na superfície de vidro flexível, os olhos focados em algum ponto lá embaixo. Era uma cena um pouco mórbida e fútil, como se ela estivesse ajoelhada para rezar, tentando trazer Eris de volta à vida.

Leda levou um instante para se dar conta de que Avery estava chorando. Ela devia ser a única garota neste mundo que, de alguma maneira, conseguia ficar *ainda mais* bonita quando chorava; seus olhos adquiriam um tom mais intenso de azul, as lágrimas ampliavam a perfeição estarrecedora de seu rosto. Em um estalo, Leda lembrou-se de todos os motivos pelos quais se ressentia de Avery.

Virou as costas, deixando que a ex-melhor amiga chorasse sozinha sobre um minúsculo fragmento de céu.

CALLIOPE

A GAROTA ANALISOU seu reflexo nos espelhos que cobriam as paredes do chão ao teto, erguendo os lábios em um sorriso vermelho e estreito de aprovação. Usava um macaquinho azul-marinho que estava há pelo menos três anos fora de moda, mas era de propósito; adorava ver as outras mulheres do hotel lançando olhares invejosos para suas pernas longas e bronzeadas. A garota atirou o cabelo de lado, sabendo que o tom quente de dourado de seus brincos destacava as luzes cor de caramelo de seu cabelo, e bateu os cílios artificiais — não eram implantados, mas sim orgânicos, verdadeiros; tinham crescido de suas próprias pálpebras depois de um procedimento genético longo e doloroso que fizera na Suíça.

Tudo aquilo exalava uma espécie de sensualidade descuidada, glamorosa e espontânea. "Bem Calliope Brown", pensou a garota, com um estremecimento de prazer.

— Desta vez serei Elise. E você? — perguntou sua mãe, como se estivesse lendo a sua mente. Ela tinha cabelo loiro-escuro e uma pele artificialmente lisa e macia, que a deixava com uma aparência sem idade. Ninguém que visse as duas juntas poderia saber ao certo se ela era a mãe ou a irmã mais velha de Calliope.

— Pensei em ser Calliope. — A garota vestiu o nome como se fosse um suéter velho e confortável. Calliope Brown sempre foi um de seus pseudônimos preferidos e, de alguma maneira, parecia combinar perfeitamente com Nova York.

Sua mãe assentiu:

— Adoro esse nome, apesar de ser quase sempre impossível de lembrar. É como se ele tivesse... ousadia.

— Pode me chamar de Callie — sugeriu Calliope, e a mãe assentiu, distraidamente, embora as duas soubessem que a mãe só a chamava por apelidos carinhosos. Uma vez ela a chamara pelo pseudônimo errado e estragara tudo. Desde então, sentia paranoia de repetir o mesmo erro.

Calliope olhou ao redor do hotel caro, analisando seus sofás macios, iluminados com faixas douradas e azuis que reproduziam a cor do céu; os grupos de executivos murmurando comandos verbais para suas lentes de contato; o brilho num canto que denunciava a câmera de segurança observando tudo. Ela reprimiu a imensa vontade de piscar para ela.

Sem querer, a ponta de seu sapato ficou presa em alguma coisa e Calliope esborrachou violentamente no chão. Caiu sobre um dos quadris e mal conseguiu aparar a queda com os pulsos, sentindo a pele das palmas das suas mãos arderem de leve por causa do impacto.

— Oh, meu Deus!

Elise ajoelhou-se ao lado da filha.

Calliope soltou um gemido, que não foi difícil, dada a dor que estava sentindo. Sua cabeça latejava furiosamente. Será que os saltos de seus stilettos agora estavam completamente detonados?

Sua mãe a sacudiu e ela gemeu mais alto, enquanto lágrimas enchiam seus olhos.

— Ela está bem?

Era a voz de um garoto. Calliope ousou virar a cabeça o suficiente para analisá-lo por entre olhos semicerrados. Devia ser um recepcionista; tinha o rosto bem barbeado e, no peito, o crachá holográfico de tom azul intenso. Calliope já se hospedara em hotéis cinco estrelas suficientes para saber que gente importante não fica alardeando seu nome por aí.

A dor já estava passando, mas mesmo assim Calliope não conseguiu resistir a soltar um gemido um pouquinho mais alto e trazer um dos joelhos até o peito, só para mostrar as pernas. Ficou gratificada com a expressão repentina de atração e confusão que apareceu no rosto do rapaz, beirando o pânico.

— Óbvio que ela não está bem! Cadê o seu gerente? — disse Elise, com rispidez. Calliope ficou quieta. Gostava de deixar a falação para a mãe na fase em que elas ainda estavam preparando o terreno. Seja como for, supostamente ela estava machucada.

— Sinto muito, vou chamá-lo... — gaguejou o rapaz. Calliope gemeu baixinho só para garantir, embora não fosse necessário. Podia sentir que a atenção de todos no saguão do hotel se desviara para eles, e um grupinho começava a se reunir. O nervosismo grudava no jovem recepcionista como um perfume ruim.

— Sou Oscar, o gerente. O que aconteceu?

Um homem gordo trajando um terno escuro simples trotou até ali. Calliope notou cheia de deleite que os sapatos dele pareciam caros.

— O que aconteceu é que a minha filha caiu no *seu* saguão. Por culpa daquela bebida derramada! — Elise apontou para uma poça no chão, com direito até a um quarto de limão caído. — Vocês não investem em faxineiras por aqui?

— Minhas desculpas mais sinceras. Posso garantir que nada desse gênero jamais aconteceu antes, senhora...?

— Sra. Brown — desdenhou Elise. — Minha filha e eu *tínhamos* planejado ficar hospedadas aqui por uma semana, mas não tenho mais certeza de que queremos manter o plano. — Ela se inclinou um pouco mais para baixo. — Consegue se mexer, meu bem?

Era a sua deixa.

— Está doendo demais — ofegou Calliope, balançando a cabeça. Uma única lágrima escorreu pelo seu rosto, arruinando sua maquiagem perfeita. Ouviu o grupinho murmurar, cheio de simpatia.

— Deixe-me cuidar de tudo — implorou Oscar, ficando vermelho de ansiedade. — Eu insisto. O quarto, obviamente, fica por conta da casa.

* * *

Quinze minutos depois, Calliope e sua mãe estavam alojadas em uma suíte lateral. Calliope ficou na cama — com o tornozelo apoiado em um pequenino triângulo de almofadas —, perfeitamente imóvel, enquanto o carregador trazia suas malas. Manteve os olhos cerrados mesmo depois de ouvir a porta se fechar atrás dele, aguardando até que os passos da sua mãe retornassem em direção ao quarto.

— A barra está limpa, meu amor! — gritou Elise.

Ela se levantou num movimento fluido, deixando que a pilha de almofadas caísse no chão.

— Sério que você me fez cair sem avisar, mãe?

— Desculpe, mas você sabe que sempre foi péssima nessa história de fingir quedas. Seus instintos de autopreservação são simplesmente fortes demais — retrucou Elise do closet, onde já estava arrumando seu amplo conjunto de vestidos acondicionados em sacolas de transporte organizadas por cor. — Como posso me redimir?

— Cheesecake seria um bom começo.

Calliope estendeu o braço para apanhar o robe branco macio que estava pendurado à porta, com um monograma azul de *N* bordado em uma pequenina nuvem no bolso da frente. Vestiu-o e aconchegou-o junto ao corpo, deixando que o cinto se fechasse instantaneamente.

— Que tal cheesecake *e* vinho? — Elise fez alguns gestos rápidos para ativar imagens holográficas do cardápio do serviço de quarto, apontando para diversas telas para pedir salmão, cheesecake e uma garrafa de Sancerre. O vinho surgiu no quarto delas em questão de segundos, trazido por um sistema de propulsão a ar com temperatura controlada. — Eu te amo, meu bem. Desculpe de novo por ter feito você se esborrachar no chão.

— Eu sei. É o preço dos negócios, só isso — cedeu Calliope, com um encolher de ombros.

Sua mãe serviu duas taças de vinho e fez tintim na de Calliope.

— Um brinde a esta vez.

— Um brinde a esta vez — repetiu Calliope com um sorriso, e aquelas palavras fizeram um arrepio familiar de excitação correr pela sua espinha acima. Era a frase que ela e sua mãe usavam sempre que chegavam a algum lugar novo. Não existia nada que Calliope adorasse mais do que recomeçar em um lugar novo.

Ela foi até a sala de estar, onde janelas arredondadas de vidro flexível ladeavam o canto do edifício, com uma vista impressionante do Brooklyn e da faixa escura do rio East. Algumas sombras, que deviam ser de barcos, ainda dançavam sobre sua superfície. A noite tinha descido sobre a cidade, suavizando seus traços. Pontos de luz espalhados piscavam como estrelas esquecidas.

— Quer dizer então que isto é Nova York — disse Calliope para si mesma em voz alta. Depois de anos perambulando com a mãe pelo mundo e de ter olhado para tantas cidades por janelas semelhantes em tantos hotéis luxuosos — a malha neon de Tóquio, o caos alegre e vibrante do Rio, os arranha-céus com domos de Mumbai, cintilando como ossos à luz do luar —, finalmente ela viera para Nova York.

Nova York, a primeira das grandes supertorres, a cidade-céu original. Calliope já sentia uma onda de ternura em relação a ela.

— Que vista maravilhosa — disse Elise, vindo juntar-se à filha. — Lembra um pouco a da Ponte de Londres.

Calliope parou de esfregar os olhos, que ainda coçavam um pouco do último transplante de retina, e olhou com dureza para a mãe. Elas raramente falavam da sua antiga vida. Porém Elise não continuou o assunto. Bebericou seu vinho, com os olhos fixos em algum ponto no horizonte.

Elise era tão linda, pensou Calliope, mas havia um aspecto duro e plástico em sua beleza agora: o resultado das diversas cirurgias que ela fizera para modificar sua aparência e não ser reconhecida a cada vez que elas se mudavam para algum lugar diferente. *Estou fazendo isso por nós duas*, sempre dizia a Calliope, *e por você, para que você não tenha de fazê-lo. Pelo menos não por enquanto.* Ela só deixava Calliope exercer o papel de simples coadjuvante em seus golpes.

Ao longo dos últimos sete anos, desde que elas haviam saído de Londres, Calliope e a mãe se mudaram constantemente, pulando de um lugar para o outro. Jamais se demoravam tempo suficiente para serem pegas. O esquema era o mesmo em todas as cidades. Arranjavam um jeito de se hospedarem no hotel mais caro do bairro mais caro e observavam o movimento durante alguns dias. Depois, Elise escolhia o alvo: alguém que tivesse dinheiro demais para seu próprio bem e tolice o suficiente para acreditar em qualquer história que Elise decidisse contar. Quando o alvo se desse conta do que tinha acontecido, Elise e Calliope já estariam bem longe dali.

Calliope sabia que algumas pessoas chamariam as duas de golpistas, trapaceiras ou trambiqueiras, mas ela preferia pensar que eram mulheres muito espertas e muito sedutoras, que haviam descoberto uma maneira de jogar o jogo de igual para igual. Afinal de contas, como sempre dizia a sua mãe, os ricos conseguiam coisas de graça o tempo todo. Por que elas também não podiam conseguir?

— Antes que eu me esqueça, isto é para você. Acabei de fazer o upload com o nome Calliope Ellerson Brown. Era o que você queria, não é? — Sua mãe lhe entregou um computador de pulso novinho em folha.

"Aqui jaz Gemma Newberry, amada ladra", pensou Calliope deliciada, enterrando seu pseudônimo mais recente com um floreio silencioso. "Era tão linda quanto sem-vergonha."

Calliope tinha o costume terrivelmente mórbido de compor epitáfios sempre que deixava uma identidade de lado, mas nunca os mostrava à mãe. Tinha a impressão de que Elise não os acharia muito divertidos.

Calliope deu um tapinha no novo computador de pulso e fez aparecer sua lista de contatos, vazia, como de costume. Então notou, para sua surpresa, que não havia nenhuma matrícula escolar registrada.

— Não vai me fazer frequentar uma escola aqui?

Elise encolheu os ombros.

— Você já tem dezoito anos. Quer continuar frequentando a escola?

Calliope hesitou. Quantas e quantas escolas havia frequentado, sempre desempenhando o papel que fosse necessário dentro do esquema que tivesse sido armado para ela — o de uma herdeira distante, ou de vítima de alguma conspiração, ou de vez em quando simplesmente o de filha de Elise, quando esta precisava de uma filha para atrair alguma vítima. Já frequentara um internato britânico particular, um convento francês e uma escola pública imaculada em Singapura, e em todas elas revirara os olhos de absoluto tédio.

Foi por esse motivo que Calliope terminou armando alguns golpes por conta própria. Nunca eram tão grandes quanto os de Elise, que angariavam o verdadeiro lucro delas, mas Calliope gostava de fazer coisinhas à parte, se visse a oportunidade para isso. Elise não via problema naquilo, desde que os projetos de Calliope não prejudicassem a sua capacidade de ajudar a mãe quando fosse necessário. "É bom você ir praticando", Elise sempre dizia, e deixava Calliope ficar com tudo o que tivesse conseguido por sua própria conta — o que suplementava seu guarda-roupa de maneira bastante agradável.

Em geral, Calliope tentava despertar o interesse de algum adolescente cheio da grana e depois fazia com que ele lhe comprasse um colar, ou uma bolsa nova, ou o último modelo de botas de camurça Robbie Lim. Em algumas raras ocasiões conseguira coisas maiores que simples presentes — cheques em branco quando fingia que estava em grandes apuros ou quando descobria segredos alheios e chantageava as pessoas para não revelá-los. Calliope havia aprendido ao longo dos anos que os ricos faziam muitas coisas que prefeririam manter escondidas e bem enterradas.

Ela considerou por um instante a ideia de frequentar a escola e fazer o que sempre fazia, mas rapidamente a descartou. Desta vez, partiria para algo maior.

Ah, existiam tantas maneiras de arranjar um alvo... uma trombada "acidental", um olhar de rabo de olho, um sorriso cheio de nuances, um flerte, uma confrontação, um acidente. Calliope era especialista em todas elas. Havia se dado bem em todos os golpes que dera na vida.

A não ser com Travis. O único alvo que abandonara Calliope, não o contrário. Ela nunca entendera o motivo, e aquilo ainda a aborrecia um pouco.

Ele, porém, era um caso isolado, e havia milhões de pessoas por aí. Calliope pensou em todas as multidões que vira mais cedo, entrando e saindo de elevadores, indo apressadas para casa ou para a escola. Cada pessoa preocupada com seus próprios probleminhas, aferrada a seus sonhos impossíveis.

Nenhuma delas sequer sabia de sua existência, e se sabiam, não davam a mínima. Era isso o que tornava o jogo divertido: Calliope faria uma delas dar a mínima, até mais. Sentiu uma onda de expectativa iluminada, gloriosa e inconsequente.

Mal conseguia esperar para encontrar seu próximo alvo.

AVERY

AVERY FULLER ABRAÇOU o corpo com mais força. O vento açoitava seu cabelo, transformando-o em um monte de nós louros desalinhados e agitando as dobras do vestido em torno do seu corpo como uma bandeira. Algumas gotas de chuva começaram a cair, pinicando de leve os pontos da sua pele que tocavam.

Avery ainda não estava preparada para ir embora do telhado. Aquele era seu lugar secreto, onde ela se recolhia quando todas as luzes e sons furiosos lá de baixo, do resto da cidade, eram demais para ela suportar.

Olhou para o tom púrpura nebuloso do horizonte, que se transformava em um preto profundo e insondável mais acima. Adorava a forma como se sentia ali em cima, à parte, sozinha, em segurança com seus segredos. "Não é seguro", disse-lhe um pensamento irritante quando ela ouviu o som dos passos de alguém. Avery virou-se, nervosa, e sorriu ao ver que eram de Atlas.

A portinhola abriu-se novamente e de repente Leda também estava ali, com o rosto coberto de raiva. Estava magra, esgotada e ameaçadora. Usava a própria pele como se usa uma armadura.

— O que você quer, Leda? — perguntou Avery, cautelosamente, embora na verdade não precisasse perguntar; ela sabia o que Leda queria. Queria separá-la de Atlas, e Atlas era a única coisa de que Avery nunca, jamais abriria mão. Ela deu um passo para postar-se na frente dele, como se quisesse protegê-lo.

Leda percebeu esse gesto.

— Como você *ousa*! — vociferou, e estendeu a mão para empurrar Avery...

Avery sentiu um frio na barriga e começou a rodar os braços enquanto tentava desesperadamente se agarrar em alguma coisa, só que qualquer coisa estava longe demais, até Atlas estava longe demais, e o mundo se transformou em uma mancha de cores, sons e gritos, o chão se aproximava dela cada vez mais...

Sentou-se abruptamente. Sua testa estava coberta por uma camada fria de suor. Levou um instante para reconhecer que o volume à meia-luz do ambiente era da mobília do quarto de Atlas.

— Aves? — murmurou Atlas. — Tá tudo bem?

Ela trouxe os joelhos de encontro ao peito, tentando diminuir a velocidade das batidas erráticas do seu coração.

— Foi só um pesadelo — explicou.

Atlas a puxou para perto de si e a abraçou com força por trás, de modo que ela ficasse segura dentro do círculo acolhedor de seu abraço.

— Quer falar sobre isso?

Avery *queria*, mas não era capaz. Então virou-se para silenciá-lo com um beijo.

Ela vinha escondida para o quarto dele desde a morte de Eris. Sabia que estava brincando com fogo, mas, a única coisa que impedia que Avery perdesse a cabeça era estar ao lado do garoto que amava — conversar com ele, beijá-lo, simplesmente sentir a sua presença.

Mesmo ali, com Atlas, ela não se sentia completamente a salvo de si mesma. Odiava a rede de segredos que não parava de pressioná-la mais e mais, criando uma barreira invisível entre os dois, muito embora Atlas não fizesse a menor ideia disso.

Ele não sabia do equilíbrio delicado que tinha se estabelecido agora entre Avery e Leda. Um segredo por um segredo. Leda sabia o que estava acontecendo entre eles, e o único motivo de não ter berrado aquilo aos quatro ventos era porque Avery a vira empurrar Eris do telhado naquela noite. Agora Avery estava escondendo a verdade sobre a morte de Eris, com medo da ameaça de Leda.

Não conseguia contar tudo aquilo para Atlas. Se ele soubesse, ficaria magoado e, para ser sincera, Avery não queria que ele descobrisse o que de fato havia acontecido naquela noite. Se ele soubesse o que ela tinha feito, talvez não a olhasse mais daquele jeito — com esse amor e devoção cegos.

Ela enrolou os dedos com mais força nos cachos da nuca de Atlas, desejando que o tempo parasse, desejando sumir para dentro daquele instante e viver ali para sempre.

Quando Atlas finalmente se afastou, ela sentiu seu sorriso, ainda que não pudesse vê-lo.

— Chega de sonhos ruins. Pelo menos enquanto eu estiver aqui, vou afastá-los de você, prometo.

— Sonhei que eu tinha te perdido — soltou de uma vez, com uma nota trepidante na voz. Agora que estavam juntos, contra todas as probabilidades, o seu maior medo era perder Atlas.

— Avery. — Ele pousou um dedo sob o queixo dela e suavemente o levantou, de modo que ela olhasse dentro de seus olhos. — Eu te amo. Não vou a lugar algum.

— Eu sei — respondeu ela, e sabia que ele estava sendo sincero, mas havia tantos obstáculos no caminho dos dois, tantas forças contra eles, que às vezes aquilo parecia intransponível.

Deitou-se de novo no espaço macio e quente ao lado do corpo dele, mas seus pensamentos ainda estavam desorientados. Tinha a sensação de estar tensa demais e não conseguir relaxar.

— Você às vezes sente vontade de ter sido adotado por outra família? — sussurrou, pronunciando em voz alta uma ideia que ela tivera muitas e muitas vezes. Se ele tivesse ido parar em outra família, se algum outro menino tivesse sido criado com ela como seu irmão, não seria proibido amar Atlas. Como teria sido conhecê-lo na escola ou em alguma festa, trazê-lo para casa para apresentá-lo aos Fuller?

Teria sido tão mais fácil.

— Claro que não — disse Atlas, assustando-a com a veemência de seu tom de voz. — Aves, se eu tivesse sido adotado por outra família, talvez nunca tivesse conhecido você.

— Talvez... — deixou a palavra no ar, mas não conseguiu afastar a ideia de que o amor dos dois era inevitável. O universo teria conspirado para que eles se encontrassem de uma maneira ou de outra, unindo-os graças à força gravitacional que existia entre eles.

— Talvez — admitiu Atlas. — Mas não é um risco que eu estou disposto a correr. Você é a coisa mais importante do mundo para mim. O dia em que seus pais me trouxeram para casa, o dia em que eu te conheci, foi o segundo melhor dia da minha vida.

— Ah, é? E qual foi o melhor? — perguntou com um sorriso.

Ela pensou que Atlas fosse dizer que o melhor dia tinha sido aquele em que os dois confessaram o amor que sentiam um pelo outro, mas ele a pegou de surpresa.

— Hoje — disse, simplesmente. — Mas só até amanhã, e então amanhã vai ser o melhor dia da minha vida. Porque cada dia com você é melhor do que o anterior.

Ele se inclinou para dar-lhe um beijinho e naquele instante alguém bateu à sua porta.

— Atlas?

Por um momento terrível, todas as células do corpo de Avery se congelaram. Ela olhou para Atlas e viu seu próprio terror refletido no belo rosto dele.

A porta estava trancada, mas isso podia ser desconsiderado ali pelo sr. e pela sra. Fuller, como em qualquer outro lugar do apartamento.

— Só um instantinho, pai — falou Atlas, um pouco alto demais.

Avery saiu da cama correndo, usando seu short de cetim perolado e um sutiã, e seguiu atrapalhada em direção ao closet de Atlas. Seus pés descalços quase tropeçaram em um sapato na pressa.

Tinha acabado de fechar a porta do closet atrás de si quando Pierson Fuller entrou no quarto de seu filho adotivo. As luzes acima tremularam com seus passos.

— Tá tudo bem por aqui?

Teria ela ouvido um tom de desconfiança na voz do pai, ou seria coisa de sua imaginação?

— O que está acontecendo, pai?

Era típico de Atlas, responder uma pergunta com outra, mas era uma boa técnica de desvio de assunto.

— Acabei de ter notícias do Jean-Pierre LaClos, do escritório de Paris — disse o pai de Avery, devagar. — Parece que talvez os franceses finalmente nos deixem construir algo ao lado daquele edifício antigo horrendo deles.

Mal dava para ver o vulto do pai por entre as frestas da porta do closet. Avery permaneceu completamente imóvel, pressionada contra um casaco de lã cinza, com os braços cruzados na frente do peito. Seu coração batia tão enlouquecidamente que ela tinha certeza de que o pai seria capaz de escutá-lo.

O closet de Atlas era muito menor que o dela. Não havia onde se esconder, se Pierson chegasse a abrir a porta. Não havia nenhuma explicação possível para justificar o motivo de ela estar ali, no quarto de Atlas, de sutiã e short de pijama... exceto, claro, o verdadeiro motivo.

No quarto, sua camisa cor-de-rosa estava caída no chão, como um holofote gritante.

— Certo — respondeu Atlas, e Avery ouviu a pergunta não pronunciada. Por que o pai deles estava vindo até ali no meio da madrugada para tratar de um assunto que não parecia ser particularmente urgente?

Depois de um silêncio certamente longo, Pierson pigarreou.

— Você vai ter de comparecer amanhã cedo à reunião de desenvolvimento. Vamos precisar fazer uma análise completa das ruas e encanamentos de água, para começar o planejamento.

— Pode deixar — disse Atlas, de forma sucinta. Estava em pé em cima da camisa caída, tentando escondê-la discretamente com um dos pés. Avery torceu para que o pai não percebesse aquele gesto.

— Ótimo.

Um instante depois, Avery ouviu a porta do quarto de seu irmão fechar-se com um clique.

Inclinou o corpo para trás e deslizou, impotente, pela parede, até ficar sentada no chão. Tinha a sensação de que minúsculas agulhas pinicavam toda a sua pele, como da vez em que seu nível de vitaminas fora checado no consultório médico, só que agora ampliada pela descarga de adrenalina. Sentia-se inquieta e imprudente, e também estranhamente empolgada, como se tivesse caído em um trecho de areia movediça e de alguma maneira saído ilesa do outro lado.

Atlas abriu a porta do closet de repente.

— Tá tudo bem, Aves?

As luzes do closet se acenderam quando ele abriu a porta, mas por um instante impossivelmente breve Avery continuou no escuro enquanto Atlas parecia estar iluminado por detrás — a luz circundava seu corpo, dourando os limites de seu vulto, fazendo com que assumisse uma aparência quase fantasmagórica. Subitamente pareceu impossível que ele fosse real, estivesse ali e fosse dela.

Verdade seja dita, era *mesmo* impossível. A cada acontecimento, tudo no relacionamento dos dois provava ser impossível, porém de alguma maneira eles conseguiram transformá-lo em realidade.

— Estou bem.

Ela se levantou para correr as mãos pelos braços dele, pousando-as por fim sobre seus ombros, mas ele deu um passo para trás por reflexo e apanhou a camisa dela, que continuava caída no chão.

— Isso não foi *nada* legal, Aves.

Atlas entregou-lhe a camisa, com o rosto marcado de preocupação.

— Ele não me viu — argumentou Avery, mas sabia que a questão não era essa. Nenhum dos dois mencionou o que seu pai talvez tivesse visto: o quarto de Avery, do outro lado do apartamento, com os cobertores brancos imaculados amarfanhados, mas decididamente vazios.

— Precisamos ser mais cuidadosos. — Atlas parecia resignado.

Avery vestiu a camisa e olhou para ele, com o peito comprimido pelo que ele deixara por dizer.

— Acabou essa história de dormirmos juntos, né? — perguntou, embora já soubesse a resposta. Eles não poderiam mais correr aquele risco.

— Acabou. Aves, você precisa ir nessa.

— Tá, eu vou. A partir de amanhã — prometeu ela, e puxou a boca dele de encontro à sua. Agora, mais do que nunca, Avery sabia o quão perigoso era aquilo, mas isso só tornava cada momento com Atlas infinitamente mais precioso. Ela conhecia os riscos. Sabia que estavam andando na corda bamba e que seria muito, mas muito fácil caírem.

Se aquela era a última noite em que dormiam juntos, então tinha de valer a pena.

Gostaria de poder contar tudo para Atlas, mas pôs aquele desejo em seus beijos: todas as desculpas não ditas, as confissões, as promessas de amá-lo para sempre. Se ela não podia lhe dizer nada daquilo em alto e bom som, então não havia outra maneira de contar que não essa.

Segurando Atlas pelos ombros, ela o puxou, e ele a seguiu para dentro do closet enquanto a luz do teto se desligava automaticamente.

WATT

WATZAHN BAKRADI RECOSTOU-SE na cadeira dura do auditório, analisando o tabuleiro de xadrez que estava disposto em seu campo de visão. *Mover torre três casas para a esquerda na diagonal.* O tabuleiro, projetado em tons fantasmagóricos de preto e branco sobre as lentes de contato de alta resolução que ele sempre usava, fez a alteração.

— Essa jogada não foi boa — sussurrou Nadia, o computador quântico embutido no cérebro de Watt. O cavalo dela imediatamente lançou-se para a frente e capturou o rei dele.

Watt reprimiu um gemido, o que fez com que alguns amigos e colegas que estavam sentados ao redor dele lhe lançassem olhares esquisitos. Ele logo caiu em silêncio e olhou para a frente, para o local onde um homem de blazer carmesim estava diante de um pódio, explicando as disciplinas de artes liberais que eram oferecidas na Universidade Stringer West. Watt desligou a atenção dele, exatamente como havia feito com todos os outros palestrantes daquela assembleia obrigatória para a turma do terceiro ano. Como se Watt tivesse alguma intenção de assistir a alguma aula de história ou de inglês depois de terminar o ensino médio.

— Você está perdendo de mim onze minutos mais rápido do que o normal, em média. Acredito que seja um sinal de distração — observou Nadia.

Você acha?, pensou Watt, irritado. Ele tinha bons motivos para ficar distraído ultimamente. Tinha aceitado o que parecera ser um trabalho fácil de hacker para uma garota endinheirada chamada Leda, mas se apaixonara pela sua melhor amiga, Avery. Depois descobriu que Avery na verdade estava apaixonada por Atlas, o mesmo cara que Leda o contratou para espionar. Daí, sem querer, ele revelou esse segredo para Leda, que ficou irada, drogada e louca por vingança. Uma garota inocente acabou *morrendo* por conta disso. E Watt simplesmente ficara parado sem fazer nada, deixando que Leda se safasse — porque Leda sabia da existência de Nadia.

Watt não tinha certeza de como ela havia descoberto, mas de alguma maneira ela agora sabia do seu mais perigoso segredo. Leda podia a qualquer momento denunciar Watt por posse de computador quântico ilegal. Nadia seria então, obviamente, destruída para sempre. Quanto a Watt, seria sentenciado à prisão perpétua. Com sorte.

— Watt! — insistiu Nadia, emitindo um choque elétrico pelo corpo dele. O representante da Stringer estava naquele instante descendo do pódio e sendo substituído por uma mulher de cabelo castanho na altura do ombro e expressão séria. Era Vivian Marsh, chefe do setor de admissões e matrículas do MIT.

— Um pequeno número de vocês prestará exame para o Massachusetts Institute of Technology. E uma quantidade ainda menor conseguirá as notas necessárias para isso — disse ela, sem rodeios. — Mas os que conseguirem irão descobrir que nosso programa se fundamenta em três princípios: exploração, experiência e envolvimento.

Watt ouviu o som baixinho de dedos digitando nos tablets. Olhou ao redor; alguns dos seus colegas das aulas de matemática avançada estavam digitando furiosamente, atentos a cada palavra de Vivian. Sua amiga Cynthia — uma bonita garota nipo-americana que cursava as mesmas aulas que Watt desde praticamente o jardim de infância — estava sentada na beirada da cadeira, com os olhos iluminados. Watt nem sequer sabia que Cynthia se *interessava* pelo MIT. Será que teria de competir com ela por uma das vagas limitadas?

Watt não tinha pensado seriamente na possibilidade de não entrar no MIT. Há anos ele sonhava em cursar o programa extremamente competitivo de engenharia de microssistemas. Foi a equipe de pesquisa daquele departamento que inventou o millichip, o software de entrelaçamento e os superímãs de temperatura ambiente que impediam a decoerência quântica.

Watt sempre supôs que conseguiria entrar. Caramba, ele tinha criado um computador quântico sozinho com *catorze anos de idade*; como não o aceitariam?

O problema é que ele não podia exatamente falar sobre Nadia no processo seletivo. Olhando ao redor para os outros alunos, Watt se viu obrigado a confrontar a possibilidade bastante real de que talvez ele não entrasse, no fim das contas.

Será que eu deveria fazer alguma pergunta?, pensou com ansiedade para Nadia. Alguma coisa, qualquer coisa para chamar a atenção de Vivian.

— Isso aqui não é uma sessão de perguntas e respostas, Watt — observou Nadia.

De repente, num estalo, o representante da Stanford já estava subindo ao pódio e pigarreando.

Sem pensar, Watt se levantou, xingando enquanto ia se afastando atrapalhado por entre as fileiras de assentos. *Sério mesmo?*, murmurou Cynthia, enquanto ele passava por ela, mas Watt não deu a menor importância; precisava falar com Vivian e, de qualquer forma, Stanford era no máximo seu plano B.

Saiu num rompante pelas portas duplas dos fundos do auditório, ignorando os olhares que se voltaram acusadoramente para ele ao fazer isso, e começou a rodear a esquina correndo, até chegar à saída da escola.

— Srta. Marsh! Espere!

Ela parou, com uma das mãos na porta e a sobrancelha erguida. Bem, pelo menos ele seria difícil de esquecer.

— Preciso confessar que é raro eu ser seguida até a saída de uma escola. Não sou uma celebridade, sabe como é.

Watt julgou ter ouvido um tom divertido na voz dela, mas não tinha como ter certeza.

— Sonho em cursar o MIT desde que me lembro, e só... enfim, gostaria de conversar com você. — *Seu nome!*, incitou Nadia. — Watzahn Bakradi — disse depressa, estendendo uma das mãos. Depois de um instante, Vivian a apertou.

—Watzahn Bakradi — repetiu, olhando para dentro, e Watt se deu conta de que ela estava realizando alguma espécie de busca sobre ele em suas lentes de contato. Piscou e voltou a focar a atenção no rapaz. — Estou vendo que participou de nosso Programa de Verão para Jovens Engenheiros, com uma bolsa de estudos. E não foi convidado novamente.

Watt estremeceu. Ele sabia exatamente o porquê de não ter sido convidado a participar de novo — porque uma de suas professoras o apanhara construindo um computador quântico ilegal. Ela prometeu não alertar a polícia, mas, mesmo assim, o erro lhe custara muito.

Nadia puxou o currículo de Vivian e o projetou nas lentes de contato dele, mas não ajudava muito; a única coisa que aquilo dizia a Watt é que ela havia crescido em Ohio e estudado psicologia na graduação.

Ele percebeu que precisava responder alguma coisa.

— Esse programa foi há quatro anos. Aprendi muito desde então e gostaria de ter a chance de provar isso a vocês.

Vivian inclinou a cabeça de lado, para aceitar um ping.

— Estou conversando com um aluno — disse para quem estava ligando, provavelmente algum assistente. — Eu sei, eu sei. Um instantinho.

Quando ela prendeu uma mecha do cabelo atrás da orelha, Watt viu o brilho de um caro computador de pulso. Perguntou-se, subitamente, o que ela realmente achava de ir falar em uma escola do 240º andar, uma escola-modelo especializada. Não admira que ela estivesse com pressa de ir embora.

— Sr. Bakradi, por que o MIT é a sua primeira escolha?

Nadia havia puxado as diretrizes e a missão do MIT, mas Watt não queria dar uma resposta segura e careta.

— Engenharia de microssistemas. Quero trabalhar com quants — disse ele, ousadamente.

— Ah, é? — Ela o olhou de cima a baixo, e Watt percebeu que seu interesse tinha sido atiçado. — Você sabe que o programa recebe milhares de inscrições, mas só seleciona dois alunos por ano.

— Sei. Mesmo assim, é a minha primeira escolha. — "Minha única escolha", pensou Watt, dando seu melhor sorriso, aquele que sempre usava com garotas quando ele e Derrick saíam juntos. Sentiu que ela se amolecia.

— Já viu um quant? Sabe o quanto são inacreditavelmente poderosos?

Uma não verdade seria o ideal aqui, disse-lhe Nadia, mas Watt sabia que podia se desviar da pergunta.

— Sei que só restam poucos em existência hoje em dia — disse, em vez disso. Havia quants na Nasa, claro, e no Pentágono; embora Watt tivesse a sensação de que existiam muito mais quants por aí do que o governo gostaria de admitir, quants ilegais e não registrados, como Nadia. — Porém acho que deveriam existir mais. Existem muitos lugares onde os computadores quânticos seriam necessários.

Tipo onde, no seu cérebro? Watt, seja razoável, insistiu Nadia, mas ele não estava escutando.

— Precisamos deles mais do que nunca. Poderíamos revolucionar a produção global de alimentos para erradicar a pobreza, eliminar os acidentes fatais, criar condições semelhantes à Terra e povoar Marte...

A voz de Watt soava alta em seus próprios ouvidos. Ele percebeu que Vivian estava olhando para ele, com as sobrancelhas erguidas, e portanto caiu em silêncio.

— Você parece demais com os escritores de ficção científica do século passado. Receio que suas opiniões já não sejam populares hoje em dia, sr. Bakradi — disse ela por fim.

Watt engoliu em seco.

— Eu só acho que o incidente com a IA de 2093 poderia ter sido evitado. O quant em questão não foi o responsável. Não tinham montado um esquema de segurança adequado para ele, havia um problema na programação principal dele...

Na época em que os computadores quânticos ainda eram legalizados, recebiam todos o mesmo tipo de programação principal, que estabelecia que o quant não podia realizar nenhuma ação capaz de prejudicar um ser humano, não importa quais comandos posteriores lhes fossem dados.

— *Ele?* — repetiu Vivian, e Watt percebeu tarde demais que descrevera um computador como se fosse uma pessoa. Não disse nada. Depois de um instante, ela suspirou. — Bem, devo dizer que estou ansiosa para analisar pessoalmente seu pedido de admissão.

Ela saiu porta afora e entrou em um hover que aguardava.

Nadia, que diabos podemos fazer agora?, perguntou ele, torcendo para que ela tivesse alguma ideia brilhante. Ela costumava perceber detalhes nas situações que passavam despercebidos para ele.

Só existe uma coisa que podemos fazer, respondeu Nadia. *Escrever a melhor redação que Vivian Marsh já viu na vida.*

* * *

— Ah, aí está você! — ofegou Cynthia quando Watt finalmente caminhou na direção do armário deles. Tecnicamente, era o armário de Cynthia: Watt recebera um para si, mas ficava no final do corredor de artes e, uma vez que ele nunca ia para aqueles lados e nunca levava muita coisa, tinha se acostumado a usar o armário de Cynthia em vez do seu. Seu melhor amigo, Derrick, estava ali também, com a testa franzida de preocupação.

— Pois é, o que aconteceu? Cynthia disse que você saiu antes da apresentação...

— Fui conversar com a responsável pelo processo de seleção do MIT antes que ela fosse embora.

— O que você disse para ela? — quis saber Cynthia, enquanto Derrick balançava a cabeça, murmurando qualquer coisa parecida com "eu já devia ter imaginado".

Watt suspirou.

— Não sei se as coisas correram lá muito bem.

Cynthia olhou para Watt, com ar solidário.

— Puxa, que pena.

— Ei, pense pelo lado bom. Se eu me der mal, suas chances de conseguir uma vaga aumentam — respondeu, meio frívolo demais; porém o sarcasmo sempre fora seu mecanismo de defesa.

Cynthia pareceu ficar ofendida.

— Eu nunca pensaria uma coisa dessa. Sinceramente, eu esperava que nós dois fôssemos estudar no MIT. Podia ser bacana ter alguém conhecido num lugar longe de casa...

— Daí vou visitar vocês e infernizar sua vida o tempo todo! — disse Derrick, passando os braços em torno dos ombros dos dois jovialmente.

— Seria legal — disse Watt, cautelosamente, olhando para Cynthia. Não tinha se dado conta de que eles dois tinham o mesmo sonho. Ela tinha razão: seria mesmo bacana atravessar o campus coberto de folhas juntos para ir às aulas, trabalhar com ela até tarde no laboratório de engenharia, almoçarem juntos naquele gigantesco salão de refeições arqueado que Watt vira na i-Net.

Por outro lado, o que ele e Cynthia iriam fazer se apenas um dos dois fosse admitido?

Vai ficar tudo bem, ele disse a si mesmo, mas não conseguiu afastar a ideia de que aquela era apenas mais uma coisa em sua vida que podia terminar em um desastre.

Ultimamente ele parecia estar colecionando um monte deles.

RYLIN

NAQUELA MESMA TARDE, Rylin Myers inclinou-se para a frente na direção do scanner do caixa, contando os minutos para seu turno na ArrowKid terminar. Sabia que tinha sorte de ter conseguido aquele emprego — pagava mais do que o monotrilho, onde trabalhava antes, e o turno era melhor —, mas cada momento que ela passava ali parecia uma tortura.

A ArrowKid era uma loja varejista de roupas infantis no shopping do meio de Manhattan, no 500º andar. Até recentemente, Rylin nunca colocara os pés numa loja como aquela. A Arrow era o tipo de estabelecimento para onde os pais que moravam nos andares medianos da Torre vinham em massa: vestindo calças de ginástica com cores berrantes e arrastando criancinhas pelo braço, os carrinhos de bebê flutuando ao seu lado, impulsionados por condutores magnéticos invisíveis.

Rylin olhou em torno da loja, que era um caleidoscópio entontecedor de sons e cores. Uma música pop irritante tocava no último volume pelos alto-falantes. O lugar inteiro tinha o cheiro enjoativo das fraldas de tecido autolimpante da ArrowKid. Havia roupas de criança atulhadas em todas as araras, de bodies de bebê em tons pastel até vestidos para meninas tamanho catorze anos — tudo coberto com flechas, como ditava o nome da loja em inglês. Calças jeans de bebê com bordados de flechas, camisetas com estampa de flecha e até mesmo lençóis minúsculos cobertos de pequeninas flechas berrantes. Os olhos de Rylin doíam só de olhar tudo aquilo.

— Ei, Ry, pode ajudar um cliente no provador doze? Eu cuido do caixa por enquanto. — A gerente de Rylin, uma moça de vinte e poucos anos chamada Aliah, veio gingando em sua direção e atirou o cabelo escuro curto para o lado. Sua camiseta tinha uma flecha de tom roxo intenso que girava lentamente, como os ponteiros de um relógio. Rylin teve de olhar para o outro lado para não ficar tonta.

— Claro — disse Rylin, tentando não se irritar com o fato de Aliah ter começado a chamá-la pelo apelido que ela reservava somente aos amigos mais chegados. Ela sabia que a gerente só queria se esconder embaixo do balcão e enviar um ping à nova namorada, achando que os outros funcionários não podiam ver.

Ela bateu na porta do provador doze.

— Só vim ver como as coisas estão indo por aí — disse ela em voz alta. — Algum tamanho que eu possa trazer para você?

A porta se abriu e revelou uma mãe de aparência cansada sentada em um banquinho alto, os olhos vidrados enquanto ela provavelmente checava qualquer coisa nas lentes de contato. Uma garota de bochechas rosadas e sardas olhava-se no espelho, virando-se para um lado e para o outro enquanto analisava o próprio reflexo com intensidade crítica. Usava um vestido branco onde estava estampado SEJA BRILHANTE, coberto de flechinhas de cristal. Os pés estavam calçados em botas com estampa de flecha. Já eram da garota; se estivessem sendo provadas hoje, Rylin veria um sutil círculo holográfico ao seu redor, indicando que eram uma nova compra, para não se esquecer de passá-las no caixa. Lembrou-se das ocasiões em que ela e sua melhor amiga, Lux, roubaram coisas das lojas dos andares mais baixos — nada grande, apenas um ou outro frasco de perfume ou maquiagem, e uma vez uma caixa de chocolates. Nos andares superiores não dava para se safar com esse tipo de coisa.

— Que acha? — perguntou a garota, virando-se para deixar que Rylin a olhasse.

Rylin deu um sorriso sem graça. Olhou depressa para a mãe — afinal, quem ia pagar era ela —, mas a mulher mais velha parecia satisfeita de não dar opinião nas compras da filha.

— Tá lindo — disse Rylin, com a voz fraca.

— Você usaria? — perguntou a garotinha, franzindo o nariz de forma adorável.

Por algum motivo a única coisa em que Rylin conseguiu pensar foi nas roupas que ela e Chrissa costumavam usar, algumas delas doadas pelos Anderton, a família de um dos andares de cima da Torre para quem ela trabalhava como empregada. A roupa preferida de Rylin quando ela tinha seis anos era uma fantasia de pirata aventureiro, com direito a chapéu com plumas e espada de cabo dourado. Percebeu com espanto que provavelmente aquela fantasia tinha sido de Cord. Ou de Brice. Aquilo deveria enchê-la de vergonha, mas a única coisa que sentiu foi uma estranha sensação de perda. Há um mês não falava com Cord; provavelmente nunca mais o veria de novo.

É melhor assim, disse a si mesma, como sempre dizia quando pensava em Cord. A estratégia nunca parecia funcionar.

— Tá na cara que não — bufou a menina, tirando o vestido por cima da cabeça. — Pode ir agora — acrescentou, com voz decidida, para Rylin.

Rylin percebeu tarde demais que tinha cometido um erro. Tentou desesperadamente consertar as coisas:

— Desculpe, eu acabei me distraindo com meus pensamentos por um instante...

— Esquece! — disse a garota depressa, batendo a porta do provador na cara de Rylin. Momentos depois, ela e a mãe já estavam saindo da loja, deixando para trás uma pilha de roupas descartadas no provador.

— Ry. — Aliah fez um som de decepção enquanto caminhava até ela. — Tava fácil vender para aquela garota. O que aconteceu?

"Não me venha com 'Ry'", pensou Rylin numa explosão repentina de raiva, mas ela sabia que era melhor não dizer nada; só tinha conseguido aquele emprego por causa de Aliah. Ela estava se candidatando à vaga de garçonete no café ao lado da loja quando viu a flecha anunciando PRECISA-SE DE AJUDANTE na janela holográfica e entrou, num impulso. Aliah não tinha se importado de ela não ter experiência na área de vendas. Tinha olhado para Rylin e soltado um gritinho animado, dizendo:

"Você cabe total nas nossas roupas de adolescente! Seus quadris são, tipo, superestreitos. E seus pés são pequenos o bastante para usar algumas das sandálias!"

Portanto, ali estava Rylin, vestida com as mercadorias menos ridículas que tinha encontrado na loja — uma regata e sua própria calça jeans preta, sem nenhuma flecha à vista —, tentando meio sem vontade vender roupas para a galerinha do meio da Torre. Não admira que fosse péssima naquilo.

— Foi mal. Vou me esforçar mais da próxima vez — prometeu ela.

— Espero que sim. Você está aqui há quase um mês e mal conseguiu atingir a meta mínima de vendas de uma semana. Eu fico justificando as coisas para te ajudar, dizendo que ainda está aprendendo, mas se as coisas não melhorarem logo...

Rylin reprimiu um suspiro. Não podia ser despedida, não de novo.

— Saquei.

Os olhos de Aliah piscaram quando ela checou as horas no canto do seu campo de visão. Rylin ficara surpresa com o fato de a maioria das garotas que trabalhava ali poder comprar lentes de contato, ainda que fossem das mais baratas. Mas aquele era um emprego de meio-período para a maioria delas, algo que conciliavam com a escola; elas não tinham de sustentar irmãs caçulas, nem tinham uma pilha de contas para pagar.

— Por que não vai para casa, descansa um pouco? — sugeriu Aliah, com gentileza. — Eu fecho aqui. Aí você começa descansada amanhã. Beleza?

Rylin estava exausta demais para discutir.

— Seria incrível — disse ela, apenas.

— Ah, e Ry, por que não leva uma dessas para usar amanhã no trabalho? — Aliah apontou para uma prateleira na entrada, cheia de camisetas de um tom amarelo-limão estampadas com flechas roxas. — Quem sabe não te ajuda a se sentir mais... entusiasmada.

— Mas essas são para meninas de dez anos de idade. — Rylin não teve como não observar aquilo, olhando as camisetas com pavor.

— Que ótimo então que você é *supermagrinha* — respondeu Aliah.

Rylin segurou a respiração enquanto apanhava uma camiseta do alto da pilha.

— Valeu — disse ela, com o maior sorriso que era capaz de afetar, mas a garota mais velha já estava entretida em um ping, com a mão sobre a orelha enquanto sussurrava e ria.

* * *

Quando Rylin agitou seu anel de identificação sobre o *touch pad* da porta de casa e entrou, foi recebida com o cheiro reconfortante de massa e chocolate aquecido. Sentiu uma pontada de culpa instantânea por Chrissa ter chegado antes dela em casa, novamente. Desde que Rylin começou a trabalhar no turno da tarde, e não no de manhã cedinho que fazia no monotrilho, Chrissa estava cuidando mais da cozinha e das compras de supermercado. Rylin sentia-se culpada; aquelas sempre tinham sido tarefas dela. Queria cuidar da irmãzinha de catorze anos, e não o contrário.

— Como foi no trabalho? — perguntou Chrissa, animada. Seu olhar pousou na camiseta nova de Rylin e ela apertou os lábios, reprimindo o sorriso.

— Nem ouse dizer nada, senão seu presente de aniversário deste ano vai ser só um pacote gigantesco de calcinhas com estampa de flecha.

Chrissa inclinou a cabeça de lado como se pensasse na ideia.

— De quantas flechas por calcinha estamos falando exatamente?

Rylin riu, depois caiu em silêncio.

— Sinceramente, nesse ritmo vou acabar sendo despedida bem antes do seu aniversário. Parece que não tenho muito jeito para vendedora. — Ela caminhou até o cooktop, onde Chrissa estava preparando as panquecas de banana que as duas tanto adoravam. — Vamos comer panquecas no jantar? Qual é a ocasião especial? — perguntou, enfiando a mão no pacote de flocos de chocolate para apanhar um punhado.

Chrissa deu um tapinha de brincadeira na mão de Rylin e depois atirou o resto dos flocos de chocolate na massa e deixou que a colher automática mexesse a mistura. Olhou para a irmã com animação evidente, indicando com o queixo um envelope sobre a mesa.

— Tem notícia para você.

— O que é isso?

Ninguém mais enviava cartas em envelopes de papel. A última que Rylin recebera fora uma conta médica, como adição a seus lembretes com alarme semanais, só porque ela tinha atrasado o pagamento em um ano.

— Por que não abre e confere você mesma? — sugeriu Chrissa, toda misteriosa.

O primeiro pensamento de Rylin foi que o envelope era pesado, o que significava algo muito importante, embora ela não tivesse certeza se isto era motivo para animação ou medo. Havia um logo azul familiar em baixo-relevo na parte de trás. ESCOLA BERKELEY, DESDE 2031, lia-se em letras douradas na parte de cima. Era a escola de Cord, lembrou Rylin, situada depois do 900º andar. Por que estariam enviando alguma correspondência para *ela*?

Deslizou uma unha pela borda firme do envelope e sacou seu conteúdo, percebendo vagamente que Chrissa tinha vindo ficar ao seu lado, mas ela estava concentrada demais em ler aquela estranha e surpreendente carta para dizer qualquer coisa.

Cara srta. Myers,

Temos a satisfação de informar que a senhorita foi selecionada como a primeira a receber a bolsa do Prêmio Memorial Eris Miranda Dodd-Radson para a Academia Berkeley. A bolsa foi criada em memória de Eris para agraciar alunos desprivilegiados com potencial não reconhecido. O valor da bolsa está detalhado na página seguinte. As despesas com mensalidade estão totalmente cobertas, além de uma ajuda de custo para material acadêmico e despesas pessoais...

Rylin olhou, sem entender, para Chrissa.

— Que diabo é isso? — perguntou devagar.

Chrissa soltou um gritinho e atirou os braços em torno de Rylin num abraço sem fôlego.

— Eu estava torcendo para ser um envelope que trouxesse um *sim*, mas não tinha certeza! E não quis abri-lo sem você aqui! *Rylin!* — Ela deu um passo para trás e olhou para a irmã, toda envolvida um brilho de felicidade. — Você conseguiu uma bolsa para a *Berkeley*. É a melhor escola particular de Nova York... talvez até do país!

— Mas eu não me inscrevi — observou Rylin, e Chrissa riu.

— Eu te inscrevi, é óbvio! Você não está brava, né? — acrescentou, como se aquele pensamento tivesse acabado de lhe ocorrer.

— Mas... — Um milhão de perguntas se agitaram pela mente de Rylin. Ela agarrou uma delas, ao acaso. — Como foi que você ficou sabendo dessa bolsa?

Rylin sabia a respeito daquela bolsa, é claro; ela fora mencionada no vídeo do obituário de Eris, que ela tinha assistido dúzias de vezes desde aquela noite fatídica. A noite em que toda a sua vida virou de ponta-cabeça — quando ela foi a uma festa no topo da Torre, no milésimo andar, e descobriu que o rapaz que ela amava estava com outra garota. Depois essa outra garota *morreu*, bem na frente dos olhos de Rylin, empurrada do alto da Torre por uma de suas amigas drogadas, que começou a chantagear Rylin, forçando-a a manter silêncio em relação ao que de fato havia acontecido.

— Vi o vídeo de obituário em seu tablet. Você assistiu um monte de vezes — disse Chrissa. Agora a voz dela estava baixa e seus olhos procuraram os de Rylin. — Você conheceu a Eris quando estava saindo com o Cord, né? Ela era sua amiga?

— Pode-se dizer que sim — disse Rylin, porque não sabia como contar a verdade para Chrissa... que ela mal tinha conhecido Eris, mas que a vira morrer.

— Sinto muito pelo que aconteceu com ela.

O timer tocou, e Chrissa dividiu as panquecas em duas pilhas grossas, entregando os pratos para Rylin.

— Mas... — Rylin ainda não estava entendendo. — Por que você não se inscreveu para concorrer à bolsa?

Das duas, Chrissa era a que mais prometia: gabaritava todas as provas e provavelmente chegaria a jogar vôlei com brilhantismo na faculdade. Ela é que merecia uma bolsa em uma escola de alto nível, não Rylin, que nem sequer *frequentara* uma escola nos últimos anos.

— Porque eu não preciso de uma bolsa dessas tanto quanto você — disse Chrissa, com concentração. Rylin a seguiu até a mesa, levando os pratos com as pilhas de panquecas. Uma das pernas da mesa estava quebrada, e isto a fez balançar quando Rylin pousou os pratos sobre ela.

— Com minhas notas e o vôlei, eu vou conseguir uma bolsa para a faculdade de todo jeito. Você, por outro lado, precisava disso — insistiu Chrissa. — Não percebe? Agora você não precisa mais ser a garota que abandonou a escola para trabalhar em subempregos só para me sustentar.

Rylin ficou em silêncio, sentindo uma pontada de culpa ao ouvir a explicação da irmã. Ela nunca considerara de fato a opinião de Chrissa quando ela abandonou a escola para trabalhar em tempo integral, depois que a mãe delas morreu. Nunca tinha imaginado que Chrissa pudesse culpar a si mesma pela escolha de Rylin.

— Chrissa, você sabe que não é sua culpa o fato de eu ter aceitado esse emprego. — Rylin sabia que faria tudo de novo sem pestanejar, se fosse para dar a chance que sua irmã merecia. Então ela pensou em outro complicador. — Seja como for, não posso largar esse emprego agora. Precisamos da grana.

O sorriso de Chrissa era contagiante.

— Você não viu o que estava escrito ali sobre a ajuda de custo? É o suficiente para manter nós duas e, se um dia a gente se apertar, vamos pensar em alguma solução.

Rylin olhou de novo o papel e viu que Chrissa tinha razão.

— Mas por que eles *me* escolheram? Eu nem sequer estou frequentando uma escola agora... Tanta gente deve ter se inscrito. — Ela olhou desconfiada para Chrissa, enquanto pensava nas possibilidades. — O que você incluiu na minha inscrição, hein?

Chrissa sorriu.

— Descobri uma antiga redação sua sobre trabalhar em um acampamento de verão e dei um jeitinho aqui e ali.

Dois anos antes de a mãe delas morrer, Rylin se inscrevera para trabalhar como monitora em uma colônia de férias de alta classe, no Maine. O local tinha um lago — ou seria um rio? — e era o tipo de lugar aonde os jovens ricos iam para aprender coisas inúteis, como canoagem, arco-e-flecha e tecelagem de pulseirinhas da amizade. Por algum motivo, talvez por ter visto tantos holos sobre acampamentos de verão, Rylin sempre alimentara o desejo secreto de frequentar um deles. Obviamente a sua família jamais teria dinheiro para bancar algo do tipo, mas Rylin torcera para que talvez, trabalhando como monitora, ela pudesse ter uma versão daquela experiência.

Conseguiu o emprego. Logo, porém, aquela conquista se tornou irrelevante, pois sua mãe adoeceu naquele ano e nada mais passou a ter importância.

— Não acredito que você achou isso! — disse ela, balançando a cabeça com espanto divertido. Ela nunca deixaria de se surpreender com as habilidades de Chrissa. — Mesmo assim, não entendo por que escolheriam a mim.

Chrissa encolheu os ombros.

— Não leu a descrição? É uma bolsa esquisita, nada tradicional, para "garotas criativas que, de outra maneira, passariam despercebidas".

— Não sou exatamente o que se pode chamar de criativa — argumentou Rylin.

Chrissa balançou a cabeça tão violentamente que seu rabo de cavalo chicoteou para cá e para lá, numa sombra escura atrás de sua cabeça.

— Claro que é! Pare de se colocar para baixo, senão não vai sobreviver nem um dia naquela escola.

Rylin não respondeu. Ainda não tinha certeza se iria ou não aceitar.

Depois de um instante, Chrissa suspirou:

— Não me surpreende que você tenha sido amiga de Eris. Pelo jeitão dessa bolsa, ela era muito descolada. Quer dizer, se foi assim que a família dela decidiu homenageá-la, tá na cara que ela era diferente das outras garotas ricaças.

Subitamente os pensamentos de Rylin se iluminaram com lembranças daquela noite — de terminar com Cord, depois de tentar reconquistá-lo, e em seguida descobrir que ele estava com Eris; de ver Eris no telhado, berrando com aquela outra garota, a tal de Leda, e em seguida de ver, horrorizada, Eris cair pela lateral da Torre no ar gelado da noite. Estremeceu.

— Você vai aceitar, não vai? — perguntou Chrissa, com a voz cheia de esperança.

Rylin pensou em como seria frequentar uma escola cara de alta classe junto com um bando de estranhos que não lhe fariam a vida nada fácil. Sem falar em Cord. Ela tinha prometido a si mesma que ficaria longe dele. Além disso, tinha a escola em si: como ela conseguiria dar conta de pisar numa sala de aula novamente, de estudar, aprender e fazer provas, rodeada por um bando de alunos que provavelmente eram muito mais inteligentes do que ela?

— A mamãe iria querer que você aceitasse, você sabe — acrescentou Chrissa, e num instante a resposta ficou clara para Rylin.

Ela olhou para a irmã e sorriu.

— Claro, eu vou aceitar.

Talvez algo de bom pudesse sair daquela noite. Ela devia aquela tentativa a si mesma, a Chrissa e à sua mãe — droga, ela devia aquilo inclusive à própria Eris.

CALLIOPE

AS DUAS MULHERES atravessaram a entrada da Bergdorf Goodman, no 880º andar, com os saltos finos de seus sapatos clicando satisfatoriamente no piso de mármore polido. Nenhuma das duas parou no saguão suntuosamente decorado, com seus holos temáticos de Natal dançando ao redor dos candelabros de cristal e dos estojos de joias; os turistas gritavam a cada vez que a rena descia sobre suas cabeças. Calliope nem olhou na direção deles, enquanto subia atrás de Elise pela escada em caracol. Fazia muito tempo que ela não se impressionava com algo tão prosaico quanto um trenó holográfico.

No andar de alta-costura, lá em cima, havia montes de mobília espalhadas, todas separadas por barreiras de privacidade invisível e equipadas com scanner corporal. Vestidos de verdade cobriam manequins em diversos cantos, por nostalgia. Ninguém prova nada ali.

Elise lançou um olhar significativo para Calliope antes de seguir na direção da funcionária com aparência mais jovem: Kyra Welch. Elas já a haviam pré-selecionado online, por um único motivo: o fato de ela trabalhar naquela loja há somente três dias.

A alguns metros de distância da garota, Elise afundou em um sofá cor de pêssego pastel com grande estardalhaço. Cruzou as pernas e começou a navegar pelos vestidos de festa dispostos na tela à sua frente. Calliope permaneceu parada no canto, reprimindo a vontade de bocejar. Queria ter tomado um daqueles cafés com mel no hotel, de manhã. Ou aceitado um adesivo de cafeína.

A vendedora previsivelmente veio depressa até Elise. Tinha pele cor de alabastro e um rabo de cavalo cor de cenoura.

— Boa tarde, senhoras. Têm hora marcada?

— Onde está Alamar? — exigiu Elise, com seu tom de voz mais desdenhoso.

— Sinto muito, Alamar está de folga hoje — gaguejou Kyra, algo que obviamente Elise e Calliope estavam cansadas de saber. Os olhos da garota passaram rapidamente pelo modelito de Elise, analisando a saia de alta-costura e a pedra de sete quilates no dedo, cuja qualidade era tão alta que a tornava na prática um diamante de verdade. Logicamente concluiu que se tratava de alguém importante, alguém que Alamar não deveria ter chateado. — Talvez nossas assessoras de vendas mais destacadas possam...

— Estou atrás de um vestido de festa novo. Algo de parar o trânsito. — Elise interrompeu a garota, agitando a mão diante da tela holográfica para projetar os vestidos da estação em uma imagem escaneada de seu próprio corpo. Agitou o pulso para navegar rapidamente pelas imagens e em seguida abriu a palma da mão para que parassem em um vestido cor de ameixa com barra assimétrica. — Posso ver este, só que mais curto?

Os olhos de Kyra se desfocaram, provavelmente enquanto ela conferia sua agenda nas lentes de contato. Calliope sabia que ela estava decidindo se deixaria de lado suas tarefas de abastecer o estoque para assumir essa venda nova, que provavelmente lhe renderia uma lucrativa comissão.

Ela também sabia que ao final daquele banho de compras, depois que os vários vestidos tivessem sido costurados e tecidos instantaneamente nos superteares escondidos nos fundos da loja, Kyra pediria cheia de hesitação o número de uma conta onde debitar o valor total. "Alamar sabe", diria Elise, com um encolher de ombros que dizia *desculpe, mas não posso ser incomodada com isso*. Depois ela sairia da loja, com os braços repletos de sacolas, sem olhar para trás.

Tecnicamente, elas tinham condições de pagar pelos vestidos do jeito tradicional — tinham dinheiro bem guardado em diversos bancos ao redor do mundo. Porém, com o ritmo de seus gastos, aquele dinheiro nunca parecia durar muito tempo. Como Elise sempre dizia, por que pagar por algo que se pode obter de graça? Era o lema da vida das duas.

Elise e Kyra se lançaram a uma conversa sobre forros de seda. Calliope olhou para elas, já entediada, e viu três garotas da sua idade atravessando a loja, usando saias de estampa xadrez e camisas brancas idênticas. Um sorriso vagaroso espalhou-se em seu rosto. Não importa em qual país estivessem, as alunas das escolas particulares sempre se mostravam um alvo fácil.

— Mãe — interrompeu. Kyra deu um passo para o lado por um instante para dar-lhes um pouco de privacidade, mas não tinha importância; Calliope e sua mãe há muito tempo tinham estabelecido um código para situações como aquela. — Acabei de lembrar de uma tarefa que preciso terminar. Para a aula de história.

"História" significava aplicar um golpe em um grupo. Se fosse aula de biologia, seria um golpe romântico, uma sedução.

Os olhos de Elise se iluminaram ao ver o trio de meninas e cintilaram com entendimento instantâneo.

— Claro. Não quero que perca seu lugar entre os alunos de destaque — disse ela, ironicamente.

— Certo. Preciso mesmo me formar com notas altas.

Calliope manteve a cara limpa enquanto dava as costas para a mãe.

Murmurou baixinho "escolas particulares nas proximidades" enquanto caminhava até a seção de acessórios, aonde as garotas pareciam ter se dirigido. Só foram necessárias duas buscas para que ela descobrisse qual era a escola delas; as garotas no site da escola usavam aquele mesmíssimo uniforme brega. Bingo.

Parou no meio do caminho delas e começou a enrolar com afinco: apanhava vários itens, analisava-os como se estivesse considerando comprá-los, depois os recolocava de volta em seus lugares. Mantinha um olho no progresso do grupinho, mas mesmo assim não conseguia deixar de apreciar o toque frio de um belo cinto de couro ou de uma echarpe de seda escorregadia entre seus dedos.

Quando as garotas estavam a apenas um corredor de distância, Calliope tropeçou, derrubando uma mesa cheia de bolsas, que caíram no piso de madeira encerado como balinhas.

— Ai, meu Deus! Desculpa! — murmurou ela, com o sotaque britânico afetado que ela e a mãe vinham usando desde o início daquela semana; nada do cockney vagabundo da sua infância, e sim um sotaque refinado que ela aperfeiçoara depois de prática cuidadosa. Ela tinha derrubado a mesa de propósito para que as bolsas caíssem bem no meio do caminho das garotas, o que obrigaria o trio a caminhar cuidadosamente por entre elas ou então a se ajoelhar para ajudar. Elas escolheram a segunda opção, o que não era nada surpreendente. As garotas ricas nunca deixavam nada caro caído no chão, a menos que elas tivessem atirado ali.

— Está tudo bem, ninguém se machucou — disse uma das garotas, uma loira alta que era, de longe, a mais linda das três. Embora estivesse usando o mesmo uniforme que as outras, parecia mais sofisticada do que elas. Nela, até aquele uniforme ridículo parecia de certa maneira chique. Ela se levantou ao mesmo tempo que Calliope, pousando por fim a última carteira cravejada sobre a mesa.

— Vocês todas estudam na Berkeley? — perguntou Calliope, naquele instante crucial antes de elas se afastarem dali.

— Sim. Espere, você também estuda lá? — quis saber outra das garotas. Ela franziu de leve a testa, como se estivesse na dúvida se já tinha visto Calliope por ali ou não.

— Ah, não — respondeu Calliope, tranquila. — Reconheci o uniforme por causa do meu tour admissional. Viemos de Londres. Estamos no Nuage, mas pode ser que a gente se mude para cá, por conta do trabalho da minha mãe. Se nos mudarmos, aí sim vou pedir transferência.

As frases saíram facilmente de sua boca; ela já as dissera muitas vezes antes.

— Que demais. O que a sua mãe faz? — Era a loira novamente; disse aquilo não de um jeito insistente, mas com um interesse brando e genuíno. Seu olhar límpido era de certa forma desconcertante.

— Ela trabalha com vendas, para clientes particulares — explicou Calliope, sem conseguir resistir, de modo propositadamente vago. — Mas e aí, o que acham da Berkeley? Gostam de lá?

— Ah, é uma escola, afinal de contas. Não é a coisa mais divertida do mundo — disse a terceira garota, finalmente entrando na conversa. Tinha pele amarelada e seu cabelo escuro estava preso em uma elegante trança de espinha de peixe. Olhou rapidamente para a roupa de Calliope, observando seu vestido de tricô de cor creme e as botas marrons, e seus olhos adquiriram um ar mais simpático, em evidente aprovação. — Você iria gostar de lá, eu acho — concluiu ela.

Calliope escondeu o brilho costumeiro de desdém diante daquelas cabecinhas de vento. Era tão fácil convencê-las de qualquer coisa, desde que se encaixasse em sua visão de mundo limitada! Mal podia esperar para conseguir tirar vantagem delas — arrancar um pedacinho daquela riqueza que tinham ganhado sem trabalhar e que obviamente não mereciam.

— Muito prazer. Meu nome é Calliope Brown — declarou, estendendo uma mão repleta de pulseiras esmaltadas e unhas recentemente pintadas em tom cinza-pombo. Depois de um instante, a garota a apertou.

— Eu me chamo Risha, e essa é Jess e aquela é a Avery — disse a Calliope.

— Precisamos ir nessa — disse a loira, Avery, com um sorriso de desculpas. — Temos hora marcada no salão de limpeza de pele que fica no andar de baixo.

— Não brinca! — mentiu Calliope, com uma risada treinada. — Tenho horário lá daqui a meia hora. Talvez a gente se veja na saída.

— Ah, você devia vir agora com a gente. Aposto que conseguem te encaixar mais cedo — insistiu Risha. Ela olhou rapidamente para Avery para obter seu consentimento, e não passou despercebido para Calliope o ligeiro assentir que Avery deu à garota ante aquela sugestão. Queria dizer que era Avery quem mandava no pedaço. Calliope não ficou surpresa.

Ela nunca tinha sido tão boa em fingir amizade quanto era em fingir envolvimento amoroso. A luxúria era deliciosamente simples e direta, enquanto a amizade entre mulheres vinha sempre inevitavelmente repleta de condições, história e regras implícitas de comportamento. Apesar disso, Calliope aprendia muito rápido. Já percebera que Risha seria a mais fácil de conquistar, mas a crucial ali era Avery, portanto ela se concentrou na loira.

— Adoraria ir com vocês, se for tudo bem — admitiu, sorrindo para cada uma, mas fazendo o olhar se demorar um pouquinho mais em Avery.

* * *

Quando atravessaram as portas do Ava Beauty Lounge, Calliope respirou fundo, inspirando os aromas gloriosos de lavanda e menta do spa. Tudo ali dentro estava decorado em tons de pêssego e creme, do carpete macio às arandelas delicadas penduradas nas paredes, que lançavam poças de luz dourada sobre o rosto das garotas.

— Srta. Fuller — disse o gerente, instantaneamente atento. Calliope observou a garota com um interesse ainda maior. Quer dizer que ela era do tipo que era reconhecida em lugares como aquele. Seria pela sua beleza, pelo seu dinheiro ou por ambos? — Não sabia que viria em um grupo de quatro hoje. Vou acrescentar outra estação de tratamento de pele à sua saleta particular.

Começou a fazer um gesto para que as garotas se adiantassem quando outra menina entrou no local e estacou ao ver Avery.

— Oi, Leda. — O tom de Avery era marcadamente gélido.

A recém-chegada — uma garota negra e magra, com olhos grandes e gestos nervosos e agitados — empertigou-se. Não era muito alta.

— Avery. Jess, Risha. — Seus olhos se iluminaram ao ver Calliope, mas ela aparentemente decidiu que não valia a pena apresentar-se para a desconhecida. — Bom tratamento de pele para vocês — disse, na saída, conseguindo transformar aquela frase inocente em algo quase vingativo.

— Obrigada, pode deixar! — respondeu Calliope, animadamente, deliciada com as expressões horrorizadas que olharam depressa para ela. Ela, porém, não deu a mínima para o draminha particular daquelas meninas. Tinha ido até ali descolar um tratamento facial de graça, muito obrigada.

Logo as quatro estavam sentadas no bar reluzente de limpeza de pele, com copos de água gelada de toranja. Um robô veio deslizando até elas e lhes entregou um avental bordado de rosa e branco.

— Para proteger suas roupas dos respingos de produto — explicou a funcionária, em resposta ao olhar de curiosidade de Calliope.

— Ah, tá. Não gostaríamos que as garotas arruinassem seus uniformes fabulosos — disse Calliope com voz neutra, e ficou feliz quando ouviu Avery cair na risada.

Uma fileira de lasers na parede oposta se acendeu, mirando raios de fótons no rosto das meninas. Calliope instintivamente fechou os olhos, embora soubesse que os lasers tinham uma precisão alta demais para machucá-la. Não sentiu nada além de cócegas leves nos nervos enquanto o laser percorria a superfície de sua pele, reunindo informações sobre sua oleosidade, o equilíbrio de seu pH e sua composição química.

— Então — perguntou a Avery, que estava sentada à sua esquerda. — Qual a questão com aquela tal de Leda?

Avery pareceu surpresa com a pergunta.

— É uma amiga nossa — disse depressa.

— Não pareceu muito amigável.

Os lasers começaram a piscar com mais rapidez, sinalizando que a análise dermatológica estava quase terminando.

— Bem, até recentemente ela era uma das minhas amigas mais próximas — consertou Avery.

— O que aconteceu? Foi por causa de algum garoto? — Sempre era, com garotas assim.

O corpo de Avery se tensionou, embora seu rosto tenha permanecido imóvel enquanto o laser percorria a pele de porcelana sem nenhum poro aberto. Calliope se perguntou o que poderiam fazer por ela ali; ela obviamente já era perfeita.

— É uma longa história — respondeu Avery, o que provou para Calliope que ela tinha razão. Sentiu uma pontada momentânea de simpatia por Leda. Devia ser uma merda competir com Avery.

Um menu holográfico com tratamentos recomendados surgiu no nível dos olhos de Calliope. Ao lado dela, ouviu as outras meninas conversando em voz baixa enquanto debatiam quais adicionais escolher: máscara calmante de pepino, infusão de hidrogênio, esfoliante de rubi. Calliope marcou todas as opções.

Um casulo vaporoso desceu do teto diante de cada uma delas e as garotas se inclinaram para a frente e fecharam os olhos.

— Avery — disse a morena... Jess, lembrou Calliope. — Seus pais vão dar a festa de fim de ano mesmo assim, não é?

Os ouvidos de Calliope se atiçaram de leve ao ouvir falar em festa. Virou a cabeça muito de leve para a esquerda, deixando que mais vapor atingisse o lado direito de seu rosto, para poder escutar a conversa.

— Você não recebeu o convite? — perguntou Avery.

Jess pareceu recuar rapidamente.

— Recebi, mas eu pensei que... depois de tudo o que aconteceu... deixa pra lá.

Avery suspirou, mas não pareceu irritada, só arrependida.

— Meu pai jamais cancelaria. Durante a festa, ele vai anunciar o término d'Os Espelhos. Foi o nome que ele deu à Torre de Dubai, pois ela tem dois lados que são imagens espelhadas.

Torre de Dubai? De repente, Calliope lembrou-se de como a atendente tinha chamado Avery quando elas entraram, e as peças do quebra-cabeça se encaixaram.

A Fuller Investimentos tinha patenteado todas as inovações estruturais necessárias para construir torres daquela altura: os vergalhões de aço ultrarresistentes, os protetores contra terremotos implantados em todos os andares, o ar oxigenado bombeado nos andares mais elevados para impedir o mal da altura. A empresa havia construído a Torre de Nova York, a primeira supertorre global, há quase vinte anos.

Isso significava que Avery de fato era muito, mas muito rica.

— Parece divertido — intrometeu-se Calliope. Ela entrelaçou uma mão na outra sobre o colo e depois as virou. Tinha ido a festas muito mais exclusivas e incríveis do que aquela, tentou lembrar a si mesma: tipo aquela no clube de Mumbai em que a garrafa de champanhe era do tamanho de um carro pequeno, ou aquela do hotel nas montanhas do Tibete onde eles plantavam chá alucinógeno. Mas todas aquelas festas tinham desbotado em sua memória, como sempre costumava acontecer quando confrontadas com o espectro de alguma festa futura à qual Calliope não tivesse sido convidada.

Uma lufada de vapor ergueu-se do alto do casulo de Avery quando ela disse a Calliope aquilo que ela estava esperando ouvir:

— Se não estiver muito ocupada, você deveria vir.

— Eu adoraria — disse Calliope, incapaz de conter a empolgação na sua voz. Ouviu Avery murmurar baixinho, e um instante depois o ícone de um envelope se iluminou no alto do campo de visão das suas lentes de contato, quando elas receberam a mensagem. Calliope mordeu o lábio para não sorrir enquanto o abria.

Festa Anual da Fuller Investimentos, dizia a caligrafia dourada do convite, contra um fundo estrelado preto. *12/12/18. Milésimo Andar.*

Calliope precisava admitir que era muito impressionante eles só precisarem dar o andar onde moravam. Obviamente eram donos de tudo.

As garotas mudaram de assunto e passaram a conversar sobre alguma tarefa escolar, depois sobre um garoto com quem Jess estava saindo. Calliope deixou que seus olhos se cerrassem. Adorava a riqueza, pensou com um prazer completo, agora que se beneficiava dela de verdade — em geral às custas dos outros.

Nem sempre tinha sido assim. Quando era mais nova, Calliope ouvira falar daquele tipo de coisas, mas jamais as experimentara. Podia olhar, mas não tocar. Era uma espécie particularmente excruciante de tortura.

Hoje, aquilo parecia ter sido há muito tempo.

* * *

Ela tinha crescido em um apartamento minúsculo em um dos bairros mais antigos e tranquilos de Londres, onde nenhuma construção tinha mais do que trinta andares e as pessoas ainda cultivavam plantas de verdade nas varandas. Calliope nunca perguntou quem era seu pai, porque sinceramente não dava a mínima para isso. Ela e a mãe sempre tinham vivido sozinhas, e por ela estava ótimo.

Elise — que naquela época tinha um nome diferente, o seu *verdadeiro* nome — trabalhava como assistente pessoal da sra. Houghton, uma ricaça conservadora de nariz empinado e olhos lacrimejantes que insistia em ser chamada de "Lady Houghton", afirmando que descendia de um ramo obscuro da agora defunta família real. Elise cuidava da agenda da sra. Houghton, de sua correspondência, de seu closet: de toda a miríade de detalhes da sua vida dourada e inútil.

A vida de Elise e Calliope, em comparação, parecia tão tediosa. Não que elas tivessem do que reclamar: seu apartamento era adequado, com uma geladeira que se autoabastecia, robôs de limpeza, assinatura de todos os principais canais de holos. Tinha até janelas nos dois quartos e um closet decente. Entretanto, Calliope logo aprendeu a enxergar aquela vida como imperdoavelmente sem graça, iluminada apenas pelos ocasionais toques de glamour que sua mãe trazia da casa dos Houghton.

— Olha o que eu trouxe — declarava Elise, a voz tensa de excitação, a cada vez que entrava porta adentro com alguma novidade.

Calliope sempre corria até ela, segurando a respiração enquanto a mãe desembrulhava o pacote, imaginando o que ele conteria daquela vez. Um vestido de baile feito de seda e bordado com lantejoulas faltando que a sra. Houghton pedira que Elise levasse para consertar? Ou seria um prato de porcelana pintado, peça única, para que Elise por gentileza descobrisse o artista e encomendasse outro? Até mesmo, em uma ou outra ocasião, alguma joia: um anel de safira ou uma gargantilha de brilhantes que precisava de limpeza profissional.

Com reverência, Calliope estendia a mão para tocar o casaco de pele suntuoso, o decantador de vinho de cristal, ou sua peça favorita de todos os tempos, a bolsa Senreve de um tom impressionante de rosa-shocking. Ela olhava nos olhos da mãe e via os desejos da infância dela refletidos ali, como uma vela.

Sempre depressa demais para o gosto de Calliope, a mãe tornava a embrulhar o tesouro com um suspiro melancólico para levá-lo para o conserto, a lavanderia ou alguma loja para devolução. Calliope sabia, sem que precisassem lhe dizer nada, que para começo de conversa Elise nem deveria trazer aqueles objetos para casa — que ela só fazia aquilo por Calliope, para que a menina pudesse ver como eram lindos.

Pelo menos Calliope ficava com as roupas usadas. Os Houghton tinham uma filha chamada Justine, que era um ano mais velha do que Calliope. Durante anos, Elise trouxera para casa as roupas que Justine não queria mais, em vez de levá-las ao centro de doações, como instruía a sra. Houghton. Juntas, Calliope e a mãe reviravam as sacolas de roupas, soltando exclamações diante dos vestidos finos, das meias-calças estampadas e dos casacos com laços bordados, descartados como lenços de papel usados só porque eram da estação anterior.

Quando sua mãe ficava até tarde no trabalho, Calliope ia para a casa de sua amiga Daera, que morava em um apartamento no fim do corredor. As duas passavam horas fingindo serem princesas tomando o chá da tarde. Colocavam os antigos vestidos de Justine e bebericavam xícaras de água à mesa da cozinha da casa de Daera, erguendo os dedos mindinhos daquele jeito engraçado e chique e imitando de forma capenga o jeito de falar mais refinado dos ricos.

— É culpa minha você gostar de coisas caras — dissera Elise certa vez, mas Calliope não se arrependia daquilo. Preferia ver uma pequeníssima parcela daquele universo lindo e encantado a nem sequer saber da sua existência.

Tudo explodiu quando Calliope tinha onze anos de idade. Num dia em que ela não tinha aula, Elise foi obrigada a levá-la para a casa da sra. Houghton durante o expediente. Calliope recebeu orientações severas para ficar na cozinha e ler quietinha no seu tablet — o que ela fez, por quase uma hora inteira. Até que ouviu um bipe na casa, anunciando que Lady Houghton tinha saído.

Calliope não conseguiu se conter e foi direto, escada acima, até o quarto dos Houghton. A porta do closet da sra. Houghton estava escancarada. Era como se ele *implorasse* para ser explorado.

Antes que Calliope pudesse pensar duas vezes, já tinha entrado de fininho e estava correndo as mãos, desejosa, pelos vestidos e suéteres e calças macias de couro. Apanhou aquela bolsa fúcsia berrante da Senreve e colocou-a por cima do ombro, virando-se de um lado para o outro, analisando seu próprio reflexo no espelho, tão empolgada que não ouviu o segundo bipe do computador central da casa. Ah, se Daera estivesse ali para ver aquilo!

— Você tem de me chamar de "Sua Alteza" e se curvar quando eu chegar perto — disse em voz alta ao seu reflexo, lutando para não rir.

— O que você pensa que está fazendo? — disse uma voz à porta.

Era Justine Houghton. Calliope tentou explicar, mas Justine já tinha aberto a boca e soltado um gritinho agudo de gelar o sangue:

— *Mãe!*

A sra. Houghton materializou-se um instante depois, acompanhada de Elise. Calliope estremeceu sob o olhar da mãe, odiando como sua expressão se alternava entre a recriminação e alguma outra coisa, algo assustadoramente parecido com culpa.

— De... Desculpe — gaguejou, embora seus dedos ainda estivessem fechados com força na alça da bolsa, como se para ela fosse insuportável soltá-la. — Não foi por mal... é que suas roupas são tão lindas, eu só queria vê-las de perto...

— E passar essas suas mãozinhas imundas nelas, não é?

A sra. Houghton tentou apanhar a sua bolsa da Senreve, mas por algum motivo perverso Calliope a apertou ainda mais contra o peito.

— E mãe, olha! Ela está usando o meu vestido! Mas nela não fica nem de longe tão bonito quanto em mim — acrescentou Justine, com maldade.

Calliope olhou para baixo e mordeu o lábio. Estava mesmo com um dos antigos vestidos de Justine, um vestido de alcinha branco com Xs e Os pretos ao longo do decote. Era verdade que estava um pouco grande e disforme nela, mas não havia dinheiro para ajustá-lo. "E que importância isso tem? Você deu esse vestido!", ela sentiu vontade de dizer, enquanto o ressentimento aumentava dentro dela, mas por algum motivo sua garganta travara.

Lady Houghton virou-se para Elise.

— Pensei que havia instruído você a doar as roupas usadas de Justine para os pobres — disse ela, num tom de voz frio e profissional. — Você é, por acaso, *pobre*?

Calliope nunca esqueceria a maneira como os ombros da sua mãe se endureceram ao ouvir aquele comentário.

— Isso nunca mais vai acontecer. Peça desculpas, meu amor — acrescentou ela para Calliope, apanhando gentilmente a bolsa de suas mãos rígidas e entregando-a à dona.

Algum instinto profundo dentro de Calliope ergueu-se em protesto e ela balançou a cabeça em negativa, recusando-se.

Foi quando Lady Houghton levantou a mão e deu um tapa tão forte no rosto de Calliope que o nariz da menina sangrou.

Calliope esperava que a mãe fosse retaliar, mas Elise simplesmente arrastou a filha para casa sem dizer uma palavra. A garota manteve-se quieta e ressentida todo o tempo. Sabia que não devia ter entrado no closet, mas mesmo assim não podia acreditar que Lady Houghton tivesse *batido* nela e que sua mãe não tivesse feito nada.

No dia seguinte, Elise voltou para casa bastante agitada.

— Faça as malas. Agora! — disse, recusando-se a dar mais explicações. Quando elas chegaram à estação de trem, Elise reservou duas passagens só de ida para Moscou e entregou para Calliope um chip de identificação com outro nome. Uma pochete estranha balançava na cintura de Elise.

— O que é isso? — perguntou Calliope, sem resistir à curiosidade.

Elise olhou em torno para ver se tinha alguém olhando e então puxou o cordão da pochete. Estava repleta de joias caras que, Calliope reconheceu, eram da sra. Houghton.

Foi quando ela percebeu que sua mãe era uma ladra, e que as duas estavam fugindo.

— Nunca mais vamos voltar, né? — perguntou, sem nenhuma pontada de arrependimento. Uma sensação de aventura ilimitada se desenrolava dentro do seu peito de onze anos.

— Bem feito para aquela mulher. Depois de tudo o que ela me fez... depois do que ela fez *a você*... nós merecemos isso aqui — limitou-se a dizer Elise. Estendeu a mão para segurar a da filha e a apertou. — Não se preocupe. Estamos embarcando em uma aventura, só eu e você.

Daquele dia em diante, tudo foi de fato uma aventura gloriosa e ininterrupta. O dinheiro das joias dos Houghton uma hora terminou, mas àquela altura isso não tinha mais importância, porque Elise havia descoberto uma maneira de ganhar mais: engambelara um homem mais velho e ingênuo, que queria se casar com ela. Percebeu que a sra. Houghton tinha lhe dado algo mais valioso do que as joias: a voz, os maneirismos e o comportamento geral de quem tem dinheiro. A toda parte que ia, as pessoas achavam que Elise era rica. Isso significava que lhe davam coisas sem esperarem que ela lhes pagasse, pelo menos não de imediato.

O lance das pessoas ricas é que, quando achavam que você era como elas, ficavam muito menos desconfiadas com sua presença. Isso as tornava alvos fáceis.

Assim começou a vida que Calliope e sua mãe levavam pelos últimos sete anos.

* * *

— Qual fragrância você quer para seu creme de limpeza facial? — perguntou uma atendente do spa, e Calliope piscou, despertando dos pensamentos. As outras garotas já estavam se sentando, com a pele brilhante. Uma toalha morna e perfumada foi enrolada em torno do pescoço de Calliope.

Ela se deu conta de que o tratamento incluía um creme de limpeza customizado, que fora criado especificamente para ela durante a sessão.

— Pitaia — declarou ela, porque a cor rosa-shocking da fruta era a sua preferida. A técnica abriu o frasco com destreza, revelando um creme branco sem cheiro, e atirou ali dentro uma cápsula vermelha antes de levá-lo até um misturador metálico embutido na parede. Momentos depois, o frasco de creme de limpeza facial, agora vermelho intenso, saiu por uma plataforma, com uma lista de todas as enzimas e ingredientes orgânicos que tinham sido combinados exclusivamente para a pele de Calliope. Um pequeno adesivo cor-de-rosa completava o pacote.

Quando elas voltaram à recepção decorada em tons de dourado e pêssego e as outras garotas começaram a se inclinar na direção do scanner de retina para pagar, Calliope puxou da manga o truque que sempre usava ao fazer compras em grupo. Ficou para trás; dilatou as pupilas e murmurou xingamentos baixinho.

— Tá tudo bem? — quis saber Avery, olhando para ela.

— Puxa, na verdade não. Não estou conseguindo fazer login na minha conta. — Calliope fingiu executar mais alguns comandos do banco eletrônico, com uma voz agitada. — Não sei o que está acontecendo.

Ela esperou até que o cavalheiro da recepção começasse a pigarrear distintamente, tornando aquela situação incômoda para todo mundo, antes de virar-se para Avery. Sabia que suas faces estavam rosadas de vergonha — tinha aprendido há muito tempo a ficar envergonhada quando queria — e seus olhos brilhavam com uma súplica silenciosa, mas nenhuma das garotas ofereceu qualquer ajuda.

Se fosse um garoto, àquela altura já teria se oferecido para pagar; por interesse, não por cavalheirismo. Era exatamente por isso que Calliope preferia a luxúria à amizade. "Beleza então", pensou irritada; teria de fazer aquilo do jeito direto.

— Avery? — perguntou, com o que torcia para ser a quantidade exata de constrangimento na voz. — Tudo bem se você cobrir meu tratamento hoje, só até eu resolver esse problema da minha conta?

— Ah. Claro.

Avery assentiu com boa vontade e inclinou-se para a frente, piscando pela segunda vez no scanner de retina para pagar o preço astronômico do tratamento facial de Calliope. Exatamente como Calliope esperava, ela nem pareceu notar a longa lista de adicionais. Provavelmente não fazia a menor ideia de quanto havia custado o seu *próprio* tratamento.

— Obrigada — disse Calliope, mas Avery fez um gesto para que ela deixasse pra lá a gratidão.

— Relaxa, não tem problema. Além do mais, o Nuage é um dos meus lugares preferidos. Sei onde te encontrar — disse Avery, com leveza.

"Ah, você é que pensa." Quando Avery viesse cobrar — se é que iria se lembrar disso —, Calliope e sua mãe já estariam longe dali há muito tempo, morando em um país diferente, com nomes diferentes, sem deixar rastro de sua passagem por Nova York.

Os vários garotos e garotas que tinham conhecido Calliope nos últimos anos, cujos corações ela havia despedaçado sem preocupação ao redor do mundo, teriam reconhecido aquele sorrisinho em seu rosto. Ela estava com pena de Avery, Risha e Jess. As três agora voltariam para suas vidinhas chatas de sempre, enquanto a existência de Calliope era tudo, menos chata.

Seguiu as outras garotas porta afora, enquanto guardava o frasco de creme de limpeza facial na sua bolsa — a edição especial fúcsia da Senrevea, claro — e ouvia o som satisfatório dele caindo ali dentro.

RYLIN

NA SEGUNDA-FEIRA SEGUINTE, Rylin estava diante do grandioso pórtico esculpido da entrada da Escola Berkeley, imóvel, chocada. Não podia ser ela ali, Rylin Myers, vestindo uma camisa social e saia pregueada, prestes a começar a estudar em uma escola particular chique dos andares superiores. Era como se aquilo estivesse acontecendo com outra garota, uma série bizarra de imagens sonhadas por outra pessoa.

Ela ajustou a alça da bolsa sobre o ombro, passando o peso do corpo de um pé para o outro, indecisa. O mundo começou a se iluminar ao redor dela quando as lâmpadas com timer ajustaram sutilmente sua luminosidade para indicar que a manhã avançava. Rylin tinha se esquecido do quanto adorava aquele efeito; certa vez se sentara nos degraus diante da casa de Cord enquanto o sol nascia lá fora, só observando a mudança vagarosa das lâmpadas acima. Lá embaixo, no 32º andar, as luzes nunca alteravam a única configuração fluorescente, a menos que algum dos adolescentes do bairro esmagasse uma das lâmpadas.

Bem, era agora ou nunca. Ela começou a andar na direção da diretoria, seguindo as setas amarelas destacadas no tablet oficial fornecido pela escola, que ela havia apanhado na semana anterior. Ao contrário do tablet MacBash convencional dela, aquele funcionava dentro dos limites da rede protegida que circundava a escola, muito embora fosse capaz de realizar apenas tarefas básicas pré-aprovadas, como checar a conta do e-mail acadêmico ou fazer anotações. Rylin sabia que não havia como hackear a rede da escola, apesar de vários adolescentes terem tentado fazer isto ao longo dos anos.

Ela tentou não ficar encarando os arredores enquanto caminhava pelos corredores. Aquele lugar parecia com os campi universitários da sua imaginação, com corredores amplos bem-iluminados e colunatas de pedra. Holos direcionais surgiam a cada vez que ela dobrava uma esquina. Num pátio no fim do corredor, palmeiras se agitavam à brisa simulada. Alguns estudantes passaram por ela, todos usando o mesmo uniforme.

Claro que Rylin já tinha visto aquele uniforme antes — na lavanderia, quando ela trabalhava para Cord Anderton.

Ela não tinha ideia do que diria quando o visse. Talvez não o visse, pensou com esperança dúbia; talvez aquele campus fosse grande o suficiente para que ela pudesse evitar contato com ele nos próximos três semestres. Mas ela tinha a sensação de que não teria aquela sorte.

— Rylin Myers. Tenho uma reunião com o conselheiro acadêmico — disse ao rapaz da recepção, quando finalmente chegou à diretoria. Ainda não conseguia acreditar que aquela escola sequer *tivesse* um conselheiro acadêmico. Nos andares inferiores, coisas como recomendações para universidades e tarefas acadêmicas eram distribuídas via algoritmo. Aquelas pessoas deviam ser muito arrogantes para pensar que podiam fazer um trabalho melhor do que o de um computador.

O homem digitou qualquer coisa em seu tablet.

— Claro. A aluna da bolsa de estudos. — Ele olhou para ela, com uma expressão indecifrável no rosto. — Sabe, Eris Dodd-Radson foi muito querida aqui na Berkeley. Todos nós sentimos falta dela.

Era uma estranha maneira de dar boas-vindas, lembrar a pessoa cuja morte tinha tornado possível a sua presença ali. Rylin ficou sem saber o que responder, mas o rapaz não parecia estar esperando resposta.

— Sente-se. O conselheiro virá em um instante.

Rylin afundou em um sofá e olhou ao redor da sala, que tinha paredes bege decoradas com certificados de prêmios de educação e holos motivacionais. De repente se preocupou com o que seus amigos estariam fazendo — seus amigos *de verdade,* lá dos andares de baixo. Lux, Amir, Bronwyn, até mesmo Indigo. Ela conhecia algumas pessoas na Berkeley, mas todas já a odiavam.

Do nada, como se ela o tivesse convocado com seus pensamentos, Cord Anderton entrou ali.

Ela havia dito naquelas últimas semanas a si mesma, sem parar, que não sentia falta dele, que estava perfeitamente bem daquele jeito. Mas ver Cord agora quase a desmantelou; sua camisa para fora da calça, o cabelo escuro desalinhado. Tão familiar, e tão dolorosamente distante.

Ficou sentada imóvel, deixando que seus olhos bebessem a presença dele, temendo o momento em que ele a notaria e ela teria de desviar o olhar. Era uma piada cósmica cruel que a *primeira* pessoa com quem ela topava na nova escola fosse justamente Cord.

Os olhos dele quase passaram reto por ela, vendo simplesmente mais uma garota birracial asiática vestindo uniforme, mas então ele pareceu perceber quem era ela, e olhou de novo.

— Rylin Myers — disse, com sua familiar voz arrastada; aquela que ele reservava para pessoas que não conhecia bem. O coração de Rylin se partiu um pouco ao ouvi-lo. Aquele foi o tom que ele usou com ela na noite em que a conheceu, quando ela não passava de uma faxineira. Antes de ela roubá-lo, de ter se apaixonado por ele e de tudo sair do controle.

— Estou tão espantada quanto você, confie em mim — disse ela.

Cord recostou-se na parede e cruzou os braços sobre o peito. Estava sorrindo, mas o sorriso se limitava apenas à boca.

— Preciso confessar que este é o último lugar onde eu esperaria encontrar você.

— É meu primeiro dia aqui. Vim me encontrar com um conselheiro — explicou Rylin, como se fosse a coisa mais natural do mundo estar ali. — E você?

— Matando aula — disse Cord, despreocupadamente. Rylin sabia que ele às vezes cabulava aula para visitar a casa dos pais em Long Island e dirigir os carros antigos e ilegais deles. Ela lembrou o dia em que ele a levara até lá, um dia que terminara na praia, embaixo de uma tempestade, e ficou vermelha com aquela lembrança.

— Podemos conversar a sós em algum lugar?

Ela não havia planejado ter aquela conversa com Cord, ao menos não hoje, mas não havia como evitá-la. Ela estava ali, no mundo dele — ou será que agora aquele mundo também era dela? Com certeza não era isso o que ela sentia.

Cord hesitou, parecendo dividido entre seu ressentimento em relação a Rylin e a curiosidade de entender o que ela estaria fazendo ali — e o que teria a lhe dizer. Aparentemente a curiosidade o venceu.

— Venha — disse ele.

Ele conduziu Rylin para fora da sala, por um corredor que começava a encher cada vez mais à medida que se aproximava o primeiro sinal. Alunos em grupinhos fofocavam, as pulseiras de ouro e os computadores de pulso cintilando quando eles gesticulavam para enfatizar alguma opinião. Rylin viu seus olhares correrem com curiosidade sobre ela — analisando seus traços desconhecidos, seus brincos angulosos de miçanga, suas unhas curtas pintadas de azul e as sapatilhas gastas que tinha roubado de Chrissa, porque não tinha nenhum "sapato preto simples sem salto". Manteve a cabeça erguida, ousando que eles a desafiassem, resistindo ao impulso de olhar para Cord. Algumas pessoas o cumprimentaram, mas ele apenas assentiu em retorno, e fez questão de nunca apresentar Rylin.

Por fim, ele atravessou um conjunto de portas duplas e entrou em uma sala escura como breu. Rylin ficou espantada com a etiqueta holográfica que surgiu quando eles atravessaram a porta.

— Vocês têm uma sala de projeção na *escola*? — perguntou, porque era estranho e porque ela desejava desesperadamente romper o silêncio.

Cord mexeu no painel de controles e depois de um instante uma fileira de pequenas lâmpadas ao longo da escada se acendeu. O lugar ainda assim continuava muito escuro. Cord não passava de uma sombra.

— Pois é, é para as aulas de cinema. — Cord parecia impaciente. — Tá bom, Myers, qual é o lance?

Rylin respirou fundo.

— Imaginei essa conversa pelo menos umas cem vezes, e em absolutamente nenhuma delas isso acontecia aqui, na sua escola.

Os dentes de Cord cintilaram num sorriso vazio.

— Ah, é? E *onde* você imaginava essa conversa?

"Na cama, mas era puro sonho."

— Não tem importância — disse Rylin, depressa. — O negócio é o seguinte: eu te devo um pedido de desculpas.

Cord deu um passo para trás, em direção ao alto da escada. Rylin forçou-se a olhar diretamente para ele enquanto falava.

— Quero falar com você desde aquela noite.

Ela não precisava esclarecer que noite era; ele sabia muito bem do que ela estava falando.

— Quis te mandar um ping, mas não tinha ideia do que dizer. E não parecia importar mais também. Você estava aqui em cima, e eu lá embaixo, no 32, e imaginei que seria mais fácil simplesmente deixar tudo isso quieto.

"E, além disso, sou uma covarde, ela admitiu a si mesma. Tinha medo de te ver de novo, sabendo o quanto iria me machucar."

— Enfim, agora que aparentemente vamos estudar na mesma escola... quero dizer, estou estudando aqui graças a uma bolsa...

— Aquela que os pais de Eris criaram — disse Cord, desnecessariamente.

Rylin piscou os olhos, sem entender. Não tinha contado com o fato de que tanta gente viesse falar com ela sobre Eris.

— É, essa mesmo. Então, já que eu vou te ver por aí, queria esclarecer a situação.

— Esclarecer a situação — repetiu Cord, com a voz sem entonação. — Depois de fingir namorar comigo só para poder me roubar.

— Eu não fingi! E não queria te roubar... pelo menos não depois da primeira vez — protestou Rylin. — Por favor, me deixa explicar.

Cord assentiu, mas não respondeu.

Portanto, ela lhe contou tudo. Admitiu a verdade sobre seu ex-namorado, Hiral, e os Spokes — que tinha roubado as drogas feitas sob medida para Cord daquela única vez, na primeira semana em que começou a trabalhar na casa dele, para evitar que ela e Chrissa fossem despejadas. Rylin levantou de leve o queixo, tentando fazer a voz não falhar enquanto explicava que Hiral a chantageara para vender drogas e arrumar a grana para pagar sua fiança. Que V a ameaçara, obrigando-a a roubar Cord de novo.

Contou tudo a Cord, menos que seu irmão mais velho, Brice, a confrontara, dizendo que a menos que ela rompesse o namoro com Cord — a menos que ela fingisse que estava namorando com ele só pela grana —, ele a mandaria para a prisão. Ela sabia o quanto Cord era próximo do irmão e não desejava se intrometer naquele relacionamento. Portanto, ela fez parecer como se a culpa fosse toda de Hiral.

Também não contou a Cord o quanto o amara. O quanto ainda o amava.

Cord não disse nada até as últimas palavras de Rylin caírem no silêncio como pedras, fazendo com que este ondulasse ao redor dos dois. Àquela altura, a primeira aula já estava mais do que pela metade; os dois tinham faltado a suas reuniões na diretoria. Rylin não estava nem aí. Aquilo era mais importante. Ela desejava, desesperadamente, consertar as coisas com Cord. Sendo bastante sincera consigo mesma, queria muito mais do que isso.

— Obrigado por me contar — disse ele, bem devagar.

Rylin deu um passo involuntário para a frente.

— Cord. Você acha que a gente poderia...

— Não.

Ele afastou o corpo antes que ela pudesse terminar a pergunta. Aquele movimento a atingiu como um soco no estômago.

— Por quê? — Não se controlou. Sentia como se tivesse dilacerado seu coração para ele, deixado seu conteúdo cair pelo chão como serragem, e agora Cord o pisoteava sem nenhum cuidado. Deu um jeito de conter as lágrimas que ameaçavam dominá-la.

Cord soltou um suspiro.

— Rylin, depois de tudo o que aconteceu, não sei como posso confiar em você. Onde isso nos deixa?

— Sinto muito — ofereceu ela, sabendo que não era o bastante. — Nunca foi minha intenção te magoar.

— Mas você magoou, Rylin.

Alguém abriu a porta, fazendo entrar uma enxurrada de luz, depois recuou depressa quando viu Cord. No instante breve da invasão de luminosidade, Rylin vislumbrou seu rosto: distante, frio, fechado. Aquilo a aterrorizou. Preferia que ele gritasse com ela, que parecesse irado, magoado, até cruel. Aquela indiferença casual era infinitamente pior. Ele tinha se retirado para algum lugar profundo dentro de si mesmo onde ela jamais poderia alcançá-lo, onde ele estaria para sempre distante dela.

— Gostaria de poder voltar no tempo, agir diferente — disse ela, impotente.

— Eu também gostaria, mas a vida não funciona assim, né?

Cord deu um passo para a frente, como se estivesse prestes a sair. Rylin percebeu, em um instante de clareza, que ela não poderia deixar que ele fosse embora daquele jeito, não se desejasse conservar algum arremedo de orgulho. Caminhou depressa até a porta e olhou para trás, por cima do ombro.

— Acho que não. A gente se vê então, Cord — disse ela. Infelizmente, era verdade. Ela veria sempre, constantemente, o garoto que não a queria mais.

* * *

Mais tarde, Rylin andava mecanicamente na fila do almoço, perguntando-se quantos minutos ainda teria de ficar naquela escola. Já sentia vontade de começar uma contagem regressiva no canto do tablet, como algumas meninas faziam para seus aniversários.

Como seria de esperar, a escola lhe entregara uma grade curricular composta inteiramente de aulas de nível básico — incluindo biologia do primeiro ano, pois ela nunca tinha tido aulas de biologia na sua antiga escola. Ela na verdade estava aliviada por ter se atrasado tanto na reunião com a conselheira, a sra. Lane, porque aquilo a poupara de suportar mais trinta minutos de condescendência incrédula daquela mulher.

— Aqui diz que você trabalhou em uma loja chamada Arrow? — perguntou a sra. Lane com desdém, arrogante. Rylin meio que se arrependeu de não ter comprado um par de botas berrantes da Arrow para usar na escola e deixar aquilo claro.

Quando se aproximou do scanner de retina para pagar a comida, Rylin apanhou uma garrafa de água vermelha de uma das prateleiras. O logo em letra manuscrita dizia MARSAQUA, em letras que pareciam estalactites contra um planeta vermelho berrante. As letras de história em quadrinhos derretiam-se repetidamente, pingavam no fundo da garrafa e depois flutuavam de novo para cima, para formar novamente os cristais de gelo.

— Água marciana — ouviu alguém dizer atrás de si.

Rylin virou-se e viu seu pior pesadelo na sua frente. Leda Cole.

— Eles arrancam pedaços da capa de gelo de Marte, trazem para a Terra e depois engarrafam. É ótimo para o metabolismo — continuou Leda, com um tom de voz assustadoramente doce.

— Isso parece péssimo para Marte — retrucou Rylin, orgulhosa de como aparentava não dar a mínima. Leda era como o vira-lata malvado que costumava rondar o apartamento delas: não dava para revelar a menor fraqueza diante dele, senão o ataque seria inevitável.

— Vem se sentar comigo — ordenou Leda, e saiu, sem esperar para ver se Rylin a estava seguindo ou não.

Rylin nem se deu ao trabalho de esconder o suspiro de irritação. Ora essa, podia muito bem se livrar de todas as conversas de merda logo no primeiro dia de aula, não é? Dali as coisas não poderiam piorar.

Leda tinha se sentado a uma mesa de dois lugares perto de uma janela de vidro flexível que dava vista para um pátio interno. Ali Rylin viu alunos brincando com câmeras de vídeo voadoras e conversando ao redor de uma fonte gigantesca. Havia tanta luz solar real inundando o lugar a partir do teto, filtrada por espelhos no teto, que parecia que eles realmente estavam do lado de fora — se o exterior da Torre pudesse ser assim tão simétrico, limpo e perfeito.

Ela afundou no assento em frente a Leda e mergulhou uma de suas batatas fritas no molho aioli. Leda obviamente queria que ela se sentisse intimidada, mas Rylin não lhe daria aquele gostinho.

— Que diabos você está fazendo aqui, hein, Rylin? — perguntou Leda com voz autoritária, sem preâmbulos.

— Agora eu estudo aqui. — Rylin apontou para a saia pregueada e levantou uma sobrancelha. — Estamos usando o mesmo uniforme, caso não tenha reparado.

Leda pareceu não ouvir.

— Foi a polícia que te mandou?

— Polícia? Você tem noção de como está parecendo paranoica?

Aquela ideia era ridícula: de que Rylin Myers pudesse ser alguma espécie de espiã policial infiltrada.

— A única coisa que eu sei é que você é um lembrete andante de uma noite que eu preferia esquecer. — "Bom, somos duas então", pensou Rylin. — E agora, por algum motivo inexplicável, você está aqui, na *minha* escola, em vez de lá embaixo, no vigésimo andar, que é o seu lugar!

A voz de Leda tremeu, e Rylin percebeu com prazer que ela parecia estar meio... amedrontada.

— Da última vez que eu conferi, Leda, o pórtico da entrada não tinha seu nome gravado. Então, não, esta escola não é *sua*. E eu moro no *trigésimo segundo* andar — corrigiu. — Estou estudando aqui graças a uma bolsa.

Os olhos de Leda cintilaram ao entender.

— Ah, a bolsa da Eris — disse ela, num fio de voz.

— Essa mesmo — disse Rylin, alegremente, e deu uma mordida em um enorme cheeseburger, deliciada com a expressão de nojo que se estampou no rosto de Leda. — Agora, a menos que tenha mais alguma ameaça a me fazer, sugiro que dê o fora e me deixe curtir o meu almoço em paz. Não vim aqui para zoar a sua vidinha perfeita. — Ela colocou um pouco de ênfase demais na palavra *perfeita*, como se quisesse indicar que não acreditava muito que a vida de Leda fosse assim tão perfeita, no fim das contas.

Leda se levantou abruptamente, fazendo a cadeira arranhar o assoalho de nogueira escura. Apanhou sua salada de espinafre intocada e atirou o cabelo por cima do ombro.

— Deixa eu te dar um conselho grátis — disse ela, com um sorriso falso estampado no rosto, e olhou mais uma vez para o sanduíche de Rylin. — Nenhuma garota pede o combo de hambúrguer.

Rylin deu-lhe um sorriso em retorno, tão largo quanto.

— Que engraçado. Porque sou uma garota e acabei de pedir esse combo. Acho que, pelo jeito, você não sabe de tudo.

— Muito cuidado, Myers. Tô de olho em você.

Que maravilhoso primeiro dia de aula aquele! Rylin recostou-se na cadeira e deu um gole imenso na sua caríssima água marciana... afinal, por que não, né?

LEDA

— CADÊ A mamãe? — Leda hesitou diante da entrada da sala de estar da sua casa, mantendo a ponta das botas alinhada com o carpete cor de marfim do hall. Seu pai estava sentado sozinho à mesa, tamborilando os dedos distraidamente sobre a superfície de vidro ultramoderna enquanto lia qualquer coisa em suas lentes de contato.

Ele olhou para a filha.

— Oi, Leda. Acho que ela está um pouquinho atrasada.

— Pai, que datas estão reservadas para a casa de Barbados em janeiro? — perguntou Jamie sem preâmbulos, sentando-se. Leda cuidadosamente aventurou-se a entrar na sala e puxou a cadeira do lugar à frente do irmão. A mesa não tinha pernas: flutuava sem apoio no ar, o símbolo máximo da decoração simples e minimalista do apartamento deles. Leda a achava brega e impessoal, mas, enfim, combinava perfeitamente com o fato de que ali se parecia mais com um hotel do que com um lar. Um lar implica que as pessoas que ali vivem se importam umas com as outras.

Matt Cole pigarreou.

— Na verdade, cancelamos o aluguel de Barbados.

— O quê? — Leda estava atônita. Eles alugavam a casa em Barbados há séculos: uma casa ampla, serena, no alto de um morro, com uma pequena trilha de seixos que levava diretamente até a praia. Leda sempre adorou o modo como os pais ficavam relaxados ali, como se eles se tornassem as melhores e mais puras versões de si mesmos, livres da fuligem de Nova York.

— Este ano não vamos alugá-la. Quem sabe não podemos fazer alguma coisa diferente? — explicou seu pai, mas Leda não se convenceu. Teria ele perdido muito dinheiro ultimamente? Talvez tivesse gastado demais com echarpes da Calvadour para a sua amante adolescente, pensou ela com ressentimento, lembrando-se do presente exorbitante que ele dera a Eris logo antes de ela morrer.

— Que droga. Ia justamente perguntar se eu podia levar uns amigos — disse Jamie, encolhendo os ombros. — Tô morrendo de fome. Podemos comer?

Era típico de Jamie; ele nunca se incomodava demais com qualquer coisa por muito tempo.

— Vamos esperar a mamãe — disse Leda baixinho, mas seu pai já estava pressionando a tela *touch screen* discreta do centro da mesa. A chef da casa, Tiffany, apareceu, empurrando um carrinho repleto de pratos.

— Mamãe disse para irmos começando sem ela. Está em uma reunião — explicou seu pai. Leda apertou os lábios e apanhou um pote de massa, sem tecer comentários. Era a sua favorita, penne de couve com proteína de soja esfarelada e feneróis. Estava na cara que sua mãe tinha escolhido aquele cardápio para animar Leda. Uma parte dela, teimosa e do contra, determinou-se a não gostar.

— Como foi na escola, Leda? — perguntou seu pai. Aquela era a versão dele de educação: fazer perguntas padrão que tinha lido em algum manual de *Como conversar com sua filha adolescente*. Leda imaginou se eles o guardariam na estante, ao lado de *Como esconder sua amante adolescente*.

— Normal — disse ela de modo seco, e começou a comer o penne, porém pousou o garfo ruidosamente. — Mas tinha uma garota nova na escola hoje. Não é estranho que a tenham deixado começar no meio do semestre desse jeito?

— Acho que eu vi essa menina — intrometeu-se Jamie, para variar. — A tal da bolsista?

Leda olhou para ele, surpresa. Jamie em geral nunca notava nada, a menos que fosse algo que ele pudesse fumar, beber ou ganhar de presente. Mas, enfim, Rylin *era* bonita, se fosse possível desconsiderar sua atitude desrespeitosa.

— Isso mesmo. Ela veio do *vigésimo andar* — disse Leda dramaticamente, torcendo o nariz. — Dá para imaginar?

— É mais ou menos o que você passou, quando nos mudamos para cá dos andares do meio da Torre — disse o pai, e Leda ficou tão chocada que não conseguiu dizer nada.

— Não, não é nem um pouco igual a mim! — rebateu depois de um instante. Não gostava de ser comparada com uma pessoa arrogante da ralé. — Aquela menina é mal-educada e boca-suja. Acha que não precisa seguir as regras.

Jamie caiu na risada.

— Olha só quem está falando! Leda, você *nunca* achou que precisasse seguir as regras!

Matt Cole tentou ser imparcial, mas um ar divertido dançou pelo seu rosto.

— Leda, acho que você deveria dar uma chance a essa garota. Tenho certeza de que ela teve um primeiro dia difícil, começando assim no meio do ano letivo. Principalmente se ela é bolsista.

Aquilo era uma abertura para Leda.

— Tem razão — disse ela, com a voz gotejando falsa simpatia. — Imagino que tenha sido ainda mais difícil no caso dela, porque ganhou a bolsa de Eris, e todos nós, obviamente, sentimos *tanto* a falta dela.

Um silêncio caiu sobre a sala. A família de Leda sabia que ela estivera no teto do edifício, claro; tinham ido apanhá-la na delegacia no outro dia de manhã, depois que todos deram seu testemunho, e tinham revisado o da filha com o advogado em um nível excruciante de detalhamento. A morte de Eris era um desses assuntos que eles coletivamente pareciam ter decidido nunca abordar. Como se os segredinhos sujos da família pudessem ser escondidos e enterrados exatamente como a própria Eris tinha sido, e, assim, desaparecer.

Leda observou melhor o rosto do pai. Não tinha certeza do que ela estava procurando. Algum sinal que confirmasse o relacionamento dele com Eris, supunha.

Ela viu logo de cara. Ele estremeceu ao ouvir as palavras de Leda — bem de leve, mas já foi o bastante. Ela olhou rapidamente para baixo.

Leda pensou que sentiria prazer em ver a prova bem ali, no rosto do pai, mas de repente a única coisa que ela desejava era chorar.

Durante o resto do jantar, ficou revirando a comida, ouvindo o pai e Jamie conversarem sobre lacrosse, alguma grande jogada que Jamie fizera e se a escola iria ou não contratar um treinador novo no ano seguinte. Tão logo pôde, ela murmurou uma desculpa qualquer e escapou pelo corredor até o seu quarto.

Alguém bateu na porta.

— Leda?

— Que foi? — disse, irritada, enxugando os olhos. Será que seu pai não entendia que ela não tinha a menor vontade de vê-lo?

Ele abriu a porta, hesitante.

— Será que a gente pode conversar?

Ela girou a cadeira diante de sua mesa, mas ficou onde estava, de pernas cruzadas como índio.

— Só queria ver como você estava — disse ele, remexendo as mãos, incomodado. — Você não fala muito sobre Eris desde que ela morreu. Daí, no jantar, você disse que... — A frase dele ficou no ar, de modo esquisito. — Enfim, só queria ter certeza de que você está bem.

"Óbvio que eu não estou bem", pensou Leda. Quase sentiu pena do pai por não ter a menor noção do que estava acontecendo. Ela só tinha mencionado Eris durante o jantar porque queria *provocá-lo*, porque estava cansada de fingir que estava tudo bem e que um jantarzinho gostoso de massa poderia consertar as coisas, da mesma maneira como acontecia quando ela era criança. Foi ele que começou, indo para a cama com sua amiga e traindo todos os valores sobre os quais a família havia sido construída.

Porém, mais que isso, Leda sentia nojo de si mesma. Ela guardava um segredo também, o que a tornava tão recriminável quanto ele.

Quantas vezes depois da morte de Eris ela quis confrontar a mãe com a verdade! Procurava Ilara preparada a contar tudo: que papai era um cafajeste duas-caras e que eles precisavam abandoná-lo. "Preciso lhe dizer uma coisa", dissera Leda, em mais de uma ocasião, "uma coisa importante...".

Porém, Leda nunca conseguia de fato dizer o que queria. Eris já tinha morrido, dizia a si mesma; agora, que bem poderia fazer destruir sua própria família? Sempre que Ilara olhava para ela com aqueles olhos escuros tão repletos de amor, Leda esmorecia e caía em silêncio. Não queria ser ela a quebrar o coração da mãe.

A criança dentro de Leda não conseguia suportar a ideia dos pais se separando. Sua família podia ser repleta de segredos e traições, mas, ainda assim, era *sua família*. Ela preferia mantê-la unida, ainda que isso significasse guardar aquele segredo pelo resto da sua vida.

Ela merecia aquilo, pensou, sombriamente. Aquela culpa atormentadora, excruciante, era seu castigo pelo que fizera a Eris.

— Estou bem — disse rigidamente, respondendo à pergunta do pai. O que mais poderia dizer, afinal? *Ei, pai, lembra que você estava tendo um caso com a minha amiga e depois ela caiu do alto da Torre? Adivinha só. Fui eu que a empurrou!*

— Você e Eris eram amigas chegadas, né? — insistiu o pai. Meu Deus, será que ele não podia simplesmente ir embora? Por que todo mundo ficava fazendo *aquela* pergunta? Só porque ela e Eris tinham amigas em comum, não quer dizer que eram unha e carne.

— Éramos amigas, mas não grandes amigas. — Leda estava pronta para encerrar aquela conversa. — Sabe o que é, pai, tenho um monte de tarefas para fazer...

— Leda — interrompeu seu pai, e agora era ele que parecia estar desesperado. — Tem uma coisa que eu preciso lhe contar sobre Eris...

Não, não, não.

— Desculpe! — Leda se levantou abruptamente, derrubando a cadeira no chão, e começou a atirar coisas freneticamente dentro da sua bolsa. Estava usando calça floral de yoga e uma jaqueta de zíper preta, mas não importava; precisava dar o fora dali, e já. Ela *absolutamente não podia* ficar para escutar a porra da confissão de que seu pai estivera dormindo com sua suposta amiga. — Estou atrasada para ir para a casa de Avery estudar. Será que a gente pode conversar depois?

A compreensão surgiu no rosto de seu pai com um pouco de mágoa. Talvez ele soubesse que ela sabia de tudo.

— Tudo bem. A gente se fala mais tarde.

— Valeu! Te vejo depois — disse ela com falsa alegria, e correu às cegas para fora do apartamento.

Só depois de entrar em um hover é que Leda se deu conta de que não tinha a menor ideia de para onde iria. Claro que ela não podia de fato ir para a casa de Avery. Estava muito tarde para fazer uma aula no Altitude, mas ela poderia ficar na lanchonete de lá... porém corria o risco de topar com Avery ou, pior ainda, com o pai ou a mãe de Eris... Leda estava irritada e balançada demais para isso.

O hover começou a bipar nervosamente, indicando que iria cobrar pela demora se ela não inserisse o destino logo, mas Leda não estava nem aí. Meu Deus, o que teria passado pela cabeça do seu pai, para tocar naquele assunto da Eris? Por que ele desejaria fazer esse tipo de confissão para a própria filha?

Leda tinha a impressão de que tudo estava rodopiando violentamente, fora de controle. Se não tivesse jurado que nunca mais tocaria nas drogas novamente, procuraria uma xenperheidrina agora mesmo; mas agora aquilo era uma questão de honra — e o orgulho de Leda só se equiparava à sua teimosia.

Odiava pensar naquela noite. Claro que ela sabia que estava a salvo: ninguém seria capaz de provar o que ela tinha feito com Eris. Não havia câmeras no telhado da Torre, nem maneira nenhuma de alguém descobrir que tinha sido tudo culpa dela. Não havia nada, a não ser três testemunhas.

Pensando bem, talvez fosse uma boa ela ir falar com essas pessoas para ter certeza de que continuavam bancando a versão dela da história.

De repente, Leda descobriu exatamente para onde ir. Digitou o endereço no sistema do hover e recostou-se no assento, fechando os olhos. Aquilo seria divertido.

WATT

***E SE VOCÊ** escrevesse a primeira versão e depois eu desse umas mexidinhas para parecer que fui eu?,* Watt implorou para Nadia pela décima vez, no mínimo.

Devo lembrá-lo de que no outono passado você me deu ordens rígidas para nunca mais escrever nada em seu nome. Essas orientações foram do seu antigo eu.

No outono anterior, Watt tinha sido chamado até a diretoria da escola, acusado de plágio, porque o artigo de Nadia tinha ficado perfeito demais. Desde então ele passou a ser mais cuidadoso. *Essas são circunstâncias extenuantes*, pensou, mal-humorado.

Eu sou só a mensageira. Brigue com seu antigo eu.

Nadia...

É isso. Segundo suas antigas orientações, devo me desligar. Me acorde quando você tiver um rascunho, retrucou Nadia, e se desligou com um bipe.

Watt ficou olhando para o monitor vazio, indeciso. Era verdade; ele definitivamente dissera a Nadia para se desligar se ele ficasse implorando que ela escrevesse suas tarefas. O Watt do passado era esperto demais para que o Watt do presente quisesse enfrentá-lo agora.

Começou a falar em voz alta e o comando de ditado da tela ia escrevendo as palavras:

— O motivo pelo qual desejo trabalhar com computadores quânticos é...

Ele parou. Havia um milhão de coisas que seria possível abordar no ensaio: que os quants eram mais rápidos e inteligentes que as pessoas, inclusive aquelas que os haviam criado, claro; que eles poderiam resolver problemas que os seres humanos sequer poderiam imaginar. Deus, meros cem anos antes um computador digital levava horas para fatorar um número de vinte dígitos! Nadia era capaz de fazer isso em quatro segundos cravados. Watt mal podia imaginar o que ela seria capaz de fazer se fosse conectada a outros computadores quânticos e designada para controlar o comércio internacional, ou o mercado de ações, ou simplesmente as operações do banco de alimentos dos EUA. Não haveria mais desperdícios. Os erros humanos seriam literalmente eliminados.

No entanto, nada daquilo tinha a ver com Watt no nível pessoal, nem tampouco com o motivo pelo qual o programa da universidade deveria escolhê-lo, em vez de aos outros milhares de concorrentes.

Se apenas ele pudesse falar sobre Nadia, sobre o quanto ela era infalivelmente boa! "Ela não pode ser boa; ela não passa de uma máquina", corrigiu a si mesmo. Watt, porém, sabia que no fundo ele acreditava nas boas intenções de Nadia, como se ela tivesse uma consciência humana.

Pensou no que Vivian Marsh dissera, que ela gostaria de ler pessoalmente a redação dele, e sentiu seu coração afundar de tristeza.

— Watzahn! — Sua mãe bateu à porta do quarto dele. — Sua amiga está aqui. Para fazer o trabalho de grupo.

— Cynthia? — Eles tinham de produzir um vídeo para a aula de inglês. Por que será que Cynthia não tinha avisado que estava vindo? — Você devia ter me mandado um ping, a gente podia ter se encontrado na biblioteca... — acrescentou, enquanto abria a porta, mas viu Leda Cole na sua frente, com calça floral de yoga e um sorrisinho satisfeito.

— Podia mesmo, mas eu queria usar seu computador — disse ela, com a voz suave. — É muito melhor do que os da biblioteca, sabia?

— Claro. Watzahn tem tanto orgulho de seu computador! Fica trabalhando nele o tempo todo — declarou a mãe de Watt, sorrindo de orelha a orelha.

Ligar quant, pensou Watt freneticamente, sentindo-se desorientado e pego de surpresa. Que diabo Leda Cole estava fazendo ali?

— Obrigada, sra. Bakradi — disse Leda com voz doce, os olhos arregalados e inocentes. Ela entrou no quarto de Watt e pousou a bolsa no chão, ajoelhando-se como se fosse apanhar uma tarefa fictícia de escola. Watt ficou olhando, em choque, para a mãe. Não acreditava que ela tivesse deixado uma *garota* entrar no seu quarto. Shirin simplesmente assentiu e sorriu para Leda, depois lembrou que se precisassem de alguma coisa era só chamá-la.

— Nada de se esforçarem demais! — disse ela, depois fechou a porta do quarto silenciosamente atrás de si.

— Desculpe, não sou a Cynthia — ronronou Leda. — Mas fico feliz de saber que um de nós já superou os irmãos Fuller.

— Ela é só uma amiga — rebateu Watt, depois se sentiu envergonhado de ter mordido a isca dela.

— Que pena.

Os dedos de Leda continuavam tamborilando o chão. Ele duvidava que ela estivesse drogada — os olhos dela estavam límpidos demais, o olhar firme —, porém havia um nervosismo tenso, latejante nos seus gestos.

Ele se ajoelhou ao lado de Leda e apanhou a bolsa de suas mãos.

— Sério, você tem de dar o fora.

— Ora, vamos, Watt. Seja um cara legal — criticou ela. — Vim até aqui embaixo só para conversar com você.

— Que merda você quer, hein? — disse, num tom autoritário. *Watt, cuidado,* advertiu Nadia. Ele deixou as mãos caírem impotentes nas laterais do seu corpo, fechadas em punhos, e se agachou.

— E eu que pensei que você soubesse de tudo, graças ao seu supercomputadorzinho que nos monitora o tempo todo — disse Leda, em tom mordaz.

Nadia, se você não tivesse se desligado, eu não seria pego de surpresa desse jeito!

Talvez fosse melhor então você não ter violado as instruções que criou para si mesmo, respondeu Nadia, com lógica cruel.

— O que você contou para a minha mãe para ela deixar você entrar no meu quarto? — perguntou para Leda, tentando ganhar tempo... e porque ela tinha razão, ela não deveria ter conseguido pegá-lo de surpresa daquela maneira. Watt queria ter certeza de que aquilo nunca mais aconteceria.

Leda revirou os olhos.

— Eu fui *legal* com ela, Watt. Você devia experimentar um dia desses. Costuma funcionar.

Ela esticou as pernas e apoiou as costas na cama dele, olhando para o monte de roupas bagunçadas que pairava perto do teto sobre feixes flutuantes baratos descartáveis.

— Não tenho closet. Foi o melhor que consegui fazer — disse Watt, seguindo o olhar dela, sem saber direito por que estava se explicando.

— Olha, na verdade estou impressionada. — Os olhos de Leda ainda estavam percorrendo o quarto. — Você realmente soube como maximizar o espaço aqui. O que esse lugar era originalmente, um quartinho de bebê?

— Não, os gêmeos ficaram com o quarto maior quando nasceram.

Ele mudou de posição, enxergando subitamente o quarto como Leda o estava vendo: os cobertores azul-marinho embolados, as luzes de halogênio baratas ao longo do teto, a mesinha estreita atulhada de aparelhos de realidade virtual de segunda mão.

— Gêmeos? — perguntou Leda, como se estivesse genuinamente curiosa.

Nadia, o que ela está fazendo?

Acho que é a tática retórica da koinonia, *na qual quem fala vai deixando o oponente falar sobre si mesmo em vez de tratar o assunto em questão diretamente.*

Não, eu quero dizer, o que ela quer?

Watt se levantou, perdendo a paciência.

— Você não veio até aqui para ficar de conversinha sobre a minha família. O que você quer?

Leda desenrolou o corpo em um movimento lento e gracioso para se levantar e ficar ao lado dele. Aproximou-se um passo, levantando o rosto para olhá-lo diretamente. Os olhos dela eram mais escuros do que ele se recordava, suas pálpebras cobertas com uma sombra esfumada.

— Você não vai nem mesmo me oferecer uma bebida antes de eu ir embora? Da última vez, você me serviu uísque — murmurou Leda.

— Da última vez você me drogou e me seduziu!

Ela sorriu.

— Ah, foi divertido, não foi? Bem, Watt... — Ela esticou o braço para enfiar uma mecha de cabelo dele atrás da sua orelha, e ele afastou a cabeça, irado; estava começando a se sentir muito confuso. — Se você quer mesmo saber, preciso que monitore umas pessoas para mim.

— Pode esquecer essa ideia, Leda. Já te disse que não faço mais esses lances.

— Que pena, porque o seu lance *comigo* ainda não terminou. — Ela abandonou o tom brincalhão e agora sua voz assumiu um tom gélido, com uma ameaça velada. Os dois sabiam que ele estava encurralado.

— Quem você quer que eu monitore? — perguntou Watt, desconfiado.

— Avery e Rylin, para começar — disse Leda. Havia uma nova energia em sua voz, como se mandar em Watt de alguma maneira lhe desse forças. — Quero ter certeza de que elas vão ficar na linha, que nenhuma das duas está falando com ninguém a respeito do que aconteceu naquela noite.

Ele percebeu que ela estava usando os mesmos brincos de pérola que usara da última vez em que fora até lá, e aquela lembrança fez com que sua raiva borbulhasse ainda mais.

— Você quer que eu espione as duas e lhe reporte caso perceba qualquer coisa de anormal? — perguntou Watt. — Dois monitoramentos em tempo integral. Vai sair caro.

Leda caiu na gargalhada.

— Watt! É claro que não vou te pagar nenhum centavo! O seu pagamento é o meu silêncio.

Watt não precisava que Nadia lhe dissesse que era melhor ele não responder nada. Qualquer coisa que ele dissesse só o faria afundar ainda mais. Ele apenas assentiu uma vez, trêmulo de ódio.

— Sabe o que é, hoje a Rylin começou a estudar na minha escola — disse Leda para si mesma, em voz alta. Começou a dar voltas em torno do quarto dele, como uma predadora, abrindo diversas gavetas, olhando seu conteúdo e tornando a fechá-las. — Isso me pegou completamente desprevenida. Eu odeio essa sensação. O único motivo de eu pagar a você é para nunca, nunca mais sentir isso.

— Achei que a gente já tivesse estabelecido que você não iria me pagar nada — respondeu, sério.

Leda fechou outra gaveta violentamente e levantou os olhos para Watt.

— Cadê? — perguntou ela, em tom autoritário. — Cadê o seu computador?

Nadia. Você tem como fingir que é externa a mim?, pensou ele, e fez uma ceninha, apertando um botão inútil em seu monitor.

— Aqui. Olha, estou ligando — disse ele. — Está esquentando.

— Não precisa brincar de comentarista. — Leda sentou-se na cama de Watt sem ser convidada. Uma estranha parte de Watt se deu conta de que era a primeira vez que havia uma garota em sua cama. Já tinha ficado com um monte de meninas antes, logicamente, mas sempre ia para a casa delas. Balançou a cabeça, meio irritado; por que estava pensando em sexo naquele momento?

— Vamos começar por Avery — disse Leda.

— Quê? Agora?

— Não existe momento melhor do que o presente — disse ela com falsa alegria. — Vamos, conecte-se ao computador do quarto dela.

— Não — disse Watt, de modo automático.

— Por quê? A lembrança é dolorosa demais? — Leda riu, mas a risada pareceu vazia aos ouvidos de Watt. Ele ficou imaginando o que teria acontecido naquela noite para fazer com que ela fosse até ali procurá-lo. — Tudo bem. Então os flickers dela.

— Não também.

— Ah, pelo amor de Deus, supera isso — disse ela, rispidamente, empurrando-o da cadeira com impaciência. As pernas dos dois roçaram, o que lançou uma estranha chuva de faíscas pelo corpo de Watt. Ele se afastou depressa.

— Como você insere os comandos? — Ela se inclinou para a frente e olhou ansiosa para o monitor.

— Nadia, diga oi para Leda — instruiu Watt, em voz bem alta e lenta. *Use as caixinhas de som*, pensou Watt, mas Nadia já estava fazendo isso, usando todas as caixas de som do quarto, incluindo as do antigo aparelho de realidade virtual.

— Olá para Leda — disse Nadia, com voz ribombante. Watt quase não conseguiu segurar a risada. Ela estava usando um tom robótico e monocórdico, como nos antigos filmes de ficção científica.

Leda praticamente deu um pulo.

— Muito prazer — disse ela, cautelosa.

— Gostaria de poder dizer o mesmo — respondeu Nadia.

— O que *isso* significa? — Sorriu Leda.

Ah, que beleza, vá se opondo a ela, pensou Watt, revirando os olhos. *Estou só seguindo seus passos.*

— Você acha que pode chantagear Watt só porque sabe um segredo dele? Por acaso você sabe o que eu sei sobre *você*? Eu monitoro tudo o que você faz — advertiu Nadia, com a voz mais amedrontadora que conseguiu emular.

Leda atirou a cadeira para trás num arroubo de raiva, mas Watt percebeu que a declaração de Nadia a abalara.

— Fiquem espertos. Vocês *dois*. — Leda pôs a bolsa sobre o ombro e saiu porta afora como um raio sem dizer mais nenhuma palavra.

Watt esperou até ouvir a porta da entrada se fechar atrás dela e então caiu de costas na cama, esfregando as mãos nas têmporas. O cobertor ainda cheirava ao perfume de rosas de Leda, o que o irritou tremendamente.

— Nadia, estamos ferrados — disse em voz alta. — Será que ela vai continuar nos chantageando por toda a eternidade?

— Você só vai ficar a salvo quando ela estiver presa — disse Nadia, porém era algo que ele já sabia.

— Eu concordo. Mas já falamos disso antes. Como posso mandá-la para a cadeia?

Ele e Nadia já tinham pensado de tudo. Não havia nenhuma filmagem de Leda empurrando Eris: não existiam câmeras no telhado, e ninguém estivera registrando nada com suas lentes de contato quando tudo aconteceu, nem mesmo *Nadia*. Ela se arrependia profundamente disso, mas, enfim, jamais poderia ter previsto aquele desfecho. Que inferno; Nadia tinha hackeado todas as câmeras de satélite a mil quilômetros de proximidade dali, mas nenhuma delas apanhara nada na escuridão.

Infelizmente, não havia nenhuma maneira de provar o que tinha acontecido no alto da Torre. Era a palavra de Watt contra a de Leda. E, assim que ele dissesse qualquer coisa, ele e Nadia estariam liquidados.

Nadia ficou em silêncio por um instante.

— E se você gravasse ela confessando o que fez?

— Será que podemos trabalhar com a realidade, e não com hipóteses? Ainda que ela dissesse a verdade em voz alta, jamais faria isso na minha frente.

— Eu discordo — disse Nadia. — Faria sim, se confiasse em você.

Por um momento, Watt não entendeu o que Nadia estava sugerindo. Quando a ficha caiu, começou a rir.

— Será que eu preciso reprogramar suas funções de lógica? Por que Leda Cole confiaria em mim, quando está tão na cara que ela me odeia?

— Só estou tentando explorar todas as hipóteses. Lembra, você me programou para proteger você, acima de qualquer outra coisa. E as estatísticas sugerem que quanto mais tempo você passa com Leda, maiores as suas chances de ganhar a confiança dela — retrucou Nadia.

— As estatísticas são inúteis quando suas chances de sucesso aumentam de um bilionésimo para um milionésimo por cento. — Watt puxou as cobertas e fechou os olhos. — Você estava sabendo que Rylin está frequentando a escola deles? — perguntou ele, mudando de assunto.

— Sim. Mas você nunca me perguntou dela.

— Você hackeou a escola? — Uma ideia estava se formando na cabeça dele. — E se a gente zoasse a Leda um pouquinho e colocasse a Rylin em todas as disciplinas dela, para que não tivesse como escapar?

— Como se eu já não tivesse feito isso. Você me subestima — disse Nadia, parecendo satisfeita consigo mesma.

Watt não teve como não sorrir na escuridão.

— Acho que quanto mais tempo você passa no meu cérebro, mais minha personalidade fica enxertada em você — disse ele, pensando em voz alta.

— Sim. Eu me arriscaria a dizer que conheço você melhor do que você mesmo.

Bom, *aí estava* uma ideia aterrorizante, Watt pensou, divertido.

— Nadia? — perguntou, quando começava a adormecer. — Por favor, não se desligue mais quando Leda estiver por perto, não importa quais comandos eu tenha lhe dado no passado. Preciso de você quando ela está por perto.

— E como precisa — concordou Nadia.

RYLIN

RYLIN CAMINHAVA APRESSADAMENTE pelo corredor principal da Berkeley, mantendo o olhar fixo à frente para evitar fazer contato visual com Leda sem querer... ou, pior, com Cord. Ao menos, finalmente era sexta à tarde, o fim do que parecia ter sido sua interminável primeira semana de aula.

Ela seguiu as direções do tablet da escola e passou por um enorme campanário de arenito e pela estátua brilhante do fundador da escola, cuja cabeça movia-se majestosamente para acompanhar seu progresso à medida que ela andava. Virou à esquerda no ginásio e seguiu em direção à ala de artes, ignorando a capela ligeiramente mórbida que tinha sido construída em homenagem a Eris no canto do corredor, cheia de velas, instafotos dela e bilhetes de alunos que provavelmente nem sequer a haviam conhecido direito. Aquilo fez Rylin ficar arrepiada, mas ela não sabia se era porque ela tinha visto Eris morrer ou porque só estava estudando ali graças à bolsa dela, ocupando o lugar que seria de Eris, o que tornava a existência de Rylin um tipo bizarro de relicário vivo.

Quando ela abriu a porta da Suíte de Artes 105, uma dúzia de cabeças viraram-se em sua direção, quase todas de garotas. Rylin parou, confusa.

— Aqui é a aula de holografia? — perguntou. A sala era preta, e nas paredes havia montes de telas escuras. O piso era coberto por carpete cinza--escuro de veludo.

— É! — gritou Leda Cole, de seu lugar na última fileira, ao lado do único assento vago da sala.

— Valeu.

O coração de Rylin se afundou no peito sem saber em que exatamente ela havia se metido. Sacou o tablet da escola e desenhou alguns rabiscos malucos no aplicativo do bloco de notas, mas continuava sentindo o olhar de Leda em cima dela.

Finalmente, Leda apanhou alguma coisa de sua bolsa: um silenciador azul em formato cônico, onde se lia, gravado com letras manuscritas, *Lux et Veritas*. Ela devia comprar um desse para a Lux, Rylin pensou sarcasticamente. Claro que Leda era o tipo de pessoa que compra material com o logo da universidade muito antes de começar a estudar lá.

Leda ligou o silenciador e o som do resto da sala imediatamente ficou abafado, com a máquina distorcendo ondas de som para criar um pequenino bolsão de silêncio.

— Beleza. Como você entrou aqui? — vociferou ela.

— Achei que já tivéssemos conversado sobre isso. Estudo nessa escola agora, lembra?

— Olha ao redor. Essa galera é toda do último ano. — Leda apontou com dureza para as outras garotas da turma. — Esta é a disciplina optativa *mais concorrida* da escola, com uma lista de espera de noventa pessoas. O único motivo de *eu* estar aqui é porque eles reservam algumas vagas para o pessoal do penúltimo ano e minha redação de inscrição foi a melhor. — Ela segurou com força a beirada da sua carteira, como se quisesse parti-la ao meio. — E aí, qual a sua explicação?

— Sinceramente, não tenho a menor ideia — confessou Rylin. — Me colocaram nessa aula, só isso. Apareceu no meu quadro de horários outro dia, portanto aqui estou. — Ela empurrou o tablet na direção de Leda para provar. *Estudos Acelerados em Holografia; instrutor Xiayne Radimajdi.*

— Watt — murmurou Leda baixinho, como se fosse um xingamento.

— O quê? — Rylin achou que não tivesse ouvido direito. Não era aquele rapaz que estava no telhado e que tinha ido parar na delegacia com elas, naquela noite?

Leda suspirou.

— Deixa pra lá. Só não estraga essa aula para mim, tá legal? Espero conseguir uma carta de recomendação aqui.

— Para Yale? — disse Rylin, secamente, olhando para o silenciador.

— Shane estudou lá — disse Leda, irritada. Ante o olhar confuso de Rylin, ela suspirou. — Xiayne Radimajdi. Ele é o professor dessa aula! O nome dele está bem aí no seu tablet.

Ela tamborilou irritada na tela e olhou para Rylin sem conseguir acreditar.

— Ah. — Rylin não tinha se dado conta de que Leda estava pronunciando o nome Xiayne. Estava mesmo se perguntando como se pronunciava. — Quem é ele?

— Um diretor vencedor de três Oscars! — exclamou Leda. Rylin ficou olhando para ela, sem entender. — Você nunca viu *Metrópolis*? Ou *Céus Vazios*? É por isso que essa disciplina só é oferecida às sextas... porque ele trabalha no resto da semana!

Rylin encolheu os ombros.

— O último holo que eu vi foi um desenho animado. Mas, enfim, esses holos que você mencionou parecem deprimentes.

— Ai, meu *Deus*. Essa aula é um *desperdício* para você.

Leda atirou o silenciador de volta na bolsa, virando as costas para Rylin justamente quando a porta se abriu para dentro. Toda a sala pareceu inclinar-se para a frente, segurando a respiração coletivamente. Então Rylin entendeu por que a maioria dos alunos ali era do sexo feminino.

Quem entrou na sala foi o cara mais inacreditavelmente atraente que Rylin já tinha visto na vida.

Era alto e não muito mais velho que elas — uns vinte e poucos anos, talvez —, de pele dourada escura e cabelo escuro cacheado. Diferente dos outros professores, que usavam todos gravata e blazer, vestia-se com total indiferença ao código de vestimenta da escola, com uma camiseta branca colada, jaqueta cheia de zíperes e jeans justo. Rylin olhou em torno e notou que ela e Leda eram as únicas que não estavam suspirando.

— Desculpem pelo atraso. Acabei de voltar de Londres — declarou ele. — Como todos aqui provavelmente devem saber, acabei de começar a filmar um novo projeto por lá.

— O da família real? — exclamou uma garota na fileira da frente.

Xiayne se virou. A garota remexeu-se no assento, mas Xiayne deu um sorriso diabólico e ela relaxou visivelmente.

— Não era para eu dar detalhes a respeito, mas sim, é sobre a última rainha da Inglaterra. Um pouco mais romântico que meus filmes de sempre. — Esta declaração causou uma nova onda de *ooohs* e *aaahs*.

— Agora, Livya, já que você está tão ansiosa para participar, pode me dizer sobre o que estávamos conversando na aula passada a respeito de Sir Jared Sun?

Livya empertigou-se mais no assento.

— Sir Jared patenteou a tecnologia refrativa que permitiu que os hologramas adquirissem capacidade de movimentação perfeitamente coordenada com o observador, criando a ilusão de presença.

A porta da sala abriu-se de novo e dela surgiu um vulto familiar. Rylin instintivamente afundou-se mais na cadeira, desejando poder afundar até o chão, ou até mais; até a maçaroca de mecanismos do andar intersticial, e depois até o andar abaixo dele, até chegar ao solo, atulhado de lixo e Deus sabe o que mais: não tinha importância — a única coisa que ela desejava era desaparecer.

— Sr. Anderton — disse Xiayne, parecendo divertido e nada surpreso. — Está atrasado. De novo.

— Tive um imprevisto — disse Cord a título de explicação, e Rylin percebeu que ele não havia exatamente pedido desculpas pelo atraso.

Xiayne olhou em torno da sala, como se procurasse explicação para o fato de estar faltando uma carteira. Pareceu notar a presença de Rylin com certo espanto. Ainda não a havia visto, não a tinha obrigado a fazer uma daquelas apresentações horrorosas que alguns professores forçavam os alunos a fazer. E se ele o fizesse agora, na frente de Cord?

Porém, para espanto de Rylin, o professor *piscou* para ela, de um modo que só podia ser interpretado como conspiratório.

— Bem, sr. Anderton, parece que o senhor precisa de um assento. — Xiayne apertou um botão e uma carteira brotou do chão, bem na frente de Rylin.

Cord nem olhou na direção dela ao se sentar. Apenas a tensão em seus ombros denunciava uma reação à sua presença. Rylin afundou ainda mais na cadeira, sentindo-se péssima.

— Como conversamos na semana passada — continuou Xiayne, sem se abalar —, os cenários são a coisa mais fácil de se criar em modo holográfico, porque, obviamente, são estáveis. Muito mais difícil é retratar algo que tenha vida. Por quê? — Ele estalou os dedos, e um gato surgiu de trás da sua mesa e pulou sobre ela.

Rylin mal conseguiu conter um grito abafado de surpresa. Tinha visto muitos hologramas antes: na tela da sua casa e, claro, nas propagandas que pipocavam sempre que ela fazia compras. Mas eram todos ruidosos, chamativos e de baixa resolução. Aquele gato era diferente. Fora idealizado nos mínimos detalhes e movia-se de modo muito realista, com milhares de pequenos gestos: o agitar preguiçoso da cauda, o modo como o peito se erguia de leve com a respiração, o piscar desafiador dos olhos.

O gato saltou na carteira da garota da fileira da frente que havia falado antes. A menina soltou um gritinho agudo involuntário de espanto.

— Por causa dos movimentos — prosseguiu Xiayne, ignorando as risadas. — Os movimentos de qualquer coisa viva devem ser reproduzidos em relação perfeita a qualquer espectador, não importa onde ele ou ela esteja posicionado em relação ao holo. É por isso que Sir Jared é considerado o pai da holografia moderna.

Xiayne continuou falando mais um pouco sobre luz e distância, sobre os cálculos necessários para fazer com que algo parecesse maior para os espectadores que estavam mais próximos e menor para os que estivessem mais afastados. Rylin tentava prestar atenção, mas era difícil se concentrar com o cabelo escuro de Cord bem na sua frente. Ela fez força para não ficar encarando. Pegou Leda olhando para ela de rabo do olho duas vezes, e teve certeza de que nada daquilo estava passando despercebido para a outra garota.

Quando o sinal finalmente tocou para sinalizar o fim da aula, Xiayne rapidamente mudou de assunto:

— Não se esqueçam de que seu próximo projeto é em duplas e que devem entregá-lo daqui a apenas duas semanas. Portanto, todos os que ainda não têm parceiro de equipe devem encontrar um.

A sala encheu-se de ruídos baixos enquanto todos começavam a procurar pares. De repente, Rylin foi acometida pelo medo terrível e imenso de terminar ficando com Cord. Lembrou-se da maneira como ele a havia olhado no início da semana, com ressentimento e mágoa. Ela não podia ficar com ele de jeito nenhum, acontecesse o que acontecesse.

Os ruídos da sala pareceram aumentar, deixando Rylin quase tonta com a pressão daquilo tudo. Fez a única coisa que lhe passou pela cabeça.

— Quer fazer dupla comigo? — perguntou para Leda, virando-se para ela.

Leda a olhou, sem acreditar no que estava vendo.

— Você tá zoando — disse ela simplesmente.

Rylin forçou um sorriso. Teve a impressão de que se arrependeria daquilo.

— O que você tem a perder? — perguntou.

Leda olhou de Rylin para Cord e de novo para Rylin.

— Certo — disse ela depois de um momento, num acesso de respeito relutante. — Só não espere que eu faça todo o trabalho por você.

Rylin ia começar a responder, mas a outra garota já tinha se levantado para reunir suas coisas.

Rylin reprimiu um suspiro e começou a andar até a frente da classe. Por que não se apresentar ao professor e perguntar o que seria aquela tarefa?

— Professor Radimajdi — arriscou ela, enquanto Cord saía silenciosamente pela porta. Provavelmente tinha formado dupla com uma das outras meninas do último ano. Melhor assim, Rylin disse a si mesma. Pelo menos dessa maneira ela não ficaria com cara de idiota. — Acabo de entrar nessa turma. Pode me explicar o que é a tarefa?

— Rylin, certo? — Havia algo de incomum no modo como ele pronunciou seu nome, como se fosse algo malicioso e delicioso em outra língua. — Os outros alunos já sabem, mas, por favor, me chame de Xiayne.

— Certo — foi a única coisa em que Rylin conseguiu pensar em dizer. Ele apontou para uma cadeira diante de sua mesa e ela sentou-se ali, colocando a bolsa desajeitadamente sobre o colo.

— Desculpe, aqui é muito quente às vezes — murmurou ele, e tirou a jaqueta de zíperes.

Rylin assentiu, os olhos arregalando-se ao ver os braços de Xiayne. Tatuagens cobriam cada centímetro quadrado da sua pele — formas lindas e abstratas em uma gama atordoante de cores. Elas se reuniam como tecido sobre seus bíceps e rodopiavam pelos braços musculosos para terminar em um caleidoscópio em seus pulsos. Rylin se pegou hipnotizada por aqueles pulsos, observando-os se dobrarem e esticarem, com as tatuagens modificando-se em antecipação a cada movimento de Xiayne. Eram o tipo de tatuagem que ia até o nervo: os micropigmentos tinham sido injetados na pele dele com um jato repleto de astrócitos que afundam profundamente na derme e se aderem às células nervosas irrevogavelmente, permitindo que eles se movimentem de modo constante. Era de longe a tatuagem mais dolorosa que se podia fazer, e portanto a mais fodona.

Xiayne inclinou-se para a frente e ela viu de relance um pedaço de tatuagem em seu pescoço, sumindo para dentro da gola da camiseta. Sentiu que ficava vermelha ao imaginar como seria o resto, no peito dele.

— Você mesmo que as desenhou? — arriscou perguntar, apontando para as tatuagens.

— Ah, faz muitos anos — disse ele, sem muito caso —, num lugar chamado Black Lotus. Como você pode imaginar, a escola não se empolga muito com elas, então tento usar mangas compridas durante as aulas.

— Black Lotus? — repetiu Rylin. — Você não está falando daquele que fica no trigésimo quinto andar, está?

Rylin tinha ido lá com os amigos uma vez, muitos anos atrás, quando sua mãe ainda estava viva. Tinha tatuado um passarinho pequenino nas costas, na linha do cós da calça, o único lugar onde sua mãe não o veria. A dor foi excruciante, mas valeu a pena — ela adorava a maneira como o passarinho reagia a seus movimentos, batendo as asas quando ela andava, escondendo a cabeça embaixo da asa quando ela estava dormindo.

Xiayne olhou para ela, surpreso.

— Você conhece?

De repente Rylin desejou estar usando um moletom com capuz e tênis em vez daquela saia engomadinha do uniforme. Queria se sentir mais como ela mesma.

— Eu moro no trigésimo segundo andar. Estou aqui graças a uma bolsa.

— A de Eris Dodd-Radson.

— Eu já *entendi*, tá legal? — disse Rylin, irritada, e estremeceu em seguida. — Foi mal — falou, hesitante. — É que todo mundo andou me dizendo isso a semana inteira, como se eu fosse um lembrete esquisito dela. Já é incômodo o bastante para mim o fato de estar aqui porque uma garota *morreu*. Mas não vim aqui como uma espécie de... — Engoliu em seco. — Como uma espécie de substituta dela.

Uma expressão indecifrável surgiu como um clarão pelo rosto de Xiayne. Rylin percebeu que os olhos dele eram mais claros do que ela havia pensado de início, de um tom verde-cinzento profundo que contrastava de modo chocante com a cor escura e suave da pele dele.

— Eu entendo. Deve ser difícil. — Depois ele sorriu. — Mas estaria mentindo se não dissesse que isso me empolga um pouco: ensinar alguém que é diferente. É um alívio. Para mim é nostálgico, até.

Rylin ficou intrigada e lisonjeada ao mesmo tempo.

— Como assim?

— Você é do meu bairro antigo. Eu frequentava a escola pública 1073.

— Era a escola rival da minha! — Rylin não conseguiu conter a risada diante do inesperado daquela situação. Pela primeira vez desde que entrara pelo portão da escola na segunda-feira, ela não se sentia julgada.

— E o que está achando da Berkeley? — perguntou ele, parecendo ler os pensamentos dela.

— Está sendo... uma adaptação e tanto — confessou Rylin.

Xiayne assentiu.

— Há lados bons e lados ruins, como na maioria das coisas da vida. Mas acho que vai descobrir que, com o tempo, os bons superam os ruins.

Rylin não concordava, mas não tinha certeza se gostaria de protestar ou não e, fosse como fosse, Xiayne já estava apanhando alguma coisa no armário do canto.

— Já usou uma *vidcam* antes? — perguntou ele, sacando uma esfera prateada brilhante mais ou menos do tamanho de uma uva.

— Não. — Rylin nunca nem sequer tinha visto uma.

Xiayne abriu a mão e lançou a esfera para cima com suavidade. Ela flutuou no ar a poucos centímetros da palma da sua mão. Ele rodou o dedo indicador em círculo e a *vidcam* girou, espelhando seus movimentos.

— Esta é uma *vidcam* de 360°, equipada com microcomputador e processadores espaciais poderosos — explicou ele. — Em outras palavras, grava em todas as direções, não importa para que lado o espectador esteja virado.

— Quer dizer que você simplesmente liga a câmera e ela começa a gravar um holo imersivo? — Aquilo não parecia ser muito difícil.

— É mais difícil do que pode parecer — disse Xiayne, como se entendesse o que ela estava sugerindo. — Existe um lado artístico na coisa toda... montar a cena, ter certeza de que está tudo perfeito em todas as direções, retirar-se de vista antes de começar a rodar. A não ser que você resolva editar tudo na pós-produção.

— É possível fazer isso?

— Claro que sim. Quando você pega o jeito da coisa, pode juntar diferentes tomadas em uma única. Foi dessa maneira que filmei o sol da meia-noite em *Metropolis*. Sabe, aquele ao qual a Gloria assiste do alto do telhado no fim do filme? — Ele soltou um ligeiro suspiro. — Montei aquela cena a partir de umas trezentas tomadas, pixel por pixel. Levei dois meses para fazer isso.

— Certo — disse Rylin num fio de voz, pois não conhecia a cena de que ele estava falando. — Então, o que exatamente temos de filmar nessa tarefa?

— Qualquer coisa interessante. — Ele apanhou a câmera no ar e entregou-a para ela, com a palma da mão aberta. — Quero que me surpreenda, Rylin.

"Talvez eu o surpreenda mesmo", pensou ela, com uma expectativa curiosa no peito.

CALLIOPE

— **ENTÃO ESSE** é o milésimo andar.
— Eu sei. — Elise ecoou o tom de surpresa momentânea de Calliope.
— Eu esperava mais diamantes.

Calliope e sua mãe tinham acabado de ser conduzidas até a sala de estar a partir do elevador particular, que tinha direito até a ascensorista real e humano — devia ser só para festas, Calliope raciocinou; certamente ele não fazia aquele serviço *o tempo todo*. Balançou a cabeça, com um sorriso irônico.

— É um coquetel, mãe, não uma festa de gala. Não é a ocasião ideal para diamantes.

— Nunca se sabe — disse sua mãe, enfiando a mão na bolsa para trocar sua enorme pulseira de diamantes por outra de ouro, mais discreta. Sempre andava com diferentes níveis de joias, desde aquela vez em Paris que elas apareceram em uma festa exageradamente bem-vestidas demais para a ocasião.

Não, o que tinha levado Calliope a fazer aquele comentário não fora a falta de quilates. Ela esperava que a cobertura da Torre fosse mais, bem... *mais*.

Sob as guirlandas festivas e as luzes cintilantes que enfeitavam a sala, as poinsétias enormes e a gigantesca árvore de Natal que ocupava todo um canto da sala de estar, o milésimo andar parecia, para Calliope, igual a qualquer outro dos inúmeros apartamentos caros que ela já tinha visto na vida. Era apenas mais uma sala repleta de antiguidades conservadoras, candelabros de cristal e papel de parede em tons desbotados, os mesmos saltos de sapato de estilistas famosos pisando nos mesmos carpetes no mundo inteiro. Que lance era aquele de tantos espelhos? Calliope adorava se olhar, tanto quanto qualquer garota, mas a única vez em que ela não estava nem aí para o seu próprio reflexo era ali, naquela altura. Ela só queria olhar *para fora* — para o mundo, a luz, as estrelas.

Uma pena ter a melhor das vistas do mundo e cobri-la com paredes cheias de espelhos e cortinas de brocado.

— Vou dar uma explorada por aí. Deseje-me sorte — disse Elise abruptamente, já percorrendo com os olhos os diversos convidados.

— Você não precisa disso, mas boa sorte.

Calliope observou sua mãe atravessar a sala com uma intensidade quase feroz, estreitando os olhos enquanto analisava diversos alvos em potencial, conversando com alguns deles por uns instantes e em seguida deixando-os de lado e seguindo em frente. Estava em busca do alvo perfeito: rico o bastante para valer o esforço, mas não tanto a ponto de ser impossível se aproximar dele ou dela. E, claro, tolo o suficiente para cair nas histórias que ela inevitavelmente lhe contaria.

Em momentos como aquele, Calliope adorava observar a mãe em ação. Havia intencionalidade em todos os seus movimentos — em sua risada, na maneira como ela atirava seu cabelo loiro cuidadosamente desalinhado — que atraía os olhares para ela como um ímã.

Enquanto sua mãe se misturava numa conversa com um grupo de convidados, Calliope seguiu para uma das extremidades da sala. Pela sua experiência, ficar distante era a melhor maneira de ler os detalhes intrincados das festas, todas as pequenas nuances de atração, alianças e drama. Além disso, nunca se sabia quem poderia aparecer quando você se colocava de lado na ação, tornando-se um pouquinho mais abordável.

Quase imediatamente ela avistou Avery Fuller movimentando-se pelos grupos de pessoas. Era como se Avery tivesse seu próprio holofote o tempo todo: iluminando seus traços irretocáveis, tornando suas maçãs do rosto cor de marfim ainda mais pronunciadas, os olhos de um tom ainda mais profundo de azul. Calliope teria sentido inveja de Avery por ser tão impossivelmente bela se ela não tivesse tanta confiança em seus próprios encantos — que eram diferentes, com certeza, mas não menos eficientes.

Começou a caminhar na direção de Avery, pensando em agradecer-lhe pelo convite, mas parou onde estava quando Avery fez contato visual com outra pessoa na sala. Seu rosto se encheu com uma expressão tão repleta de amor que Calliope entendeu haver topado com um momento particular e sagrado. Rapidamente, virou a cabeça na mesma direção que Avery, instigada pela curiosidade de saber quem poderia inspirar tamanho nível de devoção, mas as pessoas estavam apinhadas demais e movimentavam-se demais para que ela pudesse ver.

Uma tosse intensa atravessou o lugar, e mesmo embaixo de toda aquela cacofonia — as exclamações das pessoas se cumprimentando, as discussões entrecortadas de negócios e os flertes lânguidos e sinuosos, os drinques sendo misturados e os instrumentos do quarteto de cordas do canto — aquele som vibrou na consciência de Calliope com um choque elétrico. Ela reagiu àquela tosse mais instintivamente do que ao seu próprio nome, real ou fingido. Aquela tosse significava que sua mãe precisava do seu apoio. Agora.

Pelo menos o cara era bonitão, pensou Calliope, quando encontrou a mãe conversando com um senhor mais velho. Ele tinha um rosto bem-desenhado e cabelos grisalhos cortados bem curtos, o que o tornava charmoso de uma maneira distinta, ainda que seu terno escuro simples fosse um tanto sério. Elise estava rindo de uma piada qualquer que ele dissera, parecendo exótica e empolgante no seu vestido verde brilhante e com aquele sorriso vívido. Calliope imaginou que já estava vendo a mãe afiar as garras e se preparar para o bote.

— Olá — disse Calliope educadamente ao se aproximar. Era o cumprimento mais seguro, pois ela nunca sabia que papel desempenharia no teatro que Elise montara para ela em cada trambique específico.

— Querida, quero muito que conheça Nadav Mizrahni — exclamou Elise, e virou-se para o homem com quem estava conversando. — Nadav, esta é a minha filha.

— Calliope Brown. É um prazer conhecê-lo — disse ela, dando um passo à frente para apertar a mão de Nadav. Ficou grata por estar atuando no papel de filha novamente, desta vez. Era sempre o mais divertido.

Às vezes Elise a colocava no papel de prima ou amiga — ou pior, em algum papel completamente dissociado de vínculos familiares, como a nova assistente do escritório do alvo ou uma empregada. Elise insistia que definia aqueles papéis de acordo com a sua leitura da situação, mas Calliope desconfiava que a mãe às vezes os escolhia simplesmente porque estar no papel de mãe a fazia sentir-se velha. Não que Elise fosse velha, de maneira nenhuma: afinal, ela só tinha dezenove anos, pouco mais do que Calliope tinha hoje, quando engravidou da filha. *Ali sim* estava um pensamento preocupante.

— Tenho uma filha mais ou menos da sua idade. Ela se chama Livya — disse Nadav, com um sorriso simpático. Bom, aquilo explicava tudo.

— O sr. Mizrahi trabalha com cibernética. Acaba de se mudar de Tel Aviv para Nova York — acrescentou Elise.

Foi por aquele motivo que Elise se agarrara a ele com tamanha habilidade mortífera. Ela podia sentir o cheiro de sangue novo a dois quilômetros de distância. Os recém-chegados confiavam mais nos estranhos, pois para eles todos eram estranhos. Era muito menos provável que notassem passos em falso.

Uma bandeja flutuante passou por eles, repleta de taças de cristal com algum drinque borbulhante cor-de-rosa. Calliope apanhou três com um gesto habilidoso.

— Sr. Mizrahi — disse ela, entregando-lhe a bebida. — Não entendo muito bem de cibernética. Poderia me explicar o básico?

— Bem, a cibernética tecnicamente se define como o estudo de subsistemas tanto no homem quanto na máquina, mas trabalho em uma divisão que tenta replicar padrões simples...

Calliope sorriu enquanto desligava internamente aquele monólogo. Dê a um alvo a chance de se mostrar, de demonstrar um pouquinho de conhecimento especializado, e ele ou ela automaticamente sentirá afeição por você. Afinal, não havia assunto de roda de conversa que as pessoas mais gostassem do que falar sobre si mesmas.

— E está gostando de Nova York? — perguntou Calliope, fazendo uma pausa na conversa e dando um gole em seu drinque. Havia cristais de açúcar grudentos na borda da taça e sementes de romã de um tom vermelho vivo amontoadas no fundo.

Assim ela e a mãe levaram a conversa de um lado para o outro, acomodando-se em seu ritmo familiar e treinado. Flertaram, provocaram e encheram Nadav de perguntas, e ninguém, a não ser Calliope, seria capaz de perceber a crueldade fria por trás daquilo tudo. Observou como os olhos verde-claros da mãe — não eram a sua cor original, obviamente — mal se afastavam dos de Mizrahi, nem mesmo quando o olhar dele estava focado em alguma outra coisa.

A questão toda é o contato visual, Calliope lembrou-se de a mãe dizer em sua primeira aula na arte da sedução. *Olhe diretamente nos olhos deles até que eles não possam mais desviar o olhar.*

Então, inesperadamente, Calliope ouviu uma voz conhecida atrás de si.

Fez um pequeno gesto para a mãe e virou-se bem devagar, adiando o momento em que ele a reconheceria. Fazia apenas cinco meses, mas ele já parecia mais velho e, de alguma maneira, mais penetrante. A barba curta do verão passado se fora e seus olhos agora eram vítreos, diferentemente de antes. Ela jamais o vira de terno.

O único garoto que tinha levado a melhor sobre ela estava ali, do outro lado do mundo.

Ela notou o instante em que ele registrou sua presença. Ele pareceu tão estupefato quanto ela.

— Calliope?

— Travis? — perguntou ela. Era o nome que ele tinha lhe dado no verão, embora ela tivesse desconfiado, na época, que não era verdadeiro. Bem, mas o dela também não. Graças a Deus que ela vinha usando sempre o nome Calliope ultimamente.

Ele estremeceu e olhou ao redor, como se para conferir se alguém tinha ouvido.

— Meu nome verdadeiro é Atlas. Não fui muito sincero com você no verão.

— Você mentiu para mim sobre o seu nome? — disse ela, indignada, embora obviamente não desse a mínima para aquilo. Se estava sentindo alguma coisa, era curiosidade.

— É uma longa história. Mas, Calliope... — Ele correu a mão pelo cabelo, subitamente incomodado. — O que você está fazendo aqui?

Ela virou o resto da taça de champanhe de romã e depositou a taça vazia sobre uma bandeja que passou flutuando.

— No momento, estou me divertindo em uma festa — respondeu, num tom superficial. — E você?

— Eu *moro* aqui — disse Atlas.

Puta. Merda. Calliope orgulhava-se de sempre estar preparada para tudo, mas até mesmo ela precisou de um instante para processar aquela reviravolta nos acontecimentos. O garoto que havia conhecido naquele verão, com quem tinha andado para baixo e para cima pela África como se fossem um par de nômades, era um Fuller. Não era apenas rico — a família dele estava na estratosfera da riqueza, tão alta que tinha seu próprio CEP. Literalmente.

Ela poderia usar aquilo para tirar vantagem. Não tinha certeza de como ainda, mas tinha confiança de que a oportunidade surgiria, de modo que ela pudesse se separar de Atlas mais rica do que quando o conheceu.

— A gente todo o tempo pechinchando o preço da cerveja, e você morava aqui? — Riu.

Atlas riu também, balançando a cabeça com gratidão.

— Meu Deus, você não mudou nada. Mas o que está fazendo aqui em Nova York? — insistiu ele.

— Por que não me conta por que você estava escondendo seu nome e depois eu te conto o que me trouxe até aqui? — desafiou Calliope, enquanto tentava se lembrar exatamente do que ela havia contado a ele sobre si mesma. Ela sorriu; seu melhor sorriso, absolutamente, aquele que ela reservava para ocasiões especiais e que se desabrochava em algo tão luminoso e estonteante que a maioria das pessoas era obrigada a olhar para o outro lado. Atlas sustentou o olhar. Ela o quis mais ainda só por isso.

A verdade é que ela quis Atlas desde o primeiro instante em que o viu.

* * *

Estava parada de pé no lounge da British Air em Nairóbi, tentando descobrir para onde ir, quando ele passou por ela, com uma mochila surrada sobre o ombro. Todos os instintos do corpo dela — afiados com precisão depois de anos de prática — berraram *vai, vai, vai* atrás dele. Foi o que ela fez, e o seguiu até uma pousada-safári, onde o viu inscrever-se para a vaga de camareiro. Foi contratado na hora.

Ela continuou observando.

Ele era um alvo, sem dúvida, apesar de estar usando um uniforme cáqui comum, cumprimentando hóspedes e ajudando-os a carregar sua bagagem. Vinha de berço de ouro. Calliope percebeu em seu sorriso brilhante, na maneira como empertigava a cabeça, no modo como seus olhos percorriam o ambiente, confiantes e à vontade, mas de certa maneira não completamente arrogantes. Ela só não tinha adivinhado *o quanto* ele era rico.

Ela apareceu na festa dos funcionários do lugar naquele fim de semana, usando um vestido de seda carmesim que ia até o chão e abraçava as curvas de seus quadris e seus seios. Não estava usando nenhuma roupa de baixo e o vestido deixava aquilo abundantemente claro. Como sua mãe sempre dizia, você só tem uma chance de fazer o peixe morder o anzol.

A festa ficava longe da pousada, depois do gigantesco barracão onde eles guardavam os hovers de vidro flexível do safári. Estava mais lotada do que ela esperava: dúzias de funcionários jovens e atraentes estavam reunidos em torno de uma daquelas fogueiras falsas — do tipo holográfico que emitiam calor de verdade —, dançando, rindo e bebendo alguma coisa de cor clara e gosto de limão. Calliope apanhou um copo sem dizer nada e encostou-se num poste de madeira. Seus olhos experientes o localizaram imediatamente. Ele estava com diversos amigos, sorrindo por causa de algo que eles haviam dito, quando olhou para cima e a viu.

Algumas outras pessoas se aproximaram dela, mas Calliope as dispensou. Cruzou as pernas para revelar melhor a fenda do vestido e as pernas compridas que havia por baixo dele. Calliope nunca fazia o primeiro movimento, pelo menos não com garotos. Descobrira que eles entravam de cabeça mais depressa em um romance quando eram eles que abordavam você.

— Não vai dançar? — perguntou ele, quando finalmente foi ficar ao lado dela. Parecia americano. Ótimo. Ela poderia se fazer passar por qualquer coisa, mas sempre preferia ser de Londres e os rapazes americanos em geral se sentiam fascinados com aquele sotaque rouco, sexy.

— Não com quem me convidou até agora — respondeu ela, levantando uma sobrancelha.

— Dance comigo. — Ali estava de novo aquela autoconfiança, tingida de só um tantinho de inquietação. Ele estava agindo de modo diferente do seu usual. Estava tentando fugir de alguma coisa; de algo terrível que havia feito, quem sabe, ou de um relacionamento que terminara mal. Bem, ela tinha como saber disso; ela mesma estava fugindo de um erro.

Calliope deixou que ele a conduzisse até depois da fogueira. Os brinquinhos de sino que ela tinha comprado na feira ao ar livre naquela manhã balançavam a cada passo. As caixas de som soltavam música a todo volume; era música instrumental e intensa, com batidas incessantes de tambor.

— Meu nome é Calliope — decidiu. Era um de seus pseudônimos preferidos, desde que ela o lera em uma peça antiga, e tinha a impressão de sempre ter sorte quando o usava. As sombras da fogueira holográfica tremularam sobre o rosto do garoto. Ele tinha maçãs do rosto proeminentes, testa alta, sardas leves espalhadas por baixo da tez ligeiramente bronzeada.

— Travis.

Ela achou ter ouvido um tom de falsidade na voz dele. Ele não tinha experiência em mentir. Ao contrário de Calliope, que vinha contando mentiras há tanto tempo que já se esquecera de como contar a verdade.

— Muito prazer — disse a ele.

Quando a festa terminou, Travis não a convidou para voltar com ele. Calliope descobriu, para sua surpresa, que se sentia feliz com aquilo. Mas, quando se despediram, percebeu que sua mãe estava certa: era muito mais fácil dar um golpe quando o alvo era feio. Aquele garoto era atraente demais para o bem dela.

* * *

Agora, enquanto o olhar de Calliope viajava por Atlas — o único garoto que ela não fora capaz de fisgar, nem sequer de *beijar* —, ela sabia que estava provocando o destino.

Não poderia prever o que ele faria, e isso o tornava perigoso. Calliope e Elise não gostavam do desconhecido. Não gostavam de não estar no controle.

Calliope atirou a cabeça para o lado, inquieta; aquilo agora era meio que um desafio para ela. Tinha deixado Atlas escapar uma vez, mas agora estava mais esperta, e determinada. Nunca houve nenhum garoto que ela não tivesse conseguido envolver, se estivesse decidida.

Atlas não tinha a menor chance.

AVERY

— O DRINQUE borbulhante, por favor — disse Avery, fazendo a saia de tule de seu vestido de lamê dourado, que sua mãe insistira que ela vestisse, pois era "temático", balançar ligeiramente quando ela se aproximou do bar.

O bartender deu um tapinha em uma taça alta e cilíndrica no balcão, que se transformou em uma jarra redonda — seus cristais mudaram de posição em padrões pré-programados. Então ele apanhou a jarra pela alça e serviu a bebida de Avery em um copo, acrescentando-lhe um ramo festivo de azevinho.

As paredes do apartamento de Avery estavam enfeitadas com guirlandas verde-claras e pisca-piscas dourados. Bares semelhantes a tendas flutuavam nas duas extremidades da sala, flanqueados por renas em miniatura, amarradas a um trenó de verdade enfeitado com gigantescos laçarotes de fita. Graças aos especialistas em holos, o teto parecia desaparecer em um céu amplo e nevado. Avery nunca tinha visto o apartamento tão lotado — cheio de homens e mulheres em trajes de festa, segurando seus drinques borbulhantes vermelhos e rindo da neve holográfica.

Ela torcia apenas para que toda aquela multidão tivesse vindo por interesse na torre de Dubai, e não por uma curiosidade mórbida em relação a ela e ao que tinha acontecido no milésimo andar, na noite em que Eris morreu.

Seu pai organizava aquela festa de Natal da Fuller Investimentos todos os anos para paparicar seus acionistas e principais clientes e, claro, para se exibir. Todo mês de dezembro, desde que eles eram crianças, Avery e Atlas tinham de comparecer àquele evento, lindos e encantadores. Isso não mudou à medida que ficaram maiores; se alguma coisa aconteceu, foi que a pressão sobre eles tornou-se ainda maior.

No ensino fundamental, Eris costumava ser a parceira de Avery naquelas festas. As duas roubavam pratos de bolo do bar de sobremesas e escutavam as conversas de todos os adultos exuberantemente vestidos tentando impressionar uns aos outros. Eris tinha uma mania engraçada de inventar as conversas que elas não conseguiam ouvir. Usava vozes e sotaques exagerados e criava diálogos extravagantes cheios de segredos desenterrados, brigas de amantes e reconciliações familiares. "Você assiste a filmes *trash* demais", dizia Avery, abafando as risadas. Aquele era um dos lados de Eris de que ela mais gostava: sua imaginação maluca e ilimitada.

Avery sentiu que alguém a olhava. Ergueu os olhos e viu que era Caroline Dodd-Radson — agora apenas Caroline Dodd, lembrou ela, depois do divórcio. A mãe de Eris estava linda como nunca, com um vestido de jacquard estampado com saia em camadas, mas a luz das lanternas que oscilavam no salão iluminou alguns fios brancos em seus cabelos loiro-avermelhados, da mesma tonalidade intensa dos de Eris, e havia novas rugas em seu rosto. Seus olhos fitavam tristemente os de Avery.

Avery não se considerava covarde, mas naquele instante a única coisa que desejou fazer era virar as costas e sair correndo — qualquer coisa para evitar contato com a mulher cuja filha ela tinha permitido que caísse do telhado. Pois no fundo não importava como as coisas tinham acontecido naquela noite: o fato é que Eris morrera no apartamento de Avery. Fora Avery quem abrira o alçapão, e o pior tinha acontecido; agora ela precisava conviver com as consequências daquilo pelo resto da vida.

Ela assentiu para Caroline num gesto silencioso de remorso e luto. Depois de um instante, a mãe de Eris inclinou a cabeça em resposta, como se dissesse que sabia e entendia o que se passava no coração de Avery.

— Aquela lá é a Caroline Dodd-Radson? A filha dela não morreu neste apartamento? — Avery ouviu uma voz murmurar atrás de si. Uma rodinha de mulheres mais velhas, com a cabeça baixa, encarava intensamente a direção da mãe de Eris. Pareciam não ter notado a presença de Avery, que ficou parada onde estava, magoada.

— Que coisa mais chocante — disse outra no tom completamente plácido e calmo que as pessoas usam quando coisas chocantes não as afetam em absoluto.

Avery segurou com ainda mais força o seu coquetel borbulhante cor-de-rosa e retirou-se para a biblioteca, para afastar-se daquela sala barulhenta cheia de fofoca maliciosa e nada original e dos olhos penetrantes da mãe de Eris.

Na biblioteca, porém, ela se assustou ao ver outro rosto inesperado. Embora não houvesse motivo de espanto, lembrou-se Avery, uma vez que ela mesma tinha convidado aquela garota. Calliope estava ali, com um vestido decotadíssimo, conversando com Atlas e jogando-se descaradamente em cima dele.

— Calliope. Que bom que você pôde vir — interrompeu Avery, indo até os dois. — Vejo que já conheceu meu irmão — acrescentou, e finalmente virou-se para o garoto em quem ela não conseguia parar de pensar.

Desde a noite em que o pai quase os flagrou juntos, ela e Atlas tentavam evitar a presença um do outro quando estavam no apartamento. Avery mal vira Atlas a semana inteira. Agora ela deixou que seu olhar viajasse com gratidão pelos traços de seu rosto, com a impressão maliciosa de ter se safado de alguma coisa proibida. Ele estava mais lindo que nunca com um terno azul-escuro e gravata, o cabelo penteado de lado. Tinha se barbeado para a festa, e Avery sempre achava que aquilo lhe dava uma aparência mais jovem, quase vulnerável. Tentou ignorar o modo como seu coração se acelerava com a proximidade dele, mas todo o seu corpo já parecia alguns graus mais quente, só de saber que ele estava ao alcance de seu toque.

— Ah, você já conhece a Avery? — Atlas virou-se para Calliope, que inclinou a cabeça para trás e gargalhou, como se aquilo fosse uma coincidência deliciosa, uma risada rouca e exuberante que para Avery pareceu falsa.

— Avery e eu saímos para fazer um tratamento de pele juntas alguns dias atrás — disse a outra garota. Avery percebeu como aquele jeito de colocar as coisas era inteligente, pois dava a entender que a coisa toda tinha sido um programa planejado e natural, em vez do que realmente fora: Calliope convidada de última hora para passar a tarde com Avery e as amigas. — Foi ela quem me convidou para esta festa. — Calliope virou-se para Atlas, com uma das mãos plantada com firmeza no quadril. — Você é terrível. Nem me disse que *tinha* uma irmã.

Avery de repente tomou consciência do quanto a outra garota era bonita, de uma maneira perfumada e brilhante, toda cheia de curvas, os olhos cintilantes e a pele bronzeada e macia. Ela conversava com Atlas à vontade, quase como se os dois se conhecessem de longa data. Avery teve a sensação de que estava por fora de alguma coisa. Olhou de um para o outro.

— Desculpem. Vocês dois se conhecem?

— Callie e eu nos conhecemos em maio, num safári na Tanzânia. — Atlas tentava fazer contato visual com Avery, visivelmente desesperado para dizer-lhe alguma coisa.

— Meu nome é Calliope. Você, dentre todas as pessoas, sabe muito bem o quanto eu odeio apelidos! Porém, Avery — Calliope baixou o tom de voz numa tentativa de camaradagem —, o James Bond aqui insistiu em usar um nome falso comigo. O que é um enorme mistério, *Travis*. Como se alguém fosse te seguir da Tanzânia até a Patagônia.

Calliope gargalhou de novo, mas Avery não se juntou a ela.

Patagônia? Ela sabia que Atlas tinha ido direto da África para a América do Sul, mas sempre pensara que ele viajasse sozinho. Talvez não tivesse ouvido direito.

Justamente quando ela estava tentando entender, a voz do sr. Fuller reverberou pela festa:

— Boa noite a todos! — disse ele. O som era projetado por pequenas caixas de som que pairavam pelo ar. — Sejam muito bem-vindos à vigésima sexta festa anual da Fuller Investimentos. Elizabeth e eu estamos felicíssimos de receber a todos em nossa casa!

Houve alguns aplausos educados aqui e ali. A mãe de Avery, vestida com um tubinho preto com mangas cavadas elegantes, sorriu e acenou para as pessoas.

— Desculpe. Preciso ir atrás de alguém — disse Calliope, com voz suave. — Volto logo — acrescentou, obviamente para Atlas.

— Que história é essa? — Avery foi na direção da sala, com um sorriso educado colado ao rosto para a eventualidade de alguém estar observando os dois.

— Nossa, foi uma coincidência absurda. Eu conheci essa garota na África, e agora ela está em Nova York com a mãe.

— E quanto tempo vocês passaram juntos? — sussurrou Avery, ao que Atlas hesitou. Obviamente não desejava responder. Ela mordeu o lábio. — Por que você nunca me falou dela?

Avery se afastou ligeiramente da multidão, e Atlas a seguiu, enquanto seu pai continuava tagarelando, agora agradecendo a diversos financiadores e investidores do projeto de Dubai.

— Porque não parecia importante — respondeu Atlas, num tom de voz tão baixinho que Avery quase não ouviu. — Sim, a gente viajou junto, mas só porque estávamos fazendo a mesma coisa: indo espontaneamente de um lugar para o outro, sem plano definido.

— Quer dizer que não rolou nunca nada entre vocês dois? — sibilou Avery, apesar de temer a resposta.

Atlas olhou-a diretamente nos olhos.

— Não, não rolou.

— Como muitos de vocês já sabem — ecoou a voz do pai deles, várias oitavas mais alto: ele obviamente havia aumentado o volume das caixinhas. Avery caiu em silêncio, reprimida. Será que ele tinha visto os dois cochichando, mesmo naquela sala lotada, e levantou a voz de propósito? — Esta é a comemoração de nossa mais recente propriedade, a joia da coroa de nosso portfólio, que será inaugurada daqui a dois meses na cidade de Dubai!

Atlas percebeu o olhar dela e inclinou o queixo para avisar que iria dar uma volta pela festa. Avery assentiu em compreensão silenciosa.

Quando ele se virou, ela esticou a mão para apanhar um fio do seu paletó. Não havia nada ali, mas ela não conseguiu se conter. Era um último instante de privacidade antes que ela pudesse deixá-lo ir, um pequeno gesto íntimo de posse, como se para lembrar a si mesma que ele era dela e que não o deixaria.

Ele sorriu ante o toque dela antes de sumir no meio da multidão. Com esforço monumental, Avery novamente voltou a atenção para o pai.

— É uma grande alegria apresentar a vocês... Os Espelhos! — Pierson apontou para o teto. Lá se tinha ido o céu nevado holográfico, substituído agora pelas plantas da nova torre, que foram projetadas em um emaranhado de linhas, ângulos e curvas. O esquema cintilava como uma coisa viva.

— Os Espelhos ganharam este nome devido ao fato de que, na verdade, trata-se de duas torres separadas, uma escura e a outra clara. Polos opostos, como a noite e o dia. Nenhuma das duas tem sentido em separado, como tantas coisas em nosso mundo.

Ele continuou explicando sobre a torre, que a ideia original lhe tinha vindo das peças de xadrez, mas Avery não estava mais prestando atenção. Olhava para os planos esquemáticos do seu pai. Luz e escuridão. Bem e mal. Verdade e mentira. Ela sabia bastante sobre contradições agora, com sua vida aparentemente perfeita tomada de segredos obscuros.

Ouviu todas as pessoas da sala sussurrando sobre a Torre e chamando-a de maravilhosa, de uma cena onírica. Mal podiam esperar para vê-las. A maioria ali presente compareceria ao baile em preto e branco que seria oferecido em homenagem ao seu lançamento. Seus jatinhos particulares já haviam sido reservados meses atrás; da mesma maneira como todos tinham ido ao Rio quatro anos antes, ou a Hong Kong uma década atrás. Por algum motivo, Avery não sentiu mais vontade de comparecer ao lançamento.

O nome de Atlas atravessou sua consciência e ela ouviu mais aplausos. Avery piscou os olhos, num susto. Do outro lado da sala, Atlas pareceu estar tão confuso quanto ela.

— Meu filho, Atlas, trabalhou comigo nesse projeto por diversos meses — dizia o seu pai, embora ele não estivesse olhando para Atlas. — Para mim, é um grande orgulho dizer que ele irá se mudar para Dubai, a fim de assumir as operações d'Os Espelhos quando ela for aberta ao público. Espero que todos vocês se juntem a mim num brinde em homenagem à nova torre e a Atlas!

— A Atlas! — gritou a sala.

Avery não conseguia raciocinar. Sua cabeça girava enlouquecidamente. Atlas se mudaria para Dubai?

Ela olhou para ele, com uma necessidade repentina de fazer contato visual com Atlas, mas ele estava sorrindo e aceitando os cumprimentos, desempenhando o papel do filho diligente. Uma bandeja passou por ela e Avery depositou sua taça de champanhe vazia com tanta força que a haste se quebrou em duas.

Alguns dos convidados olharam em sua direção, curiosos para saber o que fizera a sempre controlada Avery perder a compostura. Porém, a bandeja flutuante já tinha disparado para longe com as evidências, e Avery não estava nem aí. A única coisa que lhe importava era Atlas e o fato de que talvez ele fosse embora.

Seu tablet vibrou com uma mensagem nova. *Não se preocupe, eu não vou.*

A inquietude, a dúvida e a ansiedade dentro de Avery se acalmaram ligeiramente. Atlas disse que não iria, e ele não mentiria para ela.

No entanto, havia algo por baixo do tom de voz do seu pai que ainda a deixava incomodada. *É um grande orgulho*, dissera Pierson, mas ele não parecera orgulhoso; estava olhando para Atlas com um ar intrigado, como se tivesse despertado um dia e descoberto que um estranho morava em sua casa há treze anos. Como se não tivesse a menor ideia de quem era o irmão de Avery.

Sentindo o olhar dela do outro lado da sala, Atlas se virou e por um breve instante os olhares se cruzaram. Ela balançou a cabeça de modo quase imperceptível, querendo que ele entendesse o sinal. O problema não era Atlas. Era seu pai.

Pierson sabia, em algum nível, o que estava acontecendo entre os dois — ou, no mínimo dos mínimos, ele desconfiava, ainda que não fosse capaz ainda de admitir aquilo a si mesmo.

Ela e Atlas tinham escapado por um fio muitas e muitas vezes. Agora, o pai deles estava fazendo o que sempre fazia com qualquer problema de negócios: isolando-o, até que pudesse pensar em uma solução.

Avery reconheceu o que, na realidade, significara aquele anúncio de seu pai. Atlas seria afastado.

LEDA

DO OUTRO LADO da sala, os olhos de Leda saltavam de Avery para Atlas, sem deixar escapar nada.

Ora, ora. Ao que parece, os irmãos Fuller tinham sido pegos de surpresa com aquele anúncio. Talvez estivesse havendo problemas no paraíso, no final das contas. Aquilo merecia um brinde, Leda decidiu, os pés movimentando-se automaticamente em direção ao bar.

— Leda. — A mão de sua mãe segurou-lhe o cotovelo. Leda suspirou e virou-se, impressionada como sempre pela capacidade de Ilara de reunir um mundo inteiro de emoções, de repreensão e decepção a advertência, em uma única palavra. — Por que não vem cumprimentar a anfitriã comigo? — insistiu ela, conduzindo a filha firmemente para o outro lado.

— Eu estava indo pegar uma água tônica — mentiu Leda.

— Elizabeth. — Ilara deu um passo à frente para dar um abraço rígido e formal na sra. Fuller. — Que noite! Vocês se superaram, como sempre.

— Ah, os méritos são todos do Todd. Ele é o melhor planejador de eventos com quem já trabalhei. Um *gênio* criativo — a sra. Fuller derramou-se em elogios e baixou a voz, como se fosse compartilhar um segredo capaz de fazer a terra tremer. — Esperem até ver o que ele planejou para o Baile da Associação de Conservação do Hudson. É algo *além da imaginação*! Vocês duas comparecerão, claro? — acrescentou ela, como se não tivesse pensado antes.

— Não perderíamos por nada — disse Ilara com um sorriso. Leda sabia que a mãe, no íntimo, morria de vontade de que alguém lhe pedisse para ajudar a organizar eventos beneficentes como aquele, mas ninguém o fazia. Cinco anos morando na parte superior da Torre e todos ainda a consideravam uma emergente.

A sra. Fuller virou-se para Leda.

— E, Leda, como vai você? Tenho certeza de que deve estar procurando a Avery, mas devo dizer que não tenho certeza de onde ela está...

"Com o seu filho", pensou Leda malignamente, mas por fora apenas assentiu.

— Ah, olhem, ela está bem aqui! Avery! — disse irritada a sra. Fuller, num tom que não permitia argumentações. Leda lembrou-se de que Avery sempre chamou aquele tom da sua mãe de tom de general. — Achei a Leda para você. Estávamos justamente falando sobre o Baile da Associação de Conservação do Hudson.

Leda observou Avery dar um sorriso forçado e afastar-se de onde estava antes, conversando com alguns amigos dos pais.

— Leda, você está linda. Está se divertindo? — perguntou, sem deixar que sua voz traísse o que ela devia estar sentindo. Mas a sra. Fuller nem estava mais prestando atenção; tinha se afastado com a mãe de Leda até outro grupo, deixando as duas ex-melhores amigas a sós.

— Ah, nunca me diverti *tanto* na vida — respondeu Leda com frieza.

Avery sentou-se em uma das poltronas nas extremidades da sala, fazendo o tule etéreo da saia flutuar ao seu redor como uma nuvem dourada. Era como se todo o seu ser estivesse se esvaziando, agora que elas não tinham mais espectadores.

— Não estou no clima para isso, Leda.

Por algum estranho motivo, Leda foi sentar-se na poltrona ao lado da de Avery.

— O que você está fazendo? — perguntou Avery, evidentemente tão surpresa quanto Leda por aquela atitude.

Leda não sabia muito bem. Talvez apenas desejasse também dar um tempo daquela festa.

— É difícil quebrar velhos hábitos, acho — respondeu ela, mas a frase não saiu com a ironia que ela pretendera.

As duas ficaram ali sentadas em silêncio por algum tempo, observando o redemoinho das risadas falsas, dos acordos fechados e da paparicação, tudo aquilo suavizado pelo brilho suave das lanternas.

— Estou surpresa por você ter vindo.

As palavras de Avery assustaram Leda, mas ela rapidamente arrumou uma resposta adequada:

— E perder o grande anúncio de Dubai? Nem sonhando!

Não tinha certeza de qual era a reação que pretendia causar — alguma espécie de chilique dramático, causado pela tristeza ou até mesmo pela raiva? Seja como fosse, não a conseguiu. Não obteve nenhuma reação, na verdade. Avery simplesmente ficou ali sentada em completo silêncio, com as mãos entrelaçadas sobre o colo e as longas pernas cruzadas. Estaria respirando? Parecia ter sido esculpida em pedra. *Beleza Trágica* era como um escultor a teria chamado, e considerado sua melhor obra.

Leda de repente sentiu pena das duas, de estarem ali sentadas em um silêncio doloroso e pálido, rodeados pelos fragmentos quebrados de sua amizade. E ainda por cima *numa festa*. Era patético. Apanhou uma sangria de uma bandeja que passava. "Tente me impedir agora, mãe."

— Você tem razão. Desculpe por ter vindo. Foi um erro.

Era tão mais fácil focar toda a sua raiva em Avery quando elas duas estavam na escola; quando Avery era a Avery de sempre, fria e controlada. Ver o quanto ela era frágil por baixo daquele verniz tornava muito mais difícil odiá-la.

Avery olhou para Leda e as duas garotas se entreolharam silenciosamente. O ar entre elas estava espesso e pesado, quase sufocante. Por alguma razão, Leda recusou-se a ser a primeira a afastar os olhos. Simplesmente sustentou o olhar de Avery, desafiando-a a reagir.

Avery foi a primeira a ceder:

— Boa festa para você, Leda — disse ela, e foi embora.

Leda virou a sangria e abandonou o copo vazio em uma mesinha de canto. Pensou no que a mãe de Avery dissera sobre o Baile da Associação de Conservação do Hudson. Ela não estava planejando ir, mas agora sentiu vontade, só para provar uma coisinha ou outra para Avery. Queria que ela soubesse que aquilo — encontrá-la no mesmo contexto em que elas antes eram melhores amigas — não a incomodava.

Será que Avery iria com algum rapaz? Provavelmente não. Afinal, o que iria fazer, chegar numa festa com o irmão? A última pessoa com quem Avery fora a uma festa foi Watt, e veja como as coisas terminaram.

Leda teve uma ideia súbita. E se *ela* fosse com Watt para o baile de gala? Ele poderia se mostrar útil, com aquele seu computador — talvez tivesse uma maneira de se comunicar remotamente com ele, cavar informações secretas para ela em tempo real sobre Avery, Rylin e qualquer outra pessoa otária o bastante para atravessar o caminho de Leda.

Como bônus, iria causar a impressão de que ela roubara Watt de Avery. Todos se lembravam de o terem conhecido na festa do Clube Universitário com Avery, mas agora o veriam de braços dados com Leda, prestando atenção a *ela*. Pela primeira vez, a impressão seria de que um garoto havia escolhido Leda Cole em vez da intocável e impecável Avery Fuller.

Ela sorriu, feliz com aquela perspectiva, ainda que uma parte odiosa e obscura de si mesma sussurrasse que nada disso seria verdadeiro. Afinal, Watt na verdade não a teria escolhido. Leda o obrigaria a ir com ela, iria chantageá-lo da mesma maneira como chantageava todos em sua vida ultimamente.

Mas, enfim, quem um dia havia realmente escolhido Leda?

AVERY

AVERY SEMPRE AMARA seu quarto, que ela mesma havia decorado: a enorme cama de dossel, o papel de parede estampado que escondia habilmente todas as *touch screens*, os quadros bidimensionais nas antigas molduras douradas. Mas agora ele não parecia nada além de uma prisão enfeitada em tons de azul e creme.

Atlas ainda estava no escritório com o pai, discutindo a notícia de Dubai que Pearson havia soltado sobre eles como uma bomba. Avery sabia que Atlas mandaria um flicker para ela assim que pudesse. Só esperava que ele conseguisse convencer o pai a abandonar todo aquele plano.

Andava de um lado para o outro, ainda usando o vestido brilhante de festa, o cabelo preso para cima num coque elaborado e decorado com continhas douradas que aparentemente tinham sido ideia do planejador da festa. Ficara sentada imóvel por quase uma hora, enquanto o cabeleireiro trançava meticulosamente seu cabelo; embora o cabeleireiro automático possuísse uma série de penteados predefinidos, todo mundo era capaz de reconhecê-los a uma milha de distância. Antes de grandes eventos, Avery e sua mãe sempre produziam o cabelo com um profissional humano de verdade.

Tudo aquilo parecia impossível e perigosamente pesado, como se cada grampo e continha, cada pedra preciosa ao redor de seu pescoço, cada diamante em suas orelhas estivesse arrastando Avery inexoravelmente para baixo.

Ela correu até a penteadeira num pânico repentino, com a respiração rápida e fraca. Retirou os grampos com violência, com mãos desajeitadas, sem se preocupar se estava doendo.

Finalmente todos os grampos e contas acabaram espalhados pela penteadeira, seu cabelo uma bagunça emaranhada em torno dos ombros. O coração de Avery ainda estava a mil. Ela caiu na cama para fitar o teto, que era uma imitação de outro que vira em Florença, com a diferença de que o dela era um holograma em movimento, com direito até a pinceladas. Ela relembrou cada pequeno gesto que ela e Atlas poderiam ter feito diante dos pais e que pudesse ter entregado os dois. Não importava o caminho que seus pensamentos seguiam, ela sempre chegava à mesma sensação de premonição.

Finalmente chegou um flicker. *Aves. Falei com ele.*

Ela sentou-se imediatamente. *E?*

Houve uma pausa, e então: *Ele está bastante decidido quanto à minha mudança, mas a gente vai conversar mais sobre isso depois. Não se preocupe.*

Isso não parecia nada bom. Avery deslizou para fora da cama. Tinha esperado o bastante. Precisava ver Atlas, abraçá-lo, conversar propriamente com ele, não através de flickers ou sussurros escondidos, mas de verdade.

— Modo Não Perturbe — sussurrou ela ao sair para o corredor. As palavras foram filtradas pelas suas lentes de contato, alertando os diversos computadores de que não deveriam acender as luzes automaticamente, nem ligar os pisos aquecidos enquanto ela caminhava pelo apartamento. Era uma função que Avery e suas amigas costumavam usar quando queriam dar escapadelas à noite.

Ela tentou caminhar com cuidado, mas seus pés a traíam, tropeçando um no outro de tanta ansiedade. Avery praticamente tinha de lembrar a si mesma de respirar.

— Avery? É você?

Seu pai estava sentado, na completa escuridão, em uma poltrona de couro na sala, o que não era seu lugar costumeiro; em geral ele se sentava à gigantesca escrivaninha de madeira de seu escritório. Segurava casualmente um copo de uísque com a mão esquerda. De certa maneira, parecia que ele estivera ali esperando, tentando *apanhar* Avery, como se esperasse mesmo que ela fosse sair de fininho daquele jeito.

Avery congelou onde estava e afetou o que esperava que pudesse se fazer passar por um sorriso, mas que devia estar saindo distorcido e esquisito. Seu peito se apertou de pânico.

— O que você está fazendo ainda acordado? — perguntou ela, usando a técnica de Atlas: responder uma pergunta com outra.

— Só estava pensando na vida.

— Eu ia tomar um copo d'água.

Ela deu um passo de lado na direção da cozinha, como se aquele tivesse sido seu destino todo o tempo. Sabia que era suspeito o fato de estar andando pela casa no modo Não Perturbe, descalça e ainda usando seu vestido de festa, mas o que podia fazer?

— Você sabe que o computador do seu quarto pode fazer isso por você, não é? — disse seu pai, quase em tom de desafio. Seus olhos estavam brilhantes e vigilantes na escuridão, como se ele pudesse enxergar através das camadas das inúmeras mentiras dela a verdade que havia escondida por baixo.

— Não estava conseguindo pegar no sono e pensei que andar um pouco pela casa pudesse ajudar. Foi uma noite longa, sabe.

Embora seu coração estivesse batendo com toda a força, Avery foi tranquilamente até a cozinha e apanhou no armário uma xícara de temperatura controlada. Ela sabia que até mesmo um milésimo de hesitação a entregaria. A silhueta de seu pai mal era visível, não passava de uma sombra bem-desenhada contra as sombras ainda mais escuras da sala mais além.

Avery encheu a xícara com água da torneira, depois apertou o termostato da alça da xícara para gelá-la. O silêncio estendia-se de modo tão doloroso que ela imaginou poder escutar gritinhos minúsculos dentro dele. Deu um gole pequeno, lutando contra uma náusea crescente. Por que tinha a impressão de que seu pai estava analisando cada movimento seu?

— Avery. Eu sei que você está chateada por Atlas estar se mudando para Dubai. — Ele a surpreendeu dizendo isso.

Avery foi até ele e sentou-se na poltrona em frente. Seu pai fez um gesto impaciente com o pulso e as luzes da sala tremeluziram, ajustando-se para uma meia-luz.

— Essa notícia me pegou de surpresa — disse ela, com sinceridade. — Mas parece ser um trabalho bacana. Atlas vai se sair bem.

— Sei que vai sentir saudades dele, mas confie em mim quando digo que é o melhor para a família. — Pierson estava falando bem devagar e deliberadamente. Avery ficou imaginando se estava bêbado, chateado ou ambos.

O melhor para a família. Havia algo de ameaçador naquela frase.

— E para Atlas também — pressionou Avery, subitamente decidida a defender o ponto de vista do pai. — Vai ser ótimo para a carreira dele, né? Tomar conta de um projeto desse porte assim tão novo? — Ela estava observando o pai com atenção, e mesmo nas sombras pôde ver que ele estremeceu um pouco ao ouvir o nome do irmão dela.

— Sim, para Atlas também — repetiu Pierson, e pelo seu tom de voz Avery soube que ele não estava pensando em Atlas.

— Você foi muito generoso, dando essa oportunidade para ele. Fico feliz.

Avery de repente quis ir embora. Quanto mais tempo ficasse aqui, falando com o pai, maiores eram as chances de deixar algo transparecer.

— Bom, eu estou exausta — disse, finalmente. Ela apanhou sua água e levantou-se, alisando a frente do vestido com um gesto ligeiramente nervoso. — Boa noite, pai. Eu te amo — acrescentou. Ao dizer esta frase, que havia dito tantas e tantas vezes antes, viu qualquer coisa endurecer dentro do seu pai, como se aquele lembrete tivesse feito com que ele se sentisse ainda mais determinado a protegê-la. O coração de Avery afundou com esse pensamento.

Ela teve de reunir toda a sua considerável compostura para não correr; para atravessar o corredor até seu quarto com passos lentos, arrastados, como se ela de fato estivesse cansada e mal pudesse esperar para desabar na cama.

— Atlas — sibilou Avery, quando finalmente fechou a porta do quarto atrás de si, murmurando as palavras em voz alta para enviá-las como um flicker. — Eu tenho quase certeza de que o papai sabe. O que vamos fazer?

Houve um silêncio por algum tempo, mas desta vez o silêncio não incomodou Avery, porque ela sabia que Atlas estava compondo sua resposta com todo o cuidado. Ele não era do tipo que dava uma resposta sem pensar bem.

Vamos dar um jeito, disse ele por fim. *Não se preocupe. Eu te amo.*

Apesar de ela não conseguir ver seu rosto, pôde sentir seu sorriso, como se seu calor pudesse atravessar o amplo apartamento e todas as portas e paredes que separavam os dois.

Avery caiu de novo na cama e deixou escapar um suspiro impotente.

— Eu também te amo — sussurrou ela em resposta.

Torcia apenas para que o amor deles fosse o bastante para protegê-los.

RYLIN

A NOITE DE sexta-feira já estava avançada, mas Rylin não conseguia dormir. Virava inquieta na cama, tentando não acordar Chrissa, que estava a um metro de distância dela na outra cama. Chrissa, porém, sempre fora capaz de dormir independentemente do que estava acontecendo ao redor.

Os amigos de Rylin tinham todos ido a uma festa; Lux lhe mandara um ping para falar do assunto, mas Rylin não prestara atenção aos detalhes. "Estou exausta", dissera ela, e estava sendo sincera. Depois de mais uma semana interminável na escola — em que vira Cord nos corredores e, pior, bem na sua frente na aula de holografia, sem falar nas consequências de sua decisão impulsiva de chamar Leda para ser seu par no projeto —, Rylin não estava no clima de festa. Sabia que lá estaria barulhento e luminoso demais, e que não seria capaz de escutar nem seus próprios pensamentos por cima da música alta. Resolveu ficar em casa com Chrissa, e as duas tinham comido lasanha congelada e assistido a alguns episódios de um holo velho sobre uma garota que se apaixonava por um menino, mas suas famílias eram inimigas. Chrissa suspirara com aquela história romântica, porém alguma coisa na trama — talvez o amor impossível e proibido dos dois — irritara Rylin.

Ela apanhou seu tablet, que estava caído no chão, e checou suas mensagens por não ter mais nada o que fazer. Havia algumas novas mensagens na conta da escola: um anúncio de testes para a peça da escola e um lembrete de que a chamada começava às oito em ponto. Seus olhos caíram sobre uma mensagem do professor Radimajdi. Rylin a abriu, curiosa, e corou de raiva quando viu o conteúdo.

Tinha tirado uma nota baixa, C-, em seu primeiro dever de casa da aula de holografia, um vid de pôr do sol feito em um deque de observação em um dos andares mais baixos da Torre na semana passada.

"Como assim?", pensou ultrajada, descendo com o dedo, irritada, para ler os comentários do diretor. Ele mesmo não tinha falado que *adorava* vids de pôr do sol, que seu próprio filme vencedor do Oscar tinha um?

Rylin, esse vídeo é muito suave e bonito — e banal, chato e sem a menor inspiração. Devo dizer que estou decepcionado. Da próxima vez, me mostre como você enxerga o mundo, não aquilo que acha que eu estou a fim de ver.

Rylin inclinou o corpo para trás, provocada e um tanto confusa. Que direito ele tinha de se decepcionar com ela, para começo de conversa?

Ela não tinha certeza de por que estava tão irritada, a não ser porque era a sua primeira nota na Berkeley e por ser horrível. Mas o que ela esperava, na verdade? Ela era uma aluna de dezessete anos que tinha abandonado o ensino médio e que, por um milagre do destino, terminara indo parar na escola mais cara e mais academicamente desafiadora do país. Claro que ela não se daria bem ali. Tinha sido uma idiota de pensar o contrário.

Rylin puxou os cobertores. Sentia-se trêmula e ansiosa, de repente tomada de inquietude. Que merda estaria errada com ela? Não devia estar em casa sozinha, olhando suas notas, numa sexta-feira à noite. A Rylin de antigamente estaria na rua a essa hora. Bem, ainda não estava tão tarde a ponto de não conseguir salvar a noite.

Vocês ainda estão na rua?, enviou para Lux, que respondeu no mesmo instante:

Sim!! Estamos na piscina pública no 80. Chega aí!

Aquilo pareceu estranho para Rylin, mas ela nem questionou a amiga, simplesmente tirou a camiseta e as calças de pijama e vestiu um biquíni. Deixou um sapato cair sem querer e estacou, torcendo para não ter acordado Chrissa; mas não ouviu nada, a não ser o subir e descer da respiração da irmã e o farfalhar silencioso dos cobertores quando ela se virou para o outro lado. Rylin ficou um instante parada, apenas observando a irmã dormir. Uma onda intensa de proteção ergueu-se dentro dela. Então ela colocou um vestido por cima do biquíni e calçou sandálias.

A caminho da porta, seu olhar foi atraído pelo brilho prateado da câmera de vid, que estava sobre sua escrivaninha como uma espécie de olho ameaçador e vigilante. Sem pensar duas vezes, ela atirou a câmera na bolsa e saiu pela porta da frente.

* * *

Rylin já tinha estado na piscina pública antes. Costumava frequentá-la com a mãe e Chrissa muitos anos atrás, quando ela e a irmã usavam maiôs combinando e competiam para ver quem conseguia segurar a respiração dentro d'água por mais tempo; e tinha ido dezenas de vezes com Lux nas tardes de verão para lutar por um lugar no deque e pegar os raios enviesados de sol. Mas nunca vira nada parecido com a piscina agora, à meia-noite, tomada por uma rave ilegal.

Os adolescentes estavam amontoados ali dentro, todos usando diferentes combinações de trajes de banho e jeans. O lugar cheirava a cloro, suor e maconha. Alguém tinha apagado as luzes da piscina para impedir que eles fossem pegos, mas a luz do luar entrava pelas janelas, dançando pelas formas sombreadas que se agitavam na água como focas escuras e escorregadias. Uma batida eletrônica pulsava no lugar. Rylin conseguiu discernir os vultos de alguns casais no pátio ao ar livre.

Ela tirou seu vestido longo e o atirou num canto, mas assim que pousou a bolsa, a câmera de vid bateu no chão. Rylin começou a procurá-la. Era quente em sua mão. Ela a levantou e a câmera flutuou preguiçosamente acima de sua cabeça, seguindo-a como se estivesse sendo puxada por um fio invisível.

Amarrou o cabelo em um rabo de cavalo solto e subiu a escada que levava até o trampolim suspenso. Ouvira falar que existia um trampolim moderno, flutuante, na piscina coberta da Berkeley, para que o time de mergulho pudesse praticar melhor seus saltos triplos, mas aquele estava ótimo para ela. Ergueu os braços e mergulhou de cabeça, fazendo seu corpo magro atravessar a água como uma faca.

Era tão gostoso estar dentro d'água, onde era escuro, frio e abençoadamente silencioso. Rylin ficou ali embaixo o máximo que pôde, até cada vaso capilar de seus pulmões estar esticado em busca de ar, antes de subir até a superfície. Ofegou um pouco de prazer e começou a nadar na direção da parte rasa.

— Myers. Quanto tempo.

— Ótimo te ver também, V — respondeu Rylin, irritada. V estava recostado, com os braços cruzados atrás da cabeça sobre um colchão inflável que tinha um formato vagamente inapropriado. Era amigo do ex-namorado de Rylin, Hiral, e ela o desprezava desde que Hiral a obrigara a vender suas drogas para V.

— Espero que esteja curtindo minha festinha — disse V com a voz arrastada.

— Invadir um espaço público, causar tumulto... eu devia ter imaginado que você estava por trás disso. — Ela tentou continuar nadando por entre as multidões de gente, mas V deslizou da sua boia para impedir-lhe a passagem.

— Vou encarar isso como um elogio. Apesar de achar que agora você está acostumada com coisa muito mais avançada, na sua escola nova chique — respondeu ele. — Aliás, o que você está fazendo aqui, quando podia estar em alguma festa lá em cima?

Rylin pousou os pés no fundo da piscina e conseguiu levantar-se na ponta deles, para olhar V diretamente nos olhos.

— Eu na verdade considero a maioria dessas pessoas meus amigos. Excluindo a minha presente companhia, óbvio.

— Fico feliz de saber que pensa em mim.

— Não fique todo cheio de si.

V olhou-a com curiosidade.

— O julgamento de Hiral está chegando, vai ser daqui a algumas semanas — disse ele, com um tom de voz falso e casual. — Você vai?

— Não sei.

Rylin lutou contra a onda de emoção que subiu dentro dela ao ouvir o nome de Hiral. Ele estava em casa há um mês por ter pagado a fiança, mas ela ainda não o vira — as coisas entre eles não haviam terminado exatamente em bons termos, depois que ele descobriu que ela estava saindo com Cord. Foi assim que a perna da mesa da cozinha de sua casa terminara sendo quebrada. Entre outras coisas.

— Acho que vai depender se você for ou não — concluiu ela, mas não de modo muito sincero. V não se deu ao trabalho de questioná-la.

As luzes cintilantes acima da piscina mudaram de cor, de um verde-neon para um amarelo fantasmagórico. V olhou para elas, observando a mudança de cor, e seus olhos pousaram na câmera de vid que ainda flutuava alegremente atrás de Rylin.

— Estou vendo que você tem um brinquedinho novo — comentou ele, e, num movimento repentino e espantoso, atirou-se para a frente, para apanhar a câmera, afundando-a na água.

— Mas que merda é essa? — berrou Rylin, atraindo alguns olhares na direção dos dois. V riu diante da reação dela. Abriu a palma da mão e a câmera de vid flutuou novamente, com a maior facilidade do mundo.

— Essas coisas são à prova d'água. Ninguém te contou? — perguntou ele, preguiçosamente.

Rylin estava cansada de ser atormentada por ele.

— Você viu a Lux, por acaso? Estou atrás dela.

— Ela saiu com Reed Hopkins. — *"O quê?"*, pensou Rylin, tentando esconder a surpresa que iluminou seu rosto ante aquela declaração, mas aquilo não passou despercebido a V; nada nunca lhe passava despercebido. — Ah — disse ele, convencido. — Disso você não estava sabendo, né?

— Rylin! — Como se fosse uma deixa, Lux pulou na piscina e puxou Rylin para um abraço. Seu cabelo estava novamente loiro-escuro, que sempre foi a cor preferida de Rylin dentre o caleidoscópio do cabelo de Lux, em constante mudança. Era quase seu tom natural, o que a fazia parecer mais jovem, afinando os ângulos pronunciados de seu nariz e de seu queixo pontudo. — Não tá incrível? V mandou muito bem! — exclamou Lux, virando-se para V, mas ele já tinha desaparecido de vista.

— Vocês não têm medo de serem pegos?

— A escola nova anda sendo uma má influência pra você — provocou Lux. — Quando é que você, de todas as pessoas do mundo, já ficou preocupada de ser pega?

— Quando é que você começou a sair com Reed?

Lux ficou quieta, repreendida.

— Eu ia te contar. É muito recente, e eu ainda estou... tentando entender.

Rylin sorriu, embora tivesse a impressão de que sua melhor amiga estava escondendo as coisas dela. Enfim, ela também não tinha estado muito presente desde que começara a estudar na Berkeley, ou mesmo antes disso, quando estava trabalhando para Cord. Também tinha guardado coisas de Lux — não chegara a lhe dizer nada sobre seu relacionamento secreto com Cord.

— Se você está feliz, então eu também estou — disse Rylin, porque estava mesmo, porque sentia falta da sua amiga. — Cadê o Reed, aliás?

Lux inclinou a cabeça na direção de uma enorme cadeira que alguém tinha colocado na lateral da piscina, precariamente equilibrada em cima de uma mesa. Reed estava sentado ali, parecendo excessivamente satisfeito consigo mesmo enquanto brindava com um grupo de amigos, bebendo copinhos de dose.

— Ele está bancando o salva-vidas neste turno. Como as pessoas faziam antigamente! Tivemos de desligar os robôs de segurança, sabe como é, para não alertar a polícia. — Lux deu uma risadinha. — Só que ele não tá levando a coisa muito a sério, não.

Rylin tinha a impressão de que salva-vidas humanos eram mais recentes do que o que Lux imaginava. Também tinha a impressão de que Reed não estava em condições de evitar que adolescentes bêbados se machucassem, mas ela sorriu e segurou a língua.

— Vamos dançar — disse, em vez disso.

Lux fez que sim, e juntas elas começaram a trançar caminho pela multidão de gente apinhada. A câmera de vid balançava alegremente acima delas, um planetinha prateado minúsculo perdido num universo de luzes brilhantes.

WATT

NA TARDE SEGUINTE, Watt esperava por Cynthia na esquina do Madison Square Park, nos andares medianos da Torre. *Ainda acho que é uma má ideia,* disse ele a Nadia, observando o fluxo de pessoas na calçada de carbonito que ladeava a pista de trânsito dos hovers. Turistas andavam por ali com suas roupas horrendas de turista, jeans, pochetes e aquelas camisetas onde se lê I < 3 NY com a imagem icônica da Torre dentro do < 3. Um grupo de garotas do outro lado da rua comprava sorvete de um enorme robô em forma de casquinha, enquanto lançava olhares de tempos em tempos para Watt e dava risadinhas.

— Você tinha uma ideia melhor? — sussurrou Nadia nos fones de ouvido.

Só por curiosidade, quantos cenários você projetou para isto? Qual probabilidade de sucesso você calculou?

— Meus cálculos estão incompletos, dado o quanto me falta de informação sobre variáveis.

Ou seja, basicamente nulo.

— Watt! Não acredito que você concordou em vir comigo. — Cynthia virou a esquina com um sorriso.

— Claro. Eu não perderia por nada — disse Watt rapidamente.

Cynthia o olhou de rabo do olho.

— Sério que você está me dizendo que está tão animado quanto eu para ver a nova exposição do Whitney sobre arte sonora pós-moderna?

— Para ser sincero, só vim porque você queria vir — admitiu Watt, o que incitou um sorriso ainda mais largo. Cynthia vinha convidando Watt e Derrick para irem àquela exposição com ela há semanas. Agora que Watt desejava adoçá-la para pedir um favor, finalmente tinha aceitado o convite.

Essa parte tinha sido ideia de Nadia. Na verdade, Nadia foi quem sugeriu que ele pedisse a ajuda de Cynthia, para começo de conversa.

Desde a visita de Leda, Watt andava pensando sobre essa ideia de Nadia. Se Leda confiasse nele — se pensasse que ele era amigo dela, que ele estava do lado *dela* — talvez, apenas talvez, ela dissesse a verdade em alto e bom som. A única coisa que Watt precisava era de uma menção, uma referência àquela noite, para sair da palma da mão dela.

Ele não parara de perguntar a Nadia como seria melhor abordar Leda, mas ela indicou que ele procurasse Cynthia. *Existem comportamentos humanos que são impossíveis de prever*, dissera ela com franqueza. *Estudos comprovaram que pedir conselhos a um amigo é a tática mais eficiente de lidar com assuntos relacionados a confiança em uma dinâmica de relações interpessoais.*

Às vezes eu acho que é você quem inventa esses tais "estudos", respondera Watt, cético. Em resposta silenciosa, Nadia lhe enviou milhares de páginas de pesquisas.

Ele e Cynthia entraram pelas portas automáticas do museu em um lobby austero e vazio. Watt assentiu duas vezes ao passar pela máquina de pagamento, que escaneou suas retinas e lhe cobrou dois ingressos.

— Não precisava pagar pelo meu — disse Cynthia, parecendo confusa.

Watt pigarreou.

— Na verdade eu precisava, sim — respondeu ele, devagar. — Para ser sincero, existe outro motivo para eu ter vindo aqui com você hoje.

— Ah, é? — disse Cynthia. Watt se perguntou por que Nadia estava tão estranhamente silenciosa, mas, enfim, ela sempre se calava quando ele estava conversando com Cynthia.

— Preciso de conselhos — disse ele, na lata.

— Ah. Beleza — disse Cynthia baixinho, enquanto eles dobravam a esquina para entrar na sala de exposição, mas depois ficou quieta.

Era um espaço amplo e com iluminação fraca, completamente repleto de canos de metal, do tipo que ainda transportava água e esgoto pela Torre, como aqueles com que o pai de Watt, sendo mecânico, trabalhava. O artista os pintara num espectro de cores discordantemente alegres, como amarelo, verde elétrico e rosa-melancia. À medida que eles avançavam pelo espaço, linhas musicais sussurravam nos ouvidos de Watt antes de rapidamente transformarem-se em uma nova canção, um novo refrão. Watt percebeu que os canos eram apenas enfeite. Caixas de som em miniatura projetavam as ondas sonoras na direção dele, em uma rápida iteração.

— Que tipo de conselho?

As palavras de Cynthia ecoaram estranhamente sobre os sons da exposição, como se estivessem vindo de muito longe. Watt balançou a cabeça, desorientado, e segurou o pulso dela para trazê-la até o corredor. Trechos perdidos de música escapavam pela porta aberta na direção dele, ecoando em sua mente de maneira estranha, ou então pensar em Leda é que o estava deixando literalmente insano.

— Estou completamente sem saber o que fazer. Tem uma menina que... — Ele balançou a cabeça, imediatamente arrependido daquela escolha de palavras, que dava a entender que ele *estava a fim* de Leda. Apesar de que não seria algo terrível, percebeu ele, se Cynthia achasse que ele precisava de conselhos românticos. Era melhor do que deixar que ela adivinhasse a verdade.

Cynthia o encarou daquele seu jeito penetrante. Por algum motivo, Watt segurou a respiração, tentando nem piscar.

— Que menina? — perguntou ela, por fim.

— Ela se chama Leda Cole. — Watt tentou não deixar sua irritação transparecer, mas podia ouvi-la em sua própria voz.

— E suas técnicas... típicas não estão dando certo com ela?

Não minta, disse Nadia.

— Ela não é uma garota típica. — Isto definitivamente não era uma mentira.

Cynthia virou-se na direção das escadas.

— Vem — disse ela, parecendo resignada.

— Espera, mas e a exposição... não quer vê-la antes?

— Eu volto outra hora, sem você. Sua vida parece estar uma bagunça — declarou Cynthia. Watt não discutiu, porque ela tinha razão.

Alguns minutos depois, eles estavam sentados em um dos bancos hexagonais rotativos no jardim de esculturas, na área externa do museu.

— Certo, me conta sobre Leda. Como ela é? — exigiu saber Cynthia.

— Ela mora em um dos andares superiores da Torre, frequenta uma escola chique. Tem um irmão. Joga hóquei sobre a grama, eu acho, e...

— Watt, eu não pedi o currículo dela. Como ela *é*? Introvertida? Otimista? Crítica? Assiste a desenhos animados nas manhãs de domingo? Se dá bem com o irmão dela?

— Ela é bonita — disse ele, com cuidado. — Inteligente. — *Perigosamente inteligente*. Nadia começou a lhe dar mais informações, mas Watt não conseguia manter aquele jogo. As palavras começaram a sair de sua boca como veneno. — Também é superficial e mesquinha, e insegura. Egoísta e manipuladora.

Nossa, como você está indo bem.

Foi você que insistiu para eu ser sincero!

Cynthia se remexeu no banco para encarar Watt de frente.

— Não estou entendendo nada. Achei que você gostasse dessa menina?

Watt deixou que seu olhar viajasse até as árvores ali perto, geneticamente modificadas para dar dúzias de frutas em um único galho. Um limão gigantesco pendia ao lado de ramos de cereja, junto com uma fileira de pinhas.

— Se quer saber a verdade, eu não gosto nem um pouquinho de Leda — confessou Watt. — E nem ela de mim. Talvez ela até me odeie. Normalmente eu não daria a mínima de estar no topo da sua lista de odiados, mas ela tem algo contra mim.

— O que você quer dizer com "ela tem algo contra mim"? — Cynthia estreitou os olhos, desconfiada. — Isso tem a ver com seus trabalhos de hacker, não é?

Watt ergueu os olhos bruscamente.

— Como você sabe disso?

— Eu não sou idiota, Watt. A quantidade de dinheiro que você tem é mais do que você poderia ganhar como um "consultor de TI". — Ela levantou as mãos para fazer aspas no ar ao redor da expressão. — Além disso, você sempre parece saber um pouco demais sobre as pessoas.

Watt sentiu o desconforto de Nadia como uma mão no pulso dele. *Podemos confiar nela*, pensou ele em silêncio.

Se você diz, Nadia cedeu.

— Você não está errada sobre os trabalhos de hacker — disse ele a Cynthia, e em parte ficou aliviado por finalmente admitir pelo menos essa parte da verdade para sua amiga.

— Então, o que aconteceu para agora você estar me pedindo conselhos sobre Leda?

— Como eu disse, Leda não é a minha maior fã. E com o que ela sabe... — Ele se mexeu desconfortavelmente e engoliu em seco. — Eu realmente preciso que ela não conte nada disso a ninguém. Se ela confiasse em mim... ou pelo menos se ela parasse de me odiar... talvez ela não contasse.

Cynthia esperou, mas ele não continuou.

— O que aconteceria se ela contasse o que sabe?

— Seria muito, muito ruim.

Cynthia soltou um suspiro profundo.

— Só para deixar registrado, eu não estou gostando *nem um pouco* disso.

— O registro foi devidamente anotado — garantiu Watt, sorrindo, aliviado. — Quer dizer então que você vai ajudar?

— Vou fazer o meu melhor. Não posso prometer nada — alertou Cynthia.

Watt assentiu, mas o peso que pressionava seu peito já parecia mais leve, simplesmente por saber que Cynthia estava ali, disposta a tentar.

— Uma coisa de cada vez — declarou. — Quando você vai ver essa menina de novo?

— Eu não sei.

— Você provavelmente devia convidá-la para sair, para que possa tomar as rédeas da situação, redefinir a dinâmica — sugeriu Cynthia.

A ideia de sair voluntariamente com Leda era tão estranha para Watt que ele visivelmente se encolheu. Cynthia percebeu aquilo e revirou os olhos.

— Watt, essa garota não vai parar de odiar você se ela não passar um tempo com você. Agora, o que você vai dizer quando a encontrar?

— E aí, Leda — arriscou.

— Uau — brincou Cynthia. — Você me impressiona com essa sua sagacidade incrível e suas habilidades de conversação.

— Mas o que eu devo dizer?! — explodiu, exasperado. — A única coisa que eu quero é não ir parar na cadeia!

Cynthia ficou muito quieta e imóvel. Watt percebeu com uma sensação terrível que tinha falado demais.

— *Cadeia*, Watt? — perguntou ela. Ele assentiu, cheio de tristeza.

Cynthia fechou os olhos. Quando ela os abriu novamente, eles brilhavam com uma nova resolução.

— Você vai ter de ser *muito* convincente. — Ela se levantou e deu alguns passos em direção ao museu, depois se virou. — Finja que sou Leda e acabei de chegar. Diga algo bacana para mim. Não apenas "e aí, Leda".

Elogie a garota, sugeriu Nadia.

— Leda — começou Watt, reprimindo um sorriso, apesar de tudo, diante do ridículo daquela dramatização. — Legal te ver.

— Já é um começo. Desta vez, tente de novo sem parecer que você está sendo examinado dos pés à cabeça por um médico-robô.

Watt piscou os olhos, surpreso.

— Vamos — pediu Cynthia. — Vai ter de aprender a mentir de um jeito mais convincente se quiser fazer essa garota ricaça acreditar em você. Pense em outra pessoa quando você disser as palavras, se isso ajudar, mas finja que está sendo sincero.

Nadia projetou automaticamente uma série de imagens nas lentes de contato dele — algumas holo-celebridades que Watt sempre achara lindas e uma foto de Avery, da noite em que eles saíram, quando ela estava usando aquele vestido justo espelhado e a incandescente que ele lhe dera atrás da orelha. *Não está ajudando, Nadia*, pensou com raiva, e ela recuou, ofendida. Ele não estava nem um pouco a fim de pensar em Avery. Não tinha certeza de que um dia voltaria a estar.

Watt olhou novamente para Cynthia, que ainda estava parada, com a mão no quadril. Ele pigarreou conscientemente.

— E aí, Leda. — Ele se levantou e se afastou como se para oferecer a ela uma cadeira inexistente. Roçou o braço dela enquanto ela passava por ele, com um toque tão leve que poderia ter sido por acaso. — Você está um arraso esta noite — sussurrou em seu ouvido, como se estivesse comunicando algum segredo delicioso.

Cynthia ficou parada, boquiaberta e em silêncio. Watt teve quase certeza de tê-la visto estremecer um pouco. Ele sorriu, satisfeito consigo mesmo. *É bom saber que eu ainda tenho jeito com essas coisas, certo?*, pensou ele para Nadia, que lhe enviou um joinha sarcástico em resposta.

— Watt... — disse Cynthia devagar, sacudindo de leve a cabeça. — Corta essa sedução barata. Eu pensei que você queria que essa garota *confiasse* em você, não que ela pulasse na sua cama.

Aquilo parecia uma questão capciosa, portanto Watt não respondeu nada.

— As garotas têm sentimentos, Watt. — Cynthia olhou para baixo e ficou brincando com sua bolsa, fazendo sua corrente de metal correr para frente e para trás através das palmas de suas mãos. — Sentimentos que podem ser facilmente feridos. Você precisa se lembrar disso.

— Foi mal — disse Watt, sem saber exatamente por que estava se desculpando, mas sentindo que era necessário. Sentiu que havia algum significado por trás das palavras dela, mas ele não conseguiu descobrir qual, e Nadia não estava sugerindo nada.

Cynthia sacudiu a cabeça e o momento passou.

— Eu é que devia pedir desculpas. Por tudo o que você falou, isso não vai ser nada fácil.

Ela murmurou um comando para chamar um garçom-robô do café do museu, e um apareceu flutuando até eles, com um menu projetado em sua tela holográfica. Cynthia digitou algumas teclas.

— Vamos ficar aqui por um tempo — disse ela, apontando para Watt se inclinar e pagar. — O mínimo que você pode fazer é me comprar um pedaço de bolo.

* * *

Uma hora e meia depois, Watt se sentia fisicamente esgotado, como se tivesse hackeado o dia todo. Até seu cérebro estava dolorido, mas ele tinha de admitir que Nadia estava certa quando sugeriu que ele pedisse conselhos a Cynthia. Por que nunca pedira a ajuda dela antes? Não saberia dizer.

Ela estava sentada de pernas cruzadas no banco, e havia algumas migalhas de bolo *red velvet* no prato entre eles.

— Certo — disse ela novamente, querendo que ele praticasse as falas que os dois haviam encenado. — E o que você diz em seguida?

Watt olhou Cynthia diretamente nos olhos, intensamente, como se pudesse ver sua alma.

— Leda. Eu espero que você saiba que pode confiar em mim. Depois de tudo o que passamos, você pode dizer qualquer coisa — disse ele solenemente.

Cynthia ficou quieta por um momento, e Watt achou que ele tinha botado tudo a perder mais uma vez, mas em seguida ela começou a rir. A frase "depois de tudo o que passamos" foi ideia dela e, apesar de Watt não estar cem por cento seguro de que funcionaria, precisava admitir que tinha um bom floreio.

— Meu Deus, eu sou demais — gabou-se Cynthia. — Meu trabalho aqui está concluído.

— Você não vai acreditar nisso — disse Watt, quando suas lentes de contato se iluminaram por causa de um flicker que tinha acabado de chegar. Agora era ele que estava rindo. — Leda está um passo à minha frente.

— Leia a mensagem pra mim! — exigiu Cynthia.

— "Watt. Eu preciso que você vá comigo ao Baile da Associação de Conservação do Hudson no próximo final de semana. Nem tente inventar uma desculpa, nós dois sabemos que você já tem um smoking. Pode vir me pegar em casa às oito. O tema é No Fundo do Mar."

— Uau. Que romântico — disse Cynthia, sarcasticamente.

— Por que tinha de ser outro evento formal? — gemeu Watt, levantando-se e oferecendo uma mão à amiga. — Essas pessoas são sempre ridículas.

— Por favor, Watt — disse Cynthia, com a mão ainda na dele. O medo em seus olhos era inconfundível. — Tome cuidado com esta menina.

Ele assentiu, sabendo que ela estava certa. Ficar ao lado de Leda era uma aposta perigosa.

Ele poderia se libertar daquela prisão, ou destruir sua vida completamente.

RYLIN

RYLIN REPRIMIU UM xingamento quando ela virou outra esquina e acabou exatamente no mesmo lugar de onde tinha vindo. "Mas que droga", pensou, confusa. Por que todos os corredores desta escola eram completamente idênticos?

Ela girou um círculo lento, tentando mais uma vez lembrar o mapa que tinha visto no tablet fornecido pela escola antes de ele desligar. Ela esquecera de carregá-lo, o que era especialmente constrangedor, dadas todas as maneiras como ele poderia ser carregado — plugado na parede, colocado ao sol, ou até mesmo ao lado de sua pele, utilizando a energia térmica de seu calor corporal. Os holos de localização da escola continuaram aparecendo em cada esquina e porta diante dela, mas não ajudavam, apenas listavam os nomes de cada sala, cada qual patrocinada por um doador rico. Rylin não estava nem aí para a Sala Fernandez, nem para o estúdio de dança Mill-Vehra. Ela só precisava encontrar a pista de esgrima, seja lá o que fosse aquilo, porque era ali que tinha de encontrar Leda para filmar algo para o projeto de holografia das duas.

Um grupo de garotos apareceu no final do corredor à frente, todos eles suados e usando ombreiras. Rylin percebeu com um susto que estavam vindo do treino de hóquei e que um deles era Cord.

Começou a recuar, mas era tarde demais — Cord já tinha olhado para cima. Ele murmurou algo para os outros garotos e veio caminhar ao lado dela.

— Você está bem? — perguntou ele, rindo. — Tá parecendo meio perdida.

— Eu sei exatamente aonde estou indo, muito obrigada — respondeu Rylin, com toda a educação. Escolheu uma porta aleatória à direita e começou a abri-la. — Agora, se você me der licença...

A porta se abriu para dentro, bem no meio de uma pequena sala, onde dois caras estavam brigando no chão. Eles olharam para ela, assustados, e Rylin rapidamente fechou a porta de novo.

— É claro que você sabe exatamente para onde está indo — concordou Cord. — Para o treino de luta livre.

Rylin jogou as mãos para cima.

— Tá. Eu não faço ideia de como chegar à aula de esgrima. Você pode me dizer onde fica?

Cord começou a andar.

— Vou fazer melhor. Eu te levo até lá.

— Não, tá tudo bem, só me diga onde é — insistiu, mas ele já estava andando na frente dela.

— Você vem ou não vem? — chamou ele por cima do ombro. Rylin xingou e saiu correndo para alcançá-lo.

Eles caminharam silenciosamente por um corredor, com paredes forradas de metal que registravam os recordes esportivos da escola. A luz dançava nas estátuas de prata e bronze dispostas em fileiras cuidadosas atrás dos cases de vidro flexível. Rylin manteve a cabeça fixa nos troféus, lendo os nomes que estavam inscritos ali sem processá-los, tentando desesperadamente olhar para qualquer lugar, menos para Cord. Sentiu-se espantosamente grata porque, para variar, seu cabelo descia solto e liso pelos ombros, em vez de estar preso em seu costumeiro rabo de cavalo baixo.

— Então... esgrima. — A voz de Cord parecia ecoar no salão vazio. — Você *sabe* que não pode machucar as pessoas com as *épées*, certo? Elas são revestidas com campos magnéticos que as tornam resistentes a impacto.

Rylin revirou os olhos.

— Não estou tentando empalar ninguém hoje, prometo.

— Mas parece — disse ele, com leveza. — Por que você vai para a aula de esgrima, então?

— Para filmar um negócio para a matéria de holografia. — "Aquela em que você se senta bem na minha frente, perto o suficiente para eu tocar você, e nós dois nos recusamos a reconhecer a existência um do outro."

— Ótima ideia. Vai ser interessante, visualmente — disse Cord, e, por baixo de sua despreocupação típica, Rylin percebeu que ele estava falando sério. Aquela constatação a amoleceu.

— Seria melhor se eu conseguisse fazer o time de esgrima usar figurino de pirata, mas Leda não quis nem saber — arriscou ela, e foi recompensada com um sorriso de lado.

— Eu esqueci que Leda era seu par. — Cord olhou para ela. — Uma coisa que você precisa saber sobre Leda é que ela é um cão que ladra, mas não morde. Depois que você conquista sua amizade, ela lutará por você até a morte.

— Valeu — disse Rylin, intrigada. Como se ela e Leda Cole pudessem um dia ser amigas.

Ele deu de ombros e conduziu-a por outro corredor.

— Eu só quero ter certeza de que as coisas estão correndo bem para você. Se eu puder ajudar... — Ele deixou a frase no ar, sem exatamente fazer uma oferta de ajuda, mas a respiração de Rylin já estava presa na garganta. O que ele estaria tentando dizer a ela? Ela sentia-se emaranhada num estado de confusão dolorosa, doce e insuportável.

— Você está ajudando — disse ela. — Eu não tinha ideia do quão absurdamente grande é este complexo atlético. Tô quase esperando ver estábulos aqui, com aquelas cercas que as pessoas saltam montadas a cavalo.

— Já passamos pelos estábulos. Eles ficam localizados no andar do meio — respondeu Cord.

Por um momento, Rylin ficou sem palavras, até que ela olhou para o rosto dele e viu o sorriso revelador da brincadeira.

— É bom ver que você ainda brinca comigo.

— É bom ver que você ainda sabe quando estou te zoando — respondeu Cord.

Eles se aproximaram de portas duplas enormes, atrás das quais Rylin ouvia os sons de espadas metálicas. Sentiu uma pontada de tristeza pelo trajeto não ter sido mais longo. Tinha sido legal conversar com Cord de novo. Ela se perguntou o que ele quis dizer com aquele gesto, se é que ele quisera dizer alguma coisa.

— Vejo você por aí, Myers — disse ele, mas Rylin o chamou de volta.

— Cord...

Ele se virou e olhou para ela, expectante. Ela engoliu em seco.

— Você não me odeia mais? — perguntou ela, numa voz bem baixinha.

Cord olhou para ela com uma expressão estranha.

— Eu nunca te odiei.

Rylin ficou ali em silêncio, observando enquanto ele se afastava. Não pôde deixar de admirar a altura dele, a maneira fácil e confiante com que ele se movimentava, o jeito como a cabeça dele se erguia sobre os ombros largos. Sentiu vontade de correr para a frente e segurar a mão dele, como ela costumava fazer antes, mas conseguiu se controlar. "Você não pode mais tê-lo", lembrou a si mesma. "Ele não é mais seu."

Um sinal soou na arena de esgrima. Com grande esforço, Rylin abriu a porta e começou a entrar.

Era uma ampla sala oval, com um piso branco comum marcado por quadrados coloridos que deviam ser a pista. Dois esgrimistas do time do colégio golpeavam um ao outro, ambos vestidos com jaquetas e capacetes brancos, correndo de um lado para outro como caranguejos enraivecidos. Suas *épées* resistentes ao impacto percorriam rapidamente o ar em movimentos rápidos e finos. Ficaria incrível na câmera, Rylin pensou com aprovação.

Leda estava na beira da pista. Sua câmera de vídeo de prata já flutuava acima deles, perto das luzes do teto.

— Aí está você — sussurrou ela, sem sequer olhar para ela quando Rylin se aproximou.

— Foi mal. Eu me perdi.

— Para mim parecia que você estava ocupada dando em cima do Cord, mas o que eu sei, né? — retrucou Leda.

Rylin assentiu bruscamente. Ela não devia a Leda qualquer tipo de explicação, lembrou a si mesma.

Finalmente, Leda ergueu os olhos para olhar diretamente para Rylin.

— O que rola entre vocês dois, afinal? — perguntou ela, sem rodeios.

Rylin achou a absoluta falta de tato de Leda tanto irritante quanto divertida.

— Não que seja da sua conta, mas eu trabalhava para ele, e agora não trabalho mais.

Leda franziu os lábios, como se soubesse que havia mais coisa naquela história, mas estava disposta a aceitar a explicação de Rylin por enquanto.

As duas ficaram em silêncio, observando a esgrima durante algum tempo, enquanto uma ou outra acenava ocasionalmente para mudar a posição ou o ângulo da câmera de vídeo. Finalmente, uma ideia ocorreu a Rylin.

— Leda — decidiu perguntar. A outra garota olhou-a com irritação. — Na semana passada, você disse que essa aula de holografia era reservada aos alunos do último ano, e que você só conseguiu cursar a matéria por causa de uma redação especial. Mas eu sou do penúltimo ano, e estou na...

— Já te disse, foi um golpe de sorte no seu caso — disse Leda, impaciente. — Pense nisso como uma exceção no meio do semestre, com o único propósito de me irritar.

— Mas Cord também é do penúltimo ano — continuou Rylin, sem hesitar, erguendo uma sobrancelha.

Leda fez um gesto exasperado.

— O caso de Cord é diferente. Afinal, um dos prédios daqui tem o *nome* dele. Então, óbvio, ele cursa qualquer matéria que queira.

Rylin sentiu uma estranha guinada no estômago.

— Que prédio? — Ela achava que tinha visto os nomes de todos os prédios, especialmente depois de se perder tanto pela escola nas últimas semanas.

— Talvez eu devesse ter dito *prédios*, no plural — declarou Leda em um tom significativo. — Toda a escola secundária foi nomeada em homenagem à família de Cord. Você não tinha como saber, porque ainda não foi até lá embaixo nas escolas de ensino fundamental e infantil, mas tudo neste andar, o colégio inteiro, é tecnicamente o campus Anderton.

O breve momento de proximidade que Rylin compartilhara com Cord pareceu se dissolver no ar como fumaça. Mais uma vez, lembrou-se da grande distância entre eles e de como ela era tola em pensar que poderia superá-la. Quantas vezes o universo precisava ensinar-lhe a mesma lição idiota? Aqui estava ela, na mesma escola de Cord, e no entanto se sentia mais distante dele do que nunca.

Rylin quis jogar a culpa nas circunstâncias: no fato de que a família de Cord tinha doado o dinheiro para patrocinar toda a escola de ensino médio, enquanto ela só estava ali porque uma garota morreu, mas ela sabia que isso só explicava parte do que a afastava de Cord.

O resto era culpa dela mesma. Ela quebrara alguma coisa no relacionamento dos dois quando rompeu a confiança dele.

Ela ficou pensando se algum dia, talvez, ela seria capaz de consertar aquilo — ou se algumas coisas não podiam ser consertadas, não importava o quanto alguém se esforçasse para isso.

CALLIOPE

CALLIOPE ESTICOU-SE AO longo de todo o comprimento da espreguiçadeira, levando os braços para cima em um gesto deliberadamente preguiçoso, embora seu corpo vibrasse em estado de alerta. Quanto tempo até Atlas aparecer? Ela sabia que ele viria para cá; tinha uma reunião com um dos executivos do hotel a respeito de alguma negociação. Tomou um gole distraído de sua água, fazendo os cubos de gelo não derretido chocarem-se, depois brincou com a alça de seu novo maiô de crochê.

Calliope deveria estar acostumada a esperar àquela altura; certamente fizera muito disso nos últimos anos. Mas ela nunca fora especialmente paciente, e não pretendia começar hoje.

Suas pulseiras de jade deslizaram por seu braço quando ela apoiou-se em um cotovelo para olhar ao redor. O deque do Nuage tinha uma das melhores vistas da Torre, e a cintilante piscina com borda infinita parecia estender-se até o horizonte. Guarda-sóis amarelos e brancos pontilhavam o espaço, mas eram apenas decoração: o teto azul altíssimo estava todo revestido com lâmpadas solares que projetavam uma luz uniforme e sem raios UV. Calliope lembrou que uma vez, quando ela e a mãe estavam em uma piscina na Tailândia, tinha *chovido*, porque o governo local não dava a mínima para controlar o tempo. Calliope e Elise adoraram — parecia alguma aventura gloriosa de um romance, como se o céu estivesse se abrindo e, de repente, tudo parecesse possível.

Ela ouviu uma porta se abrir e arriscou olhar para cima. Dito e feito; ali estava Atlas, saindo dos escritórios executivos para a famosa ponte suspensa do hotel, que se estendia sobre a piscina e as videiras da área interna do hotel que a circundavam. Como os guarda-sóis, as trepadeiras eram basicamente um cenário, pois mal produziam vinho suficiente para uns poucos barris por ano.

Calliope escolhera seu lugar no deque com cuidado extremo. Esperou até que Atlas estivesse diretamente acima dela.

— Atlas? É você? — chamou, com uma das mãos levantada como se para proteger seus olhos. Ela não o via, nem tinha notícias dele desde a festa no apartamento dos seus pais no último fim de semana, portanto aqui estava ela, recorrendo a um encontro encenado. Era um gesto um tanto desesperado, mas toda grande trapaça tem de começar em algum lugar.

— Calliope. O que você está fazendo aqui? — Atlas pisou em uma das extremidades da ponte. — Abaixar, por favor — acrescentou. A boca de Calliope se contorceu um pouco quando o segmento de ponte onde ele estava se destacou e começou a flutuar para baixo. Só Atlas mesmo para dizer "por favor" e "obrigado" a um sistema robótico de controle.

Ela ficou na dúvida se levantava-se para cumprimentá-lo ou não, mas decidiu que era melhor não. Isso daria muito poder a Atlas, e, além do mais, ela ficava mais bonita daquele ângulo.

— Eu moro aqui. E você, o que está fazendo por essas bandas? — disse maliciosamente, lançando um olhar para o terno e gravata dele. — Trabalho, trabalho, trabalho e nenhuma diversão?

— Algo do tipo. — Ele passou a mão pelo cabelo daquela maneira distraída dele.

Calliope apontou para a espreguiçadeira ao lado dela.

— Gostaria de se juntar a mim, ou precisa se apressar para voltar?

Atlas fez uma pausa, provavelmente verificando que horas eram. Era quase noite.

— Sabe de uma coisa, por que não? — decidiu ele, tirando o paletó e afundando agradecido na espreguiçadeira.

Calliope baixou os olhos para esconder sua empolgação, deixando que os longos cílios lançassem sombras sobre o seu rosto. Ela levantou um ombro em direção às janelas, onde o sol começava a mergulhar atrás das montanhas recortadas construídas pela mão do homem, que enchiam o horizonte.

— Está quase na hora de um happy hour. Champanhe ou cerveja? — perguntou ela, dando um tapinha na lateral da espreguiçadeira para chamar o menu.

Como ela esperava, suas palavras provocaram um sorriso relutante. Happy hours tinham sido uma tradição na África — a equipe do hotel de safári subia uma colina para assistir ao pôr do sol, levando bolachas salgadas e cervejas em mochilas com zíper. Assim que o sol desaparecia no horizonte, eles abriam as garrafas, erguendo-as em um brinde, enquanto o céu explodia em uma mistura de cores flamejantes.

— Cerveja — concluiu ele. — Na verdade, existe uma cerveja local de Joburg no menu, se você puder...

— Pronto.

Os olhos dos dois se encontraram, e talvez fosse pura imaginação de Calliope, mas ela teve a sensação de que alguma coisa estava rolando no ar entre eles.

— Bom. Como foi a sua reunião?

— Não correu muito bem — admitiu Atlas. — Mas não vamos falar sobre trabalho agora.

Se fosse qualquer outro garoto, Calliope teria acatado aquela sugestão e mudado de assunto, provavelmente para falar dela mesma, mas ela havia aprendido da maneira mais difícil que Atlas não era como qualquer outro garoto. Portanto, ela se obrigou a olhar dentro de seus olhos castanhos profundos.

— Espero que o hotel não esteja exigindo uma renegociação do contrato de aluguel. Você não deveria ceder isso a eles, não agora.

Era sempre arriscado escolher não se fazer de boba. As batidas do coração de Calliope ecoavam em seu peito.

— Por que não? — perguntou Atlas, claramente intrigado.

— Porque as taxas de ocupação deles deviam ser maiores. Estamos no período de férias e eles não chegaram nem a oitenta por cento. Além disso — acrescentou ela, levantando uma das suas longas pernas e dobrando os dedos dos pés em ponta —, o serviço ao cliente daqui é lamentavelmente inadequado. Você sabia que escorreguei em uma bebida caída no chão e torci o tornozelo quando fizemos o check-in?

Os olhos de Atlas acompanharam o movimento dela por um instante, depois olharam para o outro lado. Quer dizer que pelo menos ele a achava atraente. Ela estava quase começando a pensar que aquilo era coisa da sua imaginação. Calliope abaixou a perna e se inclinou para a frente.

— Tudo o que estou dizendo é: eu pensaria cuidadosamente antes de renovar o contrato com ele sob os mesmos termos. Especialmente tendo em consideração as atuais taxas de juros.

— Você não está errada — admitiu Atlas. Eles conversaram por alguns minutos sobre fluxos de caixa descontados e, embora Calliope estivesse falando o tempo todo, ela também estava observando o corpo de Atlas, a maneira como suas pupilas dançavam quando ele falava sobre certas coisas, como ele gesticulava para exprimir uma opinião. Durante todo o verão, ela ansiara por sentir aquelas mãos em seu corpo, mas Atlas nunca a tocara, nem uma única vez.

Freneticamente, ela se perguntou por que ele não a desejara. Por que fora o único garoto que não tentara conquistá-la? O único garoto que ela não conseguira enganar?

Um garçom trouxe as cervejas deles em uma bandeja de prata. O copo estava agradavelmente frio quando Calliope o levou até a boca e tomou um enorme gole. Ela continuava odiando cerveja — sempre odiara —, mas já tinha feito coisas muito piores do que isso para dar um golpe antes.

— O que você anda fazendo ultimamente? — perguntou Atlas. — Você não está estudando, certo?

Por um instante, Calliope não sabia se tinha cometido um erro, recusando a oferta de sua mãe para matriculá-la na escola. Teria lhe proporcionado mais convivência com a irmã de Atlas. Porém, ela lembrou-se de que na melhor das hipóteses as garotas proporcionavam uma ajuda imprevisível e, além disso, era sempre melhor abordar o alvo de forma direta. Ela sabia que se ficasse perto de Atlas por tempo suficiente, poderia descobrir uma maneira de conseguir algo dele.

— Não estou estudando. Mas eu lhe garanto que sou muito capaz de me entreter — respondeu ela, com o que esperava ser a quantidade certa de safadeza.

— Atlas! O que você está fazendo aqui? E quem é essa?

Algo era familiar no garoto que se aproximava das espreguiçadeiras dos dois, pensou Calliope. Ele era alto e tinha uma beleza clássica, com maçãs do rosto salientes e olhos azuis penetrantes.

— Cord! Como vai? — Atlas sorriu e se aproximou para cumprimentar o outro rapaz. — Você conhece minha amiga Calliope Brown?

Amiga, é? Calliope considerou aquilo uma abertura nas negociações. Por sorte, ela era uma excelente negociadora.

Ela atirou as pernas pela lateral da cadeira e se levantou devagar.

— É um prazer — murmurou, justamente no momento em que um outro garoto pisou no deque da piscina. Então ela percebeu com uma sensação ruim por que Cord lhe parecera tão familiar.

— Fuller! Estávamos indo jantar. Quer vir?

O peito de Calliope se contraiu. O recém-chegado era uma versão mais velha de Cord, um pouco endurecida pela idade e com o sorriso um pouco mais cínico. Ela rezou para que ele não se lembrasse dela, mas suas esperanças desmoronaram quando ele olhou para ela e franziu a testa, em um reconhecimento intrigado.

— Ei, por acaso eu te conheço?

— Infelizmente, acho que não — disse Calliope, num tom ligeiro.

Ele balançou a cabeça.

— Não, nós nos conhecemos em Singapura. Você estava saindo com meu amigo Tomisen e fomos para aquele luau na praia, não é?

Calliope nunca tinha sido reconhecida antes. O mundo estava ficando pequeno demais para pessoas como ela, pensou, tentando não revelar qualquer indício de seu medo. Só esperava que Brice não soubesse o resto da história: que uma semana depois do luau na praia, ela pediu a Tomisen um empréstimo, fechou sua conta falsa assim que os fundos dele foram liberados e em seguida foi embora da cidade.

Olhou para a porta, cujo holo onde se lia SAÍDA estava iluminado. *Sempre tenha uma saída*, como sua mãe constantemente dizia. Só de olhar para o holo, Calliope se sentiu mais calma.

Ela moldou suas feições em um sorriso e estendeu a mão.

— Calliope Brown — disse, azeda. — Receio que você tenha me confundido com outra pessoa. Apesar de que ela parece ser muito divertida, então vou encarar isso como um elogio.

— Brice Anderton. Desculpe, engano meu. — O aperto de mão dele era firme demais, sua voz tensa com uma ameaça silenciosa.

— Por favor, ignore meu irmão. Está mais do que óbvio que ele tem dificuldade em se lembrar de todas as mulheres que encontra em suas viagens — brincou Cord, alheio à tensão.

Brice ainda não soltara a mão dela. Calliope a puxou gentilmente, e ele a soltou, com evidente relutância.

— Por que nunca te vi antes, Calliope Brown? — Ele pronunciou o nome dela como se houvesse aspas ao redor, como se ele não estivesse convencido de que era seu nome verdadeiro.

— Eu não moro em Nova York.

— E de onde você disse que vinha mesmo?

Ela se absteve de dizer que, na verdade, ela não tinha dito isso.

— De Londres.

A expressão do menino mais velho mudou por um momento.

— Interessante. Você tem um sotaque *bastante* singular.

Calliope olhou para Atlas, mas ele estava fazendo algum comentário para Cord, alheio à conversa dela com Brice. O sangue de Calliope se acelerou um pouco nas veias.

— Já que você não é de Nova York, acho que precisa de alguém para levá-la ao baile No Fundo do Mar — continuou Brice.

Calliope rapidamente olhou para ele.

— Baile No Fundo do Mar? — repetiu, como uma idiota, depois se controlou. — Parece divertido — continuou ela, levantando a voz para Atlas ouvir.

Como se ele tivesse visto e entendido as intenções dela, Brice se virou para Atlas.

— Fuller, é a sua mãe que está presidindo aquela festa do Fundo do Mar, não é?

— Aquele evento da Conservação do Hudson? Acho que sim — respondeu Atlas, intrigado.

Quer dizer então que Atlas estaria lá.

Brice sorriu, e Calliope achou que havia algo de maligno naquele sorriso. Ficou na dúvida, com um misto de pânico e empolgação, se ele tinha enxergado quem ela realmente era por trás de todas as suas mentiras. Parecia que ele tinha feito aquele comentário para Atlas especificamente para fisgá-la.

— Então, Calliope — continuou Brice, cheio de interesse. — Você vai na festa comigo, certo?

Com sua visão periférica, ela continuava prestando atenção em Atlas, ainda que seu olhar não se desgrudasse de Brice. Aquela era a deixa de Atlas — ele deveria intervir e oferecer-se para levá-la no lugar do amigo. Mas ele não estava dizendo nada.

Tudo bem, então. Uma parte de Calliope sabia que era uma péssima ideia sair com o garoto que quase a reconhecera, mas não existia um velho ditado que dizia que era bom manter seus inimigos por perto? E, afinal de contas, uma festa era uma festa. Ela nunca fora do tipo que recusava um convite, não importava a ocasião.

— Eu adoraria — disse Calliope a Brice, e manteve contato visual com ele para registrar o contato. Brice a olhava com firmeza, sem piscar.

Quando os irmãos Anderton se despediram, Calliope decidiu que aquilo poderia na verdade ser uma vantagem para ela. Não havia melhor maneira de chamar a atenção de um garoto do que aparecer em uma festa, vestida para matar, de braços dados com outro. Ela faria de tudo para que Atlas se arrependesse amargamente de não tê-la convidado para a festa primeiro. E, então, raparia tudo o que pudesse dele, antes que ela e sua mãe deixassem a cidade.

Aquele poderia ser o seu maior golpe até então.

AVERY

O SOAR DOS sinos reverberou claro e doce através do ar gelado noturno. Avery se aconchegou mais perto de Atlas sob a pilha de cobertores, e seu coração batia de empolgação enquanto o trenó se movia ao longo da trilha arborizada.

Ela ainda não conseguia acreditar que eles haviam conseguido escapar. Era sábado à noite e eles estavam em Montpelier, Vermont — juntos, ao ar livre. Longe de Nova York, com todas as suas restrições e limitações e *nãos*.

Atlas planejou tudo. Os dois andavam em tensão máxima ultimamente: caminhavam pelo apartamento constantemente tensos, pisando em ovos, extremamente conscientes de cada movimento um do outro, porém tentando desesperadamente fingir que não se importavam. Avery tinha a sensação de estar segurando a respiração desde o anúncio de Dubai. Quando Atlas sugeriu que eles saíssem da cidade por uma noite, pareceu bom demais para ser verdade.

— Estou tão feliz que conseguimos fugir. — A respiração dela fez nuvenzinhas cristalizadas por causa do ar frio. Ela olhou para o perfil de Atlas, seu nariz reto e toda a linha de sua boca, a leve camada de sardas na pálida pele de pêssego de suas maçãs do rosto. Àquela altura, as feições dele eram mais familiares para ela do que as suas próprias. Ela seria capaz de desenhar cada linha do corpo dele vendada, de tão bem que as havia decorado.

— Eu também, Aves. — Ele passou um braço ao redor dela para puxá-la mais para perto.

— Você não acha que mamãe e papai suspeitarão de nada? — Ela ainda tinha medo de ambos estarem fora de casa na mesma noite. Pareciam estar dando bandeira.

— Você não disse a eles que foi para a casa de Leda?

— Disse — respondeu Avery, apenas, embora na verdade tivesse dito que tinha ido para a casa de Risha, só por precaução, caso eles dessem um ping para checar. Ela não podia mais confiar em Leda para coisas daquele tipo.

— E eu disse que vou ao jogo do Rangers contra o Kings em LA, com Maxton e Joaquin. Eu até comprei os ingressos para provar. Não se preocupe.

Avery assentiu, mas ainda estava inquieta, tentando acalmar o nervosismo que continuava a incomodá-la. Ela se lembrou de quando tentou roubar uma sacola de biscoitinhos de açúcar da cozinha, quando era pequena. Tinha se saído bem, mas quando levou os biscoitos ao seu quarto, estava tão estressada que nem conseguiu desfrutá-los direito.

Atlas notou a inquietação dela e suspirou.

— Aves, eu sei que toda aquela cena com o papai deixou você nervosa, mas prometo que estamos seguros aqui. Só temos uma noite juntos, longe de tudo. Será que não podemos aproveitar ao máximo?

Avery silenciosamente xingou seu próprio medo teimoso. Ela sabia quanto esforço Atlas tinha feito para planejar aquilo tudo; tentando encontrar algum lugar em que eles não seriam reconhecidos, algum lugar que ele sabia que ela iria adorar. E aqui estava ela, aparentemente esforçando-se ao máximo para estragar tudo. Ela se mexeu sob o cobertor com temperatura controlada para apoiar a cabeça no ombro dele.

— Você tem razão — murmurou.

Atlas entrelaçou seus dedos nos dela, trouxe a mão dela levemente até sua boca e a beijou. Foi um gesto terno, quase cortês, que derrubou as ansiedades persistentes de Avery.

Ela olhou para a escuridão que passava por eles, espessa, facetada e bonita. A sensação era a de que poderia haver fantasmas ali na floresta — ou ninfas, talvez, algum tipo de espírito antigo. A Torre parecia estar a mundos de distância.

Eles estavam indo ver a aurora boreal. Devido ao movimento de deslocamento do buraco na camada de ozônio, a aurora só era visível tão ao sul uma vez por ano. Avery sempre quis vê-la, tinha assistido a gravações uma dúzia de vezes, mas por alguma razão ela nunca viera pessoalmente antes.

Eles pararam em uma clareira onde uma dúzia de outros trenós autônomos já estava estacionada, separados por distâncias discretas, como uma versão encantada dos antigos cinemas drive-in. Um transe caiu sobre aquela reunião. Canecas fumegantes de chocolate quente, cobertas com chantili, passavam sobre bandejas flutuantes. O assento de Avery e Atlas começou a reclinar até que eles estivessem deitados, os olhos piscando para mirar a escuridão. A Avery parecia não existir mais nada no mundo a não ser o frio lá fora, o calor do corpo de Atlas ao seu lado e a abóbada aveludada do céu que se estendia infinitamente acima dela.

Uma variedade de cores explodiu de repente: listras azuis e verdes, cor-de-rosa e cor de pêssego, arqueando-se e retorcendo-se uma em torno da outra. Por um breve momento, Avery sentiu uma espécie de medo, como se a terra estivesse se inclinando em direção a uma galáxia distante. Ela segurou firme a mão de Atlas.

— Você está ouvindo alguma coisa? — perguntou baixinho. Havia dezenas de trilhas sonoras recomendadas para acompanhar o espetáculo das luzes, de concertos de violino e solos de oboé até músicas de rock. Ela desligara todas elas. Imaginou que conseguia ouvir as luzes oscilando no silêncio, sussurrando para ela de encontro à cortina do céu.

— Não — murmurou Atlas.

— Nem eu.

Avery se aconchegou mais perto dele. Lágrimas fizeram arder seus olhos e fragmentaram ainda mais a luz, dividindo-a em um milhão de belíssimos fragmentos.

Ela deve ter caído no sono em algum momento, porque, quando abriu os olhos, os dedos rosados do sol estavam aparecendo no horizonte.

— Estamos aqui, Bela Adormecida. — Atlas enfiou o cabelo dela atrás das suas orelhas e beijou-a carinhosamente na testa.

Avery olhou para ele, e já não sentia mais cansaço; todo o seu ser estava de repente, e dolorosamente, alerta à proximidade dele.

— Adoro acordar com você — disse ela, e foi recompensada com um dos deslumbrantes sorrisos de Atlas.

— Quero acordar com você todas as manhãs, sempre — disse ele, enquanto o trenó começava a partir para o hotel com um solavanco. Eles estavam indo até o famoso Palácio da Neve, onde tudo era feito de gelo eterno, até as lareiras. Ao redor deles, outros casais se levantavam sonolentos de seus cobertores e se dirigiam até as portas duplas e maciças esculpidas como estalactites. Avery deu um salto ligeiro do trenó enquanto Atlas descia pelo outro lado.

— Avery? — Botas rangeram na neve atrás dela. Avery ficou tensa ao ouvir seu nome. Não ousou olhar para Atlas, mas em sua visão periférica ela o viu inclinar-se, puxando o chapéu para baixo para cobrir a testa e empurrando rapidamente as portas do hotel. Uma estranha pontada apertou seu peito quando ela o viu se afastar dela sem olhar para trás. Teve um terrível presságio.

Ela virou-se lentamente, forjando algo que bem se aproximava de um sorriso.

— Miles. Que surpresa! — exclamou, e deu um abraço no recém-chegado. Miles Dillion estudara na mesma turma de Atlas no ensino médio. Ela foi tomada por um pânico selvagem, com medo de que ele tivesse visto Atlas.

— Pois é! — riu Miles, e seu companheiro deu um passo para a frente, um rapaz alto e jovem, com feições suaves e bonitas. — Este é meu namorado, Clemmon. Você está aqui sozinha?

— Infelizmente, sim. — Avery não ousou dar um passo à frente, com medo de que seus joelhos cedessem. Ela puxou o casaco o mais apertado que pôde em torno do corpo, tentando fixar a mente em algum tipo de foco. — Talvez meu pai compre este hotel, e ele pediu que eu viesse dar uma olhada. Até agora estou gostando. O que vocês estão achando? — Era uma mentira razoável, dado o tempo que ela teve para improvisá-la.

— Estamos adorando! — exclamou Clemmon. — É tão romântico. É realmente uma pena você estar aqui sozinha — acrescentou ele, com a mesma confusão que as pessoas sempre tinham quando Avery dizia que estava solteira.

— Quer tomar o café da manhã conosco? — convidou Miles, mas Avery fez que não, ainda com aquele sorriso colado em seu rosto.

— Eu acho que vou tirar um cochilo, mas obrigada.

Ela esperou até que os dois rapazes entrassem de mãos dadas no salão de refeições, com teto de gelo e estalagmites subindo pelo chão, antes de correr pelo corredor em direção ao seu quarto.

Quando ela entrou, Atlas já estava lá, olhando para o fogo de uma das poltronas reclinadas. Numa mesinha lateral, uma bandeja de prata portava as comidas favoritas de Avery: croissants, frutas vermelhas frescas e uma garrafa de café quente. Ela sorriu, tocada como sempre pela consideração de Atlas.

— Eu sinto muito por isso — disse ela, lentamente. — Que coincidência horrível. Quer dizer, quais são as chances?

— Evidentemente não tão baixas quanto pensávamos. — A mandíbula de Atlas estava retesada à luz bruxuleante do fogo. Ele olhou para ela. — Isto não é uma coincidência, Aves, é a nossa realidade. Não podemos ficar juntos em Nova York, mas olhe só o que acontece quando tentamos escapar de lá.

Avery andou devagar para sentar-se na outra poltrona e estendeu as pernas para perto do fogo.

— Eu não...

Atlas se inclinou para frente, com as mãos nos joelhos, e havia uma urgência assustadora em seu tom:

— Temos que fugir, como sempre planejamos, antes que seja tarde demais.

Por um momento, Avery deixou-se afundar deliciosamente naquela fantasia: caminhar com Atlas ao longo de uma praia ensolarada, fazer compras num mercado de peixes colorido, deitar abraçadinha com ele numa rede sob as estrelas. Ficar juntos *de verdade*, sem medo de serem pegos. Era um lindo sonho.

E um sonho impossível, pelo menos por enquanto. Sentiu um frio no estômago ao lembrar-se de Leda: ela sabia a verdade sobre eles, e não hesitaria em espalhá-la aos quatro ventos caso eles fugissem juntos. Avery não podia imaginar fazer seus pais passarem por tudo isso. O que aconteceria com eles, se a notícia sobre o relacionamento de Avery e Atlas viesse a público — muito embora àquela altura seu pai já suspeitasse da verdade?

— Não há nada que eu queira mais do que fugir com você — disse Avery, e estava sendo sincera, com cada fibra do seu ser. — Mas não posso, ainda não. — Se ela tivesse uma explicação melhor!

— Por que não?

— É complicado.

— Seja o que for, Avery, você pode...

— Eu *não posso*, tá legal?

Atlas olhou para baixo, magoado, e fechou-se em si mesmo.

— Desculpa, eu não quis ser grosseira. Só estou nervosa — disse ela rapidamente, e esticou o braço para segurar a mão dele.

Atlas puxou de leve a mão dela, fazendo Avery sair da poltrona e ir se sentar em seu colo. Ela passou os braços em volta do pescoço dele e apoiou o rosto em seu peito, fechando os olhos. O ritmo constante de seu coração a tranquilizou, fez sua respiração ficar um pouco mais calma.

— Tudo bem. Ver o Miles também me deixou nervoso — disse Atlas, traçando um pequeno círculo nas costas dela.

Avery assentiu. Como queria, desesperadamente, contar para Atlas a verdade — sobre aquela noite terrível no telhado, sobre o que realmente havia acontecido com Eris e a mentira que ela contara. A verdadeira razão pela qual eles não poderiam fugir.

Porém Atlas olharia para ela de forma diferente quando soubesse o que ela havia feito. Avery não tinha certeza se seria capaz de suportar isso.

Ele suspirou:

— É a mamãe e o papai, não é? Eles vão ficar bem sem nós. Certamente melhor do que se ficarmos e formos descobertos. — Ele apertou um pouco o abraço ao redor dela. — Apesar de que... Por mais que eu queira ir agora, talvez não devêssemos fugir imediatamente. Talvez seja melhor se eu for trabalhar para o papai em Dubai por um ano, e depois a gente foge junto, quando você se formar na escola. Nós nem teríamos que ir ao mesmo tempo. Haveria menos perguntas assim. — Ele sorriu. — Além disso, você merece terminar o ensino médio com seus amigos.

— Dubai é tão longe — disse Avery instintivamente, odiando a ideia de suas vidas separadas, a meio mundo de distância.

— Eu sei, mas, Aves, nós não podemos viver assim também... nós dois em Nova York, vivendo em um constante terror, com medo de sermos pegos.

Avery não tinha resposta. Dubai parecia uma opção terrível, mas ela sabia que Atlas estava certo; eles não podiam mais continuar assim.

— Eu sinto muito. Eu só preciso de mais tempo — sussurrou ela, impotente, porque não tinha ideia do que iria fazer.

— Eu entendo, e estou sendo tão paciente quanto posso. — A confiança estampada no sorriso de Atlas quase a amoleceu. — É claro que vale a pena a espera. Eu esperaria a vida inteira por você.

Avery não podia mais escutar, portanto silenciou as palavras dele com seus lábios.

Mais tarde, quando Atlas dormia sob a pilha de cobertores de pele de urso, Avery olhou ao redor do belo quarto de gelo, com suas paredes lisas e inflexíveis. Não parava de pensar em Miles e Clemmon, em seus pais, em Eris e Leda e em tudo o mais que abria pequeninos rasgos na trama de seu relacionamento com Atlas.

Mesmo aqui, bem longe de Nova York, ela e Atlas não conseguiam escapar da dura realidade de quem eles eram. Não havia onde se esconder. O coração dela se contraiu em pânico. E se fosse assim para sempre? O mundo era tão pequeno agora — como ela e Atlas jamais poderiam se libertar?

Ela tentou afastar aquele pensamento, mas parecia que as paredes geladas aproximavam-se lentamente dela, esmagando o ar de seus pulmões, e que ela não tinha como escapar.

RYLIN

RYLIN INCLINOU-SE PARA a frente na bancada da ilha de edição do laboratório de holografia, tão profundamente absorvida pelo trabalho que ela quase se esqueceu de onde estava.

Tinha se encontrado com Leda depois da escola para editar as filmagens de esgrima, que Rylin teve de admitir terem ficado muito maneiras, mas Leda saíra há um tempo. Num impulso, Rylin descarregou o resto das cenas de captação da sua câmera de vídeo e agora estava submersa em algo completamente diferente.

Ela não parava de assistir ao que havia filmado na festa da piscina do último fim de semana, indo para frente e para trás, seus olhos brilhando de empolgação. Porque mesmo ali sentada naquela sala, numa cadeira de veludo preto, Rylin sentia-se transportada de volta no tempo.

A festa fluía em torno dela, a luz dançando nas paredes como a luz de velas piscando em uma caverna primordial. A piscina verde-azulada parecia ondular até a cintura de Rylin. Ao lado dela, Lux surgia de dentro d'água e sacudia a cabeça. Rylin instintivamente levantou um braço, recuando das gotas que eram arremessadas do cabelo loiro curto de Lux, antes de abaixá-lo conscientemente, pois é claro que Lux não estava lá.

Aquilo era ainda mais intenso do que alucinógenos, pensou ela, procurando ansiosamente fazer um clipe para mostrar a seus amigos.

— Rylin? O que você está fazendo aqui?

Xiayne entrou no laboratório e a porta se fechou automaticamente atrás dele para bloquear a luz. Ele estava novamente usando uma camiseta branca, e as tatuagens de seu peito eram quase visíveis através do tecido fino.

Ela apertou o botão central de comando, e o holo ficou escuro.

— Nada, só estou trabalhando em algo.

— Espere aí... bote aquilo na tela de novo. — A voz de Xiayne estava ansiosa, curiosa.

Rylin cruzou os braços. Por algum motivo, ela se sentiu na defensiva:

— Você quer que eu vá embora? Da última vez que verifiquei, esta sala não estava reservada.

— Não, por favor, fique. Eu não vim aqui para te expulsar. — Xiayne parecia ter achado a reação dela engraçada. — Fico feliz que alguém esteja finalmente usando este espaço. Deus sabe que a escola gastou um dinheirão nisso aqui, mas está sempre vazio.

— Professor... — começou Rylin, mas ele a interrompeu:

— Xiayne — corrigiu ele.

— Xiayne — repetiu ela, um pouco exasperada. — Qual o problema com o meu vídeo do pôr do sol?

— Nenhum. Era um lindo vídeo — disse ele, sem entonação especial.

— Então, por que você deu uma nota ruim?

Xiayne apontou para a cadeira ao lado dela como se dissesse: *Posso?* Quando Rylin não fez que não, ele se sentou.

— Eu te dei uma nota baixa porque sei que você pode fazer melhor.

Você nem me conhece, Rylin quis protestar, mas isso pareceria petulante e ela não estava mais zangada.

— Eu sinto muito se fui duro com você — continuou Xiayne, observando-a. — Eu sei, por experiência própria, que não é uma transição fácil, chegar a um lugar como esse vindo dos andares mais baixos da Torre.

Rylin soltou um suspiro.

— Eu só não acho que me encaixo aqui. — Era bom dizer isso em voz alta.

— Claro que não — concordou Xiayne, o que a chocou, fazendo com que ficasse em silêncio. Ele sorriu. — Mas eu não acho que você realmente queira se encaixar, não é?

— Eu acho que não — admitiu Rylin.

— Agora, posso por favor ver no que você estava trabalhando?

Ela hesitou antes de apertar PLAY.

A piscina brilhou, ganhando vida em torno deles, brilhando com uma energia selvagem, quase frenética. As luzes de néon das lâmpadas incandescentes dançaram recortadas contra a escuridão. Música e fofocas ecoavam com força sobre a água, misturadas ao som de risadas e de gente bêbada atirando-se na água. Um casal estava se agarrando num canto, outro enrodilhado sob o trampolim de mergulho. Rylin podia ver tudo em detalhes perfeitos, como se estivesse mergulhando em sua própria memória, só que melhor, tudo ali mais brilhante e mais claramente desenhado do que as lembranças humanas defeituosas. Ela praticamente conseguia saborear os shots gelados de atômico, sentir o cheiro de cloro e suor.

Arriscou um olhar para Xiayne. Ele estava assistindo, de olhos arregalados, como se não quisesse piscar por medo de perder alguma coisa.

Quando V pegou a câmera e a mergulhou na piscina, a sala pareceu girar descontroladamente, o mundo inteiro transformar-se em água. Rylin soltou um suspiro de pânico e desligou o holo.

— Não! Não pare! — gritou Xiayne.

— Você não está zangado por causa da câmera? — Sem falar o fato de que ela tinha gravado uma festa ilegal num espaço público, com menores de idade bebendo.

— Não, tudo bem, a câmera é à prova d'água! *Rylin* — ele se aproximou dela e pôs a mão sobre a sua, entrelaçando os dedos dos dois e acenando, para que ela acenasse junto com ele e continuasse a reprodução —, isso é incrível.

Rylin piscou, assustada com aquele contato físico, mas Xiayne já a soltara; ele nem parecia perceber que a havia tocado. Estava andando em um círculo, a luz do holo formando desenhos surpreendentes em suas feições.

— Você conseguiu.

— Consegui o quê?

— Eu pedi que você me mostrasse como vê o mundo, e você conseguiu fazer isso. Esta filmagem... é visualmente impressionante, é narrativamente atraente, é colorida e vibrante. É... — Ele balançou a cabeça. — É sensacional pra caralho, beleza?

— Tudo o que fiz foi levar a câmera para uma festa que já estava rolando — protestou Rylin, incerta. Xiayne agitou os braços para que o holo parasse.

— Luzes acesas! — disse ele com voz rouca, e piscou ao olhar para ela, por causa da luminosidade repentina. — Essa é a ideia principal desta matéria: ser um observador cuidadoso, reaprender a ver o mundo. — Ele abriu os braços para abranger a sala, que agora, sem todo o caos da festa, parecia estranhamente vazia. — O que eu vejo a partir dessa filmagem é que você tem um olhar natural.

Ela ainda estava confusa.

— Você nem *gostou* do meu vídeo do pôr do sol. E nele eu estava tentando de verdade fazer alguma coisa.

— Você estava tentando ser algo que não era você. Mas *isso* é!

— Como? Isso nem sequer está editado!

Ela pensou que Xiayne poderia se ofender com o tom dela, mas ele apenas recuou e entrelaçou os dedos atrás da cabeça, tranquilamente, como se tivesse todo o tempo do mundo.

— Então, vamos consertar isso.

— Agora? — Certamente ela não tinha ouvido direito.

— Você tem outros planos?

Algo no tom dele, no jeito desafiador de seus ombros, destruiu a irritação de Rylin.

— Você não?

— Ah, tenho sim, mas isso aqui vai ser mais divertido — disse Xiayne à vontade, e Rylin não conseguiu reprimir um sorriso.

* * *

Três horas depois, o holo incandescente brilhava ao redor deles. Trechos de diferentes tomadas tinham sido separados e divididos em vários agrupamentos, sobrepostos no ar como um coro de fantasmas.

— Obrigada por ter passado tanto tempo comigo. Eu não tinha me dado conta de como está tarde — disse Rylin, sentindo-se um pouco culpada por ter roubado tanto tempo da noite de Xiayne.

— Você ficaria surpresa com a rapidez com que o tempo desaparece aqui. Principalmente porque não há janelas, nenhuma luz natural. — Ele parou diante da porta para deixar as luzes da ilha de edição se apagarem. Rylin seguiu atrás dele, apressada, e tropeçou para a frente, mal conseguindo evitar cair estatelada no corredor vazio.

— Eita, você está bem? — Xiayne estendeu a mão para apoiá-la. — Para onde você está indo? Deixe-me ir com você até lá fora; está tão tarde.

Rylin piscou e um milhão de vozes gritaram em sua cabeça ao mesmo tempo. Ela sentiu uma pontada de vergonha de sua falta de jeito, misturada a um calor inesperado, mas nada desagradável. Xiayne não soltou seu cotovelo, a mão firme ainda segurando sua pele nua, embora ela não corresse mais perigo de cair.

Alguém virou a esquina no final do corredor. Claro, Rylin pensou descontroladamente, tinha de ser Cord.

Rylin viu toda a cena no rosto dele enquanto ele caminhava: Rylin e um professor jovem e atraente, sozinhos, no final da noite, saindo da ilha de edição escurinha juntos; o professor segurando o braço dela em um gesto inequivocamente íntimo. Ela viu Cord analisar tudo aquilo, juntando as informações, e soube que ele devia estar tirando conclusões sobre o que estava acontecendo.

Ela disse a si mesma que não estava nem aí, mas à medida que eles se aproximavam no corredor vazio, seu corpo vibrava com uma saudade aguda e familiar. Ela manteve a cabeça erguida, sem pestanejar, determinada a não mostrar a Cord o quanto aquilo estava sendo um esforço para ela.

E então tudo terminou: ele passou pelos dois e o momento se foi.

WATT

NO FIM DE semana seguinte, Watt respirou fundo e caminhou até a porta da casa de Leda, segurando firmemente um buquê de flores. Estava vestindo o mesmo smoking que ele comprou para ir à festa com Avery — fazia apenas alguns meses, mas parecia que tinha sido uma vida inteira atrás.

Enquanto esperava que Leda abrisse a porta, olhou curiosamente para a rua ladeada de residências verticais inspiradas nas antigas casas do Upper East Side. Uma garotinha vinha saltitando pela calçada, puxando seu filhote de labrador dourado em uma correia sem fio.

Algum último conselho sábio?, perguntou a Nadia, surpreso com seu próprio nervosismo, dado que ele nem gostava de Leda. Mesmo assim, ele nunca foi muito do tipo que saía com garotas.

Apenas seja seu eu encantador habitual.

Nós dois sabemos que o meu eu habitual está longe de ser encantador, respondeu, enquanto a porta se abria diante dele.

Os cabelos de Leda caíam sobre os ombros em cachos elaborados e ela usava um vestido roxo volumoso; o mesmo tom de roxo profundo que a realeza costumava usar quando posava para retratos oficiais pintados em telas quadradas bidimensionais. Aliás, pensando melhor, ela parecia a encarnação viva de um daqueles retratos, com seus enormes brincos de diamantes e a expressão fria e impaciente. Só faltava uma tiara. Ela se vestira não para parecer bonita, percebeu Watt, mas intimidante. Ele se recusou a cair nessa.

— Watt? Mandei uma mensagem para você me encontrar na festa.

Ele reprimiu uma resposta sarcástica.

— Eu quis vir buscá-la — disse ele, com o sorriso mais genuíno que conseguiu afetar.

As flores, Watt!, Nadia o cutucou.

— Ah, hã, estas são para você — acrescentou ele, estendendo desajeitadamente o braço para entregar o buquê a Leda.

— Tanto faz. Vamos nessa. — Ela atirou as flores em um aparador do hall de entrada, onde sem dúvida seriam apanhadas e depositadas em um vaso em algum lugar, e puxou Watt vigorosamente para a frente.

É sabido que estabelecer uma conversa ajuda a aliviar o constrangimento social, lembrou Nadia, enquanto os dois se acomodavam rigidamente no interior do hover. Watt teria rido se a situação já não fosse um desastre.

— Então, quem é mesmo que está organizando essa festa da Conservação do Hudson? — disse ele, tentando puxar conversa.

Leda lançou-lhe um olhar irritado.

— A Associação de Conservação do Rio Hudson — respondeu ela, secamente.

— Não, jura?

Eles passaram o resto do trajeto torre abaixo em silêncio.

Quando chegaram ao andar térreo e desceram no Píer Quatro, Watt não conseguiu esconder sua surpresa. Todo o local, normalmente lotado de crianças com guloseimas ou turistas que assistiam aos cardumes treinados de peixes-voadores, estava vazio.

Nadia, onde está a festa?

Lá embaixo. Ela dirigiu o olhar dele para um conjunto de escadas que levava diretamente até a margem do rio.

— Espere um minuto — disse Watt em voz alta. — Essa festa com tema de mar vai ser *realmente* na água?

— E eu aqui pensando que você realmente soubesse de tudo — retrucou Leda, e soltou um suspiro. — Sim, a festa vai ser no leito do Hudson. Nunca ouviu dizer que estão cultivando plantações lá embaixo?

Watt sabia disso. Aparentemente todo o lixo que as pessoas tinham jogado no rio durante séculos de alguma forma fez com que o solo do leito do rio se tornasse incrivelmente fértil. O Departamento de Assuntos Urbanos da Cidade de Nova York começou a cultivar batatas lá embaixo, iluminadas por minúsculas lâmpadas solares submarinas que flutuavam sobre as fileiras de plantações. No entanto, Watt nunca pensou que *pessoas* pudessem ir até lá — e, certamente, não para uma festa.

Por outro lado, ele tinha convivido tempo suficiente com as pessoas dos andares superiores para não se surpreender mais com nada do que faziam.

A água escura do rio lambia a escadaria coberta, protegida por um túnel cilíndrico feito de algum hidrocarboneto elástico. Watt correu a mão levemente ao longo da parede enquanto ia descendo as escadas; o material cedia facilmente, deixando uma indentação no ponto onde ele tocava com os dedos, como uma cobertura de bolo iridescente. Os degraus brilhavam e mudavam de cor por baixo de seus sapatos, parecendo ter saído daquele antigo holo da Disney sobre uma sereia.

Então eles chegaram ao fundo e Watt viu a festa, bem ali no leito do rio, oitenta metros abaixo da superfície.

O teto arqueava no alto como um enorme aquário de cristal. Em lugar do seu habitual tom marrom lamacento, a água ali fora parecia ser de um tom azul-marinho profundo. Watt se perguntou se eles tingiam o vidro flexível para obter aquela cor. Grupos de homens e mulheres bem-vestidos rodopiavam ao redor à vontade, em movimentos coordenados, como cardumes de peixes tropicais.

Leda dirigiu-se instantaneamente ao bar, que estava envolto em uma rede de fios de seda, acenando para alguns outros convidados enquanto seguia caminho.

Watt trotou atrás dela para acompanhá-la.

— Você está pensando em falar comigo esta noite, ou eu estou aqui apenas como um enfeite? — Dificilmente se poderia dizer que a campanha para fazer com que ela gostasse dele tivera um grande começo.

Leda lançou-lhe um olhar.

— "Enfeite" implicaria que você fosse um modelo. Acho que o termo que você estava procurando seria algo como "fantoche de carne".

Ele começou a protestar, mas então percebeu que um sorriso se formava nos cantos dos lábios dela. Quer dizer então que Leda Cole tinha algum senso de humor, um pouco maldoso, ainda por cima. Talvez ele conseguisse se divertir um pouco, no fim das contas.

Eles pararam perto de uma enorme quantidade de gigantescas conchas falsas e de uma faixa de areia na lateral que tencionava fazer as vezes de praia. Nadia projetou nas lentes de contato dele o roteiro que ele e Cynthia haviam ensaiado, mas Watt imaginou que seria melhor apostar em um elogio primeiro.

Por outro lado, ele tinha convivido tempo suficiente com as pessoas dos andares superiores para não se surpreender mais com nada do que faziam.

A água escura do rio lambia a escadaria coberta, protegida por um túnel cilíndrico feito de algum hidrocarboneto elástico. Watt correu a mão levemente ao longo da parede enquanto ia descendo as escadas; o material cedia facilmente, deixando uma indentação no ponto onde ele tocava com os dedos, como uma cobertura de bolo iridescente. Os degraus brilhavam e mudavam de cor por baixo de seus sapatos, parecendo ter saído daquele antigo holo da Disney sobre uma sereia.

Então eles chegaram ao fundo e Watt viu a festa, bem ali no leito do rio, oitenta metros abaixo da superfície.

O teto arqueava no alto como um enorme aquário de cristal. Em lugar do seu habitual tom marrom lamacento, a água ali fora parecia ser de um tom azul-marinho profundo. Watt se perguntou se eles tingiam o vidro flexível para obter aquela cor. Grupos de homens e mulheres bem-vestidos rodopiavam ao redor à vontade, em movimentos coordenados, como cardumes de peixes tropicais.

Leda dirigiu-se instantaneamente ao bar, que estava envolto em uma rede de fios de seda, acenando para alguns outros convidados enquanto seguia caminho.

Watt trotou atrás dela para acompanhá-la.

— Você está pensando em falar comigo esta noite, ou eu estou aqui apenas como um enfeite? — Dificilmente se poderia dizer que a campanha para fazer com que ela gostasse dele tivera um grande começo.

Leda lançou-lhe um olhar.

— "Enfeite" implicaria que você fosse um modelo. Acho que o termo que você estava procurando seria algo como "fantoche de carne".

Ele começou a protestar, mas então percebeu que um sorriso se formava nos cantos dos lábios dela. Quer dizer então que Leda Cole tinha algum senso de humor, um pouco maldoso, ainda por cima. Talvez ele conseguisse se divertir um pouco, no fim das contas.

Eles pararam perto de uma enorme quantidade de gigantescas conchas falsas e de uma faixa de areia na lateral que tencionava fazer as vezes de praia. Nadia projetou nas lentes de contato dele o roteiro que ele e Cynthia haviam ensaiado, mas Watt imaginou que seria melhor apostar em um elogio primeiro.

As flores, Watt!, Nadia o cutucou.

— Ah, hã, estas são para você — acrescentou ele, estendendo desajeitadamente o braço para entregar o buquê a Leda.

— Tanto faz. Vamos nessa. — Ela atirou as flores em um aparador do hall de entrada, onde sem dúvida seriam apanhadas e depositadas em um vaso em algum lugar, e puxou Watt vigorosamente para a frente.

É sabido que estabelecer uma conversa ajuda a aliviar o constrangimento social, lembrou Nadia, enquanto os dois se acomodavam rigidamente no interior do hover. Watt teria rido se a situação já não fosse um desastre.

— Então, quem é mesmo que está organizando essa festa da Conservação do Hudson? — disse ele, tentando puxar conversa.

Leda lançou-lhe um olhar irritado.

— A Associação de Conservação do Rio Hudson — respondeu ela, secamente.

— Não, jura?

Eles passaram o resto do trajeto torre abaixo em silêncio.

Quando chegaram ao andar térreo e desceram no Píer Quatro, Watt não conseguiu esconder sua surpresa. Todo o local, normalmente lotado de crianças com guloseimas ou turistas que assistiam aos cardumes treinados de peixes-voadores, estava vazio.

Nadia, onde está a festa?

Lá embaixo. Ela dirigiu o olhar dele para um conjunto de escadas que levava diretamente até a margem do rio.

— Espere um minuto — disse Watt em voz alta. — Essa festa com tema de mar vai ser *realmente* na água?

— E eu aqui pensando que você realmente soubesse de tudo — retrucou Leda, e soltou um suspiro. — Sim, a festa vai ser no leito do Hudson. Nunca ouviu dizer que estão cultivando plantações lá embaixo?

Watt sabia disso. Aparentemente todo o lixo que as pessoas tinham jogado no rio durante séculos de alguma forma fez com que o solo do leito do rio se tornasse incrivelmente fértil. O Departamento de Assuntos Urbanos da Cidade de Nova York começou a cultivar batatas lá embaixo, iluminadas por minúsculas lâmpadas solares submarinas que flutuavam sobre as fileiras de plantações. No entanto, Watt nunca pensou que *pessoas* pudessem ir até lá — e, certamente, não para uma festa.

— Você está linda esta noite, Leda — disse ele, ganhando confiança enquanto dizia aquela fala familiar. Ela revirou os olhos.

— Corta essa baboseira de merda, Watt.

Foi por isso que projetei o roteiro, para que você pudesse lê-lo, Nadia o repreendeu.

Watt se remexeu desconfortavelmente.

— Eu só...

Ela disse um palavrão. Você também devia dizer um, de acordo com os estudos psicológicos sobre espelhamento, sugeriu Nadia.

— Por que, caralho, você me trouxe aqui? — perguntou ele, abruptamente.

Não era exatamente o que eu tinha em mente.

Leda atirou a cabeça de lado daquele jeito cuidadoso dela, como se fosse um gesto treinado. Provavelmente era mesmo, Watt se deu conta.

— Porque quando você não está sendo um idiota, Watt, você é bastante útil. Eu pensei que você e Nadia poderiam me ajudar a ficar de olho nas pessoas. Isso se você for capaz de se comunicar remotamente com ela, claro.

Ah, se você soubesse...

— Que pessoas? — perguntou ele, evitando deliberadamente a pergunta sobre Nadia.

— Qualquer uma que possa me causar problemas — declarou Leda. — Principalmente Avery e Rylin. E você, é claro — acrescentou, com um ar de divertimento.

Em outras palavras, todo mundo que conhecia seu segredo mais obscuro. Algo no nervosismo irracional de Leda deixou Watt quase entristecido. Ele teria sentido pena dela, se não sentisse tanto ressentimento.

— Leda, você não está sempre sendo perseguida — disse ele, sem esperar que ela de fato respondesse.

— Claro que estou. Isso tudo é um jogo de soma zero.

Nadia precisou traduzir essa para Watt. Significava uma competição na qual havia apenas um prêmio claro e um vencedor claro. Ele ergueu os olhos para Leda em evidente choque.

— Isto aqui é uma *festa* — disse ele lentamente, como se estivesse falando outro idioma e ela precisasse de tempo para suas lentes de contato traduzirem o que ele dizia. — Não é uma luta de vida e morte.

— Pelo contrário, é exatamente o que é. Eu me recuso a perder só porque não fui criada como o resto deles. — A voz de Leda era como aço. — Você não entenderia, mas é um sentimento de merda, achar sempre que não se é bom o suficiente.

Ele ficou tenso, com uma raiva repentina.

— Leda, meus pais se mudaram para cá do Irã e arrumaram empregos mal pagos de limpar a bunda das pessoas idosas, *só por minha causa*. Se eu não entrar no MIT, vão ficar arrasados. Você tem ideia de que o MIT aceita no máximo um aluno por ano da minha escola, e que estou concorrendo contra meus melhores amigos? — Ele se inclinou para a frente, com o coração batendo num ritmo surpreendentemente errático. — Eu diria que sei *exatamente* o quanto é uma merda achar sempre que não sou bom o suficiente.

O espaço entre eles pulsava com raiva e algo mais que Watt não conseguia identificar.

— Não estou nem aí para o que você pensa sobre mim — disse ela, finalmente. — Mas estou farta de deixar as outras pessoas me *usarem*. Especialmente aquelas de quem eu gosto.

Watt sabia que ela estava pensando em Atlas, que tentara desesperadamente namorar Leda no começo do ano numa tentativa de esconder, ou superar, seus sentimentos por Avery.

— Vem. — Ele estendeu a mão. — Estamos em uma festa. Eu me recuso a deixar você emburrada.

— Não estou emburrada — argumentou Leda, mas ela se dirigiu até a pista de dança com mais prontidão do que ele esperava.

Eles ficaram se balançando ali por um tempo, sem que nenhum dos dois falasse nada. Watt ficou surpreso com a pouca resistência que Leda oferecia quando ele conduzia a dança, com a facilidade com que ela se encaixava em seus braços. Parecia que a tensão começava a se esvair lentamente dela, como veneno de uma ferida. Ela abraçou as costas dele e encostou a cabeça no seu peito, fechando os olhos como se quisesse momentaneamente desligar-se do mundo.

Watt imaginou quantos dos problemas de Leda eram resultado direto de tudo que havia acontecido com os Fuller — a dor combinada de perder sua melhor amiga e de descobrir que Atlas nunca dera a mínima para ela — e quanto era sua própria inquietação natural. Estava mais do que na cara que ela havia sofrido muito nas mãos de pessoas em quem confiava. No entanto, Watt desconfiava de que, por mais perfeita que fosse a vida dela, uma parte de Leda sempre estaria provocando problemas, procurando por algo sem saber o que era.

Ele tinha a terrível suspeita de que, se não fosse pela voz de Nadia em sua cabeça, poderia ser igual a Leda.

— Há outras escolas além do MIT, você sabe, né? — disse Leda depois de um momento, interrompendo seus pensamentos.

— Não para o que eu quero estudar.

Leda inclinou o rosto para cima para olhá-lo, cruzando as mãos atrás da cabeça dele.

— Estou chocado com sua falta de autoconfiança. Você é capaz de construir a Nadia, mas está preocupado com uma coisa tão prosaica como exames de admissão para a universidade?

Você vai deixar que ela fique aí falando de mim?, perguntou Nadia, ressabiada.

— Como você bem sabe, não é que eu possa exatamente escrever sobre Nadia nas redações dos exames.

— Estou surpresa por você não ter colocado Nadia para escrever as redações *para* você — retrucou Leda, e agora não havia a menor sombra de dúvida de que ela estava sorrindo. Watt sentiu que retribuía o sorriso, para executar o tal do espelhamento fisiológico de que Nadia sempre falava.

— Ah, eu tentei fazer com que ela as escrevesse, mas sempre saem perfeitas demais.

— Perfeitas demais. Ora, ora, se existe uma expressão subutilizada, aí está ela. Ah, se mais coisas neste mundo fossem perfeitas demais! — Os olhos escuros de Leda brilharam.

— Eu sei, eu não espero que você tenha pena de mim.

Uma nova música começou a tocar, e Leda deu um passo para trás, quebrando a estranha trégua entre eles.

— Eu estou com sede — declarou ela.

Watt reconheceu aquela deixa graças a todos os anos que passara dando em cima de garotas nos bares.

— Eu te trago uma bebida — ofereceu ele, rapidamente.

A atendente era uma garota hispânica que parecia ter mais ou menos a idade deles, com franja e olhos penetrantes. Watt pediu dois uísques com soda. Ela levantou uma sobrancelha diante do pedido duplo, mas não questionou.

Quando ele encontrou Leda, ela estava inclinada sobre uma mesinha alta, com um pé atrás do outro. Watt parou onde estava, relutante, ao ver algo frágil, hesitante e esperançoso na expressão do rosto dela. Era tão chocante e inesperado quanto vê-la de calcinha.

Ele, que tinha pensado que a conhecia tão bem, estava começando a se questionar se entendia alguma coisa de Leda Cole.

Quando lhe entregou a bebida, Leda a remexeu bem devagar, levantando o copo para inspecioná-lo, como se para verificar a cor do líquido âmbar.

— Quanto álcool você acha que seria necessário para nos fazer esquecer todas as coisas que fizemos e de que nos arrependemos? — perguntou ela, sombriamente.

Watt ficou intrigado: o que teria provocado essa mudança de humor?

— Eu normalmente bebo para formar lembranças novas e divertidas, não para apagar aquelas que já tenho. Você deveria tentar... quem sabe não acaba gostando? — disse, com leveza.

Tinha esperado mudar o tom da conversa e fazer Leda rir um pouco, mas ela apenas olhou para ele com o canto dos olhos.

— E aquela noite em que eu fui para a sua casa? Você com certeza estava bebendo para esquecer alguma coisa.

Watt ficou vermelho ao pensar naquela noite. É verdade, ele estava bebendo para esquecer uma coisa: o fato de que Avery estava apaixonada pelo irmão dela. Um fato que Leda arrancou dele quando apareceu em seu apartamento, ainda de uniforme escolar, drogou-o e o seduziu para fazê-lo contar tudo.

— Não lembro — murmurou, subitamente não conseguindo parar de repassar em sua cabeça o momento em que Leda se sentou em seu colo e o beijou.

Esta pode ser uma boa ocasião, *Watt*, alertou Nadia.

Ela estava certa. Se Leda estivesse pensando no passado, talvez ele pudesse enganá-la e fazê-la falar na morte de Eris.

Ele deu um pequeno passo à frente para que Nadia conseguisse imagens perfeitas, caso aquilo de fato funcionasse.

— Eu ando pensando muito ultimamente no que aconteceu lá no telhado — disse ele.

Leda o olhou com horror repentino.

— Por que está falando nesse assunto? — sussurrou ela.

— Eu só queria ...

— Cai fora, Watt — retrucou Leda. Ela se afastou, com os ombros levantados defensivamente, em movimentos feridos e irritados.

Desisto!, disse a Nadia. *Como eu posso fazer essa garota confiar em mim? Eu nem gosto dela!*

Você não gosta da maioria das pessoas, observou Nadia, implacavelmente.

Watt suspirou e se virou, mas então viu que estava muito perto de Avery Fuller.

Ela estava tão resplandecente quanto sempre, em um vestido tomara que caia drapeado. Seu cabelo estava penteado para trás, mostrando a perfeita simetria de seu rosto, agora franzido em confusão, como se ela não pudesse entender por que Watt estaria ali, ou não conseguisse sequer lembrar quem ele era. Watt se deu conta, com um susto, que Avery provavelmente não tinha pensado nele nem uma única vez desde aquela noite. Deus sabe que ele tampouco tinha ficado chorando pelos cantos por ela — ele não a queria mais, agora que sabia que ela estava com o irmão —, mas, pelo menos, havia pensado no que teria acontecido com ela, e se ela estava bem. Agora lá estava Avery, olhando-o sem entender nada, como se tivesse se esquecido da própria existência de Watt.

Watt subitamente entendeu o que Leda dissera sobre se sentir usada pelas pessoas de quem ela gostava. Será que ele um dia significou alguma coisa para Avery, ou teria ele sido somente parte de mais uma tentativa dela de esquecer o que sentia em relação ao irmão?

— Oi, Watt. Você está elegante — disse ela, olhando com um sorriso para o smoking dele: aquele que ela o ajudou a escolher, e que ele tinha comprado em uma tentativa patética e equivocada de impressioná-la.

Por alguma razão, Watt ficou irritado por ela ter trazido à tona a tarde em que eles saíram para comprar o smoking juntos. O que ela esperava que ele respondesse, afinal? Que ele dissesse que ela também estava elegante? Como se ela já não soubesse disso.

— Obrigado, eu acho — disse ele, num tom exaurido.

— O que te traz aqui esta noite? — pressionou Avery, evidentemente ainda confusa.

— Vim com a Leda.

Avery suspirou:

— Eu sinto muito. É minha culpa. Ela está tentando se vingar de mim.

— O que isso quer dizer? — Watt estava ficando realmente farto daqueles ricaços e seus comentários enviesados.

Avery olhou para baixo, remexendo em uma pulseira para evitar olhar para ele.

— Ela trouxe você aqui para me provocar, porque todos sabem que eu te convidei para a festa do Clube Universitário, e agora, quando te virem com ela, vão pensar que ela roubou você de mim — disse ela, cheia de tristeza.

Watt ficou atordoado. Parte dele sentiu-se horrorizada com Avery naquele momento, por achar que o mundo girava em volta dela, enquanto outra parte reconheceu que provavelmente ela tinha mesmo razão.

— Tenho certeza de que você não veio aqui sozinha também, estou certo? — ouviu-se perguntar, curioso para saber quem seria a próxima vítima dela.

Avery o encarou novamente.

— Vim com o Cord, mas somos apenas bons amigos.

— Acho que seria uma boa você checar se Cord tá sabendo disso — retrucou ele, espantosamente irritado. — Porque eu não recebi esse memorando específico sobre o verdadeiro motivo de Avery Fuller pedir para um garoto sair com ela.

Ela pareceu ter recebido um tapa na cara.

— Watt...

— Deixa pra lá — disse Watt, e saiu andando, deixando-a sozinha. Precisava de um drinque, se iria mesmo se emaranhar ainda mais no nó górdio das vidas de merda daqueles ricaços.

AVERY

AVERY FICOU ALI parada, perplexa, enquanto Watt se afastava irritado. O fato de ele claramente pensar tão pouco dela a magoava. Suas intenções em relação a Watt sempre tinham sido genuínas: ela nunca teve a intenção de machucá-lo, nunca planejou usá-lo ou enganá-lo. Entretanto, ele obviamente estava ressentido pelo que havia acontecido. E aquela última coisa que ele disse, sobre "o verdadeiro motivo" de ela convidar um garoto para sair... fez com que ela ficasse na dúvida se ele sabia da verdade em relação a ela e Atlas. Mas como ele poderia saber, a menos que Leda tivesse lhe dito?

A banda começou a tocar uma nova música, uma das preferidas de Avery. De repente, ela não teve vontade de mais nada a não ser dançar. Olhou ao redor em busca de um parceiro e seus olhos se acenderam quase instantaneamente ao verem Cord. Tinha sido ideia de Atlas que eles chamassem pessoas para ir com eles àquela festa — aquilo poderia tranquilizar as suspeitas de seus pais e, além disso, ajudaria a impedir que Avery e Atlas ficassem conversando demais um com o outro.

Cord sempre fora a escolha principal de Avery para ir a eventos como aquele. Atlas, por sua vez, tinha convidado Sania Malik, uma garota que ele conhecia há anos. Não era o romance falso mais crível do mundo, mas foi o que ele conseguiu arrumar num prazo tão curto.

Avery andou até onde Cord estava, ao lado de Brice, na beirada da bolha de vidro flexível. Do outro lado cresciam fileiras de batatas, e suas folhas oscilavam para frente e para trás na água, iluminadas por alegres lâmpadas solares.

A saia de seda radzimir de seu vestido azul profundo balançou agradavelmente quando ela se aproximou de Cord.

— Cord, quer dançar comigo? — perguntou ela, sem rodeios.

— Claro. — Ele estendeu a mão e a conduziu até a pista de dança. — Quer que segure sua bolsa? — acrescentou, indicando com um gesto a pequenina carteira prateada de Avery, que mal tinha tamanho suficiente para guardar uma base em bastão.

Avery assentiu, enquanto colocava a bolsa-carteira no bolso do paletó do smoking dele. Ela foi atingida por uma lembrança repentina da mãe de Cord, de antes de ela morrer, levando-os a um baile de debutantes quando eles estavam na quinta série.

"Quando você leva uma garota a uma festa, Cord, você sempre deve se oferecer para segurar sua bebida ou sua bolsa, convidá-la para dançar, fazer de tudo para que ela chegue bem em casa e..."

"Já entendi, mãe", tinha gemido Cord, e Avery tinha reprimido o riso, trocando um olhar cúmplice com Cord.

Cord não falou enquanto eles se movimentavam habilmente pela pista de dança. O clima entre eles era relaxado, descomplicado. Avery lembrou-se de como Watt dançara — com passos corretos, mas extremamente meticulosos, a testa franzida em concentração nervosa — e sentiu outra pontada de arrependimento pela maneira como ela o tinha tratado.

Ela avistou seus pais do outro lado da pista de dança e acenou para eles, de leve. "Estão felizes agora?" Seu pai assentiu, levantando os olhos em sinal de aprovação. Ele sempre gostou da ideia de ela namorar Cord; afinal de contas, os pais de Avery tinham sido bons amigos dos Anderton antes de eles falecerem, seis anos atrás. Avery agora sentia-se aliviada por Atlas ter insistido tanto que eles convidassem outras pessoas para irem à festa. Aquilo poderia aliviar a pressão que todos eles estavam vivendo.

A música terminou e Cord deu um passinho para trás para apanhar uma taça de champanhe para ela em uma bandeja flutuante. Foi quando Avery viu Atlas e Calliope.

Eles estavam de pé na extremidade do balcão do bar, os rostos quase colados. Atlas estava apoiado nos cotovelos e tinha no rosto um sorriso descontraído e casual — um sorriso que Avery não via com muita frequência, a não ser quando ele estava com ela. Ela percebeu espantada que ele *confiava* naquela tal de Calliope, sendo que Atlas não confiava em ninguém facilmente.

Calliope estava conversando animadamente, fazendo pequenos gestos floreados com os pulsos, como se quisesse mostrar as pulseiras preciosas que estava usando em ambos os braços. Seu vestido vermelhão tinha um decote baixo chocante. Ela tinha chutado um dos pés para trás e Avery percebeu que estava usando saltos de bambu esculpidos, que eram muito casuais para um baile black tie, mas naquele caso, tudo bem, pois estavam dentro do tema da festa. Eram o tipo de sapato que a mãe de Avery jamais a deixaria usar, o que por algum motivo a irritou.

Ela olhou para o champanhe sem tomar nenhum gole, observando suas bolhas dançarem alegremente para cima e tentando entender seus próprios sentimentos.

Podia ser uma tolice infantil, mas Avery instintivamente passou a não gostar de Calliope, agora que sabia sobre as viagens que ela fizera com Atlas. A verdade é que Avery ainda se ressentia por Atlas tê-la abandonado daquele jeito; lançando-se em uma onda de aventuras sem se despedir, criando todas aquelas lembranças de que Avery não fazia parte. Descobrir que tais lembranças incluíam uma garota lânguida, misteriosa e de longas pernas a magoava mais do que ela desejava admitir.

Ela e Atlas tinham feito um acordo de não falarem um com o outro naquela noite, mas talvez ela se sentisse melhor se fosse até lá para cumprimentá-los — só por um minuto, só para ter certeza de que não estava acontecendo nada entre ele e Calliope.

Avery respirou fundo e abriu caminho até onde eles estavam.

— E aí, gente? — Seu tom lhe soou alegre e animado demais. Não lhe passou despercebido o lampejo de ressentimento mal disfarçado que atravessou o rosto de Calliope, nem a cansada resignação com que Atlas olhou para ela. Ele estava obviamente decepcionado por ela ter invadido seu espaço assim, depois de todas as suas promessas de que iriam ignorar um ao outro, mas o que ela deveria fazer, vendo outra garota cercá-lo como uma espécie de animal da selva se aproximando da presa?

— Olá, Avery — disse Calliope, depois de um tempinho. — Você está fantástica. Adorei esse vestido.

Avery não devolveu o elogio.

— Com quem você veio, Calliope?

"Talvez você devesse estar é com esse cara", pensou Avery, embora, para ser justa, ela também não estivesse fazendo o mesmo.

— Olha que engraçado... eu vim com o irmão mais velho do seu par, Avery! Mas não sei onde ele foi parar — exclamou Calliope, sorrindo.

— Que coincidência engraçada — disse Avery, num tom que deixava claro que ela não estava achando graça nenhuma. Atlas olhava de uma para a outra, obviamente sem saber o que dizer.

— Avery, você está namorando o Cord? Ele é um fofo! — continuou Calliope, aparentemente sem dar a menor bola para o tom de hostilidade de Avery.

Avery quase engasgou com um gole de champanhe.

— Não, não estou — finalmente conseguiu responder. — Na verdade, ele está solteiro, se você estiver interessada.

— Aves — interrompeu Atlas —, você sabe onde estão a mamãe e o papai?

Ela sabia que ele estava dizendo alguma coisa, qualquer coisa, na tentativa de refrear o ataque dela a Calliope, mas aquele comentário inflamou algo dentro de Avery.

— Se quer saber, foi por isso que eu vim para cá. Mamãe e papai mandaram eu te chamar. Desculpe, Calliope, por você tudo bem? — acrescentou, sem entusiasmo.

— Claro. — Calliope encolheu os ombros e saiu andando na direção da multidão de pessoas, levantando as saias de tule transparente de seu vestido para não tropeçar. Os dedos dos seus pés estavam pintados de um tom roxo escuro. Avery pensou ter visto uma tatuagem prateada brilhar num de seus tornozelos, mas não pôde ter certeza.

— Aves. Que porra foi essa? — perguntou Atlas, mas Avery não respondeu, apenas o segurou pelo braço e começou a arrastá-lo pelo aglomerado de gente. Ela o levou em direção a uma das pequenas estações de serviço de alimentação que tinham sido montadas nos fundos da festa, onde alguns fornecedores cansados estavam depositando pratos para os bots empilharem.

— Podem nos dar licença um minuto? É uma emergência familiar — pediu Avery, apontando o sorriso como se fosse uma faca. O pessoal do bufê encolheu os ombros e se afastou. Avery puxou Atlas para a pequenina estação de arrumação e fechou a porta com força.

Ele deu um passo para trás e, apesar de a sala ser pequena, a distância entre eles parecia imensa.

— Nós não devíamos sequer nos *falar* hoje à noite, e agora você me traz pra cá? Que deu em você, Aves? — disse ele, irritado.

— Eu sinto muito — disse ela, ressentida. — Simplesmente não aguentava mais ver aquela garota dar em cima de você. Deus do céu, não percebeu que ela estava literalmente se atirando em você?

— Claro que eu percebi — disse Atlas, e a naturalidade de seu tom de voz a deixou ainda mais irritada. — Esse é o objetivo da coisa toda. Pensei que estivéssemos tentando distrair mamãe e papai... saindo com outras pessoas, sem conversar um com o outro. Aí você vem e me arrasta para dentro dessa salinha, na frente de todos os garçons!

Avery sentiu sua raiva se dissipar.

— É que isso tudo é uma merda — disse ela, arrasada. Não tinha se dado conta do quanto iria doer ver Atlas com outras garotas. Não queria que as coisas fossem assim, mas era a *única maneira* que elas podiam ser.

Atlas se apoiou na sólida parede de neoprene e olhou firmemente para ela com seus olhos castanhos.

— É realmente uma merda — concordou ele. — Mas o que mais você quer que eu faça? Se vamos continuar dando escapadelas assim, sem que mamãe e papai suspeitem de algo, coisa que eles já devem estar começando a fazer, então de vez em quando vamos ter de conversar com outras pessoas. E dar em cima delas, talvez.

Avery não respondeu imediatamente. Olhou em torno na pequenina sala, cheia de travessas de entradas comidas pela metade e um pequeno robô que higienizava os talheres antes de depositá-los em uma pequena pilha.

— Você não sabe como é difícil para mim ver você com ela — disse Avery, por fim.

— Confie em mim, eu sei.

Ela se ressentiu daquilo. Atlas tinha vacilado muito mais com ela do que ela com ele, e ambos sabiam disso.

— Não, eu acho que você não sabe — respondeu Avery, secamente. — Só porque você me viu numa festa com Watt, uma vez? Isso dificilmente conta. Olhe para o nosso histórico, Atlas! Qual de nós *dormiu* com outra pessoa?

Ele abriu a boca para dizer alguma coisa e a fechou novamente.

— Desculpe, Aves, mas eu não posso mudar o que fiz antes de começar a sair com você.

— Sim, você podia ter feito diferente! Você podia ter decidido não ficar com a minha melhor amiga! Podia ter esperado por mim, como eu esperei por você!

A visão de Avery estava ficando embaçada. Ela se surpreendeu um pouco por ter mencionado aquilo, mas talvez não devesse ter sido nenhuma surpresa. Aquilo estava sempre presente, uma pequena mágoa que ela teimosamente alimentava dentro de si: saber que Atlas dormira com Leda, provavelmente até com outras garotas, enquanto ela só estivera com ele. Aquilo fazia Avery se sentir ferida e inadequada.

— É difícil ver você com outras garotas, depois disso — concluiu ela, em voz baixa.

— Isso não é justo. Eu não posso mudar o passado. — Atlas estendeu os braços para tocar em Avery, mas pensou duas vezes, e deixou que suas mãos caíssem, impotentes, nas laterais de seu corpo. — Existe uma maneira fácil de consertar tudo isso, Aves, e é *fugir*. Mas é *você* que não quer fugir, e não quer me dizer por quê.

Avery balançou a cabeça.

— Eu quero, eu só preciso...

— De um tempo, beleza, eu entendo — retrucou Atlas irritado, interrompendo-a. — Eu tenho feito um esforço para entender tudo isso. Mas quanto tempo mais eu preciso esperar?

— Sinto muito — começou a dizer, mas não tinha uma resposta, e ele sabia disso.

— Será que um dia vamos fugir juntos? Aves... — Atlas pareceu vacilar um pouco. — Você ainda *quer* fugir comigo?

Ela olhou para ele desconcertada, em choque.

— Claro que sim! — insistiu. — Só que é complicado, só isso. Eu não posso explicar.

— *O que* você não pode explicar? O que você não está me dizendo?

Avery balançou a cabeça, odiando-se por guardar segredos. Engoliu em seco os soluços difíceis e horríveis que subiram pela sua garganta.

— Eu vou sair agora. Provavelmente é melhor você esperar um pouco, para que não vejam a gente saindo juntos. Você sabe, precisamos manter as aparências — acrescentou Atlas, com um tom ligeiramente ácido, e então ele se foi.

Ela abraçou a si mesma. Percebeu que algumas lágrimas haviam escapado e que provavelmente escorriam em regatos escuros por cima da sua maquiagem. Levantou a mão bruscamente para limpar o rosto. A parte dela que tinha dezessete anos e que estava apaixonada sentiu-se totalmente desprezada, machucada e um pouco ansiosa para revidar.

Ele não entendia. Ele não conseguia entender toda a pressão que ela estava sofrendo. Exceto aquele único encontro com Watt, que de qualquer forma terminara com Avery confessando seu amor por *Atlas*, Atlas nunca a vira com outro garoto. Ele não entendia como era, saber que ele tinha estado com outras pessoas, torturar-se imaginado ele com elas...

Talvez fosse bom que Atlas descobrisse como era aquela sensação, ela pensou, intrigada, voltando à festa com um novo propósito. Ele merecia ver Avery rir, flertar, beber e dançar com outra pessoa.

Seus olhos se iluminaram ao ver Cord, que estava sozinho ao lado do balcão do bar, parecendo tão alheio e bonito como sempre. Ele era a companhia dela naquela noite, afinal de contas, e estava sempre a fim de se divertir um pouco.

— Eu quero uma bebida — declarou ela, apoiando os cotovelos no balcão do bar de uma maneira que sua mãe a teria repreendido se visse. Mas ela não conseguia se importar muito com nada agora, a não ser com sua nova determinação de dar o troco em Atlas, nem que apenas um pouquinho.

Cord sorriu com aquela chegada abrupta.

— Champanhe, por favor — disse ele ao atendente, mas Avery sacudiu a cabeça.

— Não, eu quero uma bebida *de verdade*.

— Beleza — disse Cord lentamente, estudando-a um pouco para avaliar seu humor. — Vodca? Atomic? Uísque? — tentou adivinhar, mas Avery não estava nem aí para que tipo de bebida iria tomar, desde que fosse forte.

— Quero isso que você está tomando, mas duplo.

Cord levantou uma sobrancelha.

— Duas doses duplas de uísque com gelo — pediu ele ao atendente e, em seguida, olhou para Avery. — Não que eu não adore quando você é imprudente, mas posso perguntar o que aconteceu?

— Perguntar você pode, mas eu não vou responder. — Avery sentiu que alguns curiosos estavam de olho neles, mas pela primeira vez ela não estava nem aí para quem estava vendo ou deixando de ver, não estava nem aí se todos eles postassem fotos dela nos feeds das redes sociais. Problema deles.

— Tá bem, então — disse Cord sem se abalar, como se fosse exatamente o que esperava que ela dissesse. — Como posso ajudar?

— Fácil. Você pode me ajudar a ficar o mais ridiculamente bêbada possível.

— Com prazer. — Os olhos azuis de Cord dançaram com malícia, e Avery sentiu uma ligeira melhora em seu mau humor. Cord era um ótimo parceiro de crime, no mínimo, refletiu ela.

Brindou com Cord e virou a bebida de um só gole. O gosto era amargo em sua garganta, mas Avery não estava nem aí. Pelo resto da noite, ela seria a versão mais deslumbrante, inatingivelmente linda de si mesma, toda sorrisos e olhos brilhantes — e ninguém jamais perceberia como, por baixo daquilo tudo, ela estava realmente se sentindo.

CALLIOPE

CALLIOPE ESTAVA MUITO satisfeita por ter resolvido ir ao Baile da Associação de Conservação do Hudson com Brice Anderton.

Ela e sua mãe sempre adoraram o momento de entrar nos lugares: a maneira como todos os olhares de um ambiente se voltavam inevitavelmente na direção delas quando chegavam a alguma festa; especialmente numa nova cidade, onde as pessoas começavam a se perguntar em sussurros abafados quem elas seriam e de onde teriam vindo. De vez em quando Elise fazia uma tentativa pífia de tentar não chamar muito a atenção — "Não queremos ser muito notórias, não é seguro", lembraria ela a Calliope. Como se ela não amasse ser o centro das atenções, ainda mais do que a filha.

Àquela altura, Calliope achava que já estava acostumada a atrair esse tipo de atenção, mas ela não estava preparada para a reação que causou quando ela e Brice entraram juntos no salão de baile subaquático.

Ela esperava que pelo menos alguns dos olhares fossem porque os dois eram muito marcantes juntos, ambos altos, esguios e de cabelos escuros, com sorrisos arrogantes. No entanto, admitiu para si mesma, com alguma relutância, que Brice era o mais intrigante do casal. Os olhares de todos não paravam de se voltar para ele com um interesse descarado. Todos claramente sabiam quem ele era, acompanhavam suas várias desventuras, perguntavam-se quem seria a nova garota que estava de braços dados com ele.

Isso definitivamente chamou a atenção de Atlas. Calliope fez questão de flertar com ele, mas acabou prejudicada graças às tentativas ineptas de Avery de participar da conversa dos dois e da estranha insistência da garota de arrastar Atlas para longe. Calliope já tinha lidado com irmãos e pais protetores antes, especialmente quando tentava dar um golpe em alunos superprotegidos de escolas particulares, mas precisava admitir que Avery era uma das piores que ela já tinha encontrado.

Levantou a cabeça com um ar decidido, orgulhoso, e examinou aquele ambiente subaquático, que cintilava de tanto dinheiro, status e conexões. Sua mãe estava ali também, com Nadav e sua filha, Livya. Calliope conversara com eles por alguns minutos. Elise não parava de olhar para ela com as sobrancelhas levantadas, obviamente esperando que Calliope levasse Livya para longe, a fim de que ela pudesse se concentrar melhor em Nadav, mas Calliope não estava com a menor vontade de bancar a boazinha. Pelo que ela podia perceber, Livya era uma chata sem graça e insípida, e bancar sua babá seria um desperdício dos talentos de Calliope.

Ela agora estava com Brice e um grupo de amigos dele, que relembravam uma história sobre uma antiga brincadeira em que eles tinham grafitado um monte de hovers com uma tinta que só se podia ver com uma certa configuração das lentes de contato. Parecia uma coisa completamente besta, mas Calliope riu junto com eles mesmo assim. Olhou para Brice, que estava rindo também, mas um pouco distante do resto do grupo, com a autoconfiança elegante proveniente de ser rico e estar bêbado dentro de uma bolha no fundo de um rio.

Uma nova música começou a tocar e Brice deu um passo à frente para levar Calliope pela mão.

— Dança comigo? — perguntou, mas aquilo estava mais para uma exigência do que para um pedido.

Calliope pousou a bebida que vinha segurando mais como um enfeite — ela queria manter a cabeça limpa naquela noite — e o seguiu.

Por que não flertar com Brice um pouco? Ela com toda certeza não poderia armar nenhum golpe para cima dele: seria muito arriscado, já que ele quase a reconhecera. Claro, fazer isso com Atlas também seria arriscado, já que ele a rejeitara antes, mas pelo menos ele não estava a um passo de desmascará-la, como Brice.

Além do mais, agora que Calliope sabia o quanto ele era rico, uma parte sua estava determinada a roubar algo dele, só para dizer que havia passado para trás o garoto do milésimo andar. Deus, que história aquela seria! Não que ela pudesse se gabar para ninguém, exceto para sua mãe.

Quando chegaram à pista de dança, Brice se virou e abraçou a cintura dela com confiança. Acima deles, uma água-viva holográfica brilhava como velas flutuantes, perseguida por um ou outro tubarão de neon ocasional. A luz azul pontilhada brincava sobre os traços do rosto de Brice, seu nariz aristocrático e as maçãs do rosto bem esculpidas. Não era um rosto feito para expressões gentis.

— Calliope — pronunciou Brice com aquela mesma irreverência risonha, e ela se perguntou novamente quanto da verdade ele realmente sabia. — Me fale sobre Londres.

— Para quê? — desafiou ela. — Você provavelmente já esteve em Londres dezenas de vezes. Não há nada que eu possa adicionar que mudaria sua opinião a respeito da cidade.

— Talvez o que eu esteja querendo rever não seja a minha opinião sobre Londres, mas minha opinião sobre você.

Ela deu um pequeno rodopio para ganhar tempo, deixando que as dobras de seu vestido voassem em torno de seu corpo e caíssem esculturalmente atrás dela.

— Bem, agora fiquei curiosa para saber a sua atual opinião a meu respeito.

— Por favor. Eu não sou idiota de cair em uma armadilha assim.

Brice a puxou mais para perto à medida que o ritmo da música começava a acelerar. Calliope quis recuar um passo — a proximidade era demais, ela podia sentir a batida do coração dele através das camadas de seu smoking, o cheiro de sua colônia, leve e um pouco adstringente —, mas a mão dele estava brincando preguiçosamente com o zíper da parte de trás do vestido, e a respiração dela parecia estar presa em sua garganta.

— Já que você está tão curioso, eu estudei na St. Margaret. Um internato para meninas no SoTo — arriscou, na esperança de redirecionar a atenção de Brice.

— Preciso admitir que estou surpreso. Eu não diria que você fosse do tipo que frequentasse internato.

Os pensamentos de Calliope se voltaram inexplicavelmente para Justine Houghton. Ela provavelmente passara a adolescência em um colégio interno, sendo disciplinada e monitorada, enquanto Calliope viajava pelo mundo todo. Agora ela estava ali, rodopiando em uma pista de dança subaquática, cercada de vestidos suntuosos, risadas e o lampejo inconfundível de diamantes.

Estava óbvio para Calliope qual delas tinha se dado melhor.

— Na verdade, eu não sou *do tipo* de nada — respondeu a Brice.

Ele sorriu lentamente, descendo ainda mais a mão no seu vestido.

— Estou ciente. Você não é nada parecida com as garotas que eu geralmente conheço.

— Ah, sim, todas as garotas misteriosas que você conhece em suas viagens.

Enquanto eles giravam lentamente na pista de dança, Calliope sentiu os olhares dos outros casais roçando-os como uma das mão em sua bochecha. Atirou a cabeça para trás, vaidosamente, deixando o cabelo cair sobre um dos ombros, e mostrou os dentes num sorriso.

Então, novamente, ela sentiu os olhos de Brice sobre si, e teve a impressão de que ele podia vê-la diretamente por trás de todos os movimentos de seu corpo. O sorriso de Calliope se tornou menos agressivo.

— Para onde você viaja o tempo todo, afinal? — desafiou. Duvidava que ele tivesse viajado para algum lugar em que ela não houvesse estado. Ela era uma *profissional*.

— Pra todo lado. Eu sou um clichê ambulante. O garoto que herda muito dinheiro e depois prontamente tenta gastar tudo em viagens caras e presentes para si mesmo.

Ele falou aquilo com indiferença estilizada, porém por algum motivo soou melancólico para Calliope. O que ele diria se soubesse que ela fazia a mesma coisa, só que com o dinheiro das outras pessoas?

— E por quê?

Brice encolheu os ombros.

— Eu acho que é isso o que acontece quando se perde ambos os pais aos dezesseis anos.

Calliope ficou sem ar.

— Ah — conseguiu dizer, um pouco estupidamente. Por que ela não tinha visto isso nos feeds quando estava pesquisando sobre ele antes? Ela estava perdendo o jeito, pensou; por outro lado, tudo o que estava relacionado a Brice a fazia se sentir confusa e incerta. Ela tinha a sensação apavorada de que havia deixado passar muita coisa a respeito dele. Precisava tomar cuidado.

Justamente naquele momento, Atlas passou por eles. Calliope hesitou. Aquela era a sua chance: Atlas estava ali sozinho, sem Avery para interferir. Seria coisa rápida, entabular uma conversa com ele, retomar o flerte que eles tinham começado antes.

Brice percebeu como os olhos dela dispararam instantaneamente em direção ao outro garoto.

— Tá falando sério? Você e Fuller? Eu nunca teria adivinhado. — Ele balançou a cabeça, decepcionado. — Simplesmente não entendo o que todas as garotas veem nele.

Calliope afetou seu olhar mais imperioso, aquele que ela tinha aprendido com Justine tantos anos atrás.

— Eu não tenho ideia do que você está falando — declarou ela. O que Brice queria dizer com "todas as garotas"? Com quantas exatamente Atlas havia se envolvido?

— Ele é muito chato para você — continuou Brice, como se ela não tivesse falado nada. — Não me leve a mal, eu gosto do cara. É que ele é feijão com arroz, enquanto você é bastante... complicada.

Era exatamente por esse motivo que ela não deveria passar muito tempo com Brice. Ele era perspicaz demais, muito cuidadoso e calculista; não era nem de longe o tipo emocional ou ingênuo o suficiente para cair em um golpe. Ele era tão ligado, aliás, que já poderia ter percebido o que ela estava maquinando.

Ela precisava fugir, antes que fosse tarde demais.

— Não sei o que você quer dizer com isso. Agora, se me dá licença... — disse Calliope rigidamente, e seguiu na direção em que havia visto Atlas.

Ele estava sozinho em um bar, tomando um drinque, curvado como se quisesse afastar qualquer um que pensasse em se aproximar. Calliope endireitou os ombros e respirou fundo.

— Oi — murmurou, se aproximando dele.

Atlas pareceu ficar momentaneamente desnorteado, como se tivesse por um instante esquecido onde estava. Então, seu rosto se abriu naquele sorriso torto familiar, um pouco mais largo do que de costume.

— Calliope. Como vai indo sua noite?

— Eu diria que informativa — disse ela, misteriosamente. — E a sua?

— Não está sendo aquilo que eu esperava.

Ele ainda estava de olhos baixos, olhando para o seu drinque. Ele nem sequer estava *olhando* para ela, pensou Calliope com frustração crescente. Se não a olhasse, como perceberia o quanto ela estava linda e sozinha, justamente agora, quando ele mais parecia precisar de alguém?

Havia apenas uma coisa a fazer. Calliope estendeu a mão para apanhar a bebida de Atlas e virou tudo em um único gole, levantando a cabeça para que ele pudesse admirar a curva arqueada de seu pescoço, deixando os olhos tremularem, sensualmente fechados. Era muito forte.

Ela colocou o copo vazio sobre a mesa com mais força do que o necessário. Atlas se assustou com o som. Bem, pelo menos alguma coisa finalmente conseguira chamar sua atenção.

— Foi mal, eu estava com sede.

— Deu para perceber — respondeu Atlas, embora não parecesse particularmente irritado. Ele levantou um ombro em direção ao bar. — Que tal mais um copo?

Calliope o seguiu e ele pediu uma nova rodada de bebidas. Ficou um pouco surpresa com a rapidez com que ele estava dando conta da segunda dose. Ela não se lembrava de ele bebendo assim na África. "Isso aqui é uma festa", ela disse a si mesma; mas, mesmo assim, continuou intrigada: o que o estaria incomodando? Ele parecera muito mais feliz no verão. Ela tinha a sensação de que alguma coisa — a família dele, provavelmente — o estava segurando em Nova York, impedindo-o de ir embora de uma vez por todas, pois aquele ali não era, na verdade, o seu lugar.

Ela afastou aquele arroubo súbito e nada característico de introspecção. Atlas estava aqui agora e isso era tudo o que importava.

— Quer dançar? — sugeriu ela.

Atlas a olhou, e Calliope entendeu imediatamente que alguma coisa havia mudado; seus instintos podiam sentir isso no ar entre eles como se sente uma mudança no clima, como quando eles estavam no espinhaço na Tanzânia e a noite começava a cair ao redor deles.

Ele não disse nada enquanto Calliope o guiava, decidida, até a pista de dança.

Quando ela colocou as mãos sobre os quadris dele, ele reagiu puxando-a mais para perto e abraçando suas costas. Ela sentiu o calor de seu abraço na sua pele nua.

— Me leva para casa? — sussurrou no ouvido dele, depois de um tempo.

Ele assentiu, lentamente. Ela o segurou pela mão e o conduziu escada acima — ele cambaleou um pouco; talvez estivesse mais bêbado do que ela tinha percebido —, depois atravessou o píer para chamar um hover à espera. Perfeito. Agora ela seria capaz de avaliar o apartamento dele, começar a planejar o que poderia roubar. Quem sabe até levasse algo hoje mesmo, sem que ninguém percebesse.

Ela digitou o endereço dos Fuller, esperando por uma reação de Atlas. Quando ele não protestou, ela cobriu a boca dele com a sua e alcançou os botões de seu paletó na semiescuridão, desabotoando cada um deles com uma energia brutal e determinada.

Isso a fez se sentir surpreendentemente vingada: provar a si mesma que o único garoto que a havia rejeitado, no fim das contas, a desejava. Até que enfim. Já não era sem tempo.

LEDA

ESTAVA TARDE — tarde o suficiente para que Leda não tivesse certeza se Watt ainda estava ali. Ela começou a circular pela periferia da festa, segurando um coquetel de abacaxi com tanta força que seus dedos haviam endurecido e se transformado em garras. Ela nem queria aquela bebida, mas algum garçom de passagem o entregara para ela, e Leda logo descobriu que havia *ainda mais* garçons caminhando por ali com jarras de coquetel, completando seu copo a cada vez que ela dava alguns goles. Ela começou a rever sua opinião sobre aquela bebida. Podia até ser enjoativamente doce, mas pelo menos seu copo nunca estava vazio.

Ela esticou a mão e tocou seu cabelo, que estava caindo em cachos suados pela nuca. O velho medo familiar a importunava mais uma vez, o pânico de que, não importava o que fizesse, ela nunca seria bonita o suficiente, inteligente o suficiente, *suficiente* o suficiente. Por cima disso tudo estava o seu medo mais recente, e ainda mais intenso: o de que alguém descobrisse o que ela tinha feito no telhado e sua vida desabasse em cima dela em um milhão de pedacinhos incandescentes.

Ela não tinha certeza de por que cargas d'água ficara tão chateada antes, a não ser que Watt a estava tratando com sinceridade, e ela sabia muito bem que aquilo não devia passar de encenação, porque ele a odiava. Como não odiaria? Depois de tudo o que ela fez com ele, de drogá-lo, enganá-lo e chantageá-lo para que viesse a esta festa idiota, ele devia se arrepender de tê-la conhecido.

Como sempre, se lembrar daquela noite — de Eris — fez Leda sentir um calafrio pelo corpo inteiro. *Não foi minha culpa*, ela lembrou a si mesma, mas sabia no fundo que aquelas palavras eram uma mentira. Tinha sido sim culpa dela. Ela empurrara Eris. Agora estava em uma festa, sozinha e indesejada, e talvez fosse isso o que ela merecia mesmo.

— Ah, aí está você — exclamou ela. Watt estava sozinho, com as mãos para trás, observando uma das estranhas instalações de arte moderna que estavam perto da saída.

— Você me disse para cair fora. Foi o que eu fiz — observou Watt, com lógica.

Leda se eriçou um pouco ao se lembrar do que ela tinha dito anteriormente.

— Eu notei que você não deixou a Avery sozinha — disse ela, cheia de sarcasmo.

Aquele ataque não provocou a reação que Leda esperava. Watt simplesmente deu de ombros e ofereceu-lhe o braço, sem absolutamente nenhuma raiva.

— Posso te levar para casa?

Leda olhou ao redor. A festa estava começando a se esvaziar: a maioria das pessoas que ainda estavam ali ou era muito velha ou muito jovem para Leda se preocupar com qualquer coisa, incluindo vários calouros da escola que estavam claramente entusiasmados por poderem frequentar um bar que não tinha um scanner de idade. Os pais dela e Jamie tinham ido embora mais de uma hora atrás. Leda inclinou a cabeça para Watt, ainda inexplicavelmente determinada a irritá-lo.

— Você pode me levar para casa. Mas não me venha com gracinhas — avisou ela.

Watt riu, sem responder.

Quando eles finalmente chegaram ao apartamento dela, ele deu a volta no hover e, cavalheiresco, abriu a porta para ela. Leda passou reto por ele e subiu as escadas sem olhar para trás. Ela se sentia como o vidro flexível daquele maldito aquário onde tinha sido a festa: contendo uma torrente enlameada infinita, prestes a explodir graças à pressão.

— Boa noite, Leda. — Watt começou a voltar em direção ao hover.

Num impulso, Leda o chamou de volta:

— Com licença, aonde você pensa que vai?

Watt se virou.

— Para casa? — respondeu ele, como se aquela pergunta fosse uma pegadinha.

— Você não sai daqui até eu dizer que pode sair.

Ela assistiu com prazer aos últimos vestígios do autocontrole de Watt irem para o espaço e ele subir a escada, furioso, atrás dela, com as mãos contraídas de raiva.

— Falando sério, Leda, você precisa *parar* com essa história! O que mais você quer de mim?

O que ela queria era uma explosão, uma reação, qualquer coisa sobre a qual ela pudesse se lançar. Watt era a única pessoa no mundo que sabia o que ela tinha feito e que de fato poderia criticá-la, e ela estava farta dele sendo bonzinho com ela, quando ambos sabiam que ele preferiria jogar sujo. Ela colocou as mãos nos ombros dele e o empurrou.

Watt tropeçou para trás, claramente chocado com aquele contato físico. Finalmente. Como era bom *fazer* alguma coisa!

O silêncio rugiu nos ouvidos dela. Watt a olhou sem piscar os olhos.

— Você é desprezível; você sabe disso, não é? — disse ele, lentamente.

Leda não se importou nem um pouco. De repente sentia-se exausta de fingir, de fazer de toda a sua vida uma enorme farsa, em que ela frequentava festas e a escola como se não houvesse absolutamente nada de errado. Ninguém sequer a *conhecia* de verdade.

Exceto Watt. Ele conhecia as coisas incompreensíveis que ela tinha feito, vira o buraco negro que existia dentro dela, e por algum motivo aquele conhecimento não a incomodava.

— Parabéns, Watt, você conhece todos os meus segredos mais profundos e sombrios. — A voz dela era baixa e rouca. — Mas quer saber do que mais? Eu conheço os seus também. Porque nós somos *iguais*, Watt, você e eu.

— Você e eu não somos nada parecidos. — Ele se aproximou de Leda, colocando o rosto bem na frente do dela, ofegante. — Vá para o inferno, Leda.

O mundo inteiro começou a girar, depois se aquietou. Sem que Leda soubesse como aquilo tinha acontecido, os lábios de Watt estavam colados aos dela.

Ela o puxou para si, as mãos dele emaranhadas no cabelo dela. Leda tinha a sensação de que todo o seu corpo era um nervo exposto. Tentou não fazer nenhum barulho enquanto eles tropeçavam pelo corredor, mas não tinha importância; a suíte de seus pais ficava no terceiro andar, e eles jamais esperariam que ela fosse trazer um garoto para casa. Ela nunca tinha feito algo assim antes.

Quando eles caíram de costas na cama, Watt hesitou.

— Eu ainda não suporto você — disse. Seu olhar escuro dançava com algo que ela não sabia interpretar. Ela levou as mãos até as costas para desabotoar o vestido, sentindo-se como uma deusa vingativa primordial.

— Como te disse antes, eu também não suporto você. Agora cala a boca — disse ela, e colocou a boca na dele.

A sensação da pele dela contra a de Watt era quente e estranhamente reconfortante. Leda se agarrava a ele sem palavras. Era glorioso, perigoso e absolutamente sem compaixão. Watt jamais poderia descobrir o quanto ela precisava dele naquele momento, Leda prometeu a si mesma: os traços simples e fortes do corpo dele, sua solidez robusta, a pressão amarga da sua raiva trazendo-a de volta da beira do furacão. Contendo os demônios dela, ao menos por algum tempo.

AVERY

AVERY ESTAVA NO centro de um grupo de pessoas — Risha, Ming e alguns outros —, cujos rostos pareciam flutuar contra o pano de fundo estridente da pista de dança. O mundo parecia estar se inclinando violentamente, como se o planeta tivesse saído completamente do eixo e o céu estivesse abaixo dos pés dela.

Ela não tinha ideia de que horas seriam. Ela se determinara com tanta intensidade a ignorar Atlas que nem o vira sair. Em vez disso, concentrara todas as suas energias em rir, flertar e beber. Tinha bebido tanto que a risada parou de ser forçada e começou a parecer genuína.

— E aí. — Cord pousou as mãos em seus ombros. Avery fechou os olhos para aquele tumulto vertiginoso de cores. — Acho que está na hora de levarmos você para casa — disse Cord, e Avery assentiu bem de leve.

De alguma forma, foi capaz de atravessar com ele os restos esfarrapados da festa, com um sorriso fixo no rosto. Cord segurava com força o seu antebraço enquanto eles seguiam até a escada e depois até o píer — de quem tinha sido a ideia idiota de dar uma festa subaquática, aliás? —, e de lá de volta para a Torre, onde Cord ajudou Avery a entrar em um hover que aguardava.

— Toma. — Ele tirou o paletó do smoking e rapidamente colocou-o sobre os ombros dela. Avery inclinou a cabeça para trás e fechou os olhos. Ouviu o barulho familiar de digitação quando Cord inseriu um endereço na tela de visualização interna do hover.

Um instinto frenético obrigou-a a abrir os olhos e, dito e feito, ali estava seu endereço no milésimo andar, iluminado em brilhantes letras brancas.

— Não — disse ela, automaticamente. — Eu não quero ir para casa.

Cord fez que sim, como se fosse a coisa mais normal do mundo Avery se recusar a voltar para seu próprio apartamento. Ele não fez mais perguntas, e Avery não disse nada, simplesmente apertou mais o paletó de Cord ao redor dos ombros. Ela tinha a impressão de que poderia vomitar.

Quando chegaram ao 969º andar, Avery seguiu Cord pela enorme sala de estar do apartamento dele. Seu corpo inteiro ainda estava tremendo de choque, ou talvez de arrependimento. Tinha a sensação de que sua pele estava quente e esticada sobre o corpo, como se sua própria carne estivesse expandindo. Ela afundou sem palavras no sofá, segurando a cabeça entre as mãos.

— Você quer uma camiseta ou algo assim? — perguntou Cord, indicando com a cabeça o vestido pesado dela.

Aquelas palavras romperam o estupor que sufocava Avery e ela olhou ao redor, realmente vendo seus arredores pela primeira vez. O que estava fazendo no apartamento de Cord assim tão tarde da noite? Ela levantou-se abruptamente.

— Eu sinto muito, é melhor eu ir embora — disse ela, mas parou, derrotada.

Havia uma razão para ela não ter voltado para casa. Ela não queria ver Atlas. Não podia encará-lo, ainda não.

Cord ficou parado, observando tudo.

— Avery. O que está acontecendo? — perguntou ele, com todo o cuidado.

— Eu não posso ir para casa. É que... eu... — Ela se atrapalhou com as palavras, sem conseguir encontrar nenhuma que expressasse seus sentimentos. — Simplesmente não posso — concluiu, impotente.

Cord era compreensivo demais, ou educado demais, para pressioná-la.

— Você quer dormir aqui, então? — ofereceu. — Você sabe que temos muitos quartos de hóspedes.

— Para falar a verdade, eu quero sim. — Avery ficou surpresa ao ouvir sua voz falhar. Engoliu em seco, ansiosamente, e esfregou as mãos nos braços. — E seria ótimo uma camiseta, se a oferta ainda estiver de pé.

— Claro. — Cord desapareceu pelo corredor.

Avery olhou curiosamente ao redor da sala de estar. Ela não ia à casa de Cord fazia algum tempo, a não ser nas festas, quando o lugar ficava lotado de gente. Claro, houve um tempo em que ela, Eris e Leda vinham para cá constantemente, com Cord e seus amigos, porque era mais fácil ficarem ali, sem adultos para vigiá-los. A não ser Brice, ela supôs, mas ele não contava. Ela se lembrou de todas as coisas idiotas que eles fizeram: como aquela vez em que eles tiraram seus shots de gelatina antes do tempo do congelador rápido e um deles explodiu e foi parar no teto, como um fogo de artifício de meleca verde. Ou da vez em que eles montaram um tobogã na enorme escadaria da casa de Cord e todos saíram descendo ricocheteando lá do segundo andar, gritando e gargalhando. Tinha sido ideia de Eris, lembrou Avery: ela tinha visto aquilo em algum holo e ficou com vontade de imitar, e obviamente todos se juntaram a ela, contaminados pelo seu entusiasmo inefável.

Tudo aquilo parecia infantil e bobo, e parecia ter acontecido muito tempo atrás.

— Tome — disse Cord, voltando com uma pilha de roupas dobradas. Avery rapidamente entrou no banheiro para se trocar. Era engraçado, pensou; a camisa tinha o cheiro fresco normal do detergente, mas também tinha algo do perfume de Cord.

Momentos depois, ela saiu do banheiro vestindo uma camisa velha da escola e short esportivo de malha e pisou nos ladrilhos aquecidos da cozinha com os pés descalços; o cabelo ainda estava preso em um coque elaborado e os brincos de brilhantes nas orelhas. Ela sabia que sua aparência devia estar absurda, mas não conseguia se forçar a dar a mínima para isso.

— Arrumei tudo para você usar o quarto azul, aquele que fica na base da escada — disse Cord quando ela retornou. — Me avise se precisar de mais alguma coisa.

— Espere — deixou escapar Avery, quando ele começou a andar em direção ao seu quarto.

Cord virou-se para olhá-la. Ela olhou esperançosamente para o sofá.

— Alguma chance de você querer ficar acordado por mais um tempo? — Só até sua cabeça parar de girar tão freneticamente, até que ela pudesse esquecer sua briga idiota com Atlas... e toda a mesquinhez entre eles.

— Claro, fico sim — disse ele, ainda a observando. Avery aninhou-se em seu velho canto favorito do sofá e levantou os joelhos até o peito. Cord se sentou ao lado dela, a uma distância de um braço. Sua gravata-borboleta estava desamarrada, o colete desabotoado, as mangas arregaçadas até os cotovelos. Tudo aquilo emprestava a seu perfil um ar um pouco devasso.

— Tá a fim de falar sobre o que está acontecendo? — perguntou ele. — Ou prefere assistir a um holo bestalhão e barulhento?

— Um holo bestalhão. Quanto mais explosões, melhor — respondeu Avery, tentando sorrir.

Ela não podia acreditar que Atlas não tivesse feito um ping ou nem sequer lhe mandado um flicker. O que ele estaria fazendo? Por que ela não conseguia parar de pensar nele, uma vez que isso a machucava tanto?

— Um holo bestalhão e cheio de explosões, então. — Cord agitou as mãos para acionar a lista de filmes, depois se virou para ela, seus olhos azul-claros iluminados com uma intensidade silenciosa. O peso daquilo era quase demais para Avery suportar.

— Seja lá o que esteja rolando, Avery, saiba que eu estou sempre aqui se você quiser conversar sobre o assunto.

— Obrigada.

Por algum motivo, ela teve de desviar o olhar do de Cord para não acabar chorando. A tela holográfica se iluminou com uma cena de perseguição de hovers, e ela a olhou com gratidão, tentando se perder naquela sequência de ação brilhante. Talvez, se ela se concentrasse no caos exibido na tela, conseguisse ignorar a bagunça emaranhada e sensível que sua vida havia se tornado.

Avery percebeu que a última vez em que esteve sozinha com Cord fora meses atrás, quando ele lhe contou que ele e Eris tinham rompido e ela descobriu que ele estava gostando de outra pessoa.

— Ei — disse ela, ansiosa para pensar em outra coisa. — O que acabou acontecendo com você e aquela garota?

Cord a olhou sem entender, claramente espantado.

— Você está falando da Rylin? Não deu certo.

— Espera aí.. Rylin Myers, a garota que agora estuda na nossa escola? Você estava namorando *ela*? — A garota do telhado? Como ela tinha se enredado tanto na vida deles?

— Eu estava, até ela mentir para mim. — Cord dava a impressão de que desejava sentir raiva, mas só conseguia sentir uma espécie de arrependimento magoado. — É difícil superar. Não sei como confiar nela de novo, sabe?

— Eu sei. — Ela desviou o olhar.

— Espera. — Cord desapareceu pelo corredor afora e voltou com uma vela de ouro afunilada, coberta de partículas de glitter que captavam e refletiam a luz.

— Isso é uma IntoxiVela? — Avery nunca tinha acendido uma antes. Eram apenas velas normais, com endorfinas e serotonina misturadas na cera que se transportavam pelo ar quando a vela era acesa. Todas as velas, no entanto, eram ilegais na Torre, devido ao risco de incêndio; especialmente nos andares mais altos, onde o ar era bombeado com oxigênio extra para compensar a altitude.

— Você poderia usá-la. Costumava me ajudar, quando eu estava bêbado e mal-humorado.

— Eu não estou mal-humorada! — gritou Avery, e Cord riu. — Embora eu esteja bem bêbada — admitiu ela. A sala tinha parado de girar lentamente, mas ela ainda sentia uma irrealidade bizarra, como se nada daquilo fosse convincente o bastante.

— Eu posso dizer por experiência própria que você está mal-humorada e indiscutivelmente bêbada — declarou Cord. Ela sabia que ele estava tentando tratar a coisa com leveza, mas aquelas palavras apenas aumentaram a tristeza de Avery.

— Essa vela era de Eris, na verdade — continuou Cord. — Ela a comprou para...

Ele se interrompeu, sem jeito.

— Não, tudo bem. — Por algum motivo, era bom falar sobre Eris; como se, concentrando-se na dor mais antiga e pulsante, Avery pudesse ignorar aquela nova, que ardia em seu peito. — Eu gosto da ideia de usar algo que era dela. Ela iria querer que nós a acendêssemos. — Avery observou enquanto Cord procurava um isqueiro antiquado, uma vez que nenhum robô acenderia nada em um ambiente interno.

— Eu sinto muito a falta dela — acrescentou ela baixinho, enquanto ele acendia uma pequena chama e a levava até o pavio da vela.

— Sinto saudades dela também. — Cord olhou para baixo. A luz da vela lançava pequenas sombras sob seus olhos

— Sabe, se eu conhecesse Eris hoje, acho que me sentiria intimidada por ela. Ela era tão original, não estava nem aí para o que os outros pensavam — refletiu Avery em voz alta, procurando as palavras certas. — Mas nós éramos amigas há tanto tempo que eu nem dava mais importância à nossa amizade.

"Não posso fazer isso nunca mais", Avery prometeu a si mesma, porém ela já estava perdendo as pessoas de quem gostava. Leda a odiava, Watt obviamente ressentia-se dela, ela e Atlas estavam brigando, e seus pais a observavam de perto como falcões. Quando é que todos os relacionamentos de Avery começaram a desmoronar?

— O funeral de Eris não lhe fez justiça — dizia Cord. — Era muito genérico para ela. Ela merecia algo espetacular, como bombas de confetes. Ou bolhas de sabão.

— Eris teria adorado isso. — Avery sorriu e respirou fundo, deixando que o aroma da vela viajasse de seus pulmões até os cantos mais distantes de seu corpo, penetrando de seu cabelo até as pontas de seus dedos. A vela cheirava a mel, torradas e fogueiras.

O holo começou a passar a propaganda de um novo jogo de karaokê. Um silêncio se estendia entre ela e Cord, o tipo de silêncio à vontade e amigável que acontece entre duas pessoas que se conhecem há muito tempo.

Ela apontou para o comercial.

— Por que nós nunca mais jogamos jogos assim?

— Porque você canta muito mal. O que eu nunca entendi, dada a coisa toda da engenharia genética.

— Não é justo! — protestou Avery, embora ela secretamente gostasse quando Cord mencionava o fato de ela ser um bebê sob encomenda. Ninguém mais se atrevia a fazer isso.

— Tudo bem. Existem coisas mais importantes que isso — disse Cord, e uma nota estranha na voz dele a fez olhar para cima. Em algum momento — ela não tinha certeza quando — ele tinha se aproximado dela, ou talvez ela é que tivesse se movido para ficar mais perto dele. Seja como fosse, ali estavam eles.

O tempo parecia se estender como um líquido. O rosto de Avery estava muito perto do de Cord, e ele olhava para ela com uma intensidade desconhecida em seus olhos azuis, com um olhar focado e resoluto muito diferente de sua habitual indiferença ou sarcasmo. Avery não conseguia respirar porque seu coração batia furiosamente. Ela sabia que era melhor se afastar, mas não conseguia se mexer — tudo era muito repentino e inesperado. Ela havia adentrado algum estranho universo onde Cord Anderton poderia se inclinar e beijá-la.

Então, de repente, Cord se recostou para trás e fez outro comentário brincalhão sobre como Avery cantava mal, e ela ficou sem saber direito o que tinha acontecido, se é que tinha acontecido de fato alguma coisa.

Olhou para a vela, que ainda tremulava sobre a mesa. Pequenos bolsões de felicidade derretiam e eram alegremente impulsionados para cima, enquanto gotas de cera escorregavam pelos lados da vela e se juntavam em poças de ouro no fundo.

Talvez ela tivesse imaginado a coisa toda.

* * *

Os olhos de Avery se abriram e ela os fechou novamente, mudando de posição na cama. Só que ela não estava em sua cama. Estava deitada no sofá dos Anderton.

Sentou-se rapidamente, esticando a mão para tocar o nó emaranhado de seus cabelos. Seu olhar percorreu freneticamente a sala. A vela ainda estava sobre a mesa, a chama há muito apagada. A luz da manhã atravessava as enormes janelas que iam do chão até o teto.

Ela nem conseguia se lembrar de quando caíra no sono. Ela e Cord haviam conversado sobre Eris, e ele acendeu aquela vela para ajudá-la a relaxar... Ela devia ter adormecido nessa hora.

Seu vestido estava exatamente onde ela o deixara, sobre as costas de uma cadeira. Avery andou meio cambaleante até o armário do corredor, onde os Anderton guardavam os sacos de roupas que se autopassavam. Rapidamente apanhou um deles, no qual atirou seu vestido, depois calçou os sapatos de cetim e, já a meio caminho da porta, murmurou algo baixinho para pedir um hover. No último minuto, um impulso espontâneo a fez recuar e pegar os restos derretidos da vela. Ainda daria para queimá-la por uma hora, e ela tinha a sensação de que poderia precisar.

Segura no interior do hover, Avery recostou-se e fechou os olhos, esforçando-se para analisar os acontecimentos das últimas doze horas. Ainda se sentia magoada por causa da briga ridícula com Atlas, mas também tinha vergonha da sua reação imatura de flertar com outro garoto só para irritá-lo. Não admira que ele não tenha mandado nenhum flicker para ela. Ele devia tê-la visto rindo e dançando, tomando todas aquelas doses com Cord e depois saído cambaleando da festa com ele, no final da noite.

Corou. O que Atlas devia estar pensando dela? Devia presumir que alguma coisa *realmente* tinha rolado entre ela e Cord.

Teria mesmo, ou quase?

Avery continuava relembrando aquele momento, tentando descobrir o que tinha acontecido e o que significaria. Será que Cord quase a beijara, ou aquilo seria era apenas criação de sua mente encharcada de álcool e IntoxiVela? "Bem", pensou com firmeza, "graças a Deus não rolou nada no final das contas."

O hover flutuou para cima, chegando cada vez mais perto do milésimo andar. Avery se inclinou para a frente, apoiando a cabeça entre as mãos, tentando se isolar do mundo. O que ela faria quando visse Atlas? Passaria reto, o ignoraria, falaria com ele?

"Beije-o e diga que tudo ficará bem, não importa o que aconteça", sussurrou sua mente para ela, e ela sabia que era verdade. Odiara vê-lo flertar com Calliope, mas, à luz fria do dia, ela sabia que ele tinha razão: aquilo não significava nada, e se ajudasse a acalmar as suspeitas de seus pais, então que fosse. Ela amava Atlas, nada mais realmente importava. Eles dariam um jeito, ela disse a si mesma, como sempre faziam.

O hover parou diante da porta da frente e Avery entrou, o vestido flutuando ao lado dela no saco de roupas. Começou a virar à esquerda para ir em direção ao quarto de Atlas, mas ouviu o som de panelas retinindo e sorriu sem querer. Ela sabia que estava o próprio quadro da vergonha, vestida com roupas de garoto e segurando sua bolsa-carteira prateada, mas explicaria tudo assim que o visse.

— Atlas? — chamou, entrando na cozinha. — Espero que você esteja preparando ovos apimentados...

As palavras de Avery se interromperam abruptamente quando ela viu quem estava ali, porque não era Atlas.

Calliope avistou Avery pela superfície reflexiva da geladeira e sorriu abertamente.

— Bom dia, luz do dia. Desculpe, não são os ovos apimentados do Atlas, mas eu estou preparando torradas e bacon, se você quiser.

Avery não conseguia falar. O mundo tinha começado a girar de novo e a dor estava de volta, só que muito, muito pior do que antes.

Calliope virou-se e pôs as mãos sob o limpador UV. Seus olhos percorreram os trajes de Avery de alto a baixo e ela piscou.

— Adorei seu modelito. Faz com que eu sinta um pouco menos de vergonha, sabendo que não sou a única.

— Essa aí é a minha presilha? — Avery se ouviu perguntar. Ela começou a andar na direção de Calliope. Iria realmente *arrancá-la* do cabelo dela?, pensou descontroladamente, observando suas próprias ações como se outra pessoa é quem as estivesse fazendo. Calliope se adiantou, atirando a presilha sobre o balcão.

— Foi mal — disse Calliope, com cuidado, claramente ciente de que tinha dado uma mancada. — Bati na porta do seu quarto, mas você não estava lá, então eu peguei na sua penteadeira. Eu não tinha nenhum prendedor de cabelo na bolsa.

Avery pegou a presilha. Ela havia se transformado em um enorme poço de dor, como se alguém tivesse raspado as bordas de suas terminações nervosas e elas estivessem pingando dor crua e líquida pelo seu corpo. Embora exigisse o último resquício de seu autocontrole, embora ela soubesse que iria pagar por aquilo o dia todo, de alguma forma ela conseguiu dar um sorriso forçado e apontou para o bacon crepitante.

— Tudo bem. E obrigada pela oferta, mas, para falar a verdade, eu estou sem fome.

RYLIN

NA SEMANA SEGUINTE, na escola, Rylin estava sentada em um banquinho alto na hora do almoço, com a bandeja equilibrada precariamente em seu colo enquanto dava uma mordida no sanduíche de frango trufado.

Às vezes, Rylin comia com algumas outras garotas da sua aula de inglês. Elas a convidaram uma vez, algumas semanas antes, e ela até que gostara da companhia delas; falavam em voz baixa e não exigiam nada dela fora do refeitório. Mesmo assim, hoje ela queria um momento para si mesma. Rylin mordiscou preguiçosamente o pão cítrico de laranja de seu sanduíche, deixando sua mente vagar.

A escola definitivamente melhorara. Ainda havia partes horríveis, é claro: Rylin achava que nunca iria gostar de cálculo, com suas equações complicadas e letras gregas de aparência engraçada; e continuava recebendo olhares estranhos de manhã no elevador expresso, quando entrava com seu uniforme plissado formal. Apesar disso, já estava acostumada com sua rotina, e pelo menos agora ela conseguia se localizar pelo campus sem a ajuda de Cord.

A sexta-feira à tarde rapidamente se tornou o ponto alto da semana de Rylin — não por causa da proximidade do fim de semana, mas sim da aula de holografia. Agora era aquele tipo de aluna de que ela e Lux tiravam sarro, que toda hora levantava a mão, ansiosa para oferecer informações voluntárias ou fazer perguntas. Rylin não podia evitar; ela amava aquela aula. Não era apenas por causa de Xiayne, embora ele contribuísse para o entusiasmo, por estar sempre a elogiando e encorajando, dando-lhe notas máximas sem parar desde aquela longa sessão de edição depois das aulas. Ela agora já tinha assistido a todos os filmes dele, alguns várias vezes.

Rylin descobriu, para sua surpresa, que amava holografia. Adorava ser capaz de ver o resultado direto de cada lição, perceber como cada nova técnica ou ideia tornava o seu trabalho imediatamente mais limpo, mais nítido e mais impactante. Ela nunca tinha prestado tanta atenção a uma aula antes. Nem mesmo a visão de Cord, que se remexia inquieto na cadeira à sua frente, conseguia arruinar aquilo.

Não lhe saía da cabeça que talvez algum dia, se se tornasse boa o suficiente, ela poderia fazer um holo capaz de explicar o que sentia por Cord. Suas palavras obviamente falharam em fazer isso, mas não era para isso que existia a holografia? Para transmitir coisas que as palavras não conseguiam?

Rylin esticou as pernas, dobrando os dedos dentro das novas sapatilhas pretas que estava usando. Elas eram um pouco femininas demais para o seu gosto, mas Rylin não conseguia mais suportar as bolhas que os sapatos de Chrissa lhe causavam. Ela olhou em torno para as pessoas que estavam no pátio. A alguns metros de distância, alguns garotos estavam jogando um jogo que ela nunca tinha visto, chutando uma espécie de bolinha e tentando evitar que caísse no chão. Um grupo de meninas calouras — as populares, Rylin sabia pelo cabelo brilhante e comportamento *blasé* — estava deitado sobre o gramado ali perto, fingindo não dar bola para os meninos, mas obviamente se exibindo para eles.

Do outro lado, ela viu uma figura familiar caminhando pela multidão. Rylin imediatamente aprumou-se e jogou a cabeça para trás, comportando-se como aquelas calouras idiotas. Será que um dia seria capaz de ver Cord Anderton sem sentir um frio no estômago?

Ele olhou para cima e percebeu que ela o estava encarando. "Merda." Ela tentou olhar para baixo, para fingir que estava lendo algo em seu tablet, qualquer coisa, mas ele começou a se aproximar e...

— Rylin. Graças a Deus que eu te encontrei, estava te procurando em todo lugar.

Ela assustou-se quando Xiayne deslizou para o banquinho ao lado do dela. Cord havia parado onde estava e virado as costas.

— Oi — disse ela com cautela. — Tá tudo bem?

Não era uma sexta-feira. O que Xiayne estava fazendo no campus... e, ainda por cima, procurando por *ela*?

Xiayne fez uma careta. Estava sentado muito perto, perto o suficiente para Rylin ver a barba começando a crescer sobre sua pele morena e o modo como seus cílios se estendiam, longos e úmidos, em torno de seus olhos verde-escuros.

— Meu filme virou um pesadelo. O diretor de fotografia acabou de pedir demissão, então eu tive de promover seu assistente, que não tenho certeza se está pronto para isso, mas eu não tenho muita escolha. Eu mal tenho uma semana antes de minha estrela sair para rodar seu próximo holo — reclamou. — Resumindo, eu estou procurando um novo assistente de direção.

— Nossa, tudo isso parece terrível. Sinto muito — respondeu Rylin.

— Eu não — disse ele, sem se afetar. — Porque isso significa que agora posso oferecer esse trabalho para você. O que me diz, vem para Los Angeles comigo?

— O quê?

Xiayne se inclinou um pouco para frente, derramando palavras umas sobre as outras, num ritmo rápido e intenso:

— Rylin, você é uma aluna de holografia incrivelmente promissora. Claro, eu poderia contratar alguém em Los Angeles, se tudo que eu quisesse fosse concluir o filme, mas também adoraria ajudar você a começar sua carreira. — Ele sorriu. — Você tem muito talento natural, mas ainda há muita coisa que precisa aprender. Por isso, você se beneficiaria da experiência prática.

— Quer que eu saia da escola para ir trabalhar para você? — "E a minha bolsa de estudos?", pensou, a mente confusa, porém Xiayne já estava respondendo à pergunta não formulada:

— A Berkeley tem um sistema especial para coisas desse tipo. No ano passado, um de seus colegas de turma tirou licença de um mês para ir mergulhar nos Everglades, estudar biologia submarina ou algo do gênero. É uma filmagem rápida, eu já a apresentei à diretoria como um estágio de uma semana. E não se preocupe, todas as suas despesas de viagem serão cobertas pelo departamento de artes — acrescentou.

— Mas o que eu iria fazer, exatamente?

— Posso comer um desses? — Xiayne apontou para o pacote de biscoitos de chocolate com frutas vermelhas. Rylin o ofereceu para ele, confusa, e ele apanhou um dos biscoitos e lhe deu uma enorme mordida. Depois limpou o chocolate pegajoso na calça jeans e continuou a falar: — Não me entenda mal, Rylin, ser assistente é trabalhar pra caramba. Muito trabalho de ir atrás de coisas, carregar coisas pra lá e pra cá, ajudar a montar a luz, administrar os artistas. Eles podem ser... difíceis. — Ele revirou os olhos de leve para enfatizar o quão difíceis. — Mas também é gratificante. Eu comecei assim na minha época. Prometo que tudo isso vale a pena quando você vê seu nome no letreiro ao final do filme.

Rylin sentiu uma vibração repentina em seu peito.

— Você colocaria meu nome nos créditos?

— Claro que sim. Eu faço isso com todos os meus assistentes.

Rylin pensou, culpada, em Chrissa, que ficaria sozinha por uma semana; mas Chrissa era autossuficiente o bastante para conseguir lidar com as coisas por conta própria. Chrissa gostaria que ela fosse. Estava tão orgulhosa por Rylin ter voltado a estudar e estar gostando disso... Por que não? Ela devia a si mesma a oportunidade de pelo menos tentar.

— O que eu preciso fazer?

Xiayne sorriu.

— Eu já cuidei de toda a papelada para sua casa. Basta que um dos seus pais assine e pronto.

— Na verdade, eu não tenho pais. Sou emancipada — declarou Rylin. Ela sacou seu tablet, localizou rapidamente o arquivo e ficou segurando o polegar no círculo azul brilhante para autenticar o documento. Um momento depois, a tela brilhou em aprovação.

— Você não tem pais? — repetiu Xiayne, intrigado.

— Minha mãe morreu alguns anos atrás. Desde então, somos só eu e minha irmã. Passei os últimos anos trabalhando, é por isso que estou um pouco atrás nos estudos.

Pela primeira vez, Rylin não se sentiu constrangida em admitir isso. Xiayne, de todas as pessoas, entenderia — ele mesmo não tinha dito que começou do nada?

Xiayne assentiu.

— Você continua a me impressionar, Rylin — disse ele, e levantou-se com um sorriso. Parecia tão jovem quando sorria, apenas um pouco mais velho que Rylin, com suas feições suaves e os cachos desgrenhados. — Se você é emancipada, acho que tenho de te pagar.

— Ah, você não...

— É apenas um salário mínimo, mas se estiver ruim para você, fale com o sindicato — continuou, e Rylin riu.

— Obrigada — disse ela.

Ele assentiu, com o olhar dançando.

— Partimos amanhã de manhã no Hyperloop. Vou lhe enviar sua passagem.

A última vez em que Rylin estivera em um dos trens Hyperloop foi com Cord, quando foram para Paris, mas Rylin lembrou a si mesma que era melhor não pensar nisso.

* * *

Mais tarde, Rylin foi até a diretoria para uma reunião obrigatória com o diretor da escola. Aparentemente, ele precisava aprovar pessoalmente todos os pedidos de ausência acadêmica, mesmo que fosse para um estágio patrocinado pela escola.

— Sente-se — disse o atendente da recepção, entediado.

Rylin sentou-se no sofá e puxou um mapa de Los Angeles em seu tablet, depois começou a ampliar várias partes dele, tentando se familiarizar com a cidade. *Provavelmente não iria ver nada daquilo, a não ser o que estivesse nas locações do filme*, pensou ansiosamente.

Sentia-se a mundos de distância da garota que havia entrado ali no primeiro dia de aula, toda cheia de ansiedade e incertezas. Agora estava apenas empolgada e curiosa sobre como seria a semana à sua frente.

— Nós não podemos continuar topando um com o outro assim. — Cord tomou o assento ao lado dela.

— Você não pode continuar me perseguindo assim — retrucou Rylin, com o humor impulsionado pelas boas notícias que tinha acabado de receber.

Cord sorriu.

— Se eu quisesse perseguir você, pode acreditar que eu procuraria um lugar melhor do que a diretoria da escola.

Ambos ficaram em silêncio. Rylin se obrigou a não olhar para ele, concentrada no tablet, nos cartazes idiotas na parede com citações inspiradoras e imagens de montanhas, em qualquer coisa, menos Cord. Conseguiu suportar durante oito segundos inteiros.

Quando não aguentou mais, ela se virou na direção dele e viu que Cord estava olhando para ela com uma expressão entre a desconfiança, a curiosidade e — esperava ela — um restinho de atração. Por um momento pareceu a Rylin que nenhum tempo havia passado, que eles tinham voltado aos velhos tempos, quando ele estava decidindo se devia confiar nela ou não. Na época em que Cord não era um garoto rico e arrogante destinado a herdar bilhões e ela não era a garota que limpava o banheiro da casa dele; quando eles, de alguma maneira, eram apenas um garoto e uma garota, conversando baixinho sobre as perdas que ambos tinham sofrido na vida.

Ela se perguntou se um dia eles voltariam a ser assim de novo.

— Como foi a partida de esgrima? — perguntou Cord.

— Ah, sabe como é, eu sou uma lutadora implacável — provocou Rylin. Ela falou brincando, mas Cord não riu, e Rylin ficou na dúvida se teria atingido algum ponto sensível. Afinal de contas, as coisas que ela lhe dissera na noite em que Eris morreu foram cruéis e implacáveis.

— Por que você está aqui, afinal? — continuou ele, depois de um momento.

— Reunião com o diretor. — Ela não conseguia esconder o orgulho do seu tom de voz. — Vou faltar uma semana de aulas para trabalhar num estágio com Xiayne. Vou ser a assistente de direção de seu novo holo.

— Eu pensei que você estivesse estudando aqui com uma *bolsa* de estudos. Não deveria estar estudando, em vez de ir para Los Angeles?

Rylin hesitou diante daquele tom áspero.

— Esta é uma ótima oportunidade. É raro que os alunos da nossa idade trabalhem de verdade numa gravação, colocando as mãos na massa.

— Pode ser. Ou talvez seja uma chance de Xiayne conseguir gente que trabalhe de graça para ele. Ele não vai te remunerar, não é? — disse Cord, e ela ficou surpresa com o veneno em sua voz.

— Bom, para falar a verdade, vai. — Ela odiava o quanto ela parecia na defensiva.

— Bem, fico feliz que ele tenha um interesse tão *especial* por você.

— Cord... — Rylin deixou a frase no ar, sem saber o que iria lhe dizer. A porta da sala do diretor se abriu antes que ela pudesse continuar.

— Rylin Myers, sinto muito pela espera! Pode entrar — disse a voz ribombante do diretor.

Rylin olhou intrigada para Cord, sentindo-se ao mesmo tempo entristecida e machucada. Ele estava balançando a cabeça.

— Beleza, Rylin. Deus sabe que você não me deve nenhuma explicação. Divirta-se levando a categoria de puxa-saco a outro nível.

De repente, a cabeça de Rylin conseguiu formar frases novamente:

— Nem todo mundo é tão cínico quanto você, Cord. Você devia tentar ficar feliz por mim um dia desses.

Ela endireitou os ombros e entrou antes que ele pudesse responder qualquer coisa.

CALLIOPE

CALLIOPE ATRAVESSOU ANSIOSAMENTE o lobby do Nuage, que naquela tarde ensolarada estava todo branco e azul, fazendo jus ao nome do hotel. Ela se sentiu flutuando pelo meio de uma nuvem, talvez do Monte Olimpo.

No último instante ela se lembrou de fingir que mancava, para enganar os atendentes da recepção. A última coisa que ela e Elise precisavam era começar a receber cobranças por um quarto pelo qual não tinham a menor intenção de pagar. Calliope mal conseguia pensar direito; estava indo para o chá da tarde com sua mãe e seu estômago borbulhava com um agradável sentimento de expectativa. Para Calliope e sua mãe, tomar o chá da tarde juntas sempre tinha algum significado especial.

Ela entrou no salão de jantar formal do hotel, que era revestido com painéis dourados. As delicadas mesas estavam postas com toalhas finíssimas e talheres de prata. Menininhas com laçarotes de fita cor-de-rosa brilhantes se remexiam em seus assentos, acompanhadas de suas mães; grupos de mulheres brindavam com taças de champanhe; e havia até mesmo alguns turistas, que olhavam aquele grupo da alta sociedade cheios de trepidação e com um certo nível de inveja. Calliope encontrou a mãe em uma mesa no meio da sala. Claro, pensou Calliope, achando aquilo engraçado e nada surpreendente. O melhor lugar para ser admirada.

— Qual é a ocasião? — perguntou, sentando-se na cadeira em frente à mãe.

— A ocasião é que estou convidando minha filha para o chá. — Elise sorriu, parecendo calma e à vontade com um vestido estampado.

Calliope se recostou na cadeira.

— Sempre que fazemos isso, eu me lembro do Dia da Princesa — comentou com um tom reflexivo, mas não exatamente melancólico.

Calliope era obcecada pelo chá desde pequena, quando ela e sua amiga Daera colocavam as roupas doadas de Justine e serviam água uma para a outra em canecas simples brancas, chamando-se de nomes inventados como Lady Thistledown e Lady Pennyfeather. Elise tinha pegado carona naquela fixação e iniciou uma tradição anual, só dela e de Calliope, chamada Dia da Princesa. Aquele se transformou instantaneamente no dia favorito do ano para Calliope.

No Dia da Princesa, Elise e Calliope faziam questão de se arrumar, chegando às vezes até a usar as bolsas da sra. Houghton ou suas echarpes e joias — era a única ocasião em que Elise permitia que fizessem isso. Então as duas rumavam para o Hotel Savoy para tomar seu caro chá da tarde. Mesmo naquela idade, Calliope sabia que era absolutamente ridículo que as duas fizessem algo tão extravagante, algo que claramente ultrapassava o poder aquisitivo delas, mas elas *precisavam* do Dia da Princesa. Era a sua chance de escaparem do dia a dia e viverem como se fossem outras pessoas, ainda que apenas por um momento. Calliope podia perceber que sua mãe amava aquilo tanto quanto ela mesma: Elise se transformava naquela que era servida, ao invés do contrário. Adorava que lhe apresentassem uma bandeja de prata repleta de delicados docinhos e lhe perguntassem qual ela gostaria de comer, ao que ela então erguia um dedo cheio de anéis e dizia em um tom imperioso: *Este aqui, aquele ali e também este aqui*: dando ordens a outra pessoa, da mesma maneira como recebia ordens constantemente da sra. Houghton.

Calliope jamais esqueceria a maneira como sua mãe virou-se para ela, naquela primeira manhã no trem para a Rússia, quando a antiga vida das duas tinha desaparecido há muito tempo e a nova estava apenas começando.

— Hoje é Dia da Princesa, querida — disse ela.

Calliope sacudiu a cabeça em confusão.

— Mas o Dia da Princesa foi há poucos meses.

— Todo dia é Dia da Princesa agora — disse Elise com um sorriso. Não o sorriso forçado e tenso que ela exibiu durante tanto tempo, mas um sorriso genuíno, um sorriso à vontade; e Calliope percebeu que sua mãe estava deixando cair alguma pele terrível que fora forçada a usar e tornando-se agora outra pessoa. Com o passar dos anos, ela perceberia que Elise nunca tinha sido feliz em Londres. Foi apenas quando a vida delas na estrada começou que ela pareceu encontrar sua verdadeira vocação.

Mesmo agora, o chá ainda era uma tradição das duas, tão apreciada e tão sagrada quanto qualquer igreja. Calliope adorava a cerimônia de servi-lo, quente e fumegante, em uma xícara de porcelana cuja forma se transformava; a bela disposição de *scones* macios, creme de leite e sanduíches cortadinhos. O ritual do chá da tarde era calmante. Não importava aonde você estivesse no mundo, o chá era sempre formal, tradicional e tranquilizadoramente britânico.

Sempre que tinham uma grande decisão a tomar, Calliope e Elise o faziam durante um chá da tarde, no hotel cinco estrelas onde então estivessem hospedadas. Era assim que decidiam quando estava na hora de se mudarem, quanta grana Elise deveria tentar roubar de seu mais recente namorado ou de sua melhor amiga, quando elas deveriam fazer transplante de retina. Era como tomavam todas as decisões importantes, Calliope se deu conta... exceto a sua decisão de envolver-se com Atlas. A única escolha verdadeira que ela tinha tomado sozinha.

Naquele momento, uma garçonete com nariz arrebitado e um rabo de cavalo alegre aproximou-se da mesa delas. Parecia mais jovem que Calliope. Na verdade, pensou Calliope, ela lhe era familiar, embora ela não soubesse o porquê.

— Boa tarde, senhoras. Estão familiarizadas com o cardápio do nosso chá? — perguntou num tom suave.

Um rolo holográfico cintilava no ar diante de ambas, com o menu escrito em uma caligrafia rebuscada. Calliope era capaz de ver a borda de cada gotícula de tinta, o brilho que parecia ter sido salpicado por cima de tudo.

— Queremos a torre de chá clássica com água de limão, sem chá — disse Elise rapidamente, agitando o braço pelo rolo para que os pixels fossem dissolvidos em nada.

A garçonete sorriu.

— O chá vem como cortesia com a sua torre. Temos chás de todas as nações do mundo e vários de outros planetas, como...

— Traga o seu preferido — disse Calliope rapidamente, depois ergueu uma sobrancelha para a mãe quando a garota se afastou.

— Vamos lá, eu sei que estamos comemorando algo. O que esse tal de Nadav lhe deu?

Elise deu de ombros.

— Ingressos para um show, uma invençãozinha engraçada dele que mantém um registro de seus batimentos cardíacos e movimentos musculares, nada de muito valor. Mas ele pediu que fizéssemos um jantar em família em breve — acrescentou ela, baixando a voz várias oitavas.

Calliope entendeu em um piscar de olhos qual o motivo do chá de hoje. Ela estava sendo repreendida — muito ligeiramente, com muito açúcar e pose, mas ainda assim era uma bronca.

— Você quer que eu seja mais simpática com Livya.

— Não é pedir demais, mas teria significado muito para mim se você tivesse colocado só um *pouquinho* mais de esforço para se dar bem com ela no baile — suspirou Elise. — Eu pensei que você fosse ficar a postos na minha retaguarda, mas você simplesmente foi embora, preocupada com seus próprios assuntos.

— Eu estava com um cara, mãe — observou Calliope.

Elise levantou as mãos em um gesto conciliador.

— Eu entendo, entendo. Sei que você gosta de dar seus próprios golpes à parte. — "Não são golpes", pensou Calliope, ligeiramente irritada. — E eu nunca te impedi, não é? Acho que sempre fui mais do que justa — continuou a mãe dela.

Calliope deu de ombros.

— Claro que vou a um jantar em família — prometeu, como se já não tivesse ido a um milhão deles no passado, alguns deles tendo terminado com uma aliança de casamento, outros não. Ela se perguntou com que rapidez sua mãe descolaria uma proposta de casamento naquele novo namoro.

Mas Elise não tinha terminado ainda:

— Eu gostaria que você pudesse se comportar de maneira um pouco menos... à vontade, durante o jantar — sugeriu. — Que se comportasse mais como Livya.

— Que eu seja tediosa, é o que você quer dizer — observou Calliope.

— Exatamente! — riu Elise.

A garçonete colocou sobre a mesa uma opulenta exibição de guloseimas, que se afunilava para cima como a verdadeira Torre de Nova York. Era uma réplica completa, com direito até a uma espiral de açúcar em miniatura.

— Este é o chá lunar — disse ela, servindo uma xícara de chá fumegante que cheirava vagamente a aloe vera. — Meu preferido. Ele cresce na superfície da Lua. As folhas recebem uma quantidade de sol muito menor, portanto o tempo de colheita demora duas vezes mais.

Calliope tomou um gole hesitante da xícara, que, identificando o chá existente em seu interior, mudara de forma, assumindo o formato dourado de uma meia-lua. Ela imediatamente o cuspiu, enojada com seu gosto amargo. A garçonete franziu os lábios diante da reação dela, como se estivesse reprimindo um sorriso; e Calliope de repente se perguntou se a garota mais nova não tinha trazido aquele chá nojento de propósito, só para tirar sarro do que provavelmente pensava ser uma dupla de mulheres mal-educadas e autoritárias.

Era o tipo de coisa que Calliope teria feito, se estivesse na pele daquela garota. Ela olhou para baixo, para a sua elegante saia estampada e a bolsa fúcsia da Senreve aninhada ao lado de sua cadeira. Será que aquela menina tinha a mesma opinião sobre Calliope que Calliope tinha de Justine Houghton? Mas ela não era *nada parecida* como Justine Houghton!

— Essa garçonete não te faz lembrar de alguém? — perguntou num impulso, depois que a garota se afastou.

— Creio que não. — Elise esticou o braço e estava contornando o chá horrível para apanhar seu copo de água, onde flutuava uma alegre rodela de limão. — Agora me conte mais sobre o progresso que *você* tem feito. As coisas devem estar indo bem, já que você só voltou para casa no domingo de manhã.

— Não tenho tanta certeza assim — disse Calliope. Sua habitual confiança vacilava. Ela não sabia o que pensar da situação com Atlas. Tentara vasculhar um pouco o apartamento dos Fuller mais tarde, naquela noite, mas quase todos os quartos eram fechados para hóspedes. Ela não estava particularmente a fim de roubar uma antiguidade qualquer de cima de uma mesa. Queria algo maior. Queria joias, mas tinha a sensação de que talvez nunca arrancasse nada de Atlas.

Ele tinha sido um cavalheiro perfeito na manhã seguinte àquela festa, tinha se sentado e tomado o café da manhã com ela, e até mesmo chamara um hover para levá-la de volta para casa, mas Calliope percebeu que seus pensamentos estavam em outro lugar. Talvez ele tivesse se arrependido de ter permitido que ela voltasse com ele na noite anterior. Não que alguma coisa tivesse acontecido entre eles; Atlas estava tão bêbado que prontamente desmaiou, permitindo que Calliope se esgueirasse pelo apartamento à vontade. Mais tarde, ela voltou ao quarto dele e encontrou uma camiseta sua para vestir, antes de adormecer do outro lado da cama, sozinha.

— Eu sei por quê. Aquele garoto é quase lindo demais para enganar.

Calliope demorou um instante para se dar conta de que sua mãe estava se referindo a Brice Anderton.

— Ah, não, eu usei Brice para conseguir um convite para a festa. Não dá para dar nenhum golpe nele — disse Calliope rapidamente, sabendo que Elise não pressionaria para saber mais detalhes. — Não, estou mirando outro garoto. Foi para a casa dele que eu fui naquela noite. — Ela olhou para as próprias mãos, cortando nervosamente um sanduíche de pepino em pequeninos triângulos. Sua mãe sempre parecia entender o que as outras pessoas estavam pensando, o que elas queriam. Talvez ela tivesse algum insight sobre Atlas. — Para ser sincera, seria ótimo receber um conselho seu — admitiu Calliope.

Elise se inclinou para a frente, ansiosamente.

— E para que servem as mães, afinal?

Calliope contou tudo a ela. Que reconheceu Atlas na festa dos Fuller e encenou um encontro com ele na piscina do Nuage, depois aceitou o convite de Brice para ir ao Baile da Associação de Conservação do Hudson, sabendo que Atlas estaria na mesma festa. Que tinha voltado para a casa de Atlas — comprovando, finalmente, a certeza de que ele a queria —, mas depois se dera conta de que provavelmente estava enganada.

— Deixa eu ver se entendi direito — disse Elise, dando uma mordida em um *scone*. Migalhas minúsculas salpicadas de açúcar se desfizeram pelo prato de porcelana, cintilando como pedras preciosas salpicadas aqui e ali. — Você conheceu esse garoto na África?

Calliope assentiu.

— Mas aí ele foi embora um dia, sem me dar nenhuma explicação. Eu nunca lhe disse nada, porque...

— Está tudo bem — disse Elise rapidamente. Elas não falavam muito sobre aquele golpe na Índia, o pior que já tinham feito. Elise havia se envolvido com um senhor mais velho que trabalhava para o governo e solicitou uma doação para uma organização de caridade falsa, mas em seguida o velho morreu, de repente, sob circunstâncias misteriosas. De repente, toda a força policial do país ficou na cola delas. Aquilo tinha sido tão aterrorizante que Calliope e Elise se separaram para fugir do país. Só por precaução.

— Eu só não sabia que você tinha dado um golpe na África — disse sua mãe, parecendo um pouco magoada.

— Não importa, porque não deu certo.

— *Ainda. Ainda* não deu certo — corrigiu Elise. Ela deu um sorrisinho, e seus olhos brilharam como os de um gato. — Trata-se de um golpe mais demorado do que você esperava, mas quem se importa? Você pode se dar ao luxo de uma partida mais longa.

— Não por muito tempo. Ele vai se mudar em breve. — Dali a menos de um mês Atlas se mudaria para Dubai, para administrar a torre do pai dele. Ela teria de conseguir algo dele antes que isso acontecesse.

— Bem, não se preocupe se não der certo. Receberei o suficiente para nós duas — prometeu Elise, e suspirou. — Você disse que esse garoto é rico, certo?

— Ele é o Atlas *Fuller*. — Será que Calliope ainda não tinha lhe dito isso? — Lembra? Aquela festa foi no apartamento dele.

Elise congelou como um personagem em um jogo de holo, levando um pouco de bolo confeitado à boca. O único movimento foi o do piscar lento e atordoado de seus olhos esfumados com sombra dourada. Por um momento, Calliope teve receio de ter ido longe demais — talvez não fosse uma boa ideia tentar enganar o garoto cuja família, literalmente, vivia no topo do mundo.

Mas então Elise começou a rir, com tanta intensidade que lágrimas se acumularam nos cantos de seus olhos. Ver aquilo fez Calliope rir também.

— O milésimo andar! Ninguém pode dizer que você não é ambiciosa. Um *brinde*! — Elise fez tintim com os copos de água das duas, com uma disposição renovada.

— O que posso dizer, tenho um gosto caro — admitiu Calliope com um sorriso.

Sua mãe tinha razão; Calliope era uma profissional, e ela sempre alcançava seu objetivo no final. Faria isso também com Atlas, não importava o quanto demorasse.

A garçonete se aproximou para apanhar a bandeja de chá, cheia de restos de manteiga e tortinhas comidas pela metade. Em um lampejo, Calliope descobriu de quem a garçonete a fazia lembrar: Daera, sua amiga de infância. Ela tinha o mesmo cabelo castanho e os olhos separados.

O que Daera estaria fazendo agora, tantos anos depois?

— Você quer pagar a conta desta vez, ou prefere que eu o faça? — perguntou Elise.

— Será que não podemos pagar com o dinheiro do bitbanc? Eu pensei que nosso último pagamento tivesse sido gigantesco. — Elas não podiam ter gastado todo aquele dinheiro tão rápido, com certeza. A ideia de fazerem um de seus truques agora parecia estranhamente cansativa.

Elise encolheu os ombros.

— Nós gastamos a maior parte desse dinheiro na nossa semana em Mônaco. — Calliope se encolheu ao pensar naquela viagem extravagante, com maratonas de compras, hotéis caríssimos e um barco que elas tinham alugado por puro impulso. Talvez devessem ter sido um pouco mais responsáveis. — Eu estou tentando economizar o resto para pagar nossas passagens para fora daqui — acrescentou sua mãe. — Mas não se preocupe, eu pago pelo nosso chá.

Ela olhou ao redor e, em seguida, esticou a mão para arrancar alguns fios de cabelo de Calliope.

— Ei, *ai*! — xingou Calliope. Ela sentiu vontade de levar a mão à cabeça, mas sabia que isso arruinaria o golpe. — Você não trouxe nada? — sussurrou baixinho.

— Desculpe. Eu usaria os meus, mas eles não são nem de longe escuros o suficiente para se fazerem passar pelos da garçonete.

Elise começou a espalhar os cabelos em um prato, depois pensou melhor e enrolou-os no fundo da xícara de chá. Recostou-se, apoiando um braço branco sobre o dorso da cadeira enquanto tomava um gole do chá até então intocado.

Um instante depois, ela soltou um grito afetado, levando uma mão ao peito. Cabeças giraram automaticamente em sua direção. A garçonete que parecia uma versão adulta de Daera veio correndo, apressada.

— Ai, meu Deus. Tem *cabelo* no meu chá! — gritou Elise, num tom repleto de nojo. Seus olhos se levantaram acusadoramente para a garçonete. — Você *soltou* isso no meu chá!

Mais gente olhava na direção delas. Os nova-iorquinos adoravam um drama, pensou Calliope, contanto que não fossem o motivo da cena.

— Sinto muito — gaguejou a garçonete, levando as mãos, hesitante, até o o alto da cabeça, como se para confirmar que seu cabelo estava preso em um rabo de cavalo alto e arrumado. Sua expressão era de medo puro e simples.

Durante todo o processo familiar do tumulto e do burburinho, de chamar um gerente, reclamar, conseguir que a refeição saísse de graça, Calliope não disse nenhuma palavra. Ficou imaginando o que aconteceria com a garçonete depois que tudo aquilo acabasse. Provavelmente o valor da conta das duas seria abatido de seu salário, pensou Calliope, remexendo-se ligeiramente na cadeira. Mas ela não seria despedida, não é?

— Você está bem? — perguntou Elise ao final de tudo aquilo, quando eles entraram no elevador que as levaria de volta para sua suíte. — Parece pálida.

— Acho que exagerei no açúcar. — Calliope pôs uma mão sobre sua barriga, que estava, de fato, doendo. — Mas vou ficar bem.

Porém, quando as portas se fecharam, revelando o interior espelhado e brilhante do elevador do Nuage, Calliope olhou para as próprias mãos, que seguravam com força a alça da bolsa. Pela primeira vez, ela não sentiu vontade de admirar o seu próprio reflexo.

AVERY

AVERY ESTAVA DEITADA na cama, olhando desatenta para as delicadas nuvens que flutuavam pelo teto. Vários dias haviam se passado desde que ela encontrara Calliope na cozinha de sua casa, usando a cueca de Atlas, embora nunca fosse se esquecer daquela imagem: ela estava gravada a ferro e fogo em sua mente com uma clareza extremamente intensa.

Ela e Atlas não se falavam desde aquela manhã. Ela sequer o vira no apartamento: os dois vinham se evitando ultimamente, como se tivessem concordado em algum cessar-fogo mútuo e temporário.

Avery conseguiu de alguma forma segurar as pontas na escola, mas toda noite desmoronava nos travesseiros de renda cor de champanhe e explodia em lágrimas quentes e amargas.

— Avery?

Ela não deveria sentir surpresa por ele estar batendo à sua porta, mas mesmo assim Avery demorou um instante para processar o que estava acontecendo. Ela estava ansiosa por aquela conversa, ainda que também a temesse.

— Desbloquear — murmurou, levantando-se enquanto o computador do quarto liberava o campo magnético da porta de seu quarto.

Atlas estava ali. Parecia diferente; tinha olheiras e uma aparência pálida, mas era mais do que isso. Algo tinha mudado fundamentalmente dentro dele, como se não fosse mais o garoto que Avery acreditava que ele fosse.

— E aí — disse ela, simplesmente. Que ele começasse o assunto; aquilo era tudo que ela tinha para oferecer agora.

— E aí — repetiu Atlas. Seu olhar procurou o dela, mas ela apenas o encarou de volta, fria e distante. — Escuta, eu posso entrar? — perguntou ele.

Avery deu um passo para o lado e ele passou por ela, fechando a porta.

— Finalmente — murmurou ela.

— Eu tinha muito em que pensar.

Avery não tinha terminado.

— Eu suponho que sim. Você realmente ferrou tudo desta vez, Atlas.

— Desculpa, *eu* ferrei com tudo? Será que você não é capaz de ouvir o que está dizendo? Você voltou da casa de Cord naquele dia! Quem é você para dizer alguma coisa?

— Você sabe muito bem que Cord e eu somos só amigos. — Avery sentia-se estranhamente feliz por tê-lo feito gritar.

— Eu já não sei de mais nada — respondeu Atlas, com uma amargura que a surpreendeu.

Eles estavam sob um enorme lustre de cristal, totalmente imóveis. Era como se o fato de finalmente terem aquela conversa tivesse ancorado os dois no chão, e nenhum deles conseguisse se mexer até conseguirem resolver as coisas, de um jeito ou de outro.

Avery mordeu o lábio, arrependida de não ter ensaiado algum tipo de discurso.

— Olha, eu sinto muito sobre como eu reagi quando te vi flertando com a Calliope. Eu fui idiota e imatura. Voltei naquela manhã querendo lhe dizer que estava arrependida... mas eu a encontrei em *casa*, desfilando por aí com a sua cueca! — Ela piscou para tentar reprimir um novo acesso de lágrimas. — Atlas, eu sei que brigamos, mas você não precisava ir *para a cama* com ela naquela mesma noite!

— Não aconteceu nada entre mim e Calliope — insistiu Atlas. — Mas você não vai acreditar em mim, já que parece tão determinada a pensar exatamente o que você quer.

Avery suspirou.

— Mesmo que não tenha ido para a cama com ela, você não devia tê-la trazido para casa. Não entende? Assim que aconteceu uma coisa ruim entre nós, você foi direto atrás *dela*. Você fugiu. — "Para os braços de alguém mais fácil. Alguém com quem você poderia realmente estar em público", ela sentiu vontade de acrescentar.

— Eu não fui o único. Você também fugiu com outra pessoa.

— Como eu disse, não aconteceu nada entre mim e Cord. — Avery não tinha muita certeza de por que queria enfatizar aquilo, mas não tinha importância; Atlas já estava balançando a cabeça.

— Eu acredito em você. Mas e da próxima vez, Aves? Talvez algo aconteça, para nós dois. Não percebe como é um problema imenso o fato de, quando brigamos, nós dois termos ido atrás de outras pessoas, de quem fosse mais...

— Fácil. Descomplicado. Exatamente o que você e eu não somos — concluiu o pensamento por ele.

Atlas olhou para Avery.

— É por isso que você me ama? — perguntou ele, baixinho.

De início ela não entendeu.

— O quê?

— Você se apaixonou por mim porque era complicado e proibido... porque eu era a única coisa no mundo inteiro que você não podia ter? A única coisa que você quis e que lhe foi negada?

Avery sentiu-se empalidecer.

— Isso é cruel, Atlas. Você não quis dizer isso.

Ao ouvir a mágoa na voz dela, alguma coisa do antigo Atlas retornou a seus traços e ele soltou um suspiro.

— Eu tinha de perguntar — retrucou ele, parecendo mais derrotado do que ofendido. Aquilo assustou Avery, porque ela sabia que isso significava que ele estava se afastando dela, forçando-se a não sentir, a não se importar.

— Você sabe que eu te amo — insistiu ela.

— E você sabe que eu te amo. Depois de tudo isso, no entanto...

Avery ouviu o tom de conclusão na voz dele. Percebeu, com uma clareza aterrorizante, que aquele era o começo do fim.

— Não está dando certo, não é? — disse ela baixinho, porque as palavras eram extremamente dolorosas e não era justo que Atlas fosse o único a dizê-las.

— *Nunca* poderá dar certo. É impossível. Aves, talvez seja melhor para nós dois simplesmente... pararmos por aqui.

Atlas falava com um tom oco, quase formal, como se Avery fosse um cliente para quem ele estivesse propondo um novo plano de construção, mas Avery conhecia bem o modo como a cabeça dele funcionava, quase melhor do que conhecia a sua própria mente; podia ver o que aquilo estava causando nele, o esforço excruciante que ele estava fazendo para não desmoronar na frente dela.

"Eu te amo e nada mais importa", ela sentiu vontade de dizer, mas reprimiu essas palavras, porque no fim das contas elas não serviam de nada.

Tudo importava. Ela amava Atlas, Atlas a amava, mas ainda assim nada daria certo entre eles.

Ela sabia que os acontecimentos do sábado passado tinham sido culpa sua. Ela tinha minado o relacionamento dos dois, quebrando aos pedacinhos como uma criança destrutiva, até que tudo inevitavelmente entrasse em crise. Mas o problema era maior do que apenas aquela noite. Atlas tinha razão: o que havia acontecido era apenas um sintoma da questão maior — a absoluta impossibilidade de eles ficarem juntos.

Não havia nenhum lugar aonde pudessem ir que fosse seguro; nenhum lugar aonde a verdade de quem eles eram, a proibição de seu amor, não os perseguiria.

Talvez amor não fosse suficiente, no fim das contas. Não quando todos os obstáculos eram colocados diante de vocês, todas as probabilidades se acumulavam para fazer vocês falharem. Não quando o mundo inteiro queria separá-los.

— Tudo bem — disse Avery, enquanto o universo silenciosamente se rasgava em dois. — Vamos apenas... Bem...

Ela não conseguiu terminar a frase. Vamos apenas voltar ao que era antes? Voltar a ser irmão e irmã, depois de tudo o que tinham vivido?

Atlas pareceu entender o que ela queria dizer, como sempre.

— Vou assumir o emprego em Dubai. Eu estarei do outro lado do mundo. Isso deve tornar as coisas mais fáceis para você. Sinto muito — acrescentou.

Ela não soube quanto tempo ficou ali parada depois que ele saiu, ainda de olhos fechados. Uma única lágrima escorreu pelo seu rosto.

Para Avery, a sensação era como se alguém tivesse morrido. Em alguns sentidos, houve mesmo uma morte, pensou ela: a do seu relacionamento com Atlas. Aquilo tinha sido uma coisa viva, que respirava, cheia de som e cor, até os dois lhe desferirem o golpe final.

Atlas iria embora e não voltaria nunca mais.

LEDA

LEDA ESTAVA SENTADA na cama, tentando correr atrás do atraso em suas leituras para a aula de inglês, mas sua mente estava acelerada demais para que ela pudesse se concentrar nas palavras. Não conseguia parar de pensar em Watt e no que havia acontecido no sábado à noite.

Na manhã seguinte, ao despertar, não encontrara nada além dos lençóis amarrotados. Watt já tinha ido embora. Então ela se lembrou de tudo — da pressão da boca dele na dela, da maneira decidida, forte com que suas mãos tinham percorrido o seu corpo — e rolou para o lado para enterrar o rosto no travesseiro, sufocando um gemido. Graças a Deus ela não deixara a coisa ir longe demais. O que tinha lhe dado na cabeça para trazer Watt Bakradi para casa? Ela nem *gostava* dele. Na verdade, talvez até mesmo o *detestasse*.

Bem, decidiu friamente, pelo menos o fato de não gostar dele significava que seria fácil apagar todo aquele incidente. Não havia necessidade de relembrar nada daquilo.

O problema era que, agora, ela não conseguia segurar as lembranças que explodiam, quentes e brilhantes, na sua cabeça, cada vez mais rápido. Ela fechou os olhos para afastá-las, mas isso só fazia com que voltassem ainda mais rapidamente...

— Leda — disse sua mãe, empurrando a porta do quarto.

— Eu pensei que tivéssemos combinado de que você iria bater antes de entrar. — Leda não conseguiu evitar colocar-se imediatamente na defensiva. Ela torceu para que o rubor em suas bochechas não traísse, de alguma forma, aquilo em que estivera pensando.

Sua mãe foi até o closet e começou a digitar com raiva sobre a tela *touch screen* que exibia as roupas de Leda. Ela sempre encontrara um estranho conforto nas roupas, como se a escolha de um modelito perfeito pudesse afastar todas as coisas desagradáveis da vida.

— Estou preocupada com você — disse Ilara, ainda olhando para a tela. Estava usando um pijama de seda com uma estampa de galinhas, que, por algum motivo, pareceu absurdamente cômica para Leda. — Estou preocupada desde antes da morte de Eris. É por isso que vamos para o seu acompanhamento em Silver Cove no próximo fim de semana, apenas você e eu.

Leda pulou da cama, assustada.

— O quê? Não!

Leda não queria voltar lá, muito menos com a sua mãe.

— Leda, o acompanhamento a cada quatro meses é uma parte recomendada do seu tratamento. Eu acho que seria bom para você, diante de tudo isso que está acontecendo. O dr. Vanderstein concorda comigo.

— Meu Deus do céu, mãe, você tem de parar de conversar com ele a meu respeito! Isso é completamente antiético! — gritou Leda. Depois respirou fundo e tentou recuperar um pouco de calma. — Eu não preciso ir. Eu prometo.

Leda não suportava a ideia de voltar para Silver Cove. Aquele lugar estava lotado de lembranças. Se ela voltasse, seria forçada a enfrentar tudo o que tinha acontecido nos últimos meses — teria de se lembrar da Leda Cole que pisara pela primeira vez ali tempos atrás, jovem, ferida e ainda apaixonada por Atlas. Aquela garota podia ser uma idiota, mas pelo menos era melhor do que essa nova Leda, que tinha matado alguém e depois chantageado os outros a mentir para acobertá-la.

Leda sentia medo, ela percebeu, do fantasma de seu antigo eu.

Sua mãe suspirou e, desta vez, seu tom foi firme:

— Eu sei que você anda mentindo para mim.

O coração de Leda disparou. Os espelhos em seu armário faziam parecer como se ali estivessem três Ilaras, todas elas repreendendo a filha com o mesmo tom desapontado.

— Você diz que está indo para a casa de Avery o tempo todo, mas daí Elizabeth Fuller vem e me diz que você não coloca os pés ali há semanas! O que está acontecendo que você quer esconder de mim? — continuou sua mãe, derrotada.

Leda deu um passo à frente e puxou a mãe em um abraço. Sua pobre mãe, doce, confiante, que ainda não sabia que o pai de Leda a traíra, que só queria o melhor para seus filhos.

— Sinto muito — murmurou Leda, tentando desesperadamente ganhar tempo. — Eu te amo. — Ilara era tão magra que Leda podia sentir cada osso da sua espinha, empilhados uns sobre os outros como peças de quebra-cabeça curvas.

— Por favor, Leda. Seja lá o que for, prometo que quero ajudar. Eu, de todas as pessoas, não posso te julgar — disse Ilara suavemente, prestes a explodir em lágrimas. — Afinal de contas, é minha culpa que você esteja metida nisso, para começo de conversa.

Leda piscou, sem entender, momentaneamente surpreendida pela sua própria insensibilidade. Nunca havia pensado que sua mãe pudesse se culpar pelo seu vício. O que Leda começou a tomar foram as xenperheidrinas de Ilara, no sétimo ano, quando percebeu o que eram. As da mãe dela eram compradas por via legal, claro, receitadas para a ansiedade por ninguém menos que o dr. Vanderstein. Mesmo assim.

Se não havia maneira de escapar daquele acompanhamento na clínica de reabilitação, então no mínimo dos mínimos Leda precisava ir sem a sua mãe. Aquilo seria desgastante demais para Ilara do ponto de vista emocional. Leda não poderia exigir isso dela.

— Eu vou sozinha — ofereceu, mas sua mãe fez que não.

— Você precisa de alguém para ir com você. O que me diz do papai?

O coração de Leda pulou em pânico, enlouquecida. Absolutamente não. Nem ferrando ela passaria um fim de semana inteiro sozinha com seu pai. Todas aquelas palestras e rodas de discussão... ele poderia tentar falar com ela sobre Eris novamente, fazer alguma confissão bizarra para aliviar sua própria consciência, tudo sob o pretexto da "cura".

Então Leda percebeu exatamente quem ela deveria convidar. Alguém que não poderia exigir absolutamente nada dela, que a deixaria ir a sessões de ioga e de holografia em vez de comparecer a todas as atividades de reabilitação propriamente ditas. Alguém que não seria capaz de lhe dizer não.

— Você tem razão, mamãe. Andei escondendo uma coisa de você. — Pronto, aí estava: a aposta. Quem não arrisca, não petisca, certo? — Eu estou namorando.

Dito e feito. Ilara respirou fundo, satisfeita por ter razão.

— Namorando? Quem é ele?

— Watt Bakradi. Eu o levei para o Baile da Associação de Conservação do Hudson. Ele mora num dos andares inferiores da Torre, então pensei... — Leda deixou a frase no ar de propósito.

— O quê? Que eu não aprovaria?

Leda encolheu os ombros, deixando sua mãe entender aquilo como um sim.

— Ah, me poupe, Leda. Espero que você saiba que eu não seria capaz de uma coisa dessa. Eu também vim de baixo. — Ilara pegou as mãos de Leda e deu-lhes um aperto firme e bem-intencionado.

— Obrigada. — Leda soltou um suspiro de alívio. — Então, pensei... será que o Watt não poderia ir para a reabilitação comigo?

Sua mãe ainda franziu a testa.

— Fico feliz por você ter encontrado Watt, mas não tenho certeza se ele é a pessoa certa para se levar a Silver Cove. Vocês não estão namorando há muito tempo; ele não está preparado para falar sobre a sua história. Eu me sentiria muito melhor se seu pai fosse com você.

Leda olhou para baixo como se estivesse envergonhada; enfiando-se na lama ainda mais, enterrando-se sob ainda mais mentiras.

— Watt conhece a minha história. E já me conhece há algum tempo, na verdade. É apenas um assunto delicado, por causa da forma como a gente se conheceu.

— Como assim? O que você quer dizer?

— A irmã mais velha dele foi para Silver Cove. Ela passou por algo parecido. — O estômago de Leda se retorceu com a mentira, mas então ela pensou de novo na ideia de voltar para lá, de ver os mesmos lugares familiares, e pior, no que aquilo poderia provocar na sua mãe, e sua determinação se aprofundou. — Watt tem me dado apoio ultimamente. Depois de tudo o que aconteceu com sua irmã, para ele é importante fazer parte do meu processo de cura. Além disso, a presença dele lá significaria muito para mim.

Ilara ficou em silêncio por um momento, observando Leda como se não tivesse certeza de como lidar com aquelas novas informações.

— Vou discutir o assunto com seu pai. Mas acho que tudo bem. — Ela parou diante da porta. — Você deveria trazer Watt para jantar aqui em breve. E a irmã dele — acrescentou ela, calorosamente. — Eu adoraria conhecer os dois.

Leda segurou o olhar de sua mãe enquanto aumentava ainda mais a sua teia de mentiras:

— Eu posso trazer Watt, mas a irmã dele morreu no ano passado.

— Oh, Leda. Sinto muito. — O rosto de sua mãe empalideceu, e ela engoliu em seco. Foi então que Leda soube que tinha ganho a parada.

— Eu te amo, mamãe.

— Também te amo. Estou orgulhosa de você — disse Ilara, suavemente, fechando a porta atrás de si.

Leda caiu de novo na cama e começou a escrever uma mensagem para Watt. *Pode desmarcar seus planos para o fim de semana que vem e fazer as malas*, escreveu ela. *Você vai comigo para Nevada.*

RYLIN

RYLIN SEGUIU XIAYNE para fora da estação de trem de Los Angeles, que tinha a forma de uma enorme concha e reluzia com um branco ofuscante ao sol da manhã. Ela ergueu a mão automaticamente para proteger os olhos, olhando para sua nova mala preta, que vinha rodando automaticamente atrás dela. Chrissa lhe dera aquela mala como um presente pelo seu estágio. Rylin estava tão animada que nem protestou com aquela extravagância.

— Tudo bem para você se formos direto para o set? As filmagens começam daqui a uma hora — disse Xiayne, olhando para Rylin. Ele vestia uma calça jeans e uma camiseta preta com uma única palavra em branco, porém a palavra se alterava constantemente, em ordem alfabética. Até aquele momento Rylin tinha visto de tudo escrito ali, de *brinde* a *paralelo*. Ela se perguntou quanto tempo a camisa demoraria para percorrer todo o alfabeto e recomeçar o ciclo.

Os dois haviam partido cedo de Nova York, às oito da manhã. Como a viagem para o outro lado do país demorava apenas duas horas, agora eram apenas sete da manhã em Los Angeles, o que dava a Rylin a estranha sensação de viajar no tempo.

— Claro — respondeu ela, rapidamente. Mal conseguira dormir à noite de tanta expectativa. Ainda não conseguia acreditar que estava indo trabalhar em um set de holografia de verdade.

Quando entraram num hover e partiram, Rylin colou os olhos na janela, enlouquecida de curiosidade em relação àquela cidade estranha. Ruas se espalhavam em várias direções, com seus edifícios iluminados e suavemente curvos. Rylin nunca tinha visto nenhum lugar como aquele, em que as pessoas moravam, trabalhavam e iam para a escola em um monte de diferentes edifícios; parecia desnecessariamente espalhado. Rylin esperava esse tipo de coisa das periferias, mas aquilo ali supostamente não deveria ser uma *cidade*? Tudo aquilo lhe parecia absurdamente ineficiente.

Eles passaram por um complexo de apartamentos de luxo, brilhantes e novos, com terraços glamorosos em cada andar. Mal tinha vinte andares, no entanto claramente havia sido projetado para pessoas ricas. Rylin não conhecia um único nova-iorquino rico que pagaria para morar em um andar tão baixo — que tipo de vista aquilo poderia proporcionar?

Seu apartamento estava no 32º andar e ela garantia que era mais barato do que qualquer coisa em todo aquele bairro.

— Bem-vinda a Los Angeles, a cidade dos sonhos. Linda, mas desesperadamente ilógica — disse Xiayne, como se lesse seus pensamentos. Ele parecia sarcástico e estranhamente orgulhoso. — Estou feliz por você ter vindo, Rylin — acrescentou, e as palavras viajaram agradavelmente pelo corpo dela. Rylin sorriu.

— Eu também. — De repente, ela se lembrou da insinuação cruel de Cord, do que ele disse sobre ela levar a categoria de puxa-saco a outro nível.

Ela se afastou um pouco mais de Xiayne no pequeno espaço. Ele não pareceu notar o movimento.

— Como as pessoas daqui se locomovem? — perguntou, curiosa.

— Por Demtas. — Diante do olhar confuso de Rylin, Xiayne apontou para cima, de modo que o teto do hover subitamente ficou transparente. — É uma sigla. Departamento Metropolitano de Trens Aéreos Subesfera.

O céu estava tomado por um sistema incrivelmente complicado e emaranhado de monotrilhos. Todos tinham uma brilhante cor de neon, e juntos pareciam um ninho cintilante de cobras. Bem acima deles, ela avistou a abóbada azul do céu.

Um rosto de palhaço de desenhos animados surgiu contra o fundo azul-celeste, projetado com as palavras MCBURGER KING! 2 HAMBÚRGUERES POR 1 NA SEGUNDA! Rylin tomou um susto.

— Ah, os anúncios da manhã já começaram? — Xiayne olhou para cima e deu de ombros. — Eles são projetados na Bolha.

Rylin já ouvira falar da Bolha. Na época em que era possível controlar a chuva por hidrópodes, quando o aquecimento global ainda era uma ameaça, o governo de Los Angeles quis evitar que a cidade se aquecesse demais. Dessa maneira, Los Angeles acabou sendo completamente envolvida por uma enorme cúpula de supercarbono, que a cercava por inteiro. Anos depois, quando a cúpula já não era mais necessária, a cidade se recusou a retirá-la. Talvez eles tivessem se tornado viciados demais na renda obtida com os anúncios publicitários, pensou Rylin. Ela pensou no projeto claro e impactante da Torre, tão diferente daquela cidade bagunçada, piscante e caótica, e estranhamente pegou-se com saudades dela.

— Chegamos — disse Xiayne, quando o hover parou diante de uma série de edifícios larguíssimos interligados que só poderiam ser os estúdios.

O estúdio de filmagem estava silencioso e vazio. Rylin deu uma rápida olhada no set: uma enorme sala do trono com colunas de mármore e uma pesada plataforma dourada. Claro: *Salve Regina* era um filme histórico, sobre a última monarca da Inglaterra antes de a Grã-Bretanha votar para abolir a instituição. As luzes diminuíram, depois aumentaram, então diminuíram novamente, como se alguém, provavelmente o diretor de fotografia, estivesse tentando aperfeiçoar a maneira como a luz iluminava algum detalhe específico. Rylin tentou absorver tudo aquilo antes de Xiayne virar à esquerda e atravessar uma parede...

Os olhos dela se arregalaram e então ela percebeu que não era nenhuma parede, mas um refletor de luz opaco, para esconder toda a bagunça do campo de visão das câmeras. Ela rapidamente o seguiu para os bastidores, um mundo de caos alegre e desordenado.

Carrinhos passavam por ali, carregados de secadores de metal e potes de maquiagem de cores brilhantes, além de desenhos engraçados de narizes, olhos e bocas, espalhados como braços e pernas abandonados. Câmeras de vários tamanhos e formas flutuavam, esquecidas, pelos cantos. Em cada pequena fatia de espaço havia uma variedade de pessoas abarrotadas — diretores de cena e assistentes em ligações frenéticas via lentes de contato, uma equipe completa de figurinistas verificando todos os detalhes dos trajes históricos e, claro, os atores e atrizes em sua plena glória maquiada.

— Seagren. — Xiayne agarrou o braço de uma jovem que passava, que tinha pele de ébano e o cabelo preso em um coque fino. — Esta é a Rylin, sua nova assistente. Rylin, Seagren vai ser sua chefe durante esta semana. Boa sorte para vocês duas.

— OK, obrigada. Como eu faço para... — *encontrá-lo mais tarde?*, Rylin ia dizer, mas Xiayne já tinha ido embora, sumido em meio à horda de gente barulhenta que lhe exigia coisas. "Certo, ele é responsável por toda essa produção", ela lembrou a si mesma. Ela não era o centro de sua atenção, nem de ninguém, na verdade. De repente ela sentiu saudades das últimas duas horas, quando eram apenas eles dois no Hyperloop conversando tão à vontade.

— *Você é a minha nova assistente de direção? Quantos anos você tem?* — Seagren torceu o nariz, cheia de dúvidas.

Rylin decidiu rodear aquela pergunta:

— Sou uma das alunas de Xiayne. Ele me convidou para vir trabalhar aqui — disse ela, deixando de lado, de propósito, a parte em que ela confessaria que tinha 17 anos. — É um prazer te conhecer — acrescentou, e estendeu a mão. Esperara que chamá-lo pelo primeiro nome ajudaria a lhe dar um tom mais profissional, mas Seagren simplesmente revirou os olhos, exasperada.

— Uma das alunas adolescentes. Que ótimo.

A equipe inteira parecia bastante jovem para Rylin; quase ninguém ali parecia ter mais do que trinta anos. Talvez isso fosse um resultado orgânico da própria juventude de Xiayne, ou talvez ele pensasse que ter uma equipe jovem fosse crucial para produzir um filme ousado e maneiro.

— Por onde devo começar? — perguntou a Seagren, ignorando a provocação.

A diretora de fotografia revirou os olhos.

— Por que você não organiza isso? — disse secamente, e abriu a porta de um closet enorme em uma das paredes.

Estava abarrotado com o que pareciam ser gerações de parafernália acumulada de outros filmes: peças antigas de câmeras, mesas de luz, adereços descartados. Rylin teve certeza de ter visto uma caixa velha de refrigerantes, com uma daquelas máquinas antigas. Uma fina camada de poeira cobria todas as superfícies.

Aquilo não era o que ela tinha em mente quando concordou em vir trabalhar como assistente de direção. Pensou que pelo menos ficaria no set — segurando equipamentos de iluminação, talvez, ou buscando café, mas de todo modo ali, observando a ação acontecer. Rylin olhou para o rosto de Seagren e viu que ela estava sorrindo um pouco, desafiando-a a questioná-la.

Eu vim de baixo, Xiayne tinha dito. Bem, Rylin também poderia fazer isso. Ela havia sido faxineira dos Anderton, afinal de contas; não tinha medo de arregaçar as mangas e pôr a mão na massa.

— Parece perfeito — disse ela, e entrou no closet escuro para começar a trabalhar.

* * *

    Horas depois, Rylin estava enfiada até o pescoço naquele closet impossível quando percebeu, com um sobressalto, que o set estava silencioso. Estava mais tarde do que ela tinha se dado conta; quando é que todo mundo tinha saído? Ela pegou sua mala, que ainda estava enfurnada em um canto, e começou a caminhar em direção à porta, pensando em voltar para o quarto que lhe tinha sido destinado no hotel onde estava hospedada a equipe.
    Tinha sido um longo dia, cheio de trabalho pesado atribuído por Seagren: organizar aquele armário maldito, entregar o almoço que era colocado nos carrinhos e caçar atores desgarrados nas salas de descanso, mas Rylin não se importara com isso, especialmente a parte de ficar com os atores. Ela adorava assisti-los, ajudá-los a repassar suas falas, fazer-lhes perguntas sobre as filmagens. Rapidamente percebeu que os atores eram os mais falantes de todos, ao menos quando você os deixava falar de si mesmos.
    Uma luz ainda estava acesa numa das baias de edição. Rylin hesitou, curiosa, depois caminhou até lá e bateu corajosamente na porta.

— O que você *quer*? — veio a voz irritada de Xiayne.

— Deixa pra lá — disse Rylin rapidamente, recuando. — Vou só...

— Rylin? É você? — A porta se abriu e mostrou Xiayne ali. Rylin teve a impressão de nunca tê-lo visto tão agitado. Ele estava descalço, o cabelo desgrenhado espetado para todos os lados. Havia uma mancha de ketchup em sua camiseta, que tinha congelado na palavra *ontem*. — Foi mal, pensei que fosse outra pessoa. Eu não queria ter sido grosso assim. — Ele não parava de tentar ajeitar o cabelo, que ficava caindo sobre seus olhos.

— Está tudo bem? — perguntou Rylin, e Xiayne suspirou.

— Na verdade, não. Estou revisando as tomadas de hoje e, para ser honesto... — Ele deu de ombros, constrangido. — Estão uma merda.

— Existe alguma coisa que eu possa fazer para ajudar?

Xiayne pareceu surpreso com aquela oferta.

— Claro. Venha dar uma olhada comigo. Você vai entender o que eu quero dizer — avisou ele. Quando ela puxou a cadeira ao lado dele, ele agitou o pulso, e a exibição das filmagens continuou.

    Eles assistiram por um tempo em silêncio. O resultado não estava assim tão ruim, Rylin decidiu, embora não fosse tão bom quanto os outros filmes de Xiayne. Ela tentou se concentrar em certas cenas e imagens, lembrando-se de que aquilo era apenas o material bruto, não o resultado final. A todo instante olhava de relance para o perfil de Xiayne. Os olhos dele brilhavam na escuridão; a luz cintilante do holo iluminava seu nariz forte, sua mandíbula decidida. Ocasionalmente seus lábios se moviam enquanto ele murmurava algumas falas junto com os atores:

— Beleza. Olha a primeira-ministra aqui — disse Xiayne abruptamente. — Ela precisa parecer mais importante... está prestes a denunciar a rainha na cena seguinte. Só que ela simplesmente desaparece nessa tomada, por causa desse terninho ridículo que escolhemos para ela usar aqui. — Ele levou a mão ao queixo, e seus olhos se estreitaram. — Eu fui intensificando a iluminação, mas o terninho azul-marinho absorve fótons como um buraco negro. Não tem *textura* nenhuma. O ideal seria refazer a cena toda, mas só temos a atriz por mais dois dias, e eu ainda preciso filmar a terceira parte...

Rylin levantou-se e caminhou em um círculo lento pela sala.

— E o vestido da rainha? — perguntou ela, depois de um momento. — Quando ela entra, ele reflete bastante luz.

Xiayne ficou em silêncio. Por um momento, Rylin temeu que tivesse ultrapassado os limites, mas em seguida ele girou o dedo, fazendo o filme pular até a entrada triunfal da rainha com seu elaborado vestido da realeza.

Rylin observou o rosto dele enquanto ele assistia a cena. Quando ele percebeu o que ela queria dizer, seus olhos se iluminaram com um fervor quase fanático.

— Você tem razão — disse ele, intrigado. — Aquela saia reflete a luz como um espelho. Olha como ilumina o rosto e as mãos da primeira-ministra.

— Dá para aproveitar isso? — pressionou Rylin.

— Vou isolar algumas dessas imagens, rastrear toda a luz ao redor da primeira-ministra e copiá-las para usar nas tomadas anteriores. Vai ser um trabalho de merda, mas sim, vai funcionar. — Xiayne levantou-se e esticou os braços para cima, depois deu um passo repentino na direção dela. — Rylin, foi uma ideia fantástica. Obrigado.

Por um momento, Rylin pensou, em pânico, que ele estivesse prestes a beijá-la. Seu estômago se contraiu num nervosismo enlouquecido, trêmulo, porque ele era seu professor e ela sabia que aquilo era errado, mas, mesmo assim, uma pequena parte dela desejou que ele o fizesse.

— Eu sabia que você tinha um talento natural. — Xiayne sorriu, depois esticou a mão para apanhar seu tablet, que estava na bancada atrás dela, e voltou à sua cadeira. — Vou pedir um café. Quer alguma coisa?

Rylin olhou para ele, assustada.

— Não, obrigada — gaguejou, para esconder seu alívio. Obviamente conviver com todos aqueles atores egocêntricos estava ferrando com a cabeça dela.

— Você devia tomar um também. Vamos ficar metade da noite aqui consertando isso. A menos que você não queira ficar — observou Xiayne, rapidamente. — Você já trabalhou muito mais do que o sindicato regulamenta. Mas se não se importar, seria legal contar com sua ajuda.

— Claro que eu fico — disse Rylin com firmeza, e empertigou-se na cadeira. — E, na verdade, um café seria ótimo.

— Maravilha. — Xiayne clicou no tablet algumas vezes para fazer o pedido, depois sorriu para Rylin quando a exibição das filmagens recomeçou.

AVERY

AVERY ESTAVA TAMBORILANDO com a caneta em seu tablet, com a testa franzida diante de um problema de física, quando ouviu uma batida na sua porta. Por um momento glorioso e terrível, pensou que poderia ser Atlas, antes que ela lembrasse que eles não estavam se falando. Além do mais, a batida de Atlas sempre fora mais alta e mais segura.

— Sim? — Ela se virou em sua cadeira, com uma perna cruzada sobre a outra.

Sua mãe estava parada na porta. Usava um vestido vermelho e preto com meia-calça e uma jaqueta preta curta.

— Eu só vim checar se você estava sabendo sobre o jantar — disse ela, sorrindo. — Sarah vai preparar costeletas.

Os olhos de Avery se arregalaram.

— O que estamos comemorando? Papai já descobriu qual vai ser o seu próximo projeto?

Costeletas genuínas, do tipo que não se fabrica em laboratórios, eram difíceis de encontrar e, mesmo para os Fuller, eram sinal de comemoração, de uma ocasião especial. Geralmente um novo projeto imobiliário.

— Atlas vai assumir oficialmente o trabalho de Dubai! Ele e seu pai já negociaram todos os detalhes — exclamou Elizabeth. Ela deu uma risadinha, como se a ideia de Atlas negociando salário com o seu próprio pai fosse muito divertido. Então, pensou Avery, isso explicava por que o humor dos seus pais andava ótimo nos últimos dias.

Ela sabia que isso aconteceria, mas, apesar disso, aquela notícia a incomodava, mais do que deveria.

— Eu gostaria de poder estar presente — disse ela de pronto. — Mas hoje na verdade é o aniversário da Risha, e todas nós vamos sair para jantar.

Sem chance que ela ficaria em casa com seus pais e Atlas, fingindo comemorar a notícia que ameaçava despedaçar seu coração já quebrado em pedacinhos ainda menores.

— Ah, mesmo? Você precisa ir? — insistiu Elizabeth, mas Avery não arredou o pé.

— É o aniversário dela, mãe! Desculpe.

Sua mãe finalmente assentiu e fechou a porta.

Avery entrou mecanicamente no banheiro para espirrar água no rosto; em seguida, apanhou uma toalha do higienizador UV para secá-lo. O chão ativado pelo toque era morno contra seus pés descalços. A bancada era enorme, revestida de mármore branco imaculado, sem uma única impressão digital ou mancha à vista. Ao redor dela só havia espelhos: espelhos curvos, espelhos planos, até mesmo um antigo espelho de mão que sua avó lhe dera em seu primeiro aniversário. Estavam posicionados em todos os ângulos, como se Avery pudesse precisar constantemente olhar-se a partir de perspectivas novas e inesperadas.

Normalmente Avery fazia os espelhos projetarem um oceano; ela odiava a maneira como sua mãe tinha decorado este banheiro tornando Avery o foco dele, da mesma maneira como Avery era o centro de suas vidas. Mas agora ela se inclinou para frente, apoiada nas mãos, e estudou seu reflexo. Um eu fantasmagórico, pálido e com olhos ocos, olhou para ela.

Ela assistiu ao fantasma digitar uma série de comandos para seu difusor de maquiagem e tornar Avery bela, aparentemente sem qualquer ajuda de seu eu verdadeiro. Ela fechou os olhos enquanto uma névoa fina era pulverizada sobre o seu rosto, instantaneamente iluminando as sombras ao redor de seus olhos, escurecendo seus cílios, destacando a arquitetura arrebatadora de suas faces. Quando olhou para cima, quase voltou a se sentir como Avery Fuller novamente.

Ela apanhou o frasco de cristal com o creme de jasmim e esfregou-a nos braços nus. Tinha sido um presente de Eris, que encomendava o creme de uma lojinha nas Filipinas e sempre cheirava assim. O aroma era calmante e tão dolorosamente familiar que fez Avery sentir vontade de cair no choro.

Eris teria entendido esse sentimento, Avery pensou: a sensação de que havia um vazio aterrorizante dentro de si, onde chacoalhava algo afiado e quebradiço. Provavelmente os cacos de seu coração. Eris teria abraçado Avery e lhe dito que ela estava melhor que todas elas juntas. Teria comido biscoitos com ela, escondendo-se do mundo, até que Avery se sentisse preparada para enfrentá-lo novamente.

Mas Eris não estava aqui, e Avery tinha de sair daquele apartamento se quisesse evitar ver Atlas hoje à noite.

— Compor flicker. Para Risha, Jess — hesitou um momento — e Ming. — Avery ainda se ressentia de Ming pela maneira como havia humilhado Eris em sua festa de aniversário, mas naquele momento ela queria um monte de gente ao seu redor, e Ming era o tipo de pessoa necessária em noites como aquela, ruidosa e disposta a qualquer parada, com um quê de dramática. Ming ajudaria Avery a evitar pensar em Atlas.

— Nós vamos sair hoje à noite. Caprichem no visual. Vejo vocês no Ichi às oito.

* * *

— O que está rolando? — perguntou Jess quando elas estavam sentadas a uma mesa no Ichi, poucas horas depois. Apesar do aviso em cima da hora, as três garotas haviam comparecido, como Avery sabia que fariam.

Avery remexeu nervosamente em seu vestido preto de corte a laser e estendeu a mão para o prato de tempurá de lagosta que estava na mesa diante delas. O Ichi era um restaurante de sushi moderno, antigo favorito de Eris, aninhado como uma joia opulenta no meio do 941º andar. Não tinha janelas externas, mas isso combinava perfeitamente com seu clima de boate: iluminação fraca, música techno e, especialmente, as mesinhas baixas que obrigavam todos a sentar-se no chão, em meio a pilhas de almofadas de seda vermelha.

— Eu só queria ter uma noite divertida com minhas amigas — disse ela, com um sorriso largo.

— Mas é quarta-feira — observou Risha.

— Estou evitando meus pais — decidiu admitir Avery. — Eles vão fazer um grande jantar de família em casa, mas eu estou chateada com eles e não estou no clima. Não quero falar disso — acrescentou ela, e Ming, que já tinha aberto a boca para fazer uma pergunta, relutantemente ficou em silêncio.

Um garçom apareceu com o restante do pedido: sashimi de enguia, tacos tartare, um enorme suflê de missô assado. Quando ele começou a depositar bebidas roxas brilhantes diante de cada uma das garotas, Avery levantou os olhos, surpresa.

— Nós não pedimos martínis de lichia.

— Eu pedi — declarou Ming, e se virou para Avery com um sorriso desafiador. — Vamos lá, você quer um também.

Avery começou a protestar. Não estava com *nenhuma* vontade de beber, mas pensou em Atlas, sentado lá com seus pais, brindando ao trabalho que ela nunca quis que ele aceitasse. Uma bebidinha não iria fazer mal. As garotas estavam todas olhando para Avery, aguardando sua decisão.

— Certo — disse ela, levando a bebida aos lábios.

— Vamos tirar um snap! — gritou Jess. Avery começou a se mover para o lado, como normalmente fazia. Ela odiava aparecer em snaps: não conseguia controlar o caminho que as imagens faziam pelos feeds, nunca sabia quem as via e, apesar de todo o seu esforço, havia muito mais fotos suas por aí do que ela gostaria. Mas, esta noite, algo a impediu. Talvez não fosse tão ruim se Atlas a visse com suas amigas. Quem sabe isso não começasse a instituir uma normalidade entre eles.

— Venha, tire um comigo — disse, e sua voz pareceu estranha até para seus próprios ouvidos. Ela se sentia cheia de ansiedade.

— É claro. — Ming apertou os lábios num sorriso anguloso enquanto as outras meninas se viravam e posavam, bem-treinadas. — Mas, Avery, você *nunca* quer aparecer nos snaps. Em quem você está querendo botar inveja? — perguntou Ming, desconfiada.

— Em todo mundo — disse Avery à vontade, e todas elas riram, até mesmo Ming.

Avery recostou-se e olhou ao redor da sala. Todo mundo ali era jovem e bem-vestido, a pele cintilando com o brilho ilusório da riqueza. Alguns garotos de outras mesas olharam para elas, claramente interessados nas moças de vestidos curtos e longos brincos reluzentes, mas ninguém ainda havia se arriscado a abordá-las.

— Risha. Fale mais sobre você e Scott — ordenou Avery, apenas para ouvir alguém falar.

Risha obedientemente relatou os mais recentes acontecimentos de seu namoro ioiô com Scott Bandier, um aluno do último ano na Berkeley. Avery se forçou a rir para que ninguém percebesse seu humor estranho. Se ela risse, sorrisse e assentisse o suficiente, não tinha como se sair mal.

Por dentro, sua mente se agitava de forma errática, flutuando de um tópico para o outro sem se decidir. Ela não conseguia se concentrar em nada, não conseguia pensar, ficava apenas remexendo os restos frios do suflê de missô. O caleidoscópio de luz e som passava sobre ela, atenuando a mágoa persistente do seu coração. Dava constantes goles na sua bebida, que Ming devia ter reposto em algum momento, embora ela não tivesse notado.

O grupo delas começou a aumentar. Primeiro chegaram duas outras garotas da turma, Anandra e Danika, que tinham visto os snaps e vindo participar. Então mais gente da Berkeley apareceu, aglomerando-se em torno do bar, pedindo os característicos martínis roxos e postando snaps nos feeds, o que atraiu ainda mais pessoas. Logo Avery tinha a impressão de que metade do corpo estudantil da Berkeley estava ali, espalhado pela pista de dança de madeira escura em grupinhos. Ela viu Leda em algum momento, mas, antes que pudesse ter certeza, três caras — Rick, Maxton e Zay Wagner — inclinaram-se na mesa delas.

— Zay deu um pé na bunda da Daniela, você tá sabendo, né? — sussurrou Ming, com uma piscadela fofoqueira.

De início, Avery não reagiu àquela notícia. Ela não saíra do lugar a noite toda, parecendo um pouco uma rainha reinando sobre seus súditos. Não que esta fosse a sua intenção. Ela simplesmente não estava dando muita importância a nada para se dar ao trabalho de sair do lugar.

Ming tinha razão. Por que não falar com o Zay? Ela não tinha nada mais que a segurasse. Não tinha mais Atlas, e isso não mudaria, não importava o que ela fizesse.

De repente, Avery lembrou que, sempre que Eris ficava arrasada depois que terminava algum namoro, ela se atirava violentamente e com todo o ardor num flerte com outra pessoa. Avery uma vez perguntou a ela por que fazia aquilo.

— Não existe melhor maneira de esquecer alguém — respondera Eris, com um sorriso largo e uma piscadela entendida.

— Zay! — exclamou Avery depois de um tempinho, levantando-se devagar, como Eris teria feito. — Como vai?

Zay pareceu se assustar com aquela atenção; afinal, ela o rejeitara meses antes.

— Bem, obrigado — disse ele, com cautela. Avery estava determinada a não ser ignorada. Ela ligou sua feminilidade na potência máxima e deu seu sorriso mais brilhante. O pobre Zay não tinha a menor chance.

Estava prestes a levá-lo para a pista de dança mal-iluminada quando alguém deu um tapinha no cotovelo de Zay.

— Tudo bem se eu interromper? — Cord segurou o braço de Avery e afastou-a suavemente. Zay ficou parado onde estava, quase a ponto de protestar, meio boquiaberto, como um peixe estripado.

— Nossa, essa frase foi meio clichê, até mesmo para você — acusou Avery, embora não se importasse. Ela na verdade não gostava de Zay. Só tinha se sentido estranhamente solta e desorientada, precisando de alguma coisa — qualquer coisa — que lhe desse firmeza.

Se Atlas a visse nos feeds, alegre, brilhante e divertindo-se, isso também não a incomodaria.

— E eu achando que você ia me agradecer pelo resgate.

— Zay não é tão ruim assim — protestou Avery, sem demonstrar muita convicção.

Cord riu.

— Eu não estava falando de *você*. Eu estava salvando *Zay* de outra decepção amorosa. Você é um pouco cruel às vezes, sabia, Avery? — disse ele, num tom leve.

Avery olhou para ele. Eles não se falavam desde a festa do fim de semana anterior.

— Eu não sabia que você viria para cá hoje.

— Eu não vinha mesmo, até ver todos os snaps.

— Cord — disse ela, sem muita certeza do que iria dizer para ele. Que ele não deveria ficar tendo ideias erradas sobre aquele momento no sofá da casa dele, que ela estava ferida e magoada e que era melhor ele se afastar dela... Mas, antes que pudesse formular algum pensamento coerente, ela soltou um soluço.

Cord riu. Avery sempre amou o jeito como Cord ria — quando ele ria *de verdade*, não o seu riso cínico e sombrio, mas o genuíno. Ele ria com todo o seu corpo, do jeito que costumava fazer quando eram crianças.

Antes que ela percebesse, eles já estavam dançando, e as mãos dele a seguravam pela cintura.

— Você ainda não vai me dizer o que está acontecendo, né? — disse ele finalmente.

— Eu estou *bem*. — Avery balançou a cabeça de modo enfático.

— Olha, eu não sei quem esse cara é, mas se você realmente quiser deixá-lo com ciúmes, precisa de coisa melhor do que Wagner.

— Como você sabia que é um cara? — perguntou ela rapidamente, sem saber que bandeira ela tinha dado.

Cord deu um sorriso triunfante.

— Eu não sabia, até agora. Obrigado por confirmar minhas suspeitas.

Agora foi a vez de Avery rir. Isso a fez se sentir surpreendentemente bem; quase normal de novo por um segundo fugaz, se podia existir algo de normal em um mundo sem Atlas.

— Vamos lá, você vai ter de se aproximar se realmente quiser enganá-lo — disse Cord, com a voz rouca.

Avery hesitou antes de passar os braços em volta dos ombros de Cord. Ele realmente era muito alto. Uma parte terrível e pecaminosa dela torcia para que alguém estivesse tirando uma foto e postando-a nas redes sociais. Isso seria bem-feito para Atlas. Então ela pensou em Atlas olhando para aquele snap, imaginando o que ele pensaria dela por procurar Cord imediatamente, de novo, e voltou a abaixar os braços. Cord não se abalou, simplesmente começou a rodopiá-la de uma maneira à vontade e amigável.

— Além disso, eu sou seu amigo desde a pré-escola — acrescentou ele. — Eu sei que você não chamaria toda a nossa turma para sair em uma noite de semana sem um bom motivo.

— Eu não chamei essas pessoas, elas simplesmente apareceram! — protestou Avery, percebendo um instante depois que ele usara a palavra "amigo". Uma onda de alívio a inundou. Eles se balançaram para trás e para a frente durante algum tempo, as luzes elétricas acima deles piscando languidamente de uma cor para outra.

Avery sentiu-se subitamente exausta. Tinha acontecido coisas demais — o desmoronamento de seu mundo, as lágrimas que tinha derramado, o fato de que Atlas realmente iria embora para o outro lado do mundo. Ela fechou os olhos e se permitiu o luxo de apoiar a cabeça no peito de Cord.

— Obrigada, Cord. Por tudo — murmurou, sabendo que ele iria entender.

Ele não disse nada, mas ela percebeu que ele assentia.

"Assim começa", pensou Avery, como se estivesse ajustando os ombros para ser capaz de aguentar uma carga incrivelmente pesada. Ela precisava começar a se recompor, pedaço por pedaço, porque esse era o começo de sua vida sem Atlas.

WATT

— **ACORDA, WATT** — sussurrou Nadia em seu ouvido quando o jato movido a hidrogênio onde eles estavam começou a descer.

Watt se mexeu e esfregou os olhos, um pouco irritado consigo mesmo por ter caído no sono naquele voo. Era a primeira vez que ele viajava de avião — a primeira vez que saía de Nova York, tirando aquela única vez em que a turma de ciências dele fez uma excursão ao museu espacial em Washington, antes que a última rodada de cortes orçamentários eliminasse coisas como excursões escolares. Watt olhou pela janela à sua esquerda e respirou fundo, sem perceber. Ele estava olhando para Nevada, que se estendia árida e descolorida até o horizonte. Era como olhar a superfície de algum planeta deserto. Que surreal pensar que normalmente ele ficava lá embaixo, acorrentado à superfície da Terra pelas restrições da gravidade.

Ao lado dele, Leda cruzou uma perna magra sobre a outra e fechou os olhos, brilhante, fria e indiferente.

Nadia, o que devo dizer para quebrar o gelo?

Eu não sei, Watt, não encontrei muitos precedentes na minha busca por um casal que fica se chantageando, dormiu junto uma noite e agora está indo para uma clínica de reabilitação, respondeu Nadia. *Encontrei um exemplo em uma série de holo, mas descartei dos meus dados por considerar não realista.*

Watt ignorou o sarcasmo, embora as conclusões de Nadia não fossem muito diferentes das dele. Ele não tinha ideia do que pensar em relação à situação com Leda. Aquela noite com ela tinha sido sombria, amarga, inconsequente e, para ser sincero, a transa mais elétrica de sua vida.

Ele não esperava ter notícias de Leda depois disso — ou pelo menos não esperava nada além de mais pedidos para que ele espionasse os outros.

Ficou chocado quando ela lhe mandou uma mensagem pedindo que ele a acompanhasse até Nevada para uma reunião com seu antigo conselheiro de reabilitação. Ela não ofereceu mais explicações do que um link para a passagem de avião.

Não existe a menor chance de ela confiar em mim o suficiente para confessar a verdade sobre Eris. Existe?, perguntou Watt a Nadia, sem de fato esperar uma resposta.

Eu diria que vocês não tiveram um grande começo, já que ambos disseram que se odeiam, disse Nadia, secamente.

Quando ele se lembrou da conversa de que Nadia estava falando — os dois estavam seminus, na cama de Leda —, Watt sentiu-se incomodado. *Pensei que tivesse te dito para sempre desligar quando estou em, hã, situações íntimas*, ele lembrou a ela. Ele transformara aquilo num comando tempos atrás. Alguma coisa a respeito de ter uma terceira pessoa na cama com ele era impensável, ainda que essa pessoa fosse apenas um computador.

Sim, mas você também ordenou expressamente que eu nunca desligasse quando Leda estivesse por perto, lembrou Nadia.

Por favor, retome o bloqueio em situações românticas, pensou ele, firmemente.

Acho que seria bom revermos a sua definição de romântico, *porque seja lá o que for que esteja acontecendo agora, acho que não se qualificaria assim.*

Você entendeu o que eu quis dizer, pensou ele, e se esticou um pouco mais em seu assento macio da primeira classe. *Sinceramente, Nadia, já estou esquecendo todos os comandos que eu lhe dei.*

Será um prazer fazer uma lista para você, com marcadores de quando os comandos foram feitos. Irritante como sempre.

Watt sabia que só precisava aguentar firme o fim de semana e depois seguir em frente com sua vida — e, no processo, tentar se divertir irritando Leda. Era o melhor resultado que ele poderia esperar àquela altura.

O avião pousou com um baque e o vapor subiu do sistema de combustível a hidrogênio como fumaça líquida, espalhando algumas gotículas na pista de pouso chamuscada abaixo. Watt lembrou que antigamente os aviões eram movidos a combustíveis à base de carbono, não de água. Que falta de visão, que desperdício.

Ele e Leda ainda não tinham se falado mesmo depois de entrarem na área de espera, onde flutuavam os robôs que traziam as bagagens. Leda inclinou a cabeça por um momento, ao receber uma mensagem na caixa de entrada.

— Nosso carro chegou — disse ela apenas, e se dirigiu para o exterior ofuscante. Ela se movia como uma bailarina: a postura ereta, os ombros para trás, os passos leves e rápidos como se o chão estivesse em chamas e não suportasse tocá-lo por um longo tempo.

Algo estranho dançava na periferia do campo de visão de Watt. Ele levou um momento para perceber que era a sua própria sombra. A iluminação solar na Torre era perfeitamente uniforme de todos os ângulos — ao contrário do sol real, uma única fonte concentrada de luz que, na verdade, movimentava-se ao longo do dia — portanto ele nunca via sua sombra dentro da Torre. Reprimiu a vontade de parar e observá-la.

Ele e Leda mantiveram o mesmo silêncio frio enquanto entravam no carro, cujo exterior de polímero fora definido para um azul-prateado brilhante, e entraram na via expressa. A linha empoeirada do horizonte brilhava a distância. Watt fechou os olhos e jogou xadrez mentalmente com Nadia. Ela estava com tanta pena dele que o deixou ganhar, pelo menos uma vez.

De repente eles viraram em uma estrada lateral com uma profusão exuberante de vegetação. Uma vila de construções de arenito estava centrada em uma enorme piscina, com uma cachoeira que fluía para cima — uma ilusão inteligentemente construída, Watt percebeu. Flores desciam em cascata sobre os telhados vermelhos, e palmeiras estendiam suas folhas para o céu.

Garotas caminhavam pelo lugar. Como Leda, todas elas tinham uma aura de riqueza e privilégio, mas um olhar oco e assombrado. Ao seu lado, Watt sentiu Leda enrijecer. Não admirava que ela não quisesse vir para cá, ele pensou. Apesar de parecer um spa moderno, provavelmente trazia de volta algumas lembranças que eram uma merda completa.

Ele não falou nada até que eles chegassem aos quartos, cada qual um chalé independente sobre palafitas de madeira em um canto distante, perto da piscina.

— Quartos separados? Eu pensei que eu iria fingir ser seu namorado — disse ele, levantando uma sobrancelha.

A pouca compostura que restara a Leda pareceu se esgotar com aquela observação. Ela destrancou a porta de Watt e o agarrou pelo colarinho da camisa, arrastando-o para dentro. Subitamente ela estava muito próxima, tão próxima que ele podia sentir a pulsação dela. Havia uma mancha microscópica de verde em um de seus olhos escuros. Watt nunca havia notado isso antes. Ele ficou olhando aquela mancha, perguntando-se de qual dos pais teria vindo.

— Vamos deixar uma coisa bem clara. Você veio para cá por um único motivo — disse ela. — Para tirar minha mãe do meu pé e me ajudar a passar nesse acompanhamento ridículo da clínica de reabilitação, de preferência com o mínimo de reabilitação real possível. Eu só disse aos meus pais que você era meu namorado para que eles aceitassem que você viesse para cá como um parceiro no lugar da minha mãe.

Por que Leda seria tão contrária à ideia de trazer sua mãe?, Watt se perguntou, mas depois decidiu que aquele era um assunto muito complicado. Melhor ficar abalando a compostura dela.

— Tem certeza de que este não é um programinha romântico no meio do campo?

— O que aconteceu no último fim de semana foi um erro bêbado que nunca mais irá se repetir e do qual nunca mais falaremos. Você vai *dar duro* neste fim de semana, sacou? Isso aqui não vai ser uma viagenzinha de férias para você. — A voz de Leda tremia de nervosismo.

Watt sorriu.

— Claro que vão ser minhas férias. Não é todo dia que eu sou coagido a voar para Nevada.

Nadia dirigiu sua atenção para um cronograma projetado na parede do chalé. *Ela adora yoga*, lembrou Nadia, provavelmente tentando ser útil, mas Watt sabia exatamente como Leda reagiria se ele sabotasse a sua amada aula de yoga.

— Agora, se você me der licença, eu gostaria de fazer uma aula de yoga à tarde — disse ele, indicando o cronograma com a cabeça.

— Não. Você *não* vai para o yoga comigo — ameaçou Leda, mas quanto mais ela protestava, mais Watt se determinava a ir.

A diversão estava apenas começando.

* * *

Mais tarde, depois de uma hora de yoga na tenda de meditação — que Watt passara sentado de pernas cruzadas, observando Leda fluir pelas posturas sem esforço, apesar das tentativas dele de distraí-la com ruídos —, os dois estavam na sala de espera do prédio principal. Watt cruzou um tornozelo sobre o joelho oposto e se pôs a balançar o pé com impaciência. Leda não parava de lhe atirar olhares, claramente irritada, então obviamente ele não parou.

— Só eu falo — arriscou ela, finalmente. — Você não precisa dizer nada. Apenas sorria, concorde e responda a qualquer pergunta que lhe fizerem do jeito mais breve possível. Lembre-se de que você é meu namorado companheiro e prestativo. Ah, e que sua irmã mais velha morreu tragicamente por causa do vício em drogas — acrescentou ela, quase como uma reflexão tardia.

Watt fingiu ofegar, escandalizado.

— Você inventou uma irmã mais velha para mim e depois a matou? Como pôde?

Leda revirou os olhos.

— Não me faça me arrepender de ter trazido você, Watt.

— Não se preocupe, eu já me arrependo o suficiente por nós dois — respondeu ele, alegremente, e justo naquele instante a porta se abriu e surgiu uma mulher esbelta e ruiva de jaleco.

— Leda, é um prazer vê-la novamente. — A médica estendeu a mão. Ela não usava nenhum crachá, mas isso não atrapalhou Watt, porque ele já sabia tudo sobre ela.

Hora do jogo, Nadia, pensou ele, e deu um passo à frente.

— Dra. Reasoner, Watt Bakradi. Eu sou o namorado de Leda. — Ele deu um sorriso encantador e apertou a mão dela enquanto todos se sentavam.

— Watt veio como meu parceiro, para garantir a minha responsabilidade no processo — se apressou em explicar Leda.

A dra. Reasoner franziu a testa.

— Leda, não existe nenhuma menção a um namorado em seus arquivos...

— Nós só começamos a namorar neste outono, depois que Leda voltou. — Watt esticou o braço para pousar a mão sobre a de Leda, que estava apoiada no braço da cadeira, e entrelaçou os dedos nos dela. Ela atirou-lhe um olhar carrancudo.

A dra. Reasoner inclinou-se para a frente, encarando-os com curiosidade.

— Como vocês se conheceram?

— Watt na verdade estava interessado em uma amiga minha, mas quando ele me conheceu, percebeu que éramos *muito* mais parecidos — disse Leda, sucintamente. Ela cravou as unhas na palma da mão dele. Ele transformou sua careta em um sorriso.

— Sim, lamento dizer que, como Leda, eu sou totalmente autocentrado e inseguro. É algo que estou tentando melhorar — declarou Watt, de maneira tão natural que a dra. Reasoner ficou olhando para ele, sem saber como reagir. Ele sentia Leda fervendo de raiva ao seu lado, a raiva dela se irradiando em ondas concêntricas.

— E, Watt, você entende o que significa ser um parceiro neste processo? — perguntou a médica depois de um momento, claramente decidindo ignorar aquele último comentário. — Que você deve ajudar Leda a continuar fazendo boas escolhas?

— Claro que eu entendo, dra. Reasoner — disse ele, baixinho. — Embora na verdade seja Leda quem realmente me ajudou. Mal consigo expressar a você a inspiração que ela foi para a minha irmã. Sabe, minha irmã sofreu de vícios incapacitantes durante anos...

— Sim, pobre *Nadia* — disse Leda ameaçadoramente, mas Watt ignorou a ameaça velada.

— Ela era viciada em xenperheidrina, álcool, atenção, tudo o que se possa imaginar. Leda foi um modelo incrível para ela, porque, é claro, Leda já foi viciada em *todas* essas coisas em algum momento ou outro.

— E como está a sua irmã agora? — perguntou a dra. Reasoner, com um interesse educado.

— Ela morreu — disse Watt num tom superficial, e lançou a Leda um olhar de satisfação, como se ela devesse estar orgulhosa dele por se lembrar daquele detalhe. Leda dava a impressão de que adoraria estrangulá-lo com as próprias mãos.

— Sinto muito em saber disso. Gostaria que pudéssemos ter tratado dela aqui — conseguiu dizer a médica, claramente surpresa. Ela pigarreou, pouco à vontade, e se virou para Leda. — Leda, você sentiu impulsos viciantes nos últimos meses?

— Não — respondeu Leda, rapidamente.

— Não por drogas ou álcool, pelo menos — interrompeu Watt, com uma piscadela exagerada.

— Bem. Eu gostaria de repassar o tratamento de acompanhamento que recomendamos aqui. — A médica hesitou, seus olhos se dilatando e se contraindo rapidamente, enquanto ela examinava duas versões diferentes de alguma coisa. — Acho que vamos usar o plano do parceiro, em vez do dos pais. No entanto, Leda, ainda assim eu acho que sua mãe vai querer ver o...

— É claro que devemos usar o plano do parceiro. Não vou a nenhum lugar — prometeu Watt, observando com um prazer descarado Leda cerrar os dentes e assentir.

* * *

Mais tarde, naquela noite, Watt estava deitado na enorme cama king size de seu chalé de inspiração mexicana, com uma quantidade absurda de travesseiros empilhados ao seu redor como cobertura de bolo cremosa. Estava sinceramente confuso por estar na cama sozinho. Não que ele de fato quisesse ficar com Leda, disse a si mesmo. Mas por que *ela* não queria ficar com ele?

Ele estivera muito certo de que eles ficariam juntos naquela noite. Depois da farsa hilária da reunião, que Leda o acusou de sabotar — "Tá brincando? Eu *salvei* a parada", ele se gabou —, eles recusaram a roda de compartilhamento de experiências (opcional, mas bastante recomendada) e foram comer no refeitório. Depois foram para o quarto de Watt para assistir a um holo infantil besta sobre um burrinho de desenho animado. Sentaram-se no sofá, não na cama, com bastante distância entre eles; no entanto, riram juntos tão à vontade que, pela primeira vez, Leda pareceu verdadeiramente relaxada.

Ele ficou chocado quando o holo terminou e Leda lhe disse boa-noite, depois se levantou e saiu pela porta. Agora aqui estava ele, sozinho no quarto mais luxuoso em que já havia estado, completamente desnorteado.

— Nadia, qual você acha que era a verdadeira intenção de Leda ao me trazer para cá? — perguntou em voz alta, intrigado.

— Eu chamaria isso de anomalia estatística, porém não existem estatísticas nesse caso — respondeu Nadia. — Estou feliz porque, pelo menos, você parece estar se divertindo. — Ela disse a última observação de modo meio ressentido, como se aquele não fosse o momento ideal de se divertir.

Um grito de gelar o sangue ecoou pela parede, vindo do quarto de Leda.

— Nadia, ela está bem? — gritou Watt, deslizando para fora da cama e tropeçando para a frente.

— Não existe nenhum feed no quarto dela — respondeu Nadia, porém Watt já tinha corrido descalço até a porta do chalé de Leda e começado a bater violentamente na porta. Um instante depois, Nadia se infiltrou no sistema computacional do centro de reabilitação e liberou o acesso para Watt, abrindo o ferrolho.

Leda estava retorcida no meio de um emaranhado de lençóis, os olhos fechados, a boca contorcida em uma careta. Gritava — um grito primitivo, sobrenatural, que fez Watt desejar cobrir as orelhas e se afastar. Ao invés disso, porém, ele correu para segurar as mãos de Leda, que se agarravam freneticamente às cobertas.

— Leda, está tudo bem, você está segura. Eu estou aqui — repetiu sem parar, esfregando os polegares nos pulsos dela.

Por fim, os gritos se tornaram gemidos e cessaram, e então Leda ficou imóvel. Seus olhos estremeceram lentamente, seus cílios espessos e úmidos contra suas faces.

— Watt? — perguntou, vagarosamente, como se não estivesse entendendo por que ele estava ali.

Watt não estava entendendo também. Ele soltou rapidamente as mãos dela.

— Você estava gritando — disse, impotente. — Era horrível, como se você estivesse sendo torturada. Eu só queria ter certeza de que você estava bem.

— Ah, claro. Você estaria é contente se eu estivesse sendo torturada — disse Leda, com voz rouca. Ela sentou-se e colocou o cabelo atrás das orelhas com um gesto rápido. Watt viu que ela estava usando uma camisola de seda branca. Era quase infantil, só que se colava, sugestivamente, aos contornos de seu corpo. Ele desviou os olhos.

— Em situações normais, sim, mas eu preciso pegar aquele voo para casa amanhã, e não tenho certeza se posso voltar sem você. — Watt percebeu que estava balbuciando. Havia uma pressão estranha no peito dele. Ele deu outro passo para trás. — Desculpe, vou deixar você dormir um pouco.

— Por favor, não vá — disse Leda rapidamente, com os olhos arregalados. Ela engoliu em seco. — Esses pesadelos... Por favor, fique só até eu cair no sono.

Naquele momento, ela não se parecia em nada a inimiga de Watt, a garota amarga e durona que o ameaçou e coagiu. A garota naquela cama era uma estranha, jovem, perdida e dolorosamente solitária.

Watt começou a arrastar uma cadeira para o lado da cama, depois hesitou. Sentar-se em uma cadeira ao lado da cama de Leda parecia de certa forma estranho, como se ela estivesse doente em um hospital. Que, ele percebeu, devia ter sido como ela viera parar neste lugar, para começar.

Seu olhar encontrou o de Leda, e ela inclinou a cabeça levemente em compreensão, afastando-se sem palavras para abrir espaço para ele.

Leda parecia muito quieta, e muito pequena, quando Watt deslizou para a cama e se enrodilhou nela. Ele escutou a respiração ofegante de Leda, subindo e descendo. Um nervosismo excitado subia e descia pelo corpo dela: Watt percebeu que ele era a causa daquilo e, notou, ficou feliz.

Ela se virou para encará-lo, de modo que ambos estavam deitados de lado, silhuetas gêmeas na escuridão. A única coisa que os separava era um raio de luar que entrava pela janela aberta. Ainda assim, Watt esperou. Ele se recusaria a fazer qualquer coisa, a menos que o primeiro movimento viesse dela, não importava o quanto aquilo fosse loucura, não importava o quanto ele estivesse louco de vontade.

Leda levantou o queixo e deu um selinho em seus lábios, hesitante.

Em seguida, ela se afastou.

— Isso continua não significando nada, OK? — sussurrou ela. Ainda que ele não conseguisse visualizar a expressão de Leda, Watt podia imaginá-la: sua testa franzida em determinação teimosa e orgulho feroz.

— É claro. Não significa nada — concordou Watt, sabendo muito bem que estavam trocando mentiras.

CALLIOPE

CALLIOPE ESTAVA NA base da famosa parede de escalada da Torre, uma enorme estrutura vertical que começava no piso 620 e abarcava quase trinta andares, ao longo do interior norte da Torre. Ela olhou para o relógio que brilhava constantemente no canto superior esquerdo de sua visão: ela nunca o desligava, pois preferia dar um mínimo de comandos verbais às suas lentes de contato. Não havia nada de romântico em murmurar "relógio" no meio de um flerte.

Quase cinco da tarde. Calliope tentou se resignar com o fato de que Atlas não viria. Quando ela casualmente lhe mandou um flicker naquela tarde para dizer que faria aquela escalada, pensou que era um plano brilhante. Ela se lembrava do quanto Atlas adorava escalar — ou pelo menos gostava antes. Mas ela estava começando a perceber que o Atlas de Nova York tinha menos em comum com o "Travis" da Tanzânia do que imaginara.

Calliope ajustou sua cadeirinha aérea de escalada e esfregou as mãos antes de alcançar o primeiro apoio e em seguida o segundo. Escalar sozinha por algum tempo poderia ajudar a desanuviar sua cabeça.

— Começando sem mim, Callie?

Calliope fechou os olhos, permitindo-se um breve sorriso de satisfação. Ela permaneceu presa onde estava na parede, apenas alguns metros acima de Atlas, e arqueou as costas muito de leve para olhá-lo.

— Que bom que você pôde vir! — gritou ela.

Atlas sorriu daquele jeito torto dele, levantando apenas um canto da boca, como se ele não estivesse totalmente comprometido com a decisão de sorrir. Entrou em uma das cadeirinhas aéreas de escalada e ergueu uma das alças sobre seu ombro largo.

— Desculpa, não foi fácil escapar do trabalho.

Calliope soltou-se da parede e a cadeirinha a segurou apenas alguns centímetros depois de sua queda, suspendendo-a no ar. Ela empurrou a sola de seus sapatos contra a parede e girou preguiçosamente, fazendo sua calça preta colante exibir sua forma longa e flexível.

— Seu chefe parece desnecessariamente rigoroso, tendo em vista que ele é seu pai — observou ela.

Atlas deu uma risada, concordando. Vestiu um par de luvas, segurando a segunda com os dentes, embora houvesse uma configuração de fecho automático.

— Um conselho: nunca aceite um emprego em que trabalhe para sua mãe. Porque é realmente uma droga trabalhar para os pais.

"Você ficaria surpreso." Calliope imaginou o que Atlas diria se soubesse da eficiência mortal com que Calliope e Elise trabalhavam juntas.

Atlas apertou alguns botões em uma tela e definiu a cor das alças para laranja — as de Calliope já estavam coloridas com a cor fúcsia, que era a sua marca registrada — e começou a subir. Ela esperou até que ele ficasse próximo antes de apoiar novamente as mãos e se juntar a ele.

A parede estava quase vazia agora. Havia um trio de escaladores a distância, mas Calliope mal conseguia ouvi-los, quanto mais vê-los. Parecia que ela e Atlas estavam sozinhos em algum monte remoto no deserto. O sol entrava pelas enormes janelas atrás deles.

Havia algo de extremamente reconfortante em praticar escalada, pensou Calliope, enquanto eles se arrastavam como besouros pela face íngreme exposta. Encontrar um apoio para as mãos, encontrar um novo apoio para os pés, subir, repetir. Os movimentos eram simples e descomplicados, mas precisavam de foco, não dando oportunidade para a mente vagar. Ela adorava a descarga de adrenalina que tomava conta de seu estômago à medida que ela ia subindo cada vez mais, o modo como seu corpo contraía-se ligeiramente pelo medo instintivo de que ela pudesse cair — embora, é claro, a cadeirinha aérea de escalada não fosse deixar isso acontecer. Seus ombros começaram a reclamar, com uma dor agradável. Ela definitivamente precisaria usar um travesseiro massageador no hotel esta noite.

Ao lado dela, Atlas balançava-se loucamente, como uma criatura saída do inferno. Ele dava saltos enormes e saltitantes, sem usar os apoios para mãos e pés, buscando tração desesperadamente. Mais de uma vez Calliope viu-o cair e ser apanhado em pleno ar. Então ele rangia os dentes e recomeçava aquela escalada furiosa novamente.

— Você tá ligado que a cadeirinha de escalada é um dispositivo de segurança, não um brinquedo? Isto aqui não é uma corrida. — O tom de voz dela era enganosamente despreocupado. Por que Atlas estaria tão inquieto?

— Você só está dizendo isso porque está perdendo — exclamou Atlas, vários metros acima.

Calliope abafou um sorriso e tentou se mover mais rápido, usando apoios menos seguros para os pés, as mãos ardendo, esfoladas, por baixo das luvas de tecnologia antiderrapante. Naquela altura elevada, a face da rocha estava coberta de pequenos cristais, para simular o Kilimanjaro ou o Everest. Os apoios de mão cor-de-rosa de Calliope destacavam-se contra a rocha com uma aparência particularmente ridícula. Ficou maravilhada com a iluminação que tornava o gelo quase azul e com os pequenos redemoinhos de cor que se soltavam dele a cada vez que ela os roçava.

Quando chegou ao topo, Atlas estendeu a mão para puxá-la para cima. Ela deixou que a palma da sua mão permanecesse na dele por um momento, absorvendo a sensação estranha, mas agradável, da mão dele segurando a sua. Quando ele a soltou, Calliope sentiu uma surpreendente pontada de frustração.

O teto assomava lá em cima, seus painéis solares de um tom azul quase turquesa, com fiapinhos de nuvens passando ao longo deles. Apesar dos cristais de gelo, era agradavelmente aquecido ali. Calliope desabou na superfície de cascalho e tomou um gole de água da mochila, com as pernas estendidas.

— Então — perguntou Atlas —, o que você acha da nossa montanha artificial?

— A escalada é melhor do que a da Torre de Singapura, e a vista definitivamente é melhor do que a do Rio — respondeu, apenas para lembrá-lo de como ela era cosmopolita e viajada. — Mas não é tão legal quanto uma escalada real. Afinal de contas, isto aqui não é a África.

Atlas estava recostado nos cotovelos, sua camisa cinza-claro úmida de suor. As expressões se sucediam rápido demais pelo seu rosto para que Calliope apreendesse todas elas. Desejou que fosse possível apanhar os pensamentos dele com as mãos e levá-los para algum laboratório para análise. O que ele realmente pensava dela? Será que a via como uma estranha, uma companheira de viagem, um equívoco? Ou como alguém que ele desejava conhecer melhor?

"Ele é apenas um alvo", ela se repreendeu. Não importava o que ele pensava dela, contanto que ela pudesse descobrir uma maneira de arrancar algo de valor dele.

— Não, não é a África — concordou Atlas, com certo tom de derrota ou algo parecido. — Mas nada nunca é.

— Você não tem vontade de voltar?

— Você tem?

Calliope hesitou. Um mês atrás, ela teria dito "talvez um dia", do jeito como sempre falava sobre os lugares em que já tinha estado. O problema era simplesmente que havia *muitos* lugares no mundo, muitos cantos que ela ainda não tinha conhecido, e Calliope sentia uma fome profunda e primitiva de conhecer todos eles. Era por esse motivo que ela sempre falava sobre o que já conhecia com certo toque de impaciência.

Mas havia algo de diferente em Nova York. Talvez fosse a energia que latejava logo abaixo da superfície, como uma pulsação ou uma batida de tambor. Especialmente agora, com a cidade imersa em um brilho dourado pré-feriado, havia uma magia tangível no ar.

Calliope descobriu que, ultimamente, estava vendo as pessoas pelas quais passava a caminho do elevador — aquelas de quem ela normalmente sentia pena, cujas vidas pareciam tão rotineiras e maçantes — com um carinho incomum. Tipo a garota que trabalhava na barraca de flores em frente ao Nuage, onde Calliope sempre parava para cheirar a frésia; ou o velho enrugado da padaria Poilâne, onde ela comprava um croissant quase todas as manhãs, porque, ao contrário de outras garotas da sua idade, não se dava ao trabalho de ficar contando calorias. Até mesmo aquelas pessoas de cabelos desgrenhados que cantavam músicas no elevador tinham se tornado estranhamente queridas para ela.

Nova York tinha algum apelo na alma de Calliope. Ela sentia-se afinada com a cidade, pensou. As duas tinham se refeito de forma dramática em suas encarnações anteriores, tornando-se resplandecentes, requintadas e únicas.

Contra isso, pesava o canto das sereias de todos os novos lugares que ela ainda tinha por explorar, as aventuras ainda à sua espera.

— Não tenho certeza — admitiu ela.

Atlas assentiu.

— Escuta — disse ele depois de um instante. — Estava querendo te pedir desculpas pelo último fim de semana.

— Não há nada para desculpar — protestou Calliope, tentando parecer sedutora, apesar de a frase ter saído meio tensa. Esta tarde não estava saindo do jeito que ela esperava.

— Para ser honesto, eu estava péssimo naquela noite. Acho que estou tentando dar um pedido de desculpas geral, no caso de eu ter feito alguma coisa pela qual eu precise me desculpar — explicou Atlas.

Quer dizer então que ele não se lembrava de nada. Estivera tão bêbado que provavelmente nem pretendia trazê-la para casa. Calliope sentira tanto orgulho de si mesma por finalmente ter emplacado algo com Atlas, mas na verdade aquilo não tinha significado nada.

Mesmo assim, havia uma coisa que ela queria perguntar, enquanto ela e Atlas ainda estavam à vontade e havia um clima de companheirismo, à luz da tarde.

— Atlas, estou curiosa... Por que você foi para a África? — Era uma pergunta que ela nunca tinha feito, em todos os meses que passaram juntos. Se ele respondesse honestamente, poderia fornecer algumas dicas sobre o motivo pelo qual parecia não querer Calliope.

Ele ponderou a pergunta com cuidado.

— Minha vida meio que estava uma confusão — disse ele finalmente. — É complicado. Havia mais gente envolvida.

"Mais gente" tinha jeito de ser uma garota. Aquilo explicava muita coisa.

— Você se comporta de maneira diferente aqui — disse ela, baixinho. Sabia que era um risco, mas queria dizer aquilo, de qualquer maneira. — Eu sinto falta do seu antigo eu.

Atlas lançou um olhar curioso para Calliope, mas não pareceu ficar irritado com o comentário.

— E você? Por que foi à Tanzânia? — perguntou ele. Nunca faça uma pergunta que você mesma não queira responder: essa era outra das regras principais de Elise, e Calliope sabia que deveria ter uma resposta cuidadosa e irreverente pronta. Mas, por alguma razão, tudo o que ela conseguia pensar era na Índia: naquela família despedaçada, no velho em seu leito de morte e Calliope ali, uma testemunha inútil a tudo aquilo, incapaz de fazer qualquer coisa. Sentiu-se repentinamente como se a verdade estivesse saindo pela sua pele como gotinhas de suor, percorrendo todo o seu corpo em filetes à vista de Atlas.

— Eu terminei um namoro bem mal — disse Calliope. Era uma desculpa esfarrapada, mas a melhor em que ela conseguiu pensar.

Ficaram em silêncio por um tempo. O sol caiu ainda mais no céu artificial. A mão de Atlas estava bem ali no chão, ao lado dela, atraindo toda a consciência de Calliope como um ímã. Ela queria senti-la sobre a sua novamente.

Sentindo-se inconsequente, ela estendeu a mão e a pousou em cima da dele. Ele se assustou com aquele gesto, mas não se afastou. Ela encarou isso como um bom sinal.

— Quando você vai para Dubai? — perguntou ela. Precisava saber quanto tempo ainda tinha para aplicar aquele golpe. Era uma contagem regressiva.

— Provavelmente vou ficar por lá em tempo integral depois da festa. Pelo menos isso é o que meu pai quer. — Atlas não parecia tão empolgado com a ideia. Calliope ficou na dúvida se ir para Dubai tinha sido ideia dele.

— Atlas. Você *quer* mesmo ir para Dubai?

Ele levantou um ombro, num gesto indeciso.

— Alguém realmente sabe o que quer? Você sabe?

— Sei — disse Calliope automaticamente.

Os olhos de Atlas encararam os dela imediatamente.

— O quê?

Ela abriu a boca para dar outra resposta vazia, algo na linha do "como eu poderia querer qualquer coisa, se minha vida é perfeita", mas descobriu que as palavras se transformaram em nada na sua boca. Estava cansada de dizer às pessoas exatamente o que pensava que precisavam ouvir.

— Ser amada — disse ela simplesmente. Aquelas poderiam ter sido as palavras mais verdadeiras que ela já havia dito em voz alta.

— Mas você já é amada.

Calliope soltou um suspiro.

— Pela minha mãe, com certeza.

— E por todos os seus amigos, na sua cidade — disse Atlas, insistente.

Calliope pensou novamente em Daera, a única amiga de verdade que ela tivera na vida, a quem havia abandonado sem ao menos dizer adeus.

— Para falar a verdade, eu não tenho lá muitos amigos — confessou. — É que... não faço amizades facilmente, acho.

— Eu sou seu amigo. — Atlas virou a palma da mão para que tocasse a dela e entrelaçou os dedos nos de Calliope. A mão dele era bastante firme e quente.

Calliope olhou para ele, mas Atlas estava olhando pela janela, para o lugar onde o sol estava se pondo abaixo da linha irregular formada pelos telhados e torres, uma chama carmesim incandescente. *Sou seu amigo*, dissera ele, mas um amigo que fica de mãos dadas.

Ele sentiu o olhar dela e se virou. Sua expressão abriu-se em um sorriso. Aquele sorriso estava bom o bastante por enquanto, pensou Calliope, ainda que não alcançasse os olhos dele.

AVERY

AVERY SE RECOSTOU contra a pesada porta do seu quarto, preparando-se para atravessar o corredor. Ao longo da última semana, aquela caminhada — dezesseis passos, ela os contara no outro dia — tinha se tornado uma forma distinta e peculiar de agonia. Ali no quarto dela ela estava segura, mas, assim que abria a porta, arriscava-se a topar com Atlas.

Perder alguém que se ama já era uma coisa angustiante, Avery refletiu, sem precisar da crueldade acrescida de topar constantemente com essa pessoa.

Parte dela ainda se recusava a acreditar que aquilo tudo não passava de algum pesadelo horroroso, que ela acordaria e tudo voltaria ao normal novamente — Eris ainda estaria viva, Atlas ainda seria dela e Calliope Brown estaria na África, onde era seu lugar. Ela daria qualquer coisa para voltar àquela noite horrível, só que desta vez ela manteria a porta do alçapão do telhado bem fechada.

Infelizmente, esse não era o mundo em que ela vivia, e Avery não podia ignorar o mundo real por tanto tempo. Atirando a bolsa de ginástica vermelha sobre um ombro, ela saiu para o corredor justamente no instante em que Atlas virou a esquina, saindo de seu próprio quarto e seguindo na mesma direção que ela, arrastando diversas caixas num carrinho atrás de si.

Avery teve a sensação de que seu corpo tinha sido subitamente congelado com criogenia. Não conseguia mover uma única célula, nem tampouco respirar.

— Você está indo embora — disse ela, no silêncio fraturado. Por algum motivo ela não imaginara que Atlas partiria tão cedo, pelo menos não antes da festa do fim de semana seguinte. Vê-lo no hall de entrada — cercado por todas as suas coisas, os olhos sombrios, vestindo o suéter marrom que ela sempre adorou — atingiu Avery com um sentimento de finalidade terrível. Era realmente verdade, ela pensou aturdida. Atlas estava indo embora e nem planejara se despedir dela.

— Na verdade, são apenas algumas coisas que estou mandando antes da viagem — explicou Atlas, e o pânico no peito dela diminuiu um pouco. — Papai me deixou escolher um apartamento na nova torre. Eu queria ter algumas das minhas coisas lá quando chegasse, sabe? — A voz dele era dura e mecânica.

— Faz sentido. — Ela não sabia mais o que dizer. Quando é que ver Atlas deixaria de doer? Talvez nunca. Ela se tornaria como aqueles amputados da época em que não era possível fazer crescer novamente as partes do corpo; seu relacionamento com Atlas seria como um membro fantasma que ela a todo momento tentava usar, apesar de já não estar mais ali.

Não importa se seria amanhã ou dali a um mês: ele acabaria indo embora. Avery ficou olhando para ele, pensando em todas as coisas que tinham sido um para o outro — todas as piadas que eles haviam compartilhado quando crianças, os segredos trocados; o modo como Atlas tinha sido o irmão mais velho legal, ajudando-a a enfrentar o ensino médio. E depois, claro, todos os beijos secretos e os *eu te amo* sussurrados do ano passado.

Agora ali estavam eles, sem nada para dizer um ao outro.

— Desculpe, estou atrasada para a aula de aquabike. — Avery puxou a bolsa mais para cima do ombro e seguiu para o elevador. A tensão no ar era tão densa que ela imaginou que pudesse vê-la, como gotículas de água, distorcendo sua visão.

Quando finalmente chegou ao estúdio de aquabike no Altitude, tirou as roupas com um suspiro audível de alívio. Vestindo seu antigo maiô do time de natação, rapidamente entrou na piscina cheia de água salgada recém-importada do Himalaia.

Pelo visto a aula de hoje estaria quase lotada, mas ainda havia uma bicicleta vazia num dos cantos da fileira da frente. Avery caminhou com a água até a cintura e levantou o assento para acomodar suas longas pernas. Seus olhos estavam se ajustando à escuridão do estúdio, que não tinha nenhuma iluminação além das luzinhas flutuantes que dançavam acima da superfície da água. Uma música tranquila, estilo spa, emanava de todos os alto-falantes, criando a sensação de que eles estavam na caverna de alguma sereia.

Nada disso seria capaz de relaxar Avery hoje. Ela continuava repassando mentalmente a conversa com Atlas, desejando ter dito algo mais do que simplesmente "faz sentido". Quase se arrependeu de não ter gritado com ele em vez disto, ou lhe dado um soco — qualquer coisa para aliviar a pressão das emoções que a percorriam de cima abaixo. Parecia que seu sangue havia se transformado em combustível e borbulhava, quente, à superfície de sua pele, queimando-a por dentro.

Um gongo soou para indicar o início da aula e um holo de uma mulher magra e bronzeada numa bicicleta apareceu na parede de tijolos em frente. Alguns dos homens e mulheres presentes na sala murmuraram algo às suas lentes de contato para se conectarem no quadro de competição.

Avery nunca havia feito isso antes, mas por que não?

— Pedal Board — disse em voz alta. Um ícone prateado com o número de sua bicicleta apareceu na parede, ao lado do de uma dúzia de outras bicicletas, todas elas movendo-se em uma corrida holográfica rumo à linha de chegada. O estúdio ecoava com uma batida eletrônica profunda.

Avery ganhou velocidade, as pernas batendo nos pedais enquanto ela lutava incansavelmente contra a forte resistência da água salgada. Tentou se perder no exercício, esforçar-se tanto que cortasse o suprimento de oxigênio para o seu cérebro. Pelo menos durante alguns minutos felizes ela não se torturaria pensando em Atlas.

O suor escorria pelas suas costas. Calos formavam-se em suas mãos nos pontos onde elas seguravam o guidão. Avery percebeu que estava pau a pau competindo pelo primeiro lugar com alguém da bicicleta de número dezoito, da fila de trás. Ela não sabia quem era, e se soubesse também não teria a mínima importância; ela só sentiu uma repentina e primitiva vontade de vencer. Era como se todos os erros e problemas de sua vida tivessem se cristalizado naquela corrida e, se ela não vencesse, estaria condenada a continuar triste daquele jeito para todo o sempre. Ela pedalava como se pudesse mudar as coisas — como se a felicidade estivesse bem à sua frente e, se ela fosse suficientemente rápida, seria capaz de apanhá-la. Sentiu gosto de sal, e não tinha certeza se era da água, de seu suor ou talvez de suas lágrimas.

Então tudo acabou e ela olhou para cima e quase chorou de alívio porque tinha ganhado: tinha derrotado por pouco a bicicleta dezoito. Saiu de sua bicicleta e abaixou a cabeça dentro da água, sem dar importância ao fato de que seu cabelo ficaria seco por causa do sal. Sentiu um desejo estranho e bizarro de chorar. "Estou uma merda", pensou ela, desesperada, e por fim conseguiu se obrigar a sair da piscina.

— Eu tinha a intuição de que era você. Na bicicleta sete? — Leda estava de pé no banco de madeira que cobria um dos lados do salão, com as mãos nos quadris estreitos.

— Era você que estava na bicicleta dezoito? — Claro que era Leda, Avery pensou, e de alguma forma não ficou surpresa.

Leda assentiu.

As duas ficaram ali paradas, imóveis como estátuas, enquanto o resto da classe rumava na direção da luz dourada do corredor. Nenhuma delas parecia disposta a dar o primeiro passo. Leda enrolou a toalha em volta da cintura, dobrando o canto em um sarongue improvisado, e de repente Avery notou a estampa azul-clara na borda da toalha.

— Essa toalha é do Maine — se ouviu dizer.

Leda olhou para baixo e deu de ombros.

— Acho que é. — Correu o dedo pela estampa por um momento, antes de olhar para Avery, com os olhos brilhando na luz fraca. — Lembra aquela vez em que fomos caçar vidro marinho porque queríamos dá-lo à sua avó? E aquela onda enorme me derrubou?

— Eu entrei na água correndo para te ajudar — lembrou Avery.

— Com seu vestido branco novo. — Leda expirou forte, e pareceu quase uma risada. — Sua mãe ficou puta da vida.

Avery assentiu, dividida entre a confusão e uma mistura de gratidão e dor causada por aquela lembrança. Ela havia perdido muitas pessoas ultimamente — Eris, Leda, agora Atlas. De repente, tudo o que ela queria era que aquele ciclo terminasse.

— Alguma chance de você querer um smoothie? — perguntou Leda, com muita calma, como se lesse sua mente.

O silêncio no estúdio ficou repentinamente ensurdecedor. Todos tinham ido embora, deixando para trás nada mais que o barulho suave das águas da piscina de água salgada lambendo as bordas e o piscar intermitente das luzes sobre a superfície. O holo na parede de tijolos à frente delas havia se apagado.

— Que tal uns tacos em vez disso? — A pulsação de Avery ainda estava acelerada por causa da aula, o rosto corado pelo esforço. Ela percebeu que, pela primeira vez em uma semana, sentia alguma outra coisa além do luto gritante; ou pior, daquela terrível dormência dolorosa. Queria desesperadamente preservar aquela frágil sensação de calor antes de voltar inevitavelmente à realidade.

Leda sorriu em resposta.

— No Cantina?

— Onde mais? — Avery não tinha certeza se aquilo era mesmo uma boa ideia. Não sabia mais como tratar Leda, depois de tudo o que havia acontecido entre elas. Seriam agora melhores amigas, inimigas ou estranhas?

Ela calçou suas sandálias estampadas com flores, determinada a descobrir.

LEDA

O CANTINA NÃO tinha mudado nada: continuava elegante e intimidador, com superfícies brancas tão imaculadas que Leda quase se sentia nervosa de tocá-las. Ela se lembrava de como ficara de olhos arregalados na primeira vez em que viera ali, no oitavo ano, com Avery e seus pais. Todo mundo era tão magro e bem-vestido que, na cabeça da Leda de treze anos de idade, pareciam modelos. Bem, alguns deles realmente eram.

Agora, ela e Avery subiram a escadaria branca ladeada por agaves azuis espinhosas e se acomodaram a uma mesa com sofá aconchegante para duas pessoas no andar de cima. As duas tinham tomado uma chuveirada e usado os cabeleireiros automáticos do Altitude antes de irem para lá. Agora que não estavam mais na quietude surreal do estúdio aquático, agora que pareciam seus eus perfeitos de sempre, Leda se perguntava se aquilo afinal teria sido uma boa ideia.

Avery a salvou, falando primeiro:

— Como anda você, Leda? — perguntou ela. Por alguma razão, a absurda formalidade da pergunta fez Leda sentir vontade de desatar a rir. Depois de todas as incontáveis horas que passaram juntas naquele mesmo restaurante, aqui estavam elas, agindo como um casal no pior primeiro encontro de todos os tempos. De repente, ela soube exatamente o que responder.

— Sinto muito — começou. As palavras saíram sem jeito; ela nunca tinha sido muito boa em pedidos de desculpas. — Por tudo o que fiz e disse naquela noite no telhado. Você sabe que eu não queria que aquilo acontecesse. — Não havia necessidade de esclarecer o que era "aquilo"; ambas sabiam. — Eu juro que foi um acidente. Eu nunca...

— Eu sei — disse Avery apenas, apertando as mãos ligeiramente debaixo da mesa. — Mas você não precisava agir como uma louca ameaçadora depois disso, Leda. Tudo teria se ajeitado se você tivesse sido sincera e dito a verdade.

Leda a encarou, sem expressão alguma. Às vezes, ficava chocada com o quanto Avery era delirante. Claro, se fosse Avery Fuller quem tivesse empurrado Eris da Torre, ninguém lhe daria mais do que uma bronquinha, mas a família de Leda não era nem de longe tão poderosa quanto os Fuller, embora agora tivessem dinheiro. Se Leda se entregasse, haveria uma investigação, provavelmente até mesmo um julgamento. Leda sabia que as provas eram graves.

O júri condenaria Leda por homicídio culposo. Diferente de Avery, que estava por natureza acima de qualquer punição. Ninguém jamais consideraria a ideia de mandá-la para a cadeia. Ela era simplesmente bonita demais para isso.

— Talvez — disse Leda, cautelosamente, esperando que aquilo fosse suficiente. — Eu também sinto muito por isso. Sinto muito por tudo que eu disse naquela noite.

Avery assentiu lentamente, mas não respondeu nada.

Leda engoliu em seco.

— Eris fez algumas coisas que me machucaram seriamente, umas coisas bem horrorosas. Eu não queria nem *falar* com ela, mas ela ficou insistindo, vindo atrás de mim, apesar de eu ter dito a ela para não me tocar. Mas, mesmo assim, jamais foi minha intenção...

— O que a Eris fez? — perguntou Avery.

Leda enfiou nervosamente o cabelo atrás das orelhas.

— Ela estava dormindo com o meu pai — sussurrou.

— *O quê?*

— Eu sei que parece loucura, mas eu os vi juntos, eu os vi se *beijando*! — A voz de Leda ficou descontroladamente aguda de tanto desespero que sentia para que Avery acreditasse nela. Ela respirou fundo e começou a contar toda a historinha sórdida: que seu pai vinha agindo de forma estranha, como se estivesse escondendo alguma coisa. Falou da echarpe da Calvadour que Leda havia encontrado e que vira o pai presenteando Eris com ela. Que ele mentiu e disse que ia a um jantar com um cliente, mas em vez disso Leda o viu jantando com Eris, de mãos dadas e beijando-se à mesa.

Avery ficou em silêncio com o choque.

— Você tem certeza? — perguntou, finalmente.

— Eu sei. Eu também não queria acreditar que Eris fosse capaz de fazer isso. Muito menos meu pai. — Leda não conseguia sequer olhar para o rosto de Avery agora, não conseguia lidar com o choque, o desgosto, que certamente estaria estampado ali, senão poderia cair no choro. Ela se ocupou tamborilando na superfície da mesa, a fim de fazer o pedido.

— Guacamole muito ou mais ou menos picante?

— Muito picante. E *queso* também — acrescentou Avery. — Deus do céu, Leda... Eu sinto muito. Sua mãe sabe?

Leda fez que não.

— Eu não disse nada para ela. — Avery, de todas as pessoas, entenderia o quão doloroso tinha sido aquilo, esconder um segredo tão grande de sua família; o quanto Leda se sentira pressionada por ele, o quanto ele a esmagara lenta e inexoravelmente, sem descanso, nem por um minuto sequer.

— Eu sinto muito. Isso é terrível. — Avery traçou um círculo na mesa limpa. Ela também não parecia capaz de fazer contato visual. — Como posso ajudar? — perguntou finalmente, olhando para Leda. Seus olhos estavam cheios de lágrimas.

Típico de Avery, pensar que poderia resolver todos os problemas do mundo.

— Você não pode resolver tudo, sabia? — disse Leda, enquanto uma bandeja flutuante girava para depositar o guacamole sobre a mesa. Era fresco e espesso, feito com abacates de verdade, não com os cubos de proteína de alga infundidos em abacate que eles preparavam nos andares medianos da Torre e chamavam de guacamole.

— Eu sei. Essa parte sempre foi tarefa sua. — Avery enxugou os olhos e suspirou. — Meu Deus. Gostaria que nunca tivéssemos brigado, para começo de conversa.

— Eu também! — concordou Leda. — Atlas não valia isso. Quer dizer, para mim não — tentou consertar.

Do outro lado da mesa, os olhos de Avery estavam muito azuis e muito sérios.

— Eu nunca o amei. Percebo isso agora — continuou Leda, corajosamente. Ela sabia que não era sobre isso que Avery desejava falar, que seria mais seguro evitar completamente aquele assunto, mas conversar era o único caminho para acertar as coisas entre elas. Leda imaginou suas palavras atravessando o espaço entre ela e Avery, como as pontes etéreas que construíam a si mesmas, molécula por meticulosa molécula. — Pensei que o amasse, mas era apenas... uma paixão. Eu me apaixonei pela ideia que fazia dele. Ou talvez eu devesse dizer que queria amá-lo, mas nunca consegui.

— Aquela noite nos Andes, quando Leda achou que tivesse se apaixonado desesperadamente por Atlas, parecia tão distante agora. Tudo na verdade não passara de hormônios e empolgação.

"Igual ao que você sente por Watt?", sussurrou uma voz dentro dela, uma voz que ela tentou desesperadamente silenciar. Não contara a ninguém que ela e Watt estavam ficando. Deus do céu, nem *os dois* falavam sobre isso! Mas, nos poucos dias desde que eles haviam voltado de Nevada, ele ia para o apartamento dela todas as noites. Ela nem sequer o convidara: ele apareceu na primeira noite e ela o deixou entrar sem dizer palavra pela porta dos fundos, e depois eles caíram juntos sobre a cama em um emaranhado de silenciosa e esmagadora necessidade.

Mesmo assim, Leda não deixara que Watt fosse longe demais. Ela aprendera essa lição do jeito mais difícil. Continuava se protegendo, querendo se preservar.

Porque estava começando a ter sentimentos por ele, e isso era algo que ela nunca esperara ter.

Comparado a Watt, o que havia sentido por Atlas era distante e infantil. Ela se deu conta de que já não estava nem aí se Avery namorasse ele. Ora essa, por que não? O relacionamento dos dois não era mais loucura do que qualquer outra coisa naquele mundo maluco de merda.

— *Você* o ama, não é? — perguntou, já sabendo a resposta.

— Amo — disse Avery, com uma pausa mais longa do que Leda esperava. Ela soltou um grande suspiro. — Mas ele me magoou de verdade.

— Por ter ficado *comigo*? — quis saber Leda, e imediatamente estremeceu diante da ousadia de suas palavras. — Isso aconteceu há tanto tempo, é uma história antiga — acrescentou ela, com mais tato.

Avery parecia quase não ter percebido aquela explosão.

— Não, não é isso o que... é que ele anda com outra pessoa. Alguém mais recente. — Os olhos dela voltaram-se para baixo. — Tenho certeza de que terminamos, para sempre.

— Você não está falando daquela garota do baile de gala, de vestido cafona e sotaque britânico, né? Qual era mesmo o nome dela, Catástrofe?

— Calliope — corrigiu Avery, com um arremedo de sorriso. — Eles se conheceram quando Atlas estava viajando pela África. Ela e a mãe acabaram de se mudar para cá.

— Não, sério. Ela conheceu Atlas do outro lado do mundo e agora está em Nova York. Que absurdamente conveniente. — A intuição de Leda foi atiçada de volta à vida. — Qual é a dessa garota? De onde ela é?

— Eu não sei. Ela estudou num internato na Inglaterra, acho.

— O que a página dela nas redes sociais diz?

— Para falar a verdade, eu nem cheguei a olhar — disse Avery, pensativa. Leda sabia o que aquilo queria dizer: Avery não quis olhar a página porque, assim que o fizesse, Calliope se tornaria real.

Ainda bem que Avery era tão bonita, pensou Leda, porque, de outro modo, este mundo a destruiria com sua crueldade implacável. Ainda bem que Avery tinha Leda para protegê-la.

— Deixe, *eu* vou olhar — ofereceu. — Calliope Brown, pesquisar nas redes sociais — murmurou para as lentes de contato. Quando encontrou a conta da garota, engasgou de espanto.

— Que foi? — perguntou Avery.

— Enviar link para Avery — disse Leda, e observou enquanto a página aparecia nas lentes de contato de Avery também.

A página de Calliope tinha sido criada poucos meses atrás. Havia fotos de Nova York, algumas da África e, antes disso... nada.

— Talvez ela seja novata nessa coisa toda das redes — disse Avery, mas até mesmo ela parecia desconfiada.

Leda revirou os olhos.

— Até crianças de dez anos têm uma conta! Isso é extremamente bizarro. É como se ela não existisse até conhecer Atlas neste verão.

Aquilo não era de jeito nenhum uma coincidência. Tinha algo estranho ali e, seja lá o que fosse, Leda estava determinada a descobrir.

Aquela decisão enviou uma onda de energia pelo seu corpo, uma renovação da confiança em si mesma — e a determinação feroz de resolver aquela história para Avery. Elas agora eram amigas de novo e, portanto, qualquer inimigo de Avery passava a ser um inimigo seu. Droga, ela continuava sendo Leda Cole, e ninguém machucava as pessoas de quem gostava!

A voz de Avery estava trêmula.

— Será que podemos mudar de assunto, por favor?

Leda assentiu, temporariamente deixando de lado sua busca por retaliação.

— E falar sobre o quê?

— Tipo o que está deixando você assim feliz e descontraída. É um garoto?

— Talvez. — O rosto de Leda ficou vermelho ao pensar em Watt.

Chegou o *queso* das duas, uma frigideira de queijo derretido coberta com cebolinha picada, e Leda aproveitou a oportunidade para mudar de assunto:

— Você primeiro. Do que mais eu não estou sabendo?

Avery serviu *queso* em seu prato com um chip de quinoa.

— De tudo. Esta festa de Dubai está sendo uma confusão, para ser honesta. Você precisa ver como a minha mãe está tensa...

Leda ficou ali sentada, ouvindo Avery abrir seu coração, sentindo que seu próprio coração começava a se expandir dentro do peito. Ela tinha retomado a amizade com a sua melhor amiga. E havia um garoto novo em sua vida — um garoto viciante, que a deixava confusa.

Tudo estava finalmente começando a se endireitar em seu mundo.

RYLIN

RYLIN CAMINHAVA PELA festa de encerramento de *Salve Regina* após o último dia de filmagens, sentindo-se glamorosa no vestido vermelho colado e sobre os saltos cravejados, sorrindo tão intensamente que pensou que seu rosto se quebraria.

Eles haviam alugado um bar numa cobertura para a ocasião, no último andar de um arranha-céu — bem, a versão de Los Angeles de um arranha-céu, que tinha míseros 104 andares. Mesmo assim, como nenhum dos edifícios dali era muito alto, o lugar tinha uma vista panorâmica da cidade e da brilhante placa de Hollywood a distância. Plantas exuberantes pontilhavam o espaço à meia-luz, que era todo cheio de curvas, superfícies douradas e espelhos.

Rylin perambulava satisfeita pela multidão. Os membros da equipe assentiam e cumprimentavam-na quando ela passava, o que a fazia sorrir ainda mais. Fora uma agradável surpresa a rapidez com que o elenco e a equipe a aceitaram em seu meio. Ela não tinha se dado conta do quanto aquilo criaria um vínculo instantâneo: trabalhar juntos, no mesmo lugar, por tão longas horas, com todos se esforçando para construir algo em comum.

Tinha sido uma semana incrível, ela refletiu, enquanto deslizava para um banquinho alto ao lado de Seagren e algumas outras pessoas da equipe de filmagem. Ela dava duro durante as filmagens, e depois ficava com Xiayne durante um longo tempo na sala de edição, até tarde da noite, cortando os pedaços de holo que desejavam manter e unindo os cortes uns aos outros como se fossem camadas de renda suave e transparente. Eles tinham varado a noite duas vezes, recorrendo a adesivos de cafeína e a batatas fritas às quatro da madrugada para se manterem acordados; depois voltando ao hotel ao amanhecer só para tomar banho e saindo correndo de volta para o set, onde começaram tudo de novo. Valera a pena. Rylin sabia que tinha aprendido mais com aquela semana de trabalho do que com um ano de aulas na escola.

Em volta dela, as risadas estavam ficando cada vez mais enlouquecidas, à medida que a noite ia passando e todos bebiam mais coquetéis preparados na hora. Rylin viu um dos atores coadjuvantes, o primo da rainha, amassando-se com a primeira-ministra num canto. A tiara usada por Perrie, a atriz que interpretava a rainha, tinha sido passada de mão em mão a noite toda: as pessoas a colocavam para tirar snaps bêbados e até mesmo Rylin enviara um para Chrissa, apenas por diversão. Perrie agora estava no centro da sala, ainda resolutamente vestindo o corpete de seu figurino, embora o tivesse combinado com uma calça preta de couro. Ela estava tentando liderar a multidão em um jogo de bebida, no qual lia trechos dos diálogos e todos tinham de adivinhar quem do elenco ou da equipe ela estava imitando, mas como todo mundo gritava alto demais, nada se ouvia.

Rylin inclinou o corpo para trás no banquinho, rindo, enquanto Xiayne se aproximava de sua mesa.

— Abram um espaço, vocês duas. — Ele estava vestindo uma camisa azul-marinho e jeans, além do habitual sorriso contagiante. O cabelo parecia desgrenhado, como se ele tivesse passado tempo lá fora, embora estivessem altos demais para ser isso.

Rylin e Seagren obedientemente deslizaram para o lado para criar espaço. Xiayne pegou dois coquetéis de toranja de uma bandeja que passava e entregou um deles a Rylin. Ela nem pensou duas vezes sobre o fato de que seu professor estava lhe dando uma bebida.

— Certo, desembuchem. Qual de vocês mais odiou a outra? — O tom de Xiayne era leve e zombeteiro.

Seagren fez um muxoxo ao tomar seu coquetel. Não era o primeiro da noite, e ela estava obviamente mais solta.

— Rylin me *odiava*.

— De jeito nenhum! Você foi uma chefe e tanto! — protestou Rylin, o que fez Seagren rir ainda mais.

— Eu fui uma megera, mas é assim que meu chefe me trata, então nada mais justo — disse ela, alegremente. — É o ciclo da vida e tudo o mais.

Um dos contrarregras aproximou-se e estendeu a mão para Seagren.

— Quer dançar? — perguntou ele, indicando com a cabeça o centro da sala, que estava se transformando em uma pista de dança bêbada e solta.

— Por que não? — Seagren segurou a mão do cara.

Rylin olhou para Xiayne. O olhar dele dançava maliciosamente sobre a multidão, claramente satisfeito com o caos agitado na pista de dança. De repente, ela teve a impressão de que ele era um garoto do ensino médio que estava orgulhoso por todos terem aparecido em sua festa.

— Então, Rylin. Ainda está feliz por ter vindo para cá? — perguntou finalmente, voltando-se para ela. Um pequeno redemoinho de sua tatuagem escapara do colarinho da camisa para serpentear até o pescoço, como a língua de uma chama. Rylin se forçou a olhar para o rosto dele.

— Foi incrível. Obrigada por tornar isso possível — disse ela.

— Obrigado a *você* por toda sua ajuda na área de edição. Você tem um olho incrível, um talento natural.

Ouviram um gritinho coletivo repentino do outro lado da sala. Todos tinham se apinhado ao redor das janelas, empolgados com alguma coisa.

— O que está rolando? — perguntou Rylin, mas Xiayne já tinha se levantado.

— É o primeiro anúncio, na Bolha, para *Salve Regina*. Eu achei que só fosse aparecer daqui a uma semana! Venha! — Xiayne agarrou a mão dela, fazendo um arrepio subir pelo braço de Rylin. Ela tropeçou atrás dele enquanto cobravam uma curva, até chegar a uma sala lateral. De repente tudo ficou muito silencioso e privado.

— Olha. — Xiayne apontou para o lugar onde o rosto de Perrie era projetado na Bolha, atirando seu longo cabelo escuro, glamoroso e bonito. *A realeza tem um preço*, dizia o slogan, em letras cursivas acima da tiara. Rylin ficou chocada ao pensar que usara aquela tiara há apenas meia hora, que ajudara a editar essa imagem de Perrie e que, agora, ela estava projetada sobre uma cidade cheia de pessoas.

— É incrível — ofegou ela.

Xiayne tentou não dar importância ao elogio, mas Rylin percebeu que ele estava animado.

— São apenas algumas imagens da produção, nada de mais — hesitou ele, e se aproximou da janela.

Rylin o seguiu, movendo-se tão para perto do vidro flexível que ela quase apertou o corpo contra ele. E pensar que cada bolinha brilhante era uma pessoa, todos envolvidos em suas próprias vidas dentro daquele mundo engraçado envolto em uma bolha. Quantos deles estariam olhando para cima agora, vendo o anúncio de um holo que Rylin ajudara a concluir?

Ela e Xiayne estavam refletidos no vidro flexível e suas silhuetas exibiam contornos esmaecidos contra o clarão. Eles pareciam espíritos esquecidos olhando para a cidade salpicada de estrelas lá embaixo.

— Você gosta da vista? — perguntou Xiayne. Rylin apenas assentiu, sem confiar nas suas palavras, e ele sorriu. — Eu pensei mesmo que fosse gostar. Este é o lugar mais alto de LA, sabe.

— Eu não sabia. — O coração de Rylin estava batendo com toda a força. De repente, ela desejou voltar à sobrecarga sensorial da festa, mas sentia-se estranhamente imóvel.

— Rylin — disse Xiayne em voz baixa, e colocou as mãos timidamente sobre os ombros dela. Ela observou, como se estivesse a uma grande distância, enquanto ele se inclinava e pressionava seus lábios aos dela.

Rylin não beijava ninguém desde Cord. Na verdade, não beijara ninguém na vida além de Cord e de seu ex-namorado, Hiral; portanto, de início, tentou retribuir o beijo, com uma combinação de curiosidade e lisonja. Gostava de passar o tempo com Xiayne. Tinha visto como todas as garotas do último ano o secavam, enviando-lhe olhares cheios de significado. Parte dela se sentiu estranhamente feliz em saber que, de todas as garotas da Berkeley, ele escolhera a ela, Rylin Myers, a talentosa estudante bolsista do 32º andar.

Então se lembrou do que Cord havia dito, o que ele insinuara sobre o interesse de Xiayne por ela, e de repente aquilo pareceu errado, completamente errado. Talvez Cord tivesse razão, e a única coisa que Xiayne desejasse fosse aquilo — agarrá-la a sós num canto escuro.

Ela se afastou e deu um passo incerto para trás.

O rosto de Xiayne era uma máscara de choque, perplexa.

— Rylin — gaguejou ele. — Me desculpe. Eu nunca...

— Você acha que eu tenho algum talento? — interrompeu.

Ele olhou para ela sem entender, assustado.

— Claro que você tem talento — garantiu, mas ela não tinha certeza se acreditava mais nele.

— Então, isso não foi apenas um jogo para você — disse ela lentamente. — Me trazer para Los Angeles, me deixar ajudar na ilha de edição... não foi só para ter... isso?

Xiayne passou a mão pelos cabelos.

— Puta que pariu, Rylin. Você acha que eu sou do tipo que contrata assistentes de filmagem só porque eu as acho bonitinhas? Não que você não seja bonita — acrescentou ele rapidamente. — Você é. Quer dizer, putz... — gaguejou ele de novo, e olhou para Rylin com um sentimento parecido com pânico. — Me desculpe, eu passei do limite. É que eu pensei que... bom, você é emancipada e...

Rylin deu um passo hesitante para trás. Uma parte dela registrou o que Xiayne estava dizendo, mas as palavras de Cord continuaram ecoando em sua cabeça. Ela não conseguiu evitar se sentir usada e ferida. Ao olhar para Xiayne agora, a única coisa em que Rylin conseguia pensar era que ele parecia um adolescente imaturo; um adolescente muito talentoso, claro, mas, no fim das contas, alguém com o desejo adolescente de que tudo fosse uma grande festa da qual ele fosse o centro.

Naquele momento, Rylin perdeu todo o respeito por Xiayne. Por si mesma também, por deixar tudo acontecer da maneira que tinha acontecido.

— Me desculpe — disse Xiayne novamente, mas Rylin já estava cambaleando para trás. Sentiu seu rosto queimar de vergonha. Ela precisava dar o fora.

Abriu caminho cegamente até uma multidão que estava perto da porta. Seagren e alguns dos outros membros da equipe estavam ali com Perrie, que parecia uma deusa moderna vestida com sua calça de couro, saltos e a enorme tiara falsa.

— Rylin! — gritou Seagren, mas Rylin a ignorou.

— Coitada... — ouviu Perrie comentar suavemente, quando ela já tinha quase dobrado a esquina. — Ela parece estar bem enjoada. Você acha que exagerou na bebida?

Rylin saiu correndo antes que pudesse ouvir mais alguma coisa.

CALLIOPE

CALLIOPE TINHA IDO a mais feiras natalinas do que seria capaz de contar — em Bruxelas, Copenhaguen e até em Mumbai —, mas nenhuma delas se comparava àquela, no Elon Park, 853º andar. Embora ela tivesse de admitir que uma grande parte do apelo do evento era simplesmente estar ali com Atlas.

De quando em quando ela olhava furtivamente para ele, imaginando por que exatamente ele a teria convidado para acompanhá-lo hoje: seria aquilo um encontro amoroso ou apenas a vontade de ter alguém que o ajudasse em suas compras natalinas? Calliope não fazia a menor ideia do pé em que as coisas estavam entre os dois desde aquele momento na semana passada, em que eles ficaram de mãos dadas no topo da parede de escalada e Atlas declarara, cheio de convicção, que era seu amigo.

Durante toda a semana eles trocaram flickers carinhosos, mas decididamente não românticos. Então esta manhã, quando Calliope acordou, viu uma mensagem de Atlas: *Callie, tenho um monte de presentes para comprar e você é a maior especialista em compras que conheço. Pode me ajudar?*

Claro que ela ajudaria. Tinha menos de duas semanas para concluir aquele golpe, antes que Atlas se mudasse para Dubai — a menos que ela resolvesse acompanhá-lo até lá, coisa em que não estava especialmente interessada.

Calliope sugerira que eles fossem às butiques dos andares superiores, mas Atlas insistiu para que viessem até aqui. Ela teve de confessar que o lugar era, com certeza, mais festivo. Luzes vermelhas e verdes flutuavam acima deles como pirilampos dançando. Todo o parque estava tomado de barraquinhas repletas de tudo que se possa imaginar, de quebra-nozes baratos e brinquedos de baixa tecnologia a joias caras e bolsas da Senreve, os modelos mais recentes que se encolhiam e expandiam, dependendo do que você colocasse dentro delas. Calliope apertou sua própria bolsa Senreve fúcsia junto ao peito. Suas botas esmagavam a neve sob seus pés, uma neve feita de fluido congelado, em vez de água, para que nunca derretesse ou sequer parecesse suja. Em vários cantos, a neve tentava se transformar em um pequeno boneco de neve, gerando automaticamente pequenos montes arredondados, com direito até a botões.

Ela e Atlas haviam comprado montes de presentes, que agora flutuavam diante deles em robôs carregadores. Aquela era uma feira de alto nível, mas não tanto a ponto de oferecer envio expresso para a residência do cliente, como as butiques. Calliope descobriu que não se importava com isso. Havia algo de prazeroso em ver as compras flutuando na frente dela, como se o seu próprio materialismo descarado estivesse impulsionando-a para frente por um cordão invisível, como o daquelas crianças em correias.

— Acho que descobri uma maneira de fazer Callie Brown ir a qualquer lugar. Basta enviar um robô repleto de sacolas de compras na sua frente que você inevitavelmente o seguirá — disse Atlas, como se lesse sua mente. Calliope riu por ter sido tão flagrantemente desmascarada.

— Estou feliz por você ter me arrastado até aqui — respondeu ela, recompensando-o com toda a força do seu sorriso.

— Eu também — disse Atlas, baixinho.

Viraram uma esquina e foram cercados por uma enorme multidão que se acotovelava em direção a uma das barracas. Calliope deu um passo para a frente, curiosa — ela nunca conseguiu resistir a estar no centro da ação —, mas a gritaria das crianças e os latidinhos entregaram o que era o motivo da confusão, antes mesmo que ela visse a placa de holo.

Aquela barraquinha estava cheia de filhotes de cachorros latindo, todos eles usando coleiras festivas verdes e vermelhas. Eram filhotinhos eternos, cachorros cujo DNA fora modificado para que nunca envelhecessem. Havia sempre protestos em relação a eles — algumas pessoas alegavam que não eram naturais, que era cruel privar qualquer ser vivo de uma existência normal e plena. Calliope não achava que parecia ser assim tão ruim, ser jovem e fofo por toda a sua vida.

Seus olhos foram imediatamente atraídos por um dos cachorros, um filhote de terrier elegante com a língua de um tom vivo de cor-de-rosa. Por um momento ela se permitiu imaginar-se levando-o para casa. Ela o chamaria de Gatsby, por causa daquele livro que lera no colégio interno em

Singapura, a única leitura escolar que já tinha terminado. Ela o levaria em sua bolsa e iria alimentá-lo com guloseimas e...

Ela soltou um suspiro involuntário. Uma garotinha estava pegando Gatsby e entregando-o ao seu pai. Calliope teve um desejo bizarro de gritar para eles pararem, para soltarem seu cachorrinho, mas sufocou aquele impulso. Não havia espaço para um cachorrinho na sua vida glamorosa e nômade.

— Tá tudo bem? — perguntou Atlas, observando seu rosto.

— Claro. Vamos andando. — Ela torceu para que ele não notasse o tremor em sua voz.

Atlas assentiu.

— Não sei você, mas eu preciso de uma pausa para o açúcar — declarou ele, lançando os olhos para o teto cinza tempestuoso acima. — Está programado para nevar em breve. Que tal um chocolate quente?

— Um chocolate quente parece fantástico — concordou Calliope, ainda surpresa por aquela estranha pontada de desejo melancólico.

Eles caminharam até a barraquinha de chocolate quente localizada sob o rinque de patinação no gelo — o destaque famoso do parque, suspenso a dez metros do chão. A área embaixo do rinque estava lotada, cheia de vendedores e turistas amontoados, suas botas sulcando a neve no gigantesco carpete prateado sob seus pés. Poinsétias vermelhas pontilhavam a barra a intervalos regulares de poucos metros.

— Dois chocolates quentes grandes, com marshmallow extra e chantili — pediu Atlas ao robô-atendente e se recostou para trás com um suspiro, satisfeito. A luz que vinha do alto era suave e esmaecida, filtrada pela enorme carga do rinque de patinação flutuante e pelos corpos dos patinadores.

Calliope deu uma risada, aprovando aquilo tudo.

— Você não faz nada pela metade, não é?

Os chocolates quentes dos dois chegaram e ambos polvilharam flocos de menta por cima.

— Obrigado novamente por ter vindo fazer compras comigo hoje. Não sei o que eu teria feito sem sua ajuda. — Atlas tomou um gole da bebida, deixando um bigode de chantili no lábio superior. Calliope decidiu não contar a ele. Queria ver quanto tempo demoraria até ele perceber.

— Você teria comprado presentes decididamente piores — declarou ela, e em seguida levou a mão à boca, quando percebeu que eles tinham se esquecido de alguém importantíssimo.

— Atlas! Não compramos nada para a Avery! — Ela ajudara a comprar presentes para os vários amigos e familiares de Atlas: lindos suéteres feitos a mão, cremes para as mãos perfumados e um fantástico iluminador a laser para a tia dele na Califórnia. Como podiam ter deixado de fora a irmã dele, especialmente quando se levava em conta que Avery representava a melhor oportunidade para Calliope se exibir? Ela se esforçou, analisando várias ideias de presentes e tentando determinar quais delas seriam raras e finas o bastante para impressionar a garota que, literalmente, já tinha tudo.

— Tudo sob controle. Eu já comprei algo para Avery. — Se não fosse esperta, Calliope teria imaginado que um breve constrangimento surgiu no rosto de Atlas.

— E o que foi? — perguntou, curiosa. Podia-se dizer muito sobre um garoto observando os presentes que ele comprava para sua família.

— Uma antiga gravura histórica, de Nova York trezentos anos atrás.

— Uma gravura? — Calliope franziu o nariz, sem entender.

Atlas tentou explicar:

— Tinta sobre papel. Você pendura na parede. É como uma foto instantânea que não se mexe.

"Papel", pensou Calliope, perdendo rapidamente o interesse. Francamente. Se Avery Fuller não fosse tão rica e bonita, ninguém iria querer ficar perto dela, porque ela era um tanto chata.

Um grupo do outro lado da barraquinha de chocolate quente começou a soltar gritos de viva. Calliope percebeu que todos usavam camisetas amarelas horrorosas. Deviam ser torcedores de futebol americano que estavam assistindo a um jogo em suas lentes de contato, cujo time provavelmente tinha acabado de marcar um gol.

— Você vai para a festa de lançamento das torres de Dubai, certo? — perguntou Atlas, quando se fez silêncio.

Calliope tomou um gole de seu chocolate quente para ganhar tempo. Era quente, cremoso e explodia em pequeninos bolsões de açúcar na parte de trás de sua língua.

Ela queria desesperadamente ir. Eventos como aquele eram um ótimo território para golpes, pois eram lotados e cheios de estranhos, e todos baixavam a guarda quando começavam a beber.

Além disso, parecia que seria uma festa daquelas.

— Eu não fui convidada — admitiu, observando a reação dele.

— Sério? Então você deveria vir comigo.

O peito de Calliope se apertou de expectativa. O que ele queria dizer com isso? Estaria Atlas a convidando como uma amiga ou como algo mais? Os olhos castanho-escuros dele, porém, estavam tão inescrutáveis como sempre.

— Eu adoraria — disse ela.

Quando saíram debaixo do rinque de patinação no gelo, Calliope descobriu que minúsculos flocos prateados estavam caindo de cima, prendendo-se ao cabelo de Atlas, acumulando-se nas mangas escuras do seu suéter. Neve artificial, feita por máquinas. Ela esticou a língua e deixou os flocos assentarem-se ali, frios e frescos, do jeito que costumava fazer em Londres quando criança.

Atlas reparou naquilo.

— Você sabe que são feitos de velério. Não se pode comê-los — disse ele, com uma risada abafada.

— Não estou nem aí — disse Calliope, decidida. Após o convite de Atlas, ela se sentia invencível. Como se um pouco de velério pudesse machucá-la, quando sua vida era tão encantadora!

— Calliope Brown, você não é nada parecida com as outras garotas que eu conheço — disse Atlas, ainda balançando a cabeça, divertido. Calliope decidiu encarar aquilo como um elogio.

* * *

Quando chegou em casa naquela noite, Calliope ouviu uma série de baques vindos do quarto de sua mãe, localizado na outra extremidade da suíte. Ela enfiou a cabeça pela porta e viu Elise sentada de pernas cruzadas no chão, dobrando uma pilha de vestidos de seda em uma bolsa hermética.

— Você chegou! Onde você estava? — perguntou Elise, olhando para a filha, mas Calliope sabia que a cabeça dela estava em outro lugar.

— Com Atlas. Na verdade, ele me convidou para a festa de lançamento em Dubai. — O olhar de Calliope ainda estava preso nas roupas espalhadas pelo chão. — O que você está fazendo?

— Apenas reorganizando minhas coisas. Vamos partir em breve — declarou Elise, no mesmo tom casual em que comentaria sobre o tempo.

— Quando?

Sua mãe atirou-lhe um olhar entendido.

— As coisas estão andando mais depressa do que eu esperava. Acho que Nadav vai me pedir em casamento. Dá pra acreditar, outro anel de noivado? E um anel daqueles!

— Ah. — Calliope pensou em Atlas, e na festa, e não soube o que responder.

Elise estava olhando para ela com curiosidade.

— Você não parece animada. Vamos lá, querida! — Ela riu um pouco, levantando-se e pegando a mão de Calliope para rodopiar a filha de leve. Calliope não riu junto com a mãe. — Você é quem está sempre tão ansiosa para ir embora! Vou deixar até você escolher o nosso próximo destino. Que tal Goa? Ou o Mediterrâneo? Seria ótimo uma praia, nesta época do ano.

— Eu não sei. — Calliope conseguiu dar de ombros, desanimada. — E se não partíssemos imediatamente?

Elise deu um passo para trás, e seus movimentos, além de sua voz, tornaram-se subitamente muito mais pesados.

— Você, de todas as pessoas, sabe que não podemos fazer isso, querida. Não podemos bancar a vida que estamos levando. O hotel está prestes a nos expulsar, nosso crédito está se esgotando em todas as butiques e você sabe muito bem o quanto ainda resta no nosso bitbanco.

Calliope sabia. Ela checara todos os bitbancos globais ainda ontem. Ficara chocada, todas as vezes, com o quão pouco dinheiro elas aparentemente tinham. Claro, estava tudo concentrado em roupas, joias e acessórios, pensou ela, olhando com olhos estreitados para o closet transbordante de sua mãe.

— Daqui a alguns dias encerraremos por aqui, quer Nadav me peça em casamento ou não — concluiu Elise.

Elas tinham vivido assim durante anos, e nunca aquilo havia realmente incomodado Calliope... até agora.

— Eu só queria que, pelo menos uma vez, nós pudéssemos ficar em algum lugar. Só por um tempinho — disse ela, quase num tom choroso.

— Ficar significa se apegar a pessoas, e não podemos arcar com isso, da mesma maneira que não podemos arcar com este hotel.

Calliope não respondeu. Sua mãe baixou a voz:

— É por causa do Atlas, não é? Olha, tudo bem se você não conseguir algo de valor dele. Você se esforçou, é o que conta...

— Ah, meu Deus, *pare*! — exclamou Calliope.

Elise calou a boca. Seu sorriso tinha congelado de um jeito engraçado, caindo de seu rosto em pequenos pedaços, quase como se estivesse se derretendo.

— Dá um tempo, tá legal? Você é a maior especialista do mundo em *mentiras*, mas nunca teve um relacionamento de verdade. — Isto saiu mais duro do que Calliope pretendia.

Ela pensou em Atlas — o seu jeito de sorrir, o calor sincero de seus olhos castanhos, a melancolia que parecia assombrá-lo, não importava o que ela dissesse — e sentiu uma estranha proteção em relação ao relacionamento, ou amizade, o que quer que fosse, que existia entre os dois. Descobriu que a ideia de roubá-lo não era tão atraente quanto costumava ser. "Ele provavelmente nem vai notar", lembrou ela a si mesma, mas esse não era o ponto.

— Eu não quero mais falar sobre esse golpe com você — acrescentou, baixinho.

Elise deu um passo para trás, com uma expressão magoada no rosto. Era o mesmo rosto oval que o de Calliope, a mesma testa alta e as maçãs do rosto fortes; apenas suavizadas pela idade e todas as cirurgias plásticas. Calliope teve a estranha sensação de estar olhando num espelho de parque de diversões, através de um rasgão no tecido do universo, para uma imagem de si mesma dali a vinte anos. E não gostou do que viu.

— Sinto muito. Eu não vou tocar nesse assunto de novo — disse Elise depois de um momento, com a voz tensa.

Calliope tentou assentir. Não conseguia se lembrar de ter um dia falado assim com a sua mãe; não conseguia se lembrar de ter discordado de alguma coisa com ela antes.

— Eu só não queria ir embora ainda, justamente quando as coisas estão começando a ficar divertidas. Eu quero ir a essa festa de Dubai com o Atlas. Ele vai ficar em Dubai depois disso. É minha última chance de conseguir algo realmente grande dele.

— É claro — cedeu Elise. — Se é isso que você quer, ficaremos até a festa. Ei — arriscou, como se tivesse acabado de ter aquela ideia. — Pode ser que eu vá também. Poderia ser divertido!

— É uma ótima ideia. — Calliope virou-se para atravessar a suíte em direção a seu quarto rígido e impessoal, com suas janelas frias, travesseiros bordados e o edredom branco cheio de frufrus que parecia algo saído de uma revista.

Ela era Calliope Brown, lembrou a si mesma, e novamente iria atrás do que queria. Mas, pela primeira vez, aquilo não parecia ser nenhuma conquista.

RYLIN

— **TODA A FAZENDA** foi concebida como uma enorme espiral de Fibonacci. Em seu pináculo, é possível olhar para baixo, ver todos os andares e perceber a simetria de tirar o fôlego dos planos... — matraqueava tediosamente o guia da excursão.

Era segunda-feira de manhã. Rylin tinha se esquecido completamente de que tinha uma excursão na aula de biologia hoje — só percebeu quando apareceu na escola e seu tablet imediatamente a convidou para embarcar no ônibus à espera. Rylin nunca tinha se importado em fazer aquela aula de biologia, mas agora, ali cercada por toda a turma de calouros, sentia como se aquilo fosse uma avassaladora injustiça. Aqueles caras tinham a idade de Chrissa! Por que a escola não a deixava simplesmente não cursar biologia?

Depois do fim de semana que acabara de ter, uma excursão era o último lugar onde ela desejava estar. Ela havia voltado de Los Angeles na manhã de ontem — remarcara a sua passagem para pegar o trem das cinco da manhã, sem se dar ao trabalho de comunicar a Xiayne aquela mudança. Sabia que ele receberia uma mensagem automática notificando-o da alteração da passagem e obviamente saberia o motivo que fizera Rylin adiantar a sua partida.

Ela ainda não contara nada a Chrissa sobre o que havia acontecido. Chrissa, que acreditava nela tão fervorosamente, que lhe presenteara com uma mala nova que elas não tinham condições de pagar e lhe dissera para ir atrás dos seus sonhos. Como poderia confessar à sua irmã caçula que ela estava tendo esperanças infundadas, que o professor dela não tinha tato nem visão e que tudo não passara de uma farsa?

Só de pensar nisso Rylin sentia vontade de derreter até se transformar em um maldito buraco negro. Devia ter ligado para a escola e dito que estava doente, ficado embaixo das cobertas na cama o dia inteiro e se isolado do mundo.

Em vez disso, ali estava ela, parada diante da entrada principal da Fazenda no 700º andar. Tal como a própria Torre, a Fazenda era uma palavra que denotava um único lugar; havia apenas uma fazenda em Manhattan, porque não havia espaço para mais de uma. Ela ocupava um pedaço imenso da Torre, espiralando-se pelo meio do prédio do 700º até o 980º andar. Cada um dos três mil terrenos agrícolas da fazenda era revestido de painéis solares e espelhos inteligentes, que mudavam de reflexivos para opacos dependendo da estação do ano ou da hora do dia, controlando a quantidade de luz que cada planta recebia até o ultimo fóton. A Fazenda estava constantemente em modo de colheita, o que significava que, não importava o mês, no mínimo algumas plantações estavam prontas para serem colhidas. Rylin ouvia sem prestar muita atenção enquanto o guia explicava que as culturas mais perto do topo do prédio estavam agora no outono, enquanto mais para baixo as condições climáticas mudavam e se transformavam naquelas da primavera, e robôs-carrinhos de mão moviam-se para cima e para baixo plantando sementes novas. Era o maior exemplo de cultivo em ambiente fechado no mundo, declarou o guia com orgulho.

— Não são tão boas quanto as do Japão, é claro, mas ninguém admitirá isso — disse uma voz ao lado dela, e instintivamente Rylin se empertigou, com o coração acelerado. Não esperava ver Cord naquele momento.

— Sentiu vontade de entrar de penetra na excursão do primeiro ano? — disse ela, sem entonação. Não tinha certeza do motivo, mas ver Cord ali a irritou, como se ele tivesse vindo com o único propósito de estragar o dia dela.

— Parece que você teve a mesma ideia brilhante. — Cord balançou o corpo para trás, erguendo o canto de sua boca de leve, como se resistisse um pouco a sorrir. Rylin não sorriu de volta.

— Infelizmente para mim, eu na verdade *curso* esta matéria. Nunca tive aula de biologia na minha antiga escola. Qual é a sua desculpa?

— Eu sou monitor, claro. Da turma do professor Norris. Pena que não estou com sua turma; eu teria me divertido corrigindo seus trabalhos.

— Você, monitor? — repetiu ela, surpresa. A turma dela tinha uma monitora, mas era uma garota quieta cujo nome Rylin nem sequer se lembrava. Nunca, nem em um milhão de anos, ela teria adivinhado que o outro monitor era Cord.

— Eu sei, eu sou tão devastadoramente bonito que ninguém desconfia que, na verdade, sou inteligente. Mas gabaritei a prova de seleção. — Cord sorriu. — Além disso, Rylin, você, mais que ninguém, deve saber que eu sou um especialista em biologia.

Rylin revirou os olhos e se afastou de Cord, como se quisesse ouvir o guia turístico. Não estava nem um pouco a fim de ser provocada agora.

— Nossa, tá tudo bem contigo? — perguntou Cord, indo para a frente dela.

Ante a preocupação na voz dele, Rylin se sentiu desmoronar.

— Na verdade, não. A semana foi longa e meio difícil.

— Quer sair daqui? — ofereceu ele.

— Podemos? — Pensar em escapar era tão dolorosamente atraente que Rylin nem sequer parou para pensar no que significava sair com Cord, sozinha.

— Desde que a gente não saia da Fazenda, não vejo por que não. Vamos lá.

Rylin seguiu-o através dos túneis de cultivo, passando por campos de espirulina e lagoas hidropônicas de espinafre folhoso, até chegarem a um grupo de elevadores cinzentos simples. As portas se abriram com facilidade para eles. Quando entraram, Cord pressionou um botão onde se lia 880 E ACIMA: APENAS RESIDENTES E PESSOAL DA MANUTENÇÃO. Olhou para cima e manteve os olhos abertos na direção do scanner de retina. Depois de um momento, as portas se fecharam com aprovação e o elevador começou a subir. Rylin ergueu uma sobrancelha, mas não comentou nada.

— Há um parque particular no meu andar, que faz parte da Fazenda. Todos os moradores têm acesso — explicou Cord, hesitante.

"Claro que tem", pensou Rylin, mas apenas assentiu. Seu tablet vibrou com um ping de Lux, e ela rapidamente apertou o botão para recusar.

O parque em que eles entraram a princípio parecia extremamente formal e francês, todo forrado de grama verde-esmeralda rente e parterres aparados que seguiam em direção a um estreito canal com projeto de paisagismo diferenciado. Em seguida, Cord os conduziu por uma parede de tijolos com um portão de ferro à moda antiga até chegarem a uma área do jardim que era claramente muito mais recente e menos cuidada. Rylin não tinha certeza do que ela esperara encontrar, mas com certeza não tinha sido isso.

— Aqui — disse ele, e sentou-se abruptamente no chão, embaixo de uma árvore enorme com galhos espalhados. Depois de um momento, Rylin sentou-se à sua frente e apoiou o corpo para trás, usando as palmas das mãos. Pensou ter ouvido rãs coaxando em algum lugar próximo, mas não viu água nenhuma. Lá em cima, o teto era de um belo azul artificial.

Era fácil esquecer que você estava dentro de uma torre de aço em locais como esse, cheios de vida, oxigênio e coisas vivas.

— Certo, Myers. O que tá pegando?

Ela não tinha certeza se queria tocar naquele assunto com Cord. Correu as mãos pelos braços, sentindo um frio repentino diante daquela lembrança.

Ele retirou o blusão da escola sem dizer nada e entregou-o para ela. Rylin aceitou com gratidão. Ela se lembrou da última vez em que usara uma peça de roupa de Cord, seu paletó, quando eles estavam em Paris e ele o envolveu cavalheirescamente ao redor dela, roçando as mãos nos seus ombros nus. Parecia ter sido há muito tempo.

— Obrigada — disse ela, vestindo o blusão. Havia um botão solto no bolso da frente. Ela brincou com ele sem pensar direito no que estava fazendo, sentindo o plástico frio contra seus dedos. Era bom saber que até os botões de Cord caíam.

— Desculpe por eu ter sido um idiota em relação a você ir para Los Angeles — disse ele, tentando puxar o assunto novamente. — Você me pediu para ficar feliz por você, e eu fico, de verdade. Sem falar que também me sinto realmente orgulhoso.

Rylin olhou para baixo.

— Deixa pra lá. Eu não tenho certeza se merecia ir.

— Como assim? Do que você está falando?

— Que você tinha razão. — Sentindo um rubor de vergonha surgir em suas bochechas, Rylin contou como Xiayne a beijou na festa de encerramento do filme.

— Puta que pariu, Rylin. Você está falando sério? Ele deveria ser demitido por causa disso. — Cord começou a se levantar, como se fosse confrontar Xiayne naquele instante. Rylin pôs a mão sobre a dele para imobilizá-lo.

Ante aquele toque, os olhos de Cord dispararam para olhar os dela, e ela rapidamente puxou a mão de volta, repreendida.

— Não — disse ela, lentamente. — Eu não quero que ele seja demitido. Foi uma mancada dele, mas ele não foi agressivo nem... forçou a barra. Foi simplesmente um idiota.

Cord a observou de perto.

— Mesmo assim, isso não é legal — disse ele, finalmente.

— Claro que não é. — Rylin se atrapalhou para encontrar uma maneira de explicar aquilo para Cord. Ela não estava brava com o beijo, mas sim magoada com o que aquilo implicava. Ela queria voltar a ser a aluna exemplar da aula de holografia, o prodígio cujo professor vencedor do Oscar convidara a ir até o outro lado do país para ser sua assistente só porque ela era extremamente talentosa, em vez de ser o que ela era agora: a assistente cujo diretor tinha dado em cima. Até mesmo *ela* sabia que aquilo era um clichê de Hollywood, e só havia passado uma semana por lá.

— Eu pensei que ele me queria lá de verdade. Mas, no fim das contas, você estava certo — disse ela, com voz cansada.

Cord se encolheu com a lembrança do que ele dissera.

— Eu lamento muito por estar certo.

— Não importa. Eu vou largar a aula.

— Você não pode desistir! — exclamou Cord. — Você não vê que, se fizer isso, vai deixar Xiayne ganhar a parada?

— Mas como posso olhar para ele novamente, depois do que aconteceu?

Cord deu um suspiro estranho, como se quisesse ficar frustrado com ela, mas não conseguisse.

— Há outra aula de holografia, no nível introdutório, ministrada por uma professora que sempre deu aula aqui. A turma é formada basicamente por alunos do primeiro ano, e provavelmente será muito lenta para você, mas é melhor do que nada. Se for preciso, você deveria pelo menos pedir transferência para lá.

Rylin murmurou um agradecimento e apanhou uma folha de grama, depois ficou esfregando-a, pensativamente, entre o polegar e o indicador.

— Eu só fico pensando, às vezes, se estudar na Berkeley não foi um erro gigante. Caso você ainda não tenha notado, eu não me encaixo aqui. — Ela riu, uma risada tão seca quanto as folhas que sussurravam acima deles.

— Não foi um erro. Você é talentosa. Nunca deixe ninguém fazer você pensar de outra forma — declarou Cord, com uma convicção de que a espantou.

— Por que você se importa, afinal? — Rylin se ouviu perguntar. "Depois do que eu fiz para você", pensou, mas não teve coragem de dizer.

Cord levou um instante para responder:

— Eu nunca deixei de me importar com o que acontece com você, Rylin. Mesmo depois de tudo o que aconteceu entre nós.

Eu nunca deixei de me importar com o que acontece com você. Isso significava que ele ainda se importava, mesmo agora, não é? Mas ele se importava como um amigo... ou como algo mais?

Cord limpou as mãos na calça azul-marinho de seu uniforme e levantou-se. Rylin entendeu que o momento terminara.

— Precisamos voltar. Não posso perder meu posto de monitor. É o único trabalho extracurricular nas minhas candidaturas para a faculdade — explicou, com um tom leve. Estendeu a mão para ajudá-la a se pôr de pé. O ponto onde a pele dos dois se tocou fez com que vórtices elétricos descessem pelas terminações nervosas de Rylin, até os dedos dos seus pés.

— Como assim, quer dizer que dirigir carros antigos nos Hamptons não conta? — brincou Rylin, e foi recompensada com um sorriso diante da lembrança compartilhada.

Durante o caminho de volta, um sentimento novo se formava em Rylin, suave e insistente, alegre e aterrorizante, mas ela não ousou analisá-lo muito de perto, com medo de estar enganada.

Enquanto o guia turístico continuava sua lenga-lenga, ela não parava de olhar furtivamente para o perfil de Cord, querendo entender o que tudo aquilo significava.

AVERY

NA SEGUNDA À tarde, Avery desceu do monotrilho em Nova Jersey e puxou o casaco azul ao redor dos ombros. Começou a caminhar até o Cemitério Cifleur, ignorando o hover solitário que detectou seus movimentos e começou a flutuar ao lado dela, piscando um esperançoso verde para indicar que estava livre. Avery precisava caminhar naquele momento. Acordou naquela manhã sentindo-se apática e vazia, com o travesseiro encharcado de lágrimas. Não importava o quanto se esforçasse durante o dia, toda noite ela se esquecia de que ela e Atlas tinham terminado e então era obrigada a acordar e lembrar-se da fria e dura verdade mais uma vez.

Sentia-se isolada e solitária, e, o pior de tudo, não podia nem sequer *conversar* com alguém a respeito. Pensou fugazmente em Leda, mas, embora elas estivessem fazendo as pazes, a coisa toda com Atlas ainda era recente demais para que Avery pudesse se abrir com ela. Como sentia falta de Eris!

Foi assim que ela tinha ido parar ali, no cemitério, vestindo seu casaco mais pesado e botas de caubói — as marrons com detalhes brancos que Eris sempre implorava para pegar emprestadas. Parecia de alguma forma apropriado. Ela atravessou os portões principais do cemitério, acenando para a câmera de segurança que estava instalada ali, e virou à esquerda, na direção onde Eris estava enterrada, no meio do jazigo da família Radson. Apesar de tudo que acontecera com o pai de Eris em vida, ele acabou conseguindo clamar a filha na morte, afinal.

Avery não voltava desde o enterro de Eris, depois do serviço fúnebre e do funeral que parecera interminável — a família havia alugado um lugar para eventos impessoal, uma vez que a mãe de Eris ainda estava morando nos andares inferiores da Torre e o pai dela, no Nuage. Àquela altura, as únicas pessoas que ainda estavam lá foram os pais e a avó de Eris, os Fuller... e Leda. Avery lembrou-se de como ficava de pé contra o vento forte, observando o padre baixar na cova uma urna minúscula contendo as cinzas de Eris, pensando que aquilo não poderia ser tudo o que restava de sua amiga expansiva e vibrante.

Ela pegou a trilha de cascalho até encontrar a lápide de Eris. Era lisa, sem nenhuma inscrição além do nome dela, até que você batesse no topo e um holograma se materializasse à sua frente, mostrando Eris sorrindo e acenando. Avery achava aquilo um pouco absurdo, mas, enfim, Caroline Dodd-Radson sempre insistiu em adotar o que estava na última moda. Inclusive no que dizia respeito a acessórios fúnebres.

Lágrimas fizeram os olhos de Avery arderem enquanto ela ficava ali, parada, desejando mais do que qualquer coisa que pudesse conversar com sua amiga.

"Então fale", pensou ela. Não havia ninguém por perto para ouvir, e que importância teria se tivesse? Ela retirou o cachecol, espalhou-o sobre a grama cortada, sentou-se e pigarreou. Sentia-se um pouco tola.

— Eris. Sou eu, Avery. — Ela imaginou a amiga sentada ali, com uma expressão divertida em seus olhos cor de âmbar salpicados de dourado. — Eu te trouxe umas coisas — continuou de maneira desajeitada, retirando os itens da sua bolsa, um por um. — Uma lantejoula dourada, daquele vestido que uma vez você me emprestou para uma festa de fim de ano. — Ela a colocou cuidadosamente sobre a lápide, deixando que refletisse a luz do sol de uma maneira que Eris adoraria. — Seu perfume preferido. — Ela borrifou o perfume de jasmim que Eris sempre costumava usar. — Seus bombons favoritos de framboesa da Seraphina's — acrescentou, desembrulhando um dos chocolates escuros e lisos, sem saber direito por que tinha trazido isso. Hesitou antes de colocá-lo na boca. Eris gostaria que Avery o comesse ali, com ela.

Começou a se inclinar para trás, mas sentiu um volume na bolsa.

— Ah, e a vela! — Avery remexeu na bolsa atrás de uma varinha de beleza, ligou-a no modo AQUECER e segurou-a com determinação diante do toco que restara da IntoxiVela que havia pegado na casa de Cord. Demorou um pouco, mas finalmente uma chama ganhou vida no minúsculo pavio dourado, dançando descontroladamente ao vento.

Avery apoiou-se nos cotovelos e olhou para a vela com as pálpebras entrecerradas, lembrando-se do que Cord havia lhe dito, que Eris é que tinha comprado aquela IntoxiVela. Eris tinha uma obsessão acumuladora com coisas brilhantes ou borbulhantes, sem falar em qualquer coisa que fosse mesmo que apenas ligeiramente proibida — e o risco de incêndio de acender uma IntoxiVela era um exemplo perfeito de ambos. O movimento da chama era rápido e caprichoso, como Eris.

Pequenos bolsões de serotonina subiam pelo ar à medida que a vela derretia. Avery sentiu sua consciência relaxando lentamente.

De repente viu Eris, sentada em sua própria lápide, tão à vontade quanto possível. Estava usando um vestido rosa cheio de frufrus, parecido com algo que uma garotinha usaria, brincando com as roupas de um adulto, e seu rosto estava brilhante e fresco, sem maquiagem.

— Avery? — perguntou, balançando os pés descalços. Seus dedos estavam pintados de um tom brilhante de prata.

Avery quis abraçar sua amiga, mas de alguma forma sabia que não lhe era permitido tocá-la.

— Eris! Sinto tantas saudades! — disse, fervorosamente. — Tudo está desmoronando sem você.

— Eu sei, eu sou a melhor. Mais alguma novidade? — disse Eris alegremente, com um daqueles sorrisos que pareciam dançar sobre seu rosto expressivo. Suas sobrancelhas perfeitamente arqueadas abaixaram quando ela viu a chama. — Você trouxe a IntoxiVela? Eu amo essa coisa!

Avery, sem palavras, entregou-lhe a vela, e Eris estendeu a mão para pegá-la, quase roçando a mão de Avery. Respirou fundo e seus olhos se fecharam em êxtase.

— Você conseguiu isso com o Cord, não foi?

— Ele disse que eu precisava mais da vela do que ele. — Avery olhou para baixo, oprimida por um súbito lampejo de culpa ao pensar naquela noite. Fora um erro ir até a casa de Cord. Talvez, se ela não tivesse feito o esforço tão óbvio de flertar com ele, Atlas não tivesse levado Calliope para casa, nem questionado o relacionamento deles, e eles nunca estariam naquela confusão torturante em que estavam agora.

— Então, o que é que tá pegando? — perguntou Eris. — É Leda?

— As coisas com Leda na verdade estão melhorando — disse Avery, hesitante. — Apesar de ela ter, eu quero dizer...

— Tudo bem. Nós duas sabemos que ela não quis me empurrar — disse Eris, gentilmente. Seus cabelos estavam soltos sobre os ombros, vermelhos e dourados como fogo líquido ao sol inclinado da tarde.

— Ela não quis fazer isso — repetiu Avery. — Está muito arrependida — acrescentou, sabendo que isso não ajudava, que nem de longe aquela desculpa era o suficiente.

Eris estremeceu, com uma expressão de dor no rosto.

— Há muitas coisas que eu deveria ter feito diferente naquela noite. Não é culpa de Leda. Mas chega — disse Eris, depressa. — O que está incomodando você, Avery?

— Atlas, na verdade — confessou Avery. Seu tom era cheio de significado, e um olhar de compreensão cruzou o rosto da sua amiga morta.

— Peraí. Você e Atlas? Sério?

Avery assentiu, e Eris soltou um assobio baixo.

— E eu que pensava que minha vida estava uma bagunça — disse, com uma mistura de simpatia e respeito. — Mas no fim das contas a sua é um desastre ainda maior.

— Isso não ajuda muito — observou Avery, com um sorriso. Eris continuava a mesma de sempre.

— Certo, então as coisas são um pouco complicadas...

— Um *muito* complicadas — corrigiu Avery, e Eris sorriu diante da tolice da frase.

— E daí? A vida é sempre complicada. Não deixe que outras pessoas se metam entre você e Atlas, se é isso o que você realmente quer. Aprendi isso da maneira mais difícil — acrescentou Eris, baixinho.

— Oh, Eris. — Avery sentiu um milhão de coisas ao mesmo tempo, culpa, luto e um arrependimento tremendo pelo que poderia ter sido. — Eu sinto tanto. Eu só...

— Quero dizer, vocês não são *de fato* parentes — continuou Eris, com aquela teimosia que costumava levá-la a se meter em tantos problemas. — Mande os inimigos se ferrarem, fique com Atlas, assunto encerrado.

— O problema é que Atlas e eu terminamos. Foi o melhor — disse Avery, sem convicção.

— Foi mesmo? Porque você está parecendo arrasada. Tome. — Eris estendeu a vela. — Cord tinha razão. Você precisa mais do que eu.

Avery percebeu que estava chorando. Lágrimas pesadas escorriam pelo seu rosto e caíam como chuva em seu suéter.

— Eu sinto muito — sussurrou. — Por tudo isso. Sinto muito por não ter estado ao seu lado, quando aconteceu tudo aquilo com sua família. E eu sinto muito sobre aquela noite...

— Como eu disse, não é culpa de ninguém, Avery — insistiu Eris.

— Foi *minha* culpa! Eu que abri o alçapão e deixei todo mundo subir para o telhado! Se não fosse por mim, nada disso teria acontecido!

— Ou talvez não tivesse acontecido se eu não tivesse subido lá para falar com Rylin, ou brigado com a minha namorada, ou tentado explicar as coisas para Leda, ou flertado com Cord, ou usado meus saltos mais altos. Nunca saberemos.

— Eu só queria que... — As coisas tivessem sido diferentes naquela noite, que ela tivesse percebido os sinais de que Leda não estava bem, que não tivesse dado aquela festa, em primeiro lugar.

— Você realmente quer fazer algo por mim? — disse Eris de repente, e seu belo rosto virou-se para o sol. Ela fechou os olhos. Seus cílios caíram em pinceladas grossas sobre suas faces. — Então *viva*, Avery. Com ou sem Atlas, aqui em Nova York ou na maldita Lua, eu não estou nem aí. Apenas viva e seja feliz, porque eu não posso mais. Prometa-me isso.

— Claro. Eu te amo, Eris — prometeu Avery, com o coração apertado. Aquilo saiu num sussurro.

— Também te amo.

* * *

— Avery?

Ela acordou com alguém sacudindo seu ombro.

— Você está bem?

— Cord? — Ela sentou-se sonolenta, esfregando os olhos. A vela tinha queimado até o fim, os bombons envoltos em papel cor-de-rosa estavam espalhados pela grama diante dela. Ela estremeceu e abraçou o próprio corpo com mais força. O ar estava muito frio ali, no exterior real, onde a temperatura não era regulada por um sistema mecânico. — O que você está fazendo aqui? Também veio visitar Eris? — perguntou.

— Vim ver meus pais — corrigiu Cord. Claro, ela pensou sem jeito, ela deveria saber. — Eu acabei mesmo de te pegar cochilando aqui, no *cemitério*?

— Não foi minha intenção! Eu estava conversando com Eris... — disse Avery, e imediatamente sentiu uma pontada de constrangimento; não era sua intenção admitir isso, era íntimo demais. Para seu alívio, Cord apenas assentiu, como se compreendesse exatamente o que ela queria dizer. —

Acho que peguei no sono — acrescentou ela, levantando-se e começando a reunir suas coisas.

Ela deveria ter ficado incomodada, pensou, com o fato de Cord parecer pegá-la em todos os seus momentos mais fracos: quando ela estava à beira das lágrimas no Baile da Associação de Conservação do Hudson, fazendo papel de idiota com Zay e, agora, dormindo no túmulo de sua falecida melhor amiga. Mas, talvez porque ela o conhecesse há tanto tempo, porque sabia que ele também não era perfeito, Avery não se importava.

Pensou em como Eris reagiu à notícia sobre ela e Atlas, como se não fosse algo assim tão terrível. Tinha sido apenas um sonho, mas mesmo assim... pela primeira vez, Avery se perguntou como seria compartilhar seu segredo com outra pessoa. O que diria Cord se ela contasse tudo para ele? Sentiria repulsa ou, de alguma forma, entenderia?

Passos soaram na trilha atrás deles e ambos se viraram assustados. Uma garota da idade dos dois estava ali, de cabelos escuros e franja. Ela vestia uma jaqueta pesada volumosa e jeans, e segurava uma única rosa branca. Um pouco tarde demais, Avery percebeu que ela não estava se movendo — que tinha parado diante da entrada, como se sua intenção fosse entrar na área do jazigo dos Radson, mas, ao ver Avery e Cord, tivesse mudado de ideia.

Antes que Avery pudesse dizer qualquer coisa, a garota deu meia-volta e saiu correndo, desaparecendo no ar como fumaça.

Avery tentou desconsiderar aquilo, dizendo a si mesma que não passara de uma coincidência, mas durante todo o caminho até a estação do monotrilho não conseguia afastar a sensação estranha de que alguém a estava observando.

WATT

NAQUELA MESMA NOITE, Watt estava no fim da primeira reunião de seu clube de matemática. Por sugestão de Nadia, ele havia tentado se inscrever em alguns clubes para melhorar seu currículo, embora o único que o tivesse aceitado num período tão adiantado do ano escolar fosse o de matemática — e apenas porque Cynthia era a vice-presidente. Ele se arrependeu de não ter feito mais coisas como aquela no ensino médio, em vez de dedicar todos os seus esforços a trabalhos de hacker.

Mas, ao contrário dos clubes extracurriculares, os trabalhos de hacker davam *dinheiro*, e, em sua família, era praticamente impossível recusar dinheiro.

— Valeu de novo por ter me deixado participar — disse ele para Cynthia enquanto saíam pelos portões principais da escola.

— Você deveria estar no clube já há muito tempo. Eu sabia que você era bom em equações diferenciais, mas não sabia o quanto — respondeu Cynthia, parecendo impressionada.

De nada, Nadia disse maliciosamente. Ela tinha calculado aquelas equações em velocidade recorde, embora Watt não precisasse dela normalmente. Ambos tinham ficado um pouco surpresos, na verdade, quando ele precisou pedir ajuda.

Desculpe por pedir seu resgate, disse Watt a ela agora.

Você estava pensando em Leda, não estava?

Apenas fazendo planos, respondeu Watt vagamente, embora ele nunca conseguisse esconder nada de Nadia por muito tempo. Ela estava certa.

Mesmo durante aquela sessão de matemática, uma parte de sua mente — uma parte que estava perigosamente perto do todo — ficava pensando em Leda, alternando entre fantasias de seu falecimento e fantasias de uma natureza decididamente diferente. Ele não entendia aquela fixação por ela. Como ele podia se ressentir de Leda, querer que ela pagasse por tudo o que tinha feito e ainda assim desejá-la tanto quanto ele a desejava?

Como queria ser mais como Nadia. Mais racional, menos inconsequente. *Falando no diabo...*, Nadia fez cintilar diante de seus olhos.

Watt olhou para cima e ficou sem palavras ao ver Leda em pessoa, encostada casualmente contra uma parede de tijolos nos limites da rede de tecnologia da escola, setecentos andares abaixo do dela. Usava calça preta de yoga que deixava pouco à imaginação, e seu rosto brilhava pelo esforço. O cabelo estava preso num coque alto, embora alguns cachos úmidos escapassem na altura de suas orelhas.

— Watt. Aí está você — cumprimentou com uma nota de possessividade que simultaneamente o encantou e o irritou. Sentiu vontade de beijá-la, com força, ali mesmo. Mas não fez isso.

— Leda — disse, devagar, para encobrir sua estranha mistura de sentimentos. — A que eu devo o prazer?

Ao lado dele, ele sentiu Cynthia ficar tensa ao ouvir aquele nome, olhando de um para o outro. Ele sabia o que ela estava pensando: então esta era a infame Leda, a garota que conhecia segredos demais de Watt.

— Eu preciso falar com você sobre um assunto. Em particular. — Os olhos de Leda miraram Cynthia. — Desculpe, acho que não nos conhecemos. Eu sou Leda Cole. Cynthia, certo? — perguntou, estendendo a mão, que Cynthia não apertou.

Como Leda sabia quem era Cynthia? Ele devia tê-la mencionado em algum momento, pensou Watt; ou então Leda andara lendo sua página nas redes sociais. Ele achou aquela ideia estranhamente agradável.

— Oi, Leda — disse Cynthia, sem se mover para frente. Ficou claro pelo seu tom de voz o que achava da outra garota. Depois de um momento, Leda baixou a mão estendida e virou-se para Watt.

— Vamos — comandou ela, e começou a andar, claramente supondo que ele iria segui-la. Watt olhou de novo para Cynthia.

— Desculpa, eu tenho que...

— Claro, a rainha vagabunda o convoca — disse Cynthia, azeda, em voz baixa demais para Leda conseguir ouvir. — Vai lá.

Watt não hesitou. Cynthia iria perdoá-lo mais tarde, mas Leda jamais o faria. Ele correu para alcançá-la.

— Você não precisava fazer aquela cena — disse ele, embora por algum motivo tenha achado um pouco divertido. Talvez estivesse ficando acostumado demais a estar com Leda Cole.

— Desculpe se eu dificultei as coisas com a sua namorada — disse Leda bruscamente.

— Eu já lhe disse antes, ela não é minha namorada.

— E *eu* já lhe disse antes que não me importa. — Ela nem olhou em sua direção quando dobrou a esquina, na direção da casa dele. Watt ficou um pouco surpreso por ela querer ir para sua casa hoje à noite, e ainda mais surpreso que ela soubesse se localizar por aquelas bandas.

— Olha, se queria que eu fosse até sua casa, era só ter deixado um recado — disse ele, sua cabeça já antecipando o que seus pais diriam quando eles entrassem juntos. Embora já tivessem conhecido Leda. Afinal, eles pensavam que ela era uma colega de classe.

Leda riu.

— Eu não vim aqui para *isso* — disse ela, e ele adorou a maneira como ela disse "isso": como se quisesse desprezar a ideia, mas não conseguisse.

— Preciso que você investigue alguém para mim — continuou Leda. — Faz tempo que queria lhe perguntar a respeito dela, mas, sabe como é... — Ela deixou a frase no ar, sem jeito.

— Mas eu fico te distraindo. — Ele sorriu ante o desconforto dela.

— Não fique todo convencido.

Eles se aproximaram da porta da frente da casa de Watt. Ele hesitou e olhou para Leda.

— Será que você poderia dizer aos meus pais que veio para cá para fazer um trabalho da escola, e...

— Relaxa, Watt. Não sou uma frangote nisso.

— Eu não sei o que isso significa — respondeu, enquanto abria a porta. — Que diabos é uma frangote?

Leda encolheu os ombros.

— É um velho ditado — disse ela com desdém, e seguiu-o pelo corredor. Sua expressão transformou-se de sarcasmo exasperado em um sorriso brilhante.

— Sra. Bakradi! — exclamou ela, dando um abraço na mãe de Watt. — Como vai a senhora? Estava mesmo querendo trazer isso para Zahra. Eu a encontrei quando estava limpando algumas das minhas coisas antigas.

Para o espanto de Watt, Leda enfiou a mão na bolsa e tirou de lá um cavalinho. Apertou um botão e o cavalo começou a correr pelo chão.

Caramba, como ela mandava bem, pensou Watt com um respeito relutante.

Quando finalmente estavam no quarto de Watt, com a porta fechada, Watt olhou para Leda. Ela já tinha reivindicado um lugar em sua cama, cruzando as pernas com ar de dona do pedaço.

— Como você sabia que Zahra está em uma fase de cavalo? — perguntou, desconfiado.

— Sua mãe me disse da última vez que estive aqui. — Leda revirou os olhos. — Sério, Watt, esse seu quant fez você ficar imperdoavelmente preguiçoso. Você *ouve* o que as pessoas dizem?

— Eu ouço você — respondeu, pego de surpresa pela constatação.

— Acho que não — disse Leda, num tom leviano. — Nadia está ligada?

Por um momento, Watt pensou que estivesse sonhando; ainda era surreal ouvir alguém falar de Nadia.

— Estou sempre ligada — respondeu Nadia, projetando a voz pelos alto-falantes. Ela parecia ligeiramente ofendida.

Leda assentiu, como se não fosse uma surpresa.

— Nadia — disse ela, com um tom respeitoso que nunca usava com Watt. — Poderia, por favor, pesquisar alguém por mim? O nome dela é Calliope Brown. Ela tem a nossa idade.

— Procurando agora — respondeu Nadia.

Watt sentia-se cada vez mais aborrecido. *Você está facilitando demais para ela.*

Ela pediu com educação. Ao contrário de você.

— O que exatamente estamos querendo descobrir? — Watt afundou-se na cadeira de escritório e esticou os braços para cima, tentando não pensar em como Leda estava perto, nem no fato de que ela estava tão casualmente sentada ali em seus lençóis.

— Não tenho certeza — confessou Leda. — Mas tem alguma coisa errada em relação a essa menina, disso eu sei.

— Estamos baseando isso num palpite seu?

— Pode rir o quanto quiser, mas meus palpites são certeiros. Afinal, eu tinha um palpite de que havia algo de errado em você, e acertei, não foi?

Watt não tinha nem o que dizer quanto a isso.

Leda se inclinou para frente quando os resultados da pesquisa de Nadia preencheram o monitor. Havia uma Calliope Brown registrada na Torre, no andar 473, uma mulher mais velha com um sorriso estreito.

— Não, não é ela — disse Leda, decepcionada.

Watt franziu a testa.

— Nadia, você pode ampliar a busca para os Estados Unidos?

Eles passaram por dezenas de rostos e expandiram a busca internacionalmente, mas Leda apenas balançava a cabeça, impaciente, diante de todas as imagens que apareceram.

— Ela está hospedada no Nuage! Será que podemos achá-la assim? — Leda desfez impacientemente o rabo de cavalo para refazê-lo.

— Vou te mostrar as câmeras em alta velocidade, destacando os rostos. Diga-me quem é ela — sugeriu Nadia, usando instantâneos do feed das câmeras de vídeo para criar um banco de dados de todos os hóspedes. Watt podia sentir que Nadia estava se envolvendo um pouco na busca, apesar de tudo. Não havia nada que ela mais gostasse do que um bom quebra-cabeça.

Depois de alguns minutos de exibição pelas imagens, Leda saltou da cama, apontando para uma figura no canto superior direito.

— Ali, tá vendo! É ela!

— Nadia, consegue os scans de retina dela? — perguntou Watt. Momentos depois, Nadia tinha levantado aquela informação. As retinas da garota estavam registradas como Haroi Haniko, uma mulher de Kyoto que morrera meses atrás.

— Certo. Ela usa um padrão de retina roubado — disse Leda, claramente espantada. — Ela deve ser uma criminosa, certo?

Agora, até mesmo Watt estava ficando curioso.

— Nadia, o que me diz do reconhecimento facial? Em âmbito internacional completo. — A moça podia fazer transplante dos seus olhos, ele pensou com lógica, mas mudar o rosto drasticamente era coisa muito mais difícil.

A tela ficou em branco.

— Nenhum registro.

— Tente de novo — pediu Leda, mas Watt fez que não.

— Leda, essa busca incluiu todos os governos, nos âmbitos nacional, estadual, provincial e municipal, do mundo inteiro. Se essa garota existisse, nós a teríamos encontrado.

— O que você está dizendo, que eu a inventei? Ela está bem aí na câmera, pode ver por si mesmo! — explodiu Leda, exasperada.

— Só estou dizendo que isso é realmente estranho. Se ela tivesse morado em algum lugar, teria sido registrada, teria uma identificação, um cartão de imposto ou qualquer coisa do gênero.

— Bem, aí está sua resposta — declarou Leda. — Ela *nunca morou* em lugar algum; esteve apenas de passagem. Ela nunca tirou um documento de identificação de adulta.

Watt não teria pensado nisso, mas fazia sentido.

— Por que alguém viveria desse jeito?

— Porque ela está *tramando* alguma coisa, obviamente. — Leda pronunciou essa frase com um tom dramático, como se fosse uma atriz se apresentando em uma peça antiga e trágica. Ela franziu a testa. — Mas por que ninguém descobriu que as retinas não são dela?

— Ninguém verifica os scans de retina nos lugares públicos, simplesmente os cruza com os da lista criminal. Suponho que você não a tenha visto em nenhuma residência privada — observou ele.

— Apenas na de Avery, mas era uma festa — disse Leda, e Watt assentiu.

— Seja lá o que for que esteja *tramando* — repetiu a frase com a mesma entonação de Leda, o que provocou um sorriso —, ela é claramente uma especialista.

Ambos ficaram quietos pensando nisso.

Então Leda olhou para ele, com uma nova ideia.

— E as escolas? Você poderia executar seu programa de reconhecimento facial nas redes das escolas, em vez de nas dos governos? Ou são difíceis demais para quebrar?

Era uma boa ideia. Watt desejou ter pensado nisso primeiro.

— Nada é difícil demais para Nadia — se gabou, o que não era totalmente verdade, mas soava demais. — Nadia? — incitou ele, mas ela já havia encontrado um registro. Clare Dawson, que frequentou o internato de St. Mary, na Inglaterra, por um único ano.

— Sim! É ela! — gritou Leda com empolgação.

Outro registro apareceu. Cicely Stone, em uma escola americana em Hong Kong. Aliénor LeFavre, na Provença. Sophia Gonzalez, em uma escola no Brasil. E assim por diante, até que a tela de Nadia estivesse coberta em pelo menos quarenta pseudônimos, todos claramente relacionados a imagens da suposta Calliope.

— Uau — disse Watt por fim. Isso era muito mais intenso do que as coisas com as quais ele normalmente lidava na H@cker Haus, que em geral se limitavam a serviços, como apagar notas de alunos e buscar provas de traição conjugal, ou, de vez em quando, uma ou outra busca de identificação.

— Isso prova tudo. Ela é uma criminosa! — disse Leda, triunfante. Seus olhos escuros estavam dançando com a emoção da perseguição.

— Ou uma sociopata, ou agente secreta, ou talvez a família dela seja louca. Não podemos tirar conclusões precipitadas.

Leda se aproximou da tela e se abaixou. Ele percebeu que estava distraído com a presença dela.

— Nadia — acrescentou Watt, pigarreando. — Você consegue encontrar registros de algum incidente nessas escolas? Expulsões, contravenções, qualquer coisa incomum nos arquivos dela?

— E cruzar referências com todos os colegas de classe dela nessas escolas, ver quais deles eram seus amigos? Talvez possamos encontrar algo dessa maneira — acrescentou Leda. Sem aviso, ela sentou-se no colo de Watt, enlaçou os dedos em seus cabelos e puxou a cabeça dele em sua direção. Sua boca na dele era quente e insistente.

Watt foi o primeiro a se afastar.

— Pensei que você tivesse falado que não foi por isso que você veio até aqui — provocou, embora não estivesse reclamando.

— Não foi a *única* razão — corrigiu Leda.

— Você não quer que eu vá até a sua...

— Cala a boca — disse Leda, impaciente, e beijou-o novamente, passando os braços pelos seus ombros. Foi fácil se levantar, carregar Leda até a cama — ela era tão leve — e deitá-la suavemente, sem interromper o beijo. Então as mãos dele estavam nas costas dela, na curva do seu quadril, e sua pele era tão macia, e Watt não sabia mais se gostava dela ou se a detestava. Talvez ele sentisse as duas coisas, ao mesmo tempo, o que explicaria por que todas as suas terminações nervosas estavam descontroladas, como se todo o seu corpo pudesse explodir a qualquer momento.

Ele começou a pedir a Nadia para desligar as luzes, mas o quarto já estava escuro, e um ferrolho deslizava com firmeza pela porta.

LEDA

LEDA PISCOU NA escuridão.

Estava enroscada no corpo adormecido de Watt, aninhada no calor debaixo de seu cobertor, tão emaranhados que até a respiração dos dois inconscientemente se alinhara: as inspirações e expirações ocorriam juntas, como naquele antigo poema medieval sobre os amantes amaldiçoados.

— Relógio — sussurrou Leda, o mais baixinho que pôde.

Os números que piscaram no canto superior esquerdo de seu campo de visão lhe informaram que era 1:11 da madrugada. "Merda." Ela não pretendia ficar até tão tarde — viera em um impulso repentino, quando viu Calliope numa aula de yoga antigravitacional com Risha e lembrou-se da conversa com Avery. Ela esperara, desesperadamente, encontrar algo que incriminasse Calliope, para que pudesse oferecer aquilo a Avery como uma oferta de paz e desfazer todos os erros que tanto mal causaram à sua amiga.

Além disso, precisava confessar, estava atrás de uma desculpa para ver Watt.

Ela se mexeu na cama estreita, não especialmente surpresa de ter adormecido lá. Sentia-se tão... à vontade com Watt, seu sono finalmente livre dos pesadelos que normalmente a perseguiam por longos corredores sem fim e a agarravam com dedos fantasmagóricos.

Graças a Deus ela pelo menos teve a presença de espírito de dizer a seus pais que iria estudar até tarde com os amigos. Esperava que eles não a notassem entrando na ponta dos pés àquela hora. Eles não tinham notado ela entrando com Watt em seu quarto a semana toda mesmo.

Leda se apoiou em um cotovelo para olhar para o corpo adormecido de Watt, moreno, magro e perigoso. Ele era como uma chama que a atraía e ela não conseguia se controlar, embora soubesse que poderia sair machucada.

Ela deixou que seu olhar traçasse as feições dele de uma maneira que nunca faria com ele acordado, estudando seu nariz forte, sua boca cheia e sensual, as pálpebras sombreadas sobre aqueles brilhantes olhos castanho-claros. Os olhos de Watt estavam tremendo de leve, como se ele estivesse sonhando. O que aquela sua mente sonharia? Talvez sonhasse com ela.

Ela estendeu as mãos para o seu cabelo escuro e grosso, brincando com seus cachos, sentindo a lisura pontiaguda do crânio dele por baixo. Tanta inteligência naquele cérebro genial, inquieto, rodopiante, ela pensou, tanta coisa que ela não entendia. Watt a fascinava, e assustava um pouco também, porque era muito diferente de todo mundo que ela já havia conhecido.

Seus dedos encontraram um inchaço sob a orelha direita dele e ela ficou sem ar. A pele estava levantada em um círculo perfeito, muito regular para ser natural. Era firme ao toque, como se algo tivesse sido cirurgicamente incorporado ali. Ela tentou levantar o cabelo dele para dar uma olhada no couro cabeludo, mas não conseguiu ver nem mesmo um vestígio de cicatriz.

Um calafrio percorreu sua espinha e ela rapidamente tirou a mão. "Não pode ser", pensou Leda, em reação à ideia bizarra que tinha surgido de algum lugar profundo dentro dela. O computador de Watt não podia estar embutido em seu cérebro.

Parecia impossível.

No entanto, aquilo explicava muitas coisas sobre ele: a maneira como ele se virava na vida muito mais facilmente do que as outras pessoas, sem necessidade de estar sempre murmurando alguma coisa para suas lentes de contato. Todas as vezes em que ele parecia se comunicar com Nadia em completo silêncio. O fato de Leda nunca ter sido capaz de localizar Nadia, não importando a diligência com que ela procurasse no quarto dele.

Parecia impossível, mas, se Leda tinha aprendido alguma coisa naqueles seus dezessete anos de vida, é que o impossível muitas vezes é verdade.

Watt se mexeu e seus olhos se abriram.

— Que horas são?

— Shh, é tarde. Volte a dormir. — A cabeça dela ainda estava frenética, tentando entender as implicações do que ela tinha encontrado.

— Não vá embora ainda — pediu Watt, sonolento, estendendo a mão para acarinhar seu braço nu. Aquele toque causou pequenas explosões ao longo da pele de Leda. Mais do que qualquer outra coisa, ela queria se deitar, pressionar o corpo no dele, esquecer a verdade que inadvertidamente descobrira. Queria perguntar a Watt sobre aquele estranho calombo em seu crânio. Onde ele tinha arrumado Nadia, em primeiro lugar, e tinha doído fazer aquilo? Ele se arrependia de ser, em parte, um computador?

Watt começou a se sentar. Leda olhou descontroladamente ao redor do quarto para que ele não a pegasse o encarando, e seus olhos pousaram em algo que ela não tinha notado antes, um *headset* de realidade virtual na mesinha de cabeceira. Parecia um protótipo incompleto; até mesmo Leda sabia que partes grandes estavam faltando. Apenas os jogadores super *hardcore* ainda usavam *headsets*, já que a renderização com eles continuava sendo melhor do que a das mais poderosas lentes de contato.

— Você que construiu isso? — perguntou Leda pegando o fone, na esperança de distrair Watt de seu coração que batia com toda a força.

Watt encolheu os ombros.

— É só um projeto paralelo. Eu estava tentando ver se conseguia melhorar os recursos de rastreamento de movimento, usando as habilidades de computação de Nadia.

Ela colocou o *headset*, mas nada aconteceu.

— Não está funcionando ainda — observou, embora parecesse achar divertido o esforço dela.

Leda deixou o *headset* ligado por um momento. Gostava de ter a segurança das lentes colocada entre ela e o mundo, gostava de esconder o rosto do olhar incisivo de Watt. Ficou imaginando o que Nadia estaria pensando agora, escondida no cérebro de Watt, observando-a. Ah, *meu Deus*... Será que Nadia estivera observando os dois pelos olhos de Watt o tempo todo? Alguma coisa naquela ideia deixou Leda de cabelo em pé, como se houvesse um fantasma na cama com eles.

Ela tirou o *headset* e se levantou para caçar suas roupas, que estavam espalhadas na escuridão texturizada.

— Melhor eu ir nessa.

— Tá bem — disse Watt. Ele parecia decepcionado, mas talvez fosse coisa da imaginação dela.

Leda parou na porta para olhar de volta para ele. Ele tinha chutado os lençóis para o lado e estava deitado na cama como uma sombra esboçada. A luz suave do corredor iluminou seu cabelo rebelde, seu sorriso desarmante. De repente, ele parecia muito jovem, infantil e nem um pouco amedrontador. O coração de Leda desacelerou um pouco.

Ela se lembrou de que iria para Dubai no fim de semana. Seria a primeira noite sem Watt desde a clínica de reabilitação.

— Ei — sussurrou ela.

Watt olhou para ela, esperando.

— Quer ir comigo a Dubai, para a festa de lançamento d'Os Espelhos?

Watt sorriu.

— Quero. Eu quero ir à festa com você.

* * *

Mais tarde, quando ela caminhava da estação do elevador para sua casa, Leda olhou em volta, espantada, para as ruas familiares que de alguma forma pareciam estranhas. Seu bairro parecia mais simples, mais limpo; as luzes das lâmpadas formavam belas poças na escuridão. Era o mesmo lugar e, no entanto, absolutamente diferente do normal, e Leda percebeu que talvez fosse *ela* que tivesse mudado. Havia um grande abismo entre a Leda de ontem e a Leda de hoje.

Ela sabia que Watt tinha um computador implantado dentro dele. E daí? Não era mais estranho do que qualquer outra coisa que acontecera. Ele continuava sendo Watt, argumentou ela, e continuava a fim de ir para Dubai com ela. Porque *queria* — não por ter sido coagido, ou chantageado, mas porque ele realmente queria estar lá com ela, como um encontro. Pela primeira vez em sua vida, Leda Cole sabia de algo sujo sobre alguém — algo sério, aliás — e não tinha absolutamente nenhuma intenção de usar aquilo em seu favor.

RYLIN

— **POR FAVOR,** sra. Lane. Eu realmente preciso mudar para a aula de Introdução à Holografia — implorou Rylin, diante da mesa da secretária, mais uma vez.

Era sexta-feira de manhã e ela estava repetindo o mesmo pedido que vinha fazendo a semana toda, sem sucesso, implorando para mudar sua matrícula da aula de holografia de Xiayne para a de Introdução à Holografia, que Cord havia mencionado. Aquela aula era ministrada por uma mulher chamada Elaine Blyson, que tinha cabelos brancos, batom vermelho brilhante e parecia uma escolha perfeitamente segura enquanto professora.

Até então a sra. Lane não tinha ajudado muito, mas Rylin se recusou a desistir. Ela não conseguia suportar a ideia de entrar na sala de aula naquela tarde e ver Xiayne pela frente. Queria deixar toda aquela confusão para trás e seguir em frente.

— Faço qualquer coisa — disse ela com desespero, inclinando os antebraços na mesa da mulher. — Faço duas aulas de artes no ano que vem. Faço outro período de estágio independente. Eu simplesmente não posso ficar matriculada naquela aula.

— Srta. Myers, como eu lembrei a você a semana toda, o período de seleção de disciplinas já foi encerrado há muito tempo. É tarde demais para você abandonar uma disciplina agora. Já era tarde quando você foi adicionada à turma, você só pôde cursá-la porque entrou no meio do semestre. — A sra. Lane fez um muxoxo e voltou a olhar para o seu tablet. — Francamente, eu não entendo essa vontade de abandonar a aula. Você sabe que é nossa matéria optativa mais popular. E, depois desse fabuloso estágio de que você acabou de participar... Fico um pouco chocada.

— Algum problema aqui?

Rylin ficou espantada ao ver Leda Cole na porta da sala da sra. Lane.

— Desculpe interromper, mas eu estava voltando de uma reunião do diretório estudantil e tinha de fazer uma pergunta para a sra. Lane — continuou Leda, com um sorriso encantador.

Rylin tentou fazer contato visual com ela, perplexa, mas Leda estava encarando fixamente a secretária.

— Srta. Cole! Talvez você possa colocar algum juízo na srta. Myers — exclamou a sra. Lane. — Ela está tentando entrar na aula de holografia de nível básico, e eu fiquei repetindo para ela a semana inteira que isso é simplesmente impossível.

— Introdução à Holografia? Sério? — Leda olhou para Rylin sem entender. Rylin ficou em silêncio. Ela não tinha vontade de irritar Leda.

Leda pareceu interpretar algo no comportamento de Rylin, e virou-se para a mulher mais velha.

— Mas sabe, sra. Lane, nossa turma está incrivelmente superlotada. Talvez não seja assim tão ruim se Rylin saísse.

— Eu esqueci que você está nessa aula também! — exclamou a sra. Lane. — Então você entende como é importante manter o equilíbrio da turma...

— Sra. Lane — interrompeu Leda com delicadeza —, Rylin é uma aluna incrível, mas ela pode se beneficiar sim da aula de introdução. A senhora devia ver os holos que ela fez no Hotel Burroughs na última quinta-feira. O material é *brilhante*, mas a iluminação ficou clara demais. Dá para ver todos os detalhes da *sujeira* do lugar. — Ela enfatizou um pouco as últimas frases.

A sra. Lane corou, mas não disse nada.

— Claro, claro, eu estou ciente das políticas da escola — continuou Leda, com uma sobrancelha erguida de forma significativa. — Mas eu não tenho certeza se Rylin já está. Talvez ajudasse se o diretor Moreland as explicasse para ela, de modo que ela pudesse entender melhor todas as *implicações* de um processo como esse. Eu sei que ele tem um *jeito especial* de lidar com questões difíceis, como esta.

A sra. Lane estava boquiaberta, completamente sem palavras. Rylin olhava de uma para a outra, de Leda para a secretária, perplexa. Ela não tinha certeza se deveria ou não falar alguma coisa.

— Sra. Lane... — começou a dizer por fim, mas a mulher a interrompeu:

— Sim, srta. Cole, entendo seu argumento — disse ela, balançando a cabeça vigorosamente. Sua expressão estava estranhamente contraída. — Srta. Myers, vou permitir que curse a disciplina no nível básico. A aula é às terças e quintas-feiras no pavilhão de artes.

— Hum, obrigada — gaguejou Rylin, mas Leda já a estava arrastando até o corredor, com um sorriso satisfeito no rosto.

— De nada — declarou Leda, e se virou para ir embora.

— Espera! O que diabos aconteceu ali? Como você fez isso? E por quê?

Leda encolheu os ombros.

— A sra. Lane está tendo um caso com o diretor Moreland, que, como você sabe, é casado. Eles se encontram no Hotel Burroughs toda quinta-feira.

Rylin não sabia nada de caso nenhum.

— Todo mundo da escola sabe disso? — perguntou, surpresa.

— Não. Só eu — respondeu Leda, misteriosamente.

— Ah. — Rylin ficou ali, sem se mexer, tomada por uma curiosa sensação de alívio... e de ressentimento, por estar agora em dívida com Leda Cole. — Bom, valeu.

— Tranquilo, você pode ficar devendo.

— Leda... — chamou, e a outra garota virou-se, esperando.

Rylin engoliu em seco.

— Por que você acabou de me ajudar? Eu pensei que você me odiasse.

Um breve lampejo de algo, culpa, indecisão ou talvez até mesmo arrependimento cruzou o rosto de Leda.

— Talvez eu esteja cansada de ver todo mundo achando que sou uma sacana sem coração — disse, com naturalidade.

Rylin não conseguia pensar em uma resposta adequada para aquilo.

— Posso perguntar, porém — continuou Leda —, por que você queria tanto largar a aula?

Rylin pensou brevemente em mentir, mas depois do que acabara de acontecer, sentiu que era seu dever contar a verdadeira história a Leda.

— Durante meu estágio na semana passada, Xiayne me beijou. Eu não quero vê-lo novamente, por motivos óbvios.

— Xiayne deu em cima de você? — repetiu Leda.

Rylin assentiu e Leda revirou os olhos.

— Meu Deus, mas que idiota. Eu sinto muito. E eu que pensava que ele na verdade podia ser um desses caras decentes.

— E eles existem? — perguntou Rylin secamente. Para sua surpresa, Leda riu.

— Boa pergunta. Ei — disse ela, como se uma ideia repentina tivesse lhe ocorrido —, você vai para a festa de lançamento em Dubai este final de semana?

Rylin tinha ouvido os alunos falarem sobre isso durante toda a semana, agendando seus hidrojatos particulares e conversando sobre os vestidos que tinham encomendado, pois o tema era um baile em preto e branco. Ela dissera a si mesma que tudo aquilo era ridículo. Festejar em Nova York já não era mais o bastante para aquela galera endinheirada — os caras tinham de atravessar meio mundo para se embebedar com as mesmas pessoas de sempre?

Apesar disso, uma parte absurda dela desejava ir, nem que fosse para assistir a tudo aquilo.

— Eu não estava planejando — respondeu agora para Leda.

— Você deveria ir — insistiu Leda. — Pode ajudar a esquecer problemas como professores de holografia egoístas.

— Eu não fui convidada — protestou Rylin.

Leda acenou com a mão em um gesto de despedida casual.

— A festa é do pai de Avery, claro que você pode ir. Isso não é um problema.

Rylin olhou para ela sem entender, atordoada. Seria algum tipo de armadilha? Desde quando Leda e Avery eram melhores amigas de novo? Rylin não estava exatamente por dentro da alta sociedade, mas até mesmo ela sabia que aquelas duas não se falavam desde a noite no telhado.

— Valeu. Eu vou pensar no assunto — disse ela com cautela, desconfiada dos motivos de Leda.

— Bem, tenho de ir. Uma de nós está prestes a se atrasar para a nossa aula de artes favorita — disse Leda com um sorriso, como se agora compartilhassem uma piada particular. Ela fez uma pausa, parecendo pensar em uma última coisa. — Falando nisso, os Anderton são grandes investidores da Fuller Investimentos, o que significa que Cord provavelmente estará na festa. Se é que isso muda alguma coisa em sua decisão.

— Como você... — Que arma secreta teria Leda, para saber de tudo sobre todo mundo?

O sino tocou e Rylin ficou ali parada, sozinha e desnorteada, sem entender o que exatamente havia acontecido.

* * *

Quando as aulas terminaram naquela tarde, Rylin foi diretamente até os limites da rede e mandou um ping para Lux. Ela não atendeu. Bem, decidiu Rylin, então ela iria vê-la, mas faria um rápido pit stop primeiro.

Quando bateu na porta dos Briar, Lux atendeu, vestindo um moletom velho e short rasgado. Seu cabelo estava preto hoje, cortado em uma franja irregular e terrível.

— Uau — disse Lux, sem entonação. Seus olhos desceram do uniforme de Rylin para suas sapatilhas e a sacola de compras com listras cor-de-rosa e brancas em suas mãos. — Você tá parecendo uma idiota.

— E você tá parecendo um desastre — respondeu Rylin. Quando Lux não disse nada, nem abriu mais a porta, Rylin vacilou. — Será que daria para a gente conversar? Ou agora não é um bom momento?

— Eu não sei, Rylin. Eu tentei falar com você a semana toda e você estava completamente fora do ar. Eu te liguei várias vezes, mas você nunca me ligou de volta, nem uma única vez. — Animosidade e dor brilhavam nos olhos de Lux.

Rylin se encolheu de vergonha. Lembrou-se de ter recebido um ping quando estava com Cord na segunda-feira, e alguns outros na terça-feira também, mas tinha se esquecido completamente de ligar para Lux em retorno.

— Foi mal — se desculpou. — O que está rolando?

— Bom, para começar, Reed me largou.

— Ah, Lux... — Rylin se adiantou para abraçar a amiga. A outra garota ficou rígida por um momento, mas se deixou ser abraçada. — Ele é quem está perdendo, você sabe — murmurou Rylin.

— Valeu. Mas não foi por isso que eu te liguei.

— Por que foi?

Lux se afastou para olhá-la, e agora a acusação estava clara em sua expressão.

— O julgamento de Hiral foi no outro dia. Eu te mandei um ping para ver se você estava planejando ir. — Ela encolheu os ombros casualmente, mas Rylin percebeu que ela estava incomodada, tanto por Hiral quanto por si mesma. — Eu acabei indo com Indigo e Amir.

Rylin tinha se esquecido totalmente que o julgamento fora esta semana. Ela não estava exatamente contando os dias no calendário, mas ainda assim se sentiu culpada por nem ter se ligado.

— O que aconteceu?

— Você não sabe? Você namorou o cara por três anos e nem se deu ao trabalho de checar se o cara foi ou não foi para a *prisão*?

— Eu estava em Los Angeles... — Rylin começou a dizer, mas Lux não a deixou falar:

— Não que você esteja se lixando para isso, mas ele foi liberado.

Rylin sentiu uma pontada de alívio ao ouvir essa notícia. Ainda que tivesse raiva de Hiral por causa de tudo o que ele havia feito, ela nunca desejou que a vida dele terminasse aos dezoito anos.

Percebeu de repente como Lux a enxergava agora: como alguém ausente, que não estava nem aí, sempre muito envolvida com sua nova vida na escola dos ricaços para prestar atenção aos amigos. Não era uma imagem muito lisonjeira.

Lux não conhecia toda a história e era culpa de Rylin por não ter contado a ela.

Ela expirou devagar.

— Por favor, vamos conversar?

Lux abriu a boca e Rylin percebeu imediatamente que ela estava prestes a dizer que não; havia algo frio e distante na amiga, como se ela não estivesse realmente ali, como se fosse um personagem fantasmagórico em um holo. Ela pegou a mão de Lux: era tranquilizadoramente sólida.

Um reconhecimento cintilou nos olhos de Lux, e ela assentiu:

— Tudo bem.

Rylin continuou segurando firme a mão de sua amiga, do jeito que faziam quando eram crianças. Conduziu-a pela rua, virou a esquina e foi até um pequeno ViewBox que ficava escondido entre dois apartamentos.

Os ViewBoxes eram como parquinhos minúsculos e meio esquecidos: pequenos trechos de terreno com bancos metálicos e arremedos de visores de paisagem, que só existiam nos locais onde os arquitetos da Torre não tinham ideia do que fazer com o excesso de metragem. Aquele, especificamente, tinha os visores programados para representar um nascer do sol dramático na linha do horizonte de Nova York, embora obviamente aquele lugar estivesse muito mais próximo do meio da Torre. Janelas verdadeiras, com paisagens verdadeiras, ficavam muito distantes dali. Tecnicamente, os ViewBoxes eram espaços públicos, embora fossem pequenos demais para serem úteis. Na maior parte do tempo, não passavam de lugares onde os adolescentes iam para fumar ou se agarrar.

Rylin e Lux sentaram-se no banco vazio, olhando para o nascer do sol engraçado e falso em tecnicolor brilhante.

— Ah, eu quase me esqueci disso — disse Rylin, entregando a sacola de compras que ela estava segurando.

Lux soltou um sorriso relutante quando viu o conteúdo.

— Você comprou todos os sabores?

Dentro havia uma deslumbrante variedade de Popper Chips: extra cheddar, caramelo salgado, coentro com limão e até mesmo banana-da-terra picante. Ela e Lux sempre passavam pela loja de lanches gourmet e ficavam imaginando como seria provar todos eles, mas nunca conseguiram comprar nem mesmo um único saquinho.

— Todos os doze. Um jantar bem equilibrado, certo? — disse Rylin, e suspirou. — Desculpe por ter sido uma amiga terrível ultimamente.

— Eu senti *saudades* de você — disse Lux, com menos ressentimento do que antes. Ela abriu o saco de salgadinhos de caramelo. — Eu sinto como se estivesse te perdendo, desde que você começou a trabalhar para aquele cara ricaço.

Porque Rylin andara namorando com ele e não tinha contado a ninguém, pensou, cheia de culpa.

— Tem uma coisa que eu não te disse, sobre Cord — confessou Rylin, com o coração a toda velocidade. — Eu não queria que você me julgasse, não é exatamente o meu maior orgulho.

Lux silenciosamente passou o enorme saco de salgadinhos para ela e Rylin pegou um punhado do de extra cheddar. Os salgadinhos se derreteram deliciosamente em sua língua. De repente, ela sentiu-se muito distante dos holos, das águas de Marte e das frutas gourmet da lanchonete do andar superior. Aquilo era muito mais real.

Ela começou pelo começo, contando a Lux como se apaixonara por Cord quando estava trabalhando para ele; como tentou romper com Hiral, mas ele foi preso e depois obrigou-a a vender suas drogas para que ele pudesse sair sob fiança. Como ela tinha estado com Cord enquanto Hiral era ainda, tecnicamente, seu namorado, apesar da sua vontade. Como o irmão mais velho de Cord tinha descoberto tudo e a forçado a terminar com Cord, dizendo a ele que ela o estava usando o tempo todo, que só estava com ele pelo dinheiro.

Quando Rylin terminou, elas tinham comido quase todos os pacotes de salgadinhos.

— Desculpa. Eu não pretendia te prender aqui tanto tempo — disse Rylin.

— Eu não tinha ideia, Ry. — Lux se inclinou para frente, e sua franja irregular cobriu a testa. A luz da tela da paisagem cintilava em seus olhos, fazendo com que suas pupilas parecessem incrivelmente escuras. — Quero dizer, especialmente sobre Hiral e V. Eles estão muito mais envolvidos nesse lance do que eu tinha noção. E a maneira como eles trataram você não foi legal. — Ela balançou a cabeça com raiva e esfregou as mãos no short, deixando manchas de pozinhos rosa, laranja e azul. — Mostre uma foto deste tal de Anderton — ordenou, mudando de assunto.

Rylin achou o link do perfil de Cord nas redes sociais e passou seu tablet para Lux, que reprimiu o espanto.

— Puta merda, Ry. Que gato! Ele está contratando outra empregada? Talvez eu me candidate — declarou, e Rylin a empurrou de brincadeira. Lux deu um risinho. O clima entre as duas estava bom agora. Todo o corpo de Rylin parecia muito mais leve, como se ela fosse um daqueles balões de chuva que eram presos na terra e depois soltos.

— Então, o que está pegando? Agora que você é da turma dos ricaços, não se ligou que quer você de volta?

— Eu não sou da turma dos ricaços — protestou Rylin, e Lux riu.

— Isso é verdade. Nenhum ricaço que se preze se arriscaria a ser visto em um ViewBox sujo, comendo o equivalente ao salário de uma semana em PopperChips — concordou. Mas não tinha terminado suas perguntas sobre Cord. — Agora, sério, Ry. Você nunca vai saber a verdade se não perguntar. Por que não?

Lux tinha razão, percebeu Rylin. Ela precisava parar de adivinhar os sentimentos de Cord e simplesmente agir. Pensou no que Leda tinha dito esta tarde, sobre a festa, e deu um sorriso relutante.

— Você está certa — admitiu, e pegou seu tablet, pronunciando uma frase que ela nunca pensou que iria dizer: — Ping para Leda Cole.

WATT

— TOME NOTAS. E tenha cuidado. Estamos muito orgulhosos de você — disse o pai de Watt, Rashid, dando um tapa nas costas do filho.

— Mande um ping se precisar de algo. — A mãe de Watt, Shirin, apertou o cachecol que ela insistiu que ele usasse; um gesto bobo, uma vez que a Torre estava sob temperatura controlada, mas Watt sabia que ela estava apenas tentando não chorar. Então ela desistiu e puxou Watt para um abraço. — Nós te amamos muito — disse, com a voz trêmula.

Watt tentou ignorar a culpa que borbulhava dentro dele naquela despedida elaborada. Seus pais achavam que ele estava indo passar um fim de semana na Universidade de Albany. Ele até pensou em dizer a eles que estava indo para a casa de Derrick, a mesma desculpa que usou quando foi para a clínica de reabilitação com Leda, mas como tinha a impressão de ter escapado por um fio da última vez, não queria desafiar a sorte.

Os Bakradi tinham ficado felicíssimos com as "notícias". Estavam preocupados com a obsessão de Watt pelo MIT — temiam que ele não entrasse, ficasse arrasado e, pior ainda, não tivesse nenhuma outra faculdade como plano B — e, como Albany era uma universidade estadual, ele pagaria mensalidades mais baixas. Seus pais estavam empolgados demais para sequer questionar aquela notícia ou pedir qualquer tipo de prova. Watt se sentiu péssimo, mas que escolha ele tinha? Eles com toda a certeza não ficariam nada felizes com a ideia de ele ir para Dubai com uma garota dos andares superiores — especialmente uma vez que ele já tinha lhes dito que Leda era uma colega de classe, e teria de explicar por que havia mentido quanto a isso.

Honestamente, se não tivesse Nadia, Watt não sabia como controlaria todos os segredos, meias-verdades e mentiras que contava.

Zahra e Amir vieram correndo pelo corredor, gritando e gargalhando alto, rabo de cavalo e jaquetas voando. Watt inclinou-se para abraçar os dois. Então, com uma última despedida murmurada, saiu porta afora, puxando a maleta de baixa tecnologia de seu pai — a mesma que ele teve de pedir emprestado para o fim de semana na clínica de reabilitação — atrás de si.

Dobrou a esquina para a avenida principal e quase colidiu com Cynthia, que estava virando na rua de Watt, carregando sua imensa bolsa de escola por cima de um ombro. Watt lembrou-se com uma sensação repentina e terrível que tinha combinado de estudar com Cynthia e Derrick hoje.

— Cyn, eu esqueci completamente. — *Nadia, por que você não me lembrou?* O propósito de ter um computador quântico implantado em seu cérebro era estar sempre um passo à frente das outras pessoas, não atrás.

Desculpe, Nadia disse, mas não parecia muito arrependida. Watt ficou se perguntando se ela não estava interferindo de propósito. Ela não tinha ficado muito entusiasmada com a viagem para Dubai, embora Watt não tivesse certeza do porquê.

Ele deu a Cynthia seu melhor sorriso, o mais encantador, o que conseguia livrá-lo das detenções, das lições de casa e da raiva de sua mãe. Mas aquele sorriso nunca havia funcionado direito com a Cyn.

— Eu na verdade estou indo viajar — disse ele, seguindo caminho. — Desculpa ter esquecido de lhe contar.

— Viajar? — repetiu Cynthia, colocando uma ênfase sarcástica na pergunta, e Watt estremeceu ante sua escolha de palavra. Ele e Cynthia não eram o tipo de gente que casualmente "ia viajar", e ambos sabiam disso.

— Para onde você está indo? — perguntou, devagar.

Ao contrário de seus pais, Cynthia não era alguém a quem Watt ousasse mentir.

— Para Dubai — confessou.

— Com Leda. — Não era uma pergunta.

Ele assentiu.

Um grupo de crianças passou correndo, barulhentas e aprontando uma confusão. Cynthia agarrou Watt pelos ombros e puxou-o para um canto, para uma esquininha que era metade uma loja do McBurger King e metade uma pequena farmácia. Watt ouviu o robô do fast-food perguntando a um dos clientes se queria fritas com seu pedido.

— Que droga tá acontecendo, hein, Watt? — perguntou Cynthia, irritada. A raiva estalava pela pele dela como um relâmpago, rompendo seu comportamento em geral tão tranquilo. Seus olhos estavam arregalados, suas bochechas coradas. Watt ficou espantado ao perceber, pela primeira vez em sua vida, que Cynthia era muito bonita. Por que ele nunca tinha visto isso antes?

— Olha, é uma longa história — começou, mas Cynthia o interrompeu:

— Você tem agido estranho há semanas, você a deixou levar você embora da escola ontem, e agora isso? O que está acontecendo entre vocês dois?

— Eu já te disse, ela sabe algo sobre mim — disse Watt, impaciente. Mas ele sabia que a coisa tinha se tornado maior do que isso. Lembrou-se de Leda em sua cama naquela madrugada, apoiada em um cotovelo, olhando para ele, o cabelo longo e solto ao redor dos ombros. "Seja lá o que esteja rolando entre nós, é apenas físico", disse a si mesmo, com firmeza. Ainda queria o que sempre quis: fazer com que ela confiasse nele o suficiente para confessar-lhe a verdade sobre o que acontecera no telhado, para que ele pudesse sair da palma de sua mão de uma vez por todas.

Agora ele estava, finalmente, se aproximando desse objetivo. Logo tudo estaria terminado e ele não teria de passar mais tempo com Leda. Poderia mandá-la para a prisão, se ele quisesse.

Por algum motivo, ele pensou na maneira como ela tinha falado com ele naquela madrugada, o tom esperançoso em sua voz quando ela o convidou para ir a Dubai. Afastou essa lembrança indesejada.

— O que ela sabe sobre você? Não pode ser assim *tão* ruim — perguntou Cynthia.

— É complicado.

— Seja o que for, eu te ajudo! Vamos lá, somos duas das pessoas mais inteligentes que eu conheço! Você não acha que juntos poderíamos vencer a Leda Cole?

— Cynthia, não é isso, é que... eu não quero que você se envolva.

Cynthia suspirou. Pequenos anúncios holográficos de Lanche Feliz apareciam por trás de sua cabeça, fazendo Watt sentir uma estranha vontade de rir.

— Você não vê que eu já estou envolvida, quer você queira ou não? Watt, eu não posso te ajudar se você não deixar! — exclamou. — Já estou cansada disso. Eu nunca mais te vejo. Você está sempre com Leda, o tempo todo.

— Eu te disse, é complicado — repetiu Watt de novo, sentindo-se como um disco arranhado.

Cynthia deu um pequeno passo à frente e Watt soube, de repente, que haviam chegado a uma encruzilhada em sua amizade.

— Você gosta dela, não é? — perguntou Cynthia.

— Não — disse rapidamente.

— Se você não gosta dela, então não vá para Dubai. — O corpo inteiro de Cynthia estava tenso, como se ela fosse uma corda de arco retesada. — Fique longe dela. Fique comigo. — A última frase foi proferida quase em um sussurro, mas não havia dúvidas sobre seu significado.

Em algum nível, Watt sabia que isso acabaria acontecendo. O que ele não sabia era o que ele diria quando acontecesse.

Ele ficou ali parado, olhando para sua amiga — uma garota brilhante, fascinante, notável, que vivia no mundo dele e o conhecia, o tipo de garota que seus pais adorariam que ele namorasse —, mas, mesmo assim, ele ainda tinha dúvidas.

— Cynthia... — disse, mas sua voz falhou.

Talvez porque ela estivesse cansada de esperar, ou talvez porque não quisesse ouvir o que ele tinha a dizer em seguida, ela ficou na ponta dos pés para beijá-lo.

Watt ficou surpreso ao retribuir o beijo. Ele ficou surpreso com aquela nova versão de Cynthia, que o abraçou com mais força e o beijou com mais ímpeto do que ele imaginaria.

— E então? — perguntou ela quando finalmente se afastou, parecendo vulnerável, com medo, familiar e ao mesmo tempo estranha.

Watt balançou a cabeça. Havia um milhão de coisas que ele queria dizer, mas não sabia qual delas era a certa. Tinha a sensação de que não sabia mais de nada.

— Eu sinto muito. Eu tenho de ir.

— Você não *tem de* fazer nada — retrucou Cynthia. — Se você for, estará escolhendo ela.

— Isso não é justo. Eu não tenho escolha — respondeu, irritado, e se afastou como um covarde, antes que fosse obrigado a ver a mágoa nos olhos de Cynthia.

Não conseguiu evitar de se perguntar se ela teria mesmo razão.

CALLIOPE

CALLIOPE INCLINOU-SE PARA a frente na penteadeira, cheia de varinhas de beleza prateadas reluzentes, pós em spray e uma nova luva de manicure automática, tudo arrumado cuidadosamente diante dela, como armas polidas e dispostas para uma batalha. Suas próprias ferramentas letais, que sempre a fizeram tão perigosamente bonita.

— Você está pronta? — gritou sua mãe do outro quarto da suíte.

Calliope não se surpreendeu com o fato de sua mãe ter decidido ir à festa de lançamento d'Os Espelhos, no fim das contas. Tal como sua filha, ela tinha uma fraqueza incurável por qualquer coisa brilhante, esplendorosa e extravagante, e aquela noite prometia ser todas essas coisas. Ela e Calliope haviam tratado uma à outra de forma alegre e normal durante toda a semana, mas no fundo Calliope sentia que alguma coisa não estava resolvida.

Apesar disso, ali estavam elas, em uma suíte que Nadav tinha reservado para as duas no Fanaa, o lindo hotel de luxo localizado na metade escura d'Os Espelhos. Os quartos dos Fuller ficavam na outra torre, mas Calliope insistira em ficar ali; havia algo de sedutor, quase proibido, em dizer que se estava no lado negro. Ela olhou em volta para as paredes, que estavam cobertas de alto a baixo com telas espelhadas. Calliope poderia tê-las mudado para o padrão opaco, claro, mas ela deixou-as assim, apreciando a visão de seus muitos eus refletidos, balançando agradavelmente pelo quarto.

— Estou pronta. Atlas deve chegar a qualquer momento — respondeu Calliope. Como anfitrião, ele precisaria chegar mais cedo.

O dia inteiro tinha sido um longo tributo ao excesso e à extravagância. Calliope tinha viajado com os Fuller em seu jatinho particular — que não era tão particular assim, dado que dezenas de outras pessoas tinham sido convidadas a viajar de carona. Todos andaram pelo avião conversando, com taças de champanhe na mão, como se o voo em si não passasse de um grande coquetel, um prelúdio lógico para a noite à frente. Talvez essa tenha sido a intenção o tempo todo.

Elise se debruçou na porta, mostrando seu delicado vestido branco, que lhe dava um ar intencionalmente nupcial.

— E aí, o que você acha?

— Incrível. E eu? — Calliope rodopiou para a frente e para trás, em uma pose de modelo. Seus longos cabelos estavam presos em um coque baixo, enfatizando o comprimento glamoroso do pescoço, e o vestido preto cintilante agarrava-se a seu corpo com uma proximidade quase chocante. Ela adorava a sensação da *faille* de seda contra sua pele nua; como um sussurro sedutor em seu ouvido, assegurando-lhe que ela era jovem, linda e rara.

Elise se aproximou e segurou as mãos da filha.

— Você sabe que está deslumbrante. Aproveite incrivelmente esta noite, querida. Você merece. — A voz dela soou com um sentimentalismo incomum, e ela sorriu para Calliope de uma maneira estranha, como se estivesse tentando se decidir sobre algo. — Você gosta mesmo desse garoto, não é? Não apenas para um golpe, mas de verdade?

Calliope foi pega de surpresa.

— Eu gosto dele — respondeu, lutando contra a sensação de culpa que sentia ao pensar em roubar Atlas esta noite. Ele era uma boa pessoa, embora com certeza um pouco torturado e confuso. — Não se preocupe, não vou fugir com ele a qualquer momento — acrescentou, brincando.

Elise não riu.

— E você gosta de Nova York?

Calliope virou-se para o espelho, fingindo retocar os lábios para que não tivesse de olhar diretamente nos olhos da mãe. Era mais fácil mentir para as pessoas sem encará-las de frente.

— Nova York está sendo ótima, mas já está na hora de seguirmos em frente. Estou feliz que vamos sair dessa em alto estilo — disse Calliope com firmeza, ignorando a maneira como seu peito se apertou ante a ideia de partir. Os olhos da mãe se encontraram com os seus no espelho e Calliope sorriu para seu reflexo.

Ouviu-se uma batida na porta.

— Deve ser Atlas — disse Calliope.

— Divirta-se. Não faça nada que eu não faria!

— Em outras palavras, não dê a louca? — gritou Calliope, e abriu a porta.

Atlas estava à sua frente com um smoking preto simples, parecendo mais elegante e adulto do que Calliope jamais o vira. Ele havia cortado o cabelo, ela reparou, mas deixara uma levíssima barba ao longo da linha do maxilar.

— Você está incrível. — Atlas estendeu o braço para conduzi-la até o corredor.

— Você não está nada mal também — respondeu ela.

Ele sorriu, revelando aquela pequena covinha em um canto da boca.

— Obrigado por me acompanhar esta noite, Callie.

Eles viraram em um corredor que terminava em uma janela que dava diretamente para a torre clara. As águas do canal corriam lá embaixo.

— Você se importa se passarmos no quarto dos meus pais primeiro? — perguntou ele. — Eles queriam que nos encontrássemos lá e fôssemos todos para a festa juntos.

— Claro. — Os pais de Atlas não tinham ido no avião naquele dia; haviam viajado alguns dias antes, para coordenar os preparativos. Calliope tinha de admitir que estava curiosa para finalmente conhecer os famosos Fuller.

Ela esperava que Atlas se dirigisse para um elevador, mas, em vez disto, ele se adiantou até a janela e traçou um círculo sobre ela. O vidro flexível se modificou imediatamente, disparando um túnel claro através do céu vazio tão facilmente quanto se fosse um simples raio de luz.

Calliope ficou tão espantada que caiu em silêncio. Ficou na dúvida por um instante se aquele túnel não seria um holograma — se aquilo não era algum tipo de jogo de realidade virtual, para testar sua disposição à descrença —, mas uma olhada para o rosto orgulhoso de Atlas confirmou que o túnel era, de fato, real.

— Etherium — explicou ele. Calliope já tinha ouvido falar do material programável, que utilizava indução linear e malha de carbono para construir e desconstruir estruturas rapidamente para os militares, geralmente pontes sob demanda, que se faziam necessárias por alguns minutos apenas.

— Estou vendo — respondeu, num tom de voz quase casual, como se tivesse visto pontes sendo construídas instantaneamente dezenas de vezes e dificilmente pudesse se impressionar com aquilo.

— Nós obtivemos a primeira licença civil para usar Etherium. Vou te contar, não foi nada fácil. — Atlas parecia orgulhoso. Calliope percebeu, com espanto, que ele mesmo correra atrás disso, que tinha sido ele a fazer as ligações, persuadir as pessoas certas e fazer a coisa toda acontecer.

— E eu me perguntando o que você fazia no escritório o dia todo — brincou ela, embora se sentisse estranhamente orgulhosa dele também. Deu um passo ousado à frente. Seus saltos stiletto pisaram enfaticamente na ponte e ela se obrigou a não olhar para a fina e inconsistente camada de material que separava o sapato de grife da vasta distância abaixo.

— Você não tem medo — comentou Atlas com aprovação.

Calliope virou-se para olhar de volta para ele por cima de um ombro arqueado. Sua expressão era quase de desafio.

— Eu não tenho medo de nada.

Depois que eles atingiram o outro lado e o túnel desapareceu com um clarão, Calliope sentiu um pequeno arrepio de adrenalina. Alguma coisa em atravessar o céu em um túnel temporário parecia um bom presságio, como se tudo o que fosse acontecer naquela noite fosse para o bem dela.

Alcançavam a cobertura dos Fuller e a porta se abriu. O pai de Atlas estava ali parado.

— Você é Calliope, certo? Pierson Fuller — disse ele com um sorriso carismático, e apertou-lhe a mão.

— Prazer em conhecê-lo. — Calliope se perguntou o que, exatamente, Atlas teria lhes contado a seu respeito. Uma vez que ela tinha sido apresentada aos pais dele, seria aquilo um encontro amoroso?

Provavelmente iria depender de onde ela passaria a noite desta vez.

Ela seguiu o sr. Fuller até a sala de estar, cujas telas *touch screen* reluzentes tinham sido cuidadosamente escondidas atrás de móveis entalhados e estofados macios. O lustre de cristal acima os banhava em um halo de luz. Tudo estava decorado em tons de branco e creme, contra os quais os toques de preto — os smokings de Atlas e seu pai e, claro, o vestido preto de Calliope — se destacavam como pontos de exclamação.

Uma mulher, que devia ser a mãe de Atlas, deslizou até eles vinda do seu quarto, cintilando em um vestido de tule cor de alabastro coberto com cristais Swarovski.

— Que brincos devo usar? — fez essa pergunta para todos eles e estendeu as mãos. Cada uma segurava uma caixa de veludo escuro. Uma delas continha um par de diamantes incolores em forma de pera, a outra, um par de diamantes rosados perfeitamente idênticos. As joias pareciam arder contra o veludo contrastante, com uma luz interior que brilhava como mil pequeninas centelhas.

A respiração de Calliope ficou presa em sua garganta e ela tentou tirar alguns snaps sem ser notada. O que a mãe dela não daria para ver esses brincos! Não era a primeira vez que Calliope era exposta ao excesso de riqueza, mas tudo o que ela vira nos últimos anos parecia subitamente vulgar em comparação com aquilo. Essas pessoas praticamente *respiravam* dinheiro. Todos os seus gestos eram pintados com ele, cobertos dele.

O que eles fariam se descobrissem por que ela e a mãe estavam realmente ali? Ela apertou mais a sua bolsa, até os nós de seus dedos estalarem. Ela sabia a resposta: eles a destruiriam com a mesma elegância implacável que compunha o resto de suas vidas.

Somente então a sra. Fuller olhou para o aposento. Pousou as caixas de veludo ao registrar a presença de Calliope.

— Calliope, minha cara! Elizabeth Fuller. Que prazer conhecê-la!

— Muito obrigada por me receber — disse Calliope.

A sra. Fuller apenas sorriu e assentiu.

— Onde está Avery? — perguntou ao marido e ao filho.

O sr. Fuller foi até o sofá e se recostou, cruzando um tornozelo sobre o outro joelho.

— Quem sabe? — disse ele, reflexivo, sem parecer preocupado.

Atlas ficou estranhamente em silêncio.

— Bem, então qual você acha que eu deveria usar? — continuou a sra. Fuller, virando-se para a mesa lateral branca reluzente onde havia disposto as duas caixas de veludo com seu conteúdo inestimável. Depois de um momento, Calliope percebeu que a pergunta havia sido dirigida *para ela*.

Sua boca ficou repentinamente seca, seus olhos indo rapidamente de uma pedra preciosa para a outra. O melhor lugar para ambas provavelmente seria um museu, em vez dos lóbulos das orelhas de uma socialite abastada.

— Os claros — decidiu ela, finalmente. — O cor-de-rosa ficaria um pouco pesado com o seu vestido.

A sra. Fuller virou seu rosto simples, mas habilmente maquiado, de um lado para o outro, analisando o reflexo em um espelho instantâneo que se materializou do nada.

— Você tem razão — concordou ela. — Mas alguém deveria usar o cor-de-rosa. Seria um desperdício não fazê-lo.

Calliope jamais poderia ter previsto o que aconteceria a seguir, nem em suas mais loucas fantasias. Para seu completo e absoluto choque, a sra. Fuller estendeu os brincos na direção *dela*.

— Quer experimentá-los, Calliope? — ofereceu.

Calliope abriu a boca, mas nenhum som saiu.

— Ah, eu não sei — gaguejou finalmente, embora pudesse praticamente ouvir a voz de sua mãe gritando em seus ouvidos para ela parar de enrolação e pegar logo os malditos brincos. Ficara simplesmente surpresa demais para reagir corretamente.

A sra. Fuller sorriu.

— Eles vão ficar deslumbrantes destacados contra o seu cabelo. Pedras dessa cor têm de ser usadas por nós, morenas. — Ela deu uma piscadela, como se ela e Calliope fossem aliadas contra um exército de loiras que roubavam diamantes, e colocou os brincos na palma da mão de Calliope tão facilmente quanto se fossem um par de bombons de chocolate.

Isso não podia ser real. As pessoas não agiam assim por conta própria, espontaneamente. Calliope pensou em todas as vezes em que tinha ganhado coisas caras em sua vida, sempre de garotos que estavam tentando levá-la para a cama, à custa de muita persuasão e manipulação, de insinuações, indiretas e golpes detalhadamente arquitetados. No entanto, aqui estava a mãe de Atlas, oferecendo absolutamente do nada os itens mais caros e requintados em que Calliope já tinha pousado os olhos.

Calliope não entendia. Ela só conhecia a mulher há cinco minutos. Talvez o julgamento que Atlas fazia do seu caráter já fosse o suficiente para a sra. Fuller, ela pensou, incomodada. Ou talvez os Fuller fossem pessoas genuinamente legais.

Ela se lembrou daquela garçonete do Nuage, do velho na Índia, do coitado e adorável Tomisen, amigo de Brice, com quem ela arrumou um "empréstimo" e foi embora sem olhar para trás. Todos eles haviam confiado nela, mas ela alegremente virou-lhes as costas e traiu essa confiança. Talvez eles fossem pessoas genuinamente legais também.

Calliope não tinha como saber, porque nunca ficara em nenhum lugar por tempo suficiente para descobrir.

Ela sentiu a vergonha subir pela sua garganta como se fosse uma coisa física, horrível e imensa, como daquela vez em que tentou engolir um dos anéis da sra. Houghton e quase se sufocou. *Que droga você está fazendo?*, gritara sua mãe, dando uma sacudidela nos seus ombros de seis anos de idade.

Que droga ela *estava fazendo* durante todos esses anos?, pensou Calliope, enquanto uma parte fundamental de sua visão de mundo começava a desmoronar. Ela sentiu como se estivesse olhando para si mesma de fora, como se estivesse se olhando através das lentes de contato de outra pessoa. Isso a deixou desnorteada.

De algum modo, mecanicamente, ela retirou os pequenos pingentes que estava usando e prendeu nas orelhas os espetaculares diamantes cor-de-rosa.

— Eles são lindos. Obrigada — sussurrou, inclinando-se para o espelho instantâneo. As pedras brilhavam radiantes contra a curva suave de sua bochecha. Ela ao mesmo tempo as queria, odiava a si mesma por tê-las aceitado e não conseguia desviar o olhar delas.

A campainha tocou e todos momentaneamente esqueceram-se de Calliope quando um fluxo repentino de pessoas invadiu a sala. O zumbido das vozes ficou mais alto, com todos eles rindo, cumprimentando-se uns aos outros e distribuindo elogios.

— Flicker para mamãe — sussurrou, indo para um canto, e fechou os olhos para dominar a tontura enquanto compunha a mensagem em voz baixa. "Mãe, você nunca vai adivinhar o que eu estou usando." Nadav que se lixasse; elas tinham de fugir no meio da festa e pegar um voo até a América do Sul. Aqueles brincos resolveriam suas vidas por vários anos, no mínimo.

Ela não conseguiu terminar a frase. Calliope sabia que aquela era a sua chance, o tipo de oportunidade que só aparecia uma vez na vida, e no entanto ela estava congelada como uma novata.

— Callie — disse Atlas, aproximando-se dela, e Calliope soltou um estranho suspiro de alívio. Concluiria a mensagem depois. — Alguns dos meus amigos chegaram e eu adoraria que você os conhecesse. — Ele apontou para o hall de entrada, que estava se enchendo ainda mais, cheio de adolescentes e adultos trajando smokings perfeitamente compostos e elegantes vestidos pretos ou brancos.

Calliope sempre amara momentos como aquele, glamorosos e caros, em que o dinheiro suavizava as arestas de tudo. Mas, ao olhar para todas as pessoas reunidas no apartamento dos Fuller, ela se sentiu estranhamente carente. Elas não eram suas amigas. Aquelas risadas e fofocas não lhe diziam respeito, e certamente aquele ao seu lado não era seu namorado. Ela estava apenas pegando toda aquela cena emprestada, da mesma maneira como pegara emprestado os brincos de diamante cor-de-rosa.

Dessa vez, ela sabia, o momento de retrospectiva iria doer.

— Claro — disse para Atlas, com um sorriso forçado. — Mostre o caminho.

Ela atirou a cabeça ligeiramente para trás antes de segui-lo, sentindo o peso dos brincos que ela já não queria mais roubar.

Ela se permitiria entregar-se àquela fantasia — fingiria que era uma garota normal, em uma festa com um cara gatinho de smoking — só por mais um tempinho.

WATT

WATT ANALISOU AQUELA festa, que rodopiava e fluía enlouquecidamente à sua volta, com espanto descarado.

Uma pista de dança de madeira preta e branca estendia-se em ambos os lados do canal, parecendo um tabuleiro de xadrez brilhante. Uma centena de línguas soavam dissonantes em seus ouvidos — pessoas demais falando ao mesmo tempo para que Nadia se desse ao trabalho de traduzir. Acima dele, assomavam as duas gigantescas torres d'Os Espelhos, elevando-se na escuridão a novas alturas deslumbrantes.

Pela primeira vez, Watt sentiu como se finalmente tivesse entendido o porquê daquele nome: aquilo era como uma cidade de sonhos, cheia de espelhos e reflexos. Cada pequeno detalhe de uma torre — cada arco, cada quadrado brilhante de vidro, cada curva no corrimão de uma sacada — tinha sido engenhosamente duplicado na outra, em carboneto de alabastro ou pedra escura e lisa. Até mesmo os movimentos da equipe de funcionários pareciam coreografados para refletirem-se uns aos outros dos dois lados do canal.

Em todos os lugares para os quais Watt olhava, havia mulheres de vestidos pretos ou brancos e homens em fraques de grife. Não havia um único ponto de cor na festa inteira, nem mesmo o vermelho brilhante de uma cereja no bar. O efeito era impressionante, como uma obra de arte — como se Watt tivesse entrado em um daqueles antigos holos bidimensionais, onde tudo era apresentado em tons de cinza.

Nadia, o que você acha que Cynthia quis dizer com aquela cena? Ele não conseguia parar de pensar em como ela pediu para ele ficar — e o beijou. O que ele faria quando a visse de novo? Sentiu uma ansiedade febril ao pensar nisso; a culpa e a confusão se abateram sobre ele de uma só vez.

— Você sabe o que ela quis dizer, Watt — respondeu Nadia, sussurrando as palavras em seu ouvido.

Watt ficou atônito. O tom de Nadia parecia acusador. *Fiz algo de errado?*

— Tudo o que sei é que a situação mudou e que está ficando cada vez mais difícil antecipar o resultado.

As garotas são sempre complicadas, pensou ele, um pouco ressentido.

— As pessoas não são como as máquinas, Watt. Elas não são previsíveis, e erram com muito mais facilidade.

Com toda certeza.

Cynthia tinha lhe dito que as ações falavam muito mais que as palavras, mas o que isso significava, quando as ações de Watt eram reativas em vez de proativas? Ele sentia que não estava no controle há muito tempo, e agora, de repente, não sabia mais se aquilo era culpa sua.

Ele se encontrara com Leda no aeroporto. Fora totalmente preparado para encontrá-la raivosa e com mil maquinações planejadas, porque eles viajariam no avião da família de Avery e Watt supôs que aquilo a deixaria tensa. Porém Leda estava tão relaxada que não chegou nem a comentar o atraso dele. Simplesmente se virou para Watt quando ele chegou, disse que era um voo de cinco horas e perguntou que filme ele gostaria de ver junto com ela. Ela não parou de roçar a mão na dele sobre o braço do assento e Watt não disse nada, mas também não puxou a mão.

Eles mal tinham visto Avery, ou qualquer outra pessoa, durante o voo inteiro, mas Watt descobriu que na verdade não estava nem aí.

Nadia, decidiu perguntar, *você acha que Leda já confia em mim?*

— É difícil para mim estimar estados emocionais, exceto os seus — respondeu Nadia. — Qualquer coisa que eu dissesse sobre o que Leda sente seria pura especulação. É mais fácil rastrear o *seu* estado de espírito, já que tenho anos de dados acumulados a seu respeito. É assim que eu sei, por exemplo, que você gosta de Leda.

Era a última coisa que ele esperava que ela dissesse.

De jeito nenhum! Leda o drogara, manipulara e chantageara, e só porque o fizera rir algumas vezes — só porque era gostoso beijá-la — não significava que Watt gostava dela.

— Os sinais apontam o contrário. Quando você está com ela, expõe todos os indícios físicos típicos de atração: seu coração dispara, sua voz fica mais grave e, é claro, há ainda...

Isso não conta, ele pensou furiosamente, interrompendo-a. Redemoinhos de faíscas voavam de uma enorme escultura de fogo ao céu noturno. *Como você mesma disse, não passam de dados e, além do mais, atração física não tem nada a ver com gostar.*

— Você imita seus movimentos e gestos. Seu sangue sobe para a superfície da pele quando você está perto dela, o que, em mais da metade dos estudos, foi considerado algo relacionado à formação de vínculos emocionais — continuou Nadia, implacavelmente. — E você fica me perguntando sobre ela, o que...

Você não entende dessas coisas, falou?, soltou ele, perdendo a cabeça. *Como você pode entender alguma coisa que nem sequer sente?*

Nadia ficou em silêncio diante disso.

— Watt! — Leda apareceu ao seu lado, deslumbrante em um vestido branco de estilo grego. — Eu estive procurando por você. Calliope está aqui.

Os olhos de Watt se moveram na direção que Leda apontava. Atlas estava lá com a garota das fotos. Ela parecia magra, morena e implacável; seus cabelos escuros se derramavam sobre os ombros dourados, o vestido preto deslizava levemente sobre seu corpo. Tudo se encaixou impiedosamente.

— Você está espionando Calliope porque ela está com Atlas? — perguntou Watt, lentamente. A questão então era Atlas e Avery de novo? Seria Watt só uma enchação de linguiça, alguém com quem matar o tempo, uma distração irrelevante enquanto Leda tentava conseguir o cara de quem ela realmente estava a fim?

— Sim, claro — disse ela, impaciente.

Watt ficou perplexo com a raiva que sentiu. Bem, Leda também não significava nada para ele, lembrou a si mesmo.

— Está matando a Avery por dentro — continuou Leda, e sua voz saiu estrangulada com um protecionismo feroz, misturado à preocupação por Avery. Isso silenciou o zumbido agudo que disparara no cérebro de Watt.

— Peraí — disse ele, lentamente. — Deixa eu ver se entendi. Você está espionando Calliope porque ela está com Atlas, porque você quer que Atlas fique com a *Avery*?

Leda se encolheu.

— Eu sei que tudo isso deve parecer estranho para você, mas eu não suporto ver a Avery sofrer. Além disso, se essa tal de Calliope realmente estiver escondendo algo importante, então Atlas tem o direito de saber a verdade.

Watt continuava não entendendo.

— Eu pensei que você e Avery não estivessem mais se falando. — Watt se sentia um idiota, metendo-se no meio de um draminha de garotas, mas ele precisava saber.

Leda fez um gesto impaciente, tentando mudar de assunto:

— Ah, isso são águas passadas, estamos bem agora. — Ela sorriu. — Nadia parece que não está na sua melhor forma, se você ainda não sabia.

— Mas nós evitamos Avery no avião hoje... eu pensei que...

Leda riu, fazendo-o se sentir ainda mais tolo.

— Avery estava evitando *você*, Watt. Porque, por algum motivo, ela acha que você está chateado com ela. Além disso, achei que poderia ser mais legal ficarmos a sós — acrescentou ela, num tom um pouco menos decidido.

— Ah. — Foi tudo o que ele conseguiu pensar em dizer. Ainda estava tentando entender esse novo mundo onde Calliope estava competindo com Avery por Atlas; onde para Leda não tinha o menor problema Avery e Atlas estarem namorando; e onde ela estava levando em conta os sentimentos *dele*. Ele se perguntou o que tudo aquilo significaria para o relacionamento dos dois.

O braço de Leda apertou o dele.

— Quem é aquela mulher com ela?

Watt olhou para Calliope. Ela havia deixado Atlas, quase que furtivamente, e caminhado até onde uma mulher estava na beira do terraço.

Ao seu lado, Leda estava murmurando em suas lentes de contato para aumentar o zoom. Watt não precisava dizer nada, porque Nadia já havia se concentrado na mulher. Ela parecia uma versão um pouco mais velha de Calliope — não muito mais velha, talvez no final dos trinta —, com traços semelhantes, mas mais profundamente gravados, pelo tempo e pelo cinismo.

— Avery me disse que Calliope mora com a mãe — arriscou Leda. — Deve ser ela, certo?

Eles olharam um para o outro, claramente tendo a mesma ideia no mesmo momento.

— Watt... Nadia pode tentar um reconhecimento facial da mãe dela? — perguntou Leda.

Já estou executando, respondeu Nadia, ainda abatida. Ela tinha mudado o modo de voz para texto, colocando as palavras sobre a visão de Watt como se fossem um flicker.

Desculpe, de verdade.

Tudo bem. Como você sempre observa tão bem, eu não tenho nenhum sentimento para você machucar.

Watt sabia que aquilo era verdade, mas mesmo assim, por alguma razão, isso o deixou inexplicavelmente triste.

Ele observou enquanto Calliope e sua mãe continuavam conversando. No início, suas expressões estavam claramente tensas; seus gestos rígidos e firmes, carregados de significado. Então a mãe de Calliope disse alguma coisa e Calliope sorriu, indecisa. *Nadia, você está pegando o que elas estão dizendo?*

Nadia enviou-lhe uma transcrição da conversa, sem fazer nenhum comentário. Quando ele leu, ergueu as sobrancelhas em surpresa.

— Leda... — começou a dizer, mas ela o silenciou impacientemente.

— Estou ouvindo! LipRead — acrescentou, em resposta ao olhar questionador dele.

LipRead era um aplicativo projetado para deficientes auditivos. Watt se perguntou por que nunca pensara em usá-lo para escutar a conversa dos outros.

Ele não sabia se devia ficar impressionado ou aterrorizado com a inteligência de Leda.

Ele se inclinou para frente novamente, para observá-las mais de perto, e Nadia enviou-lhe os resultados do reconhecimento facial da mãe de Calliope.

— Leda — disse com voz rouca, agarrando seu cotovelo e arrastando-a para longe, apesar de seus protestos. — Você vai querer ver isso.

AVERY

AVERY ESTAVA BEM no meio de uma confusão de pessoas, soltando gargalhadas a cada piada que era contada, belíssima no chamativo — e exorbitantemente caro — vestido de noiva que ela comprara por um capricho e cortara na altura dos joelhos. Até mesmo o robô de pequenos reparos se recusara a fazer aquela mudança drástica, portanto Avery colocara sua varinha de beleza no modo de tesoura e cortara o vestido ela mesma, observando com um sentimento surreal de desapego as camadas de tule volumosas, cobertas de bordados a mão com pérolas e minúsculos cristais, caírem no chão de seu closet. O vestido era tão grosso que ela tinha demorado vários minutos de intensa concentração decidida para cortar tudo. Parte de Avery teve a impressão de estar observando a si mesma de longe; a Avery normal teria gritado ante o sacrilégio de cortar um vestido de casamento de alta-costura daquela maneira, mas a Avery normal tinha se enfiado em uma carapaça e a única coisa que restara foi esta Avery irracional, volátil e altamente imprevisível.

Ela não parava de olhar para onde Atlas estava com Calliope, com as cabeças inclinadas juntas, as expressões à vontade e sorridentes. Ver os dois juntos doía mais do que Avery se atrevia a revelar.

Risha agarrou seu braço em surpresa.

— Ai, meu Deus. — Ela sufocou um grito de surpresa, e seu olhar seguiu claramente na mesma direção do de Avery. — Aqueles não são os brincos cor-de-rosa da sua mãe?

Avery sentiu uma pontada de choque ao ver os brincos icônicos de sua mãe nas orelhas de Calliope.

— Parece que sim — disse ela, tentando dar a impressão de que aquele assunto era tedioso, para que Risha o deixasse de lado.

Do outro lado, Calliope estava inclinando-se para a frente para sussurrar alguma coisa. Seu vestido era tão fino que era quase inexistente. Avery sentiu algo doloroso crescer dentro dela, uma vasta escuridão, vazia, como um poço sem fundo. Ela esticou as mãos para sentir a bainha desigual de seu vestido. Por alguma razão, sua imperfeição rasgada e defeituosa era reconfortante.

— Se sua mãe emprestou esses brincos, então as coisas entre Atlas e ela devem estar ficando sérias — observou Risha.

— Não sei e nem quero saber. — Avery percebeu que estava rangendo os dentes de trás, o que lançou uma pontada de dor pela sua mandíbula, e deu um sorriso forçado. — Vou pegar uma bebida.

Ela se virou abruptamente, sem convidar Risha para ir com ela, e tentou abrir caminho em direção ao bar. Mas, claro, Avery Fuller não precisava passar pela multidão como uma pessoa normal. Todos recuaram instintivamente, como sempre, como se tivesse um holofote sobre ela.

Era sempre a mesma coisa, não era? As mesmas mulheres andando pelos terraços, seus saltos fazendo o mesmo barulhinho familiar no piso, os mesmos homens conversando uns com os outros em tons baixos sobre as mesmas coisas que sempre discutiam, de cenho franzido, com a mesma expressão clichê de preocupação. Tudo isso pareceu a Avery fútil e sem propósito. Aqui estavam eles, do outro lado do mundo, e ainda assim todos continuavam presos em seus pequenos padrões, lançando-se aos mesmos velhos flertes, condenados às mesmas frustrações.

— Avery! Eu estava te procurando! — Leda aproximou-se apressada em sua direção. Seu rosto estava vermelho e seus olhos brilhavam com uma feroz determinação.

— Estou aqui — disse Avery, inutilmente. Ela procurou dentro de si o melhor sorriso que pôde, mas saiu trêmulo. Leda percebeu e olhou desconfiada para Avery com uma espécie de reconhecimento, uma expressão de "você não me engana".

— Nós precisamos conversar. Em particular — insistiu Leda.

Ela levou Avery para os bastidores da festa, atravessando o enorme arco dourado que servia de entrada para um complexo habitacional de luxo dentro da torre escura. Alguns convidados estavam ali, caminhando pelo espaço vazio; era tudo imaculado e perfeito, com aquele brilho de construção onde ninguém morava. Avery tinha estado em uma enorme quantidade de torres construídas pelo pai quando elas ainda estavam desocupadas, e a cada vez que ia a uma achava aquilo um pouco enervante. Janelas vazias olhavam para fora dos corredores frontais dos apartamentos, como olhos sem alma.

— O que está acontecendo? — perguntou quando Leda finalmente parou. Elas se aproximaram um pouco demais de um dos apartamentos que estavam à venda e pequenos anúncios apareceram nas lentes de contato de ambas. Elas rapidamente caminharam mais para o meio da rua.

— Eu tenho notícias. Sobre Calliope. — Leda respirou fundo e baixou a voz dramaticamente: — Ela é uma vigarista.

— O quê?

Leda deu um sorriso impiedoso e perigoso enquanto explicava.

A história que ela contou parecia mais ficção do que realidade. Era a história de duas mulheres, mãe e filha, que trabalhavam juntas, a fim de viverem uma vida de golpes e roubalheira na superfície do mundo. Ela contou a Avery como elas conseguiam se hospedar em hotéis caros e usufruir de refeições e roupas igualmente de luxo, sempre conseguindo desaparecer do nada antes de pagar por aquilo. Contou como a mãe de Calliope havia se casado mais de uma dúzia de vezes, apenas para limpar a conta bancária conjunta após cada casamento e sumir no mundo. Como ela e sua filha se mudavam constantemente de um lugar para outro, sempre mudando de nome, de impressões digitais e de retinas, em busca de novas pessoas para dar golpes.

— Você não pode estar falando sério — disse Avery com voz rouca, quando Leda finalmente acabou de contar a história.

Leda sacou seu tablet e mostrou provas fotográficas para Avery. Calliope, em dezenas de fotos de escolas com diferentes nomes. A mãe dela presa por fraude em Marrakech, antes de sair da prisão em circunstâncias incomuns. Os registros de casamentos da mãe de Calliope, com certidões assinadas com todos os nomes falsos.

— Eu te disse que tinha algo errado com aquela garota! — exclamou Leda, parecendo decididamente orgulhosa de si mesma por ter descoberto.

— Você não entende? Atlas é seu próximo alvo!

Avery deu um passo para trás, pisando desajeitadamente com os saltos altos vermelhos, enquanto os anúncios imobiliários idiotas passavam pelo seu campo de visão novamente. Balançou a cabeça com raiva para que sumissem.

— Como você descobriu isso tudo, se elas estão sempre trocando de retinas? — Ela ainda não podia acreditar na história de Leda. Parecia estranho demais, impossível demais.

— Por reconhecimento facial. Não importa. — Leda fez um pequeno gesto para ignorar as preocupações de Avery. — Você não entende? Essa coisa toda não é culpa da Atlas! Ele está sendo *enganado* por uma trapaceira profissional de alto nível.

Uma pequena parte de Avery ficou maravilhada com o fato de Leda, dentre todas as pessoas, estar a encorajando a perdoar Atlas.

— Você não entende. Nós terminamos tudo, de vez.

— Por quê? — perguntou Leda, com ousadia.

Avery esfregou o sapato para frente e para trás na rua novinha em folha de carbonito na nova comunidade perfeita que seu pai havia construído.

— Eu me recusei a fugir com ele. Voltamos para casa com outras pessoas depois da festa subaquática. Tudo parecia simplesmente impossível. Eu não sei. — Ela suspirou. — Eu não tenho mais nenhuma certeza se nós ainda temos uma chance juntos.

— Bem, você nunca vai saber se não tentar, pelo menos! — observou Leda, com um pragmatismo implacável. Ela olhou intrigada para Avery. — Além disso, mesmo que nada aconteça entre você e Atlas, você não vai deixar essa garota tentar seduzi-lo e *roubá-lo*, vai? Temos de nos livrar dela!

Avery mordeu o lábio, enquanto todo um espectro de emoções caía confusamente em sua mente.

— É que isso é... inacreditável.

— Eu sei.

Lá fora, elas ouviram o som de um violino solitário.

— O que você vai fazer? — perguntou Leda, depois de um momento.

— Arrancar os brincos da minha mãe das orelhas dela — disse Avery, ao que Leda respondeu com uma gargalhada engasgada. — Depois disso, não tenho certeza.

— O que quer que você esteja planejando, me avise se eu puder ajudar. — Leda deu um pequeno sorriso, e de repente elas tinham voltado no tempo e estavam novamente no sétimo ano, prometendo que sempre defenderiam uma à outra. Tramando para dominar o mundo.

Avery puxou Leda para um abraço brusco.

— Obrigada. Eu não sei como você faz isso, mas obrigada — murmurou.

— Faço qualquer coisa por você, Avery. Sempre. — Sentindo que sua amiga precisava de um tempo sozinha, Leda se retirou.

Avery ficou ali por mais algum tempo, andando devagar pela cidade fantasma caríssima, com seus acabamentos exorbitantes, tetos altos e entradas privativas fechadas com portões em cada casa. Ela precisava entender tudo aquilo em sua mente machucada e desorientada.

Calliope era uma farsa. Mirava Atlas desde o início, provavelmente desde a África.

Avery se lembrou de sua conversa com Atlas, depois da festa do Fundo do Mar — quando, à luz fria do dia, eles tinham decidido que a situação era muito difícil, que deviam dar um passo para trás. Tentou lembrar qual deles fora o primeiro a dizê-lo. Ela tinha um pressentimento profundo de que tinha sido ela.

Mesmo que não fosse, não tinha sido ela que colocara o relacionamento em perigo em primeiro lugar, dizendo a Atlas que eles não poderiam fugir juntos, mas se recusando a explicar por quê? Olhando em retrospecto, Avery teve a impressão de que havia se apoiado injustamente em Atlas logo depois da morte de Eris; que tinha tirado e tirado dele, sem nunca parar para perguntar como ele estava se sentindo. Isso, além do segredo — o fato de que estavam constantemente no limite, vivendo com medo de que seus pais pudessem pegá-los —, era mais do que qualquer relacionamento poderia suportar.

Então Calliope — ou seja lá qual fosse o verdadeiro nome daquela garota dos infernos — aparecera, com seu sorriso vazio e suas palavras vazias, e mirou o alvo em Atlas. Será que ela realmente achava que poderia simplesmente entrar em suas vidas, pegar o que quisesse e sair numa boa da cidade, mais uma vez? Dessa vez ia ser diferente, aquela vadia ia ver só.

Avery sentia uma saudade de Atlas tão intensa que doía em seu peito. Ela estendeu a mão para enxugar as lágrimas. Não tinha percebido que estava chorando.

O dia em que Atlas disse que a amava tinha sido o dia mais feliz da vida de Avery. Foi o primeiro dia em que ela se sentiu verdadeiramente viva. Como se o mundo até aquele momento tivesse existido apenas em tons de preto e branco, como esta festa ridícula, e depois explodido em cores.

Ela amava Atlas e sempre amaria. Amá-lo não era uma escolha. Estava programado em seu DNA, e Avery sabia, no fundo, que era o único amor de que seu coração seria capaz, durante todos os dias de sua vida.

Voltou resolutamente à festa. Não havia tempo a perder.

CALLIOPE

CALLIOPE SEGUIU A mãe obedientemente pelo terraço, para uma área vazia com algumas cadeiras espalhadas e uma solitária figura de pé perto da balaustrada.

— O que está acontecendo? — perguntou, tentando puxar alguns fios soltos do cabelo para a frente, para esconder as orelhas. Sua mãe não parecia ter notado os brincos da sra. Fuller, o que era decididamente atípico. Elise tinha uma memória obsessiva e quase fotográfica de tudo o que ela e Calliope possuíam. O fato de Calliope estar usando enormes diamantes cor-de-rosa sem que Elise percebesse era, mais do que qualquer outra coisa, um indicador de que algo importante estava acontecendo.

Calliope já havia dito oi para sua mãe, apenas uma hora atrás; elas se encontraram em um dos terraços inferiores e trocaram um rápido relatório do progresso de cada uma naquela noite. Calliope não esperara vê-la novamente tão cedo.

Então eles chegaram à mesa, e a figura em pé revelou ser Nadav Mizrahi.

— Olá, sr. Mizrahi. — Calliope lançou um olhar curioso para sua mãe, tentando entender o que ela estava querendo, mas Elise apenas sorriu, seus olhos brilhando com lágrimas não derramadas.

Calliope nunca tinha sido tão boa quanto Elise.

— Você não conseguiu encontrar Livya? — Calliope ouviu sua mãe perguntar, e seu coração afundou um pouco, porque ela percebeu o que estava acontecendo. Calliope já tinha testemunhado pedidos de casamento para a mãe em quantidade suficiente para reconhecê-los a uma milha de distância.

Nadav fez que não.

— Eu queria que ela estivesse presente para isso, mas tudo bem. Eu não posso esperar mais.

Para nenhuma surpresa dos que estavam ali, Nadav dobrou um dos joelhos. Remexeu um pouco dentro de seu paletó — era cativante, ele claramente amava a mãe de Calliope, o que o tornava mais tolo ainda — e tirou dali uma caixinha de veludo. Havia uma fina camada de suor na sua testa.

— Elise — disse ele, fervorosamente. — Apesar de eu só conhecer você há poucas semanas, parece uma vida inteira. E eu quero que dure pelo resto da vida. Quer casar comigo?

— Sim — respondeu Elise, sem fôlego, como uma colegial, estendendo a mão para que ele pudesse colocar o anel em seu dedo.

Era um pedido de casamento bastante bom, pensou Calliope insensivelmente, ainda que um pouco sem inspiração — pedir alguém em casamento na festa que outra pessoa havia organizado. Pelo menos Nadav não ficou tagarelando por horas, nem falou nada piegas. Ela lembrou-se com certo atraso de bater palmas, sorrindo para o novo noivo de sua mãe — o décimo quarto, se sua memória não falhava.

— Parabéns! Estou muito feliz por vocês dois — disse ela, com uma quantidade razoável de surpresa e entusiasmo. Pronto, pensou tristemente, o fim da estadia delas em Nova York tinha chegado. Depois tudo começaria outra vez.

Ela se inclinou para frente para examinar o anel, e sua respiração ficou presa na garganta com a surpresa. Os anéis de noivado de Elise eram geralmente cafonas e horríveis, porque caras tolos o suficiente para se apaixonar por seus truques normalmente tinham mau gosto. Mas este era surpreendentemente bonito, um simples diamante rodeado por um belo aro em pavé. Calliope sentiu uma pontada de pena, pois elas seriam obrigadas a desmembrá-lo em partes para revendê-la no mercado clandestino.

— Calliope, Livya e eu estamos muito ansiosos para conhecer você melhor. Estou felicíssimo por estarmos juntando as nossas famílias.

Nadav começou então a descrever todos os seus planos completamente condenados ao fracasso. Ele pensava que ele e Elise iriam se casar no Museu de História Natural, pois ambos tinham ficado absolutamente encantados pelo lugar, e Calliope quase riu da ideia de Elise querer se casar cercada por animais empalhados e empoeirados. E, perguntou ele, o que achavam de visitar Tel Aviv no próximo mês, para que ela e Elise pudessem conhecer sua família?

— Vocês deveriam se mudar imediatamente para a nossa casa. Não há mais necessidade de morarem no Nuage — acrescentou ele. — Claro, vamos ter de começar a procurar logo um novo apartamento, que seja grande o bastante para acomodar todos nós.

Por um breve momento, Calliope imaginou como seria ter uma vida normal e estável. Viver em um *lar*, um lugar que fosse seu, com toques únicos e personalizados, em vez de num hotel glamoroso e completamente anônimo. Ser de fato irmã de Livya. Deixar de enganar pessoas inocentes e depois abandoná-las, num turbilhão constante de extravagância sem sentido.

Seria estranho, pensou Calliope, realmente fazer o que Nadav propunha: viver com aqueles dois estranhos. No entanto, ela não odiava completamente a ideia.

— Ah, é Livya — murmurou Nadav, inclinando a cabeça para receber um novo flicker. — Vou lá encontrá-la e depois trazê-la aqui, para compartilhar a boa notícia. — Ele deu um beijo na boca de Elise antes de rumar para a multidão.

— E aí, o que você acha? — perguntou Elise, baixando a voz, quando ele já não podia ouvi-las.

— É um lindo anel, mamãe. Tenho certeza de que você receberá meio milhão, pelo menos. Bom trabalho.

— Não, eu quis dizer, o que você achou do plano, de tudo que o Nadav disse?

O estômago de Calliope deu uma guinada estranha.

— O que você quer dizer?

— Quero dizer: o que você acha de ficarmos em Nova York? — Elise sorriu e segurou as mãos da filha.

Calliope não conseguiu responder. De repente, sentiu-se irritada, nervosa e incapaz de pensar com clareza.

— Por quanto tempo?

— Vamos *ficar*, querida! — repetiu Elise. — Isto é, se você quiser.

Calliope afundou, sem palavras, em uma das poltronas Lucite e olhou para a noite. Era tão escura. As tochas tremeluziam no vento crescente, e portanto Calliope soube que eram chamas reais, não holos. Alguma parte bizarra dela quis ir até lá tocar as chamas, só para ter certeza.

— Eu estive pensando no que você disse na semana passada, que queria que pudéssemos nos assentar em algum lugar, pela primeira vez na vida. — Havia algo estranho sob a voz de sua mãe. Este era um terreno desconhecido para ambas. Calliope ficou muito quieta. — Receio que nem sempre fui a melhor mãe para você, o melhor modelo. — Elise olhou para suas mãos entrelaçadas, remexendo seu novo anel de noivado. — Eu andei pensando muito sobre o dia em que saímos de Londres.

"Eu também", pensou Calliope, mas não tinha certeza de como dizer isso.

— Eu pensei que era a coisa certa na época — disse Elise. — Meu Deus, quando aquela mulher bateu em você, as coisas que eu quis fazer... e depois de todos os anos de maus-tratos que sofri nas mãos dela... Parecia apenas justo que a roubássemos e fugíssemos.

— Tudo bem, mamãe. — Calliope podia ouvir o rugido furioso do canal lá embaixo, ecoando o redemoinho confuso e crescente de seus pensamentos. Ela não tinha ideia de que sua mãe vivia aquele conflito, que também questionara a vida delas, quando por tanto tempo parecia que havia seguido alegre e despreocupada.

Sua mãe suspirou:

— Não, não está. Fui eu que te conduzi por esse caminho, sem um plano de verdade. Eu tive uma vida de adolescente normal, com escola, amigos e relacionamentos, mas você...

— Eu tive essas coisas — disse Calliope, mas Elise fez um gesto para interromper suas palavras.

— Eu não vi o tempo passar. Eu olho para você e é como se tivesse sido ontem mesmo que fugimos da casa dos Houghton, não sete anos atrás. Eu nunca deveria ter deixado isso se arrastar por tanto tempo. — Ela levantou o olhar e Calliope viu que seus olhos estavam brilhantes, cheios de lágrimas. — Eu tenho privado você da chance de viver sua vida, uma vida de *verdade*, e isso não é justo com você. Onde você vai parar, quando tudo terminar?

Longe, ouviu-se um coro de gritos quando um enorme bolo saiu flutuando das cozinhas em um prato preto reluzente. A cobertura estava cheia de microscópicos chips comestíveis de LED, de modo que o bolo inteiro parecia estar aceso como uma tocha.

Calliope não respondeu à mãe. Ela nunca tinha pensado no futuro, provavelmente porque tinha medo de fazer isso.

— Eu estava pensando — continuou Elise, com um pouco mais de autocontrole — que poderíamos transformar isso num golpe um pouquinho mais demorado, o mais longo que já fizemos. Você podia começar a frequentar uma escola, para que concluísse o último ano em Nova York. Claro, se odiar tudo isso, podemos sempre partir no próximo trem. Mas podemos ver como nos saímos primeiro. — Ela arriscou um sorriso. — Poderia ser uma aventura divertida.

— Você faria isso? — Calliope queria o que sua mãe estava oferecendo, muito, muito mesmo. Mas também sabia o que isso significava: que Elise teria de desistir de sua independência e viver com um homem que, por mais bondoso que fosse, ela não amava.

— Não existe nada que eu não faria por você — disse Elise simplesmente, como se isso respondesse a todas as outras perguntas. — Espero que você saiba disso.

— Olha quem eu encontrei! — Nadav voltou para o terraço, com Livya a reboque. Calliope deu um passo à frente para dar à outra garota um abraço impulsivo.

— Você está linda esta noite — disse, em uma explosão de carinho caridoso. Era verdade; a maquiagem dela transformara até os traços pálidos e sem graça de Livya em algo interessante, e seu vestido cloqué cor de marfim com saia rodada emprestava ao corpo magro uma silhueta bastante necessária.

— Obrigada — disse Livya rigidamente, libertando-se depressa dos braços de Calliope. Ela não devolveu o elogio.

— Um brinde à nossa nova família! — gritou Nadav, brandindo uma garrafa de champanhe como uma arma quando ele estourou a rolha. O som ricocheteou alto sobre o barulho da festa, atraindo alguns olhares para eles, mas Calliope não se importou.

Ela notou que Livya tomou um pequeníssimo, quase imperceptível gole do champanhe antes de deixá-lo de lado, com os lábios franzidos. Claramente, ela não estava tão satisfeita com aquela mudança de planos quanto Calliope.

"Ah, tudo bem. Não se pode ter tudo", pensou Calliope com tristeza.

Os dias de trapaça delas tinham terminado. Não teriam de enganar, mentir ou trair a confiança de ninguém; não teriam de usar nomes falsos e vestidos de alta-costura e começar todo o ciclo vicioso novamente. O mundo inteiro parecia mais brilhante, mais leve e cheio de possibilidades infinitas.

Ela viveria em Nova York, pra valer. Seria ela mesma, não um personagem que sua mãe inventara para que ela desempenhasse o papel de apoio em sua última ficção. Frequentaria a escola, teria amigos e se tornaria alguém.

Ela mal podia esperar para descobrir como Calliope Brown, a nova-iorquina, seria na realidade.

— Querida — falou baixinho sua mãe, com um olhar de soslaio, enquanto Nadav entregava a cada uma delas uma taça de champanhe. — Esses brincos são novos? Parecem quase reais.

Calliope tentou desesperadamente não rir, mas os cantos da sua boca ergueram-se num sorriso, apesar de sua vontade.

— É claro que não são de verdade. Mas são lindos, não são?

O novo diamante desconhecido de Elise brilhou ao luar quando ela ergueu sua taça na direção da de Calliope.

— Um brinde a esta vez.

— Um brinde a esta vez — repetiu Calliope, e ninguém que não a sua mãe poderia ouvir o tom esperançoso e ávido na frase que ela tinha pronunciado tantas vezes antes.

RYLIN

DE ONDE ESTAVA, no limite da pista de dança, Rylin podia avistar o espelhamento d'Os Espelhos em todo o seu esplendor. Três pontes de pedra pontilhadas de lanternas cruzavam o canal, cada uma delas tão lotada de pessoas que era quase impossível se mover. Acima, pontes de etherium apareciam com uma explosão de luz e desapareciam segundos depois, lembrando os aviões que Rylin e Chrissa costumavam observar da estação elevada de monotrilho. Lá de baixo, os aviões pareciam raios, desaparecendo no céu quase que no mesmo instante em que Rylin os via.

Que dia inesperado tinha sido aquele! Na noite anterior, Rylin mandara um ping para Leda do ViewBox. Ela meio que esperou que Leda fosse ignorá-la, mas Leda atendeu imediatamente.

— E aí? — perguntou ela, animada, como se não fosse estranho Rylin Myers estar lhe mandando um ping numa noite de sexta-feira.

— Quero ir para Dubai — explicou Rylin, e depois daquele momento tudo foi um tumulto só. Ela comprou um vestido novo, viajou para o exterior no avião da família de Avery e, agora, ali estava ela.

Ainda não tinha visto Cord, mas a noite ainda era uma criança. A alegria causada pelo que ele dissera na semana passada — que nunca havia parado de se preocupar com ela — enchia seu peito de uma sensação quente e agradável. Ela estava determinada a encontrá-lo... e descobrir o que ele quis dizer com aquilo.

Seu tablet vibrou com uma mensagem recebida. Curiosa, Rylin olhou de relance e ficou chocada ao ler o que estava escrito:

De: Xiayne Radimajdi.
Sem assunto.
Rylin, eu senti sua falta na aula ontem. Recebi uma notificação da secretária dizendo que você pediu transferência para a aula de holografia básica. Espero que isso não seja verdade, mas, se for, eu entendo.
Por favor, deixe-me pedir desculpas pelo que fiz na noite da festa do elenco. A culpa é minha, por todos os limites que foram ultrapassados. Por favor, saiba também que estou grato por toda sua ajuda com Salve Regina.
Você é incrivelmente talentosa, Rylin. A maneira como você vê o mundo é uma dádiva. Lamento muito te perder da aula. Se você mudar de ideia, eu ficaria honrado em te receber de volta, a qualquer momento.
Estou ansioso para acompanhar sua carreira na holografia.
Xiayne

Rylin sentiu como se tivessem lhe arrancado o ar dos pulmões. Precisaria de algum tempo para pensar naquele assunto, classificar suas várias emoções e chegar a uma decisão. Só ler o e-mail já fez com que ela se sentisse melhor. Ela se apoiou em uma mesa de metal martelado, colorida em um padrão xadrez preto e branco. Talvez devesse voltar a cursar aquela aula, no fim das contas. Talvez.

— Aí está você! — Leda se aproximou, segurando a saia de seu vestido branco com as duas mãos para que pudesse caminhar mais facilmente. Ela sorriu, o que transformou seu rosto: suavizou a angulosidade de suas feições, destacou a vivacidade de seus olhos. Ela não parecia em nada com a garota irritada e drogada que ameaçara Rylin no telhado na outra noite. Agora ela parecia... feliz.

— Olá, Leda — cumprimentou Rylin.

Leda aproximou-se dela na balaustrada e acompanhou o olhar de Rylin pelas multidões reluzentes, iluminadas pelas fagulhas dos chafarizes de fogos de artifício. Um coro humano cantava ao vivo em um dos outros terraços. Suas vozes se desdobravam como fitas entrelaçadas pela noite.

— Então — perguntou Leda, depois de um momento. — Está curtindo a sua primeira festa?

— Não é minha primeira festa. — Rylin revirou os olhos, divertida, sem acreditar no que ouvia.

— Bom, é o que parece — respondeu Leda em voz monótona. — Você veio de Nova York para Dubai e agora está aí sozinha, sem falar com ninguém? Vamos, Rylin, tem muitas pessoas da escola por aqui. Certamente a esta altura do campeonato dá para você pelo menos cumprimentar algumas delas.

Rylin corou. Leda estava certa.

— Só porque eu frequento a mesma escola que eles não significa que eu *goste* deles — disse ela, na defensiva.

— Eu não vejo onde está o problema. Você pode não gostar de uma pessoa e ainda assim *conversar* com ela. Deus sabe que você me detesta, e apesar disso está falando comigo.

Para sua surpresa, Rylin se deu conta de que não odiava mais Leda.

— Eu não te entendo — disse ela, com a maior calma. — Alguns meses atrás você estava ameaçando me *destruir*. Agora você está me trazendo a festas e me ajudando a trocar de disciplinas. O que mudou?

— *Eu* mudei. — Leda soltou um suspiro pesado, mas não tirou os olhos dos de Rylin. — E, para sua informação, você também. Você não é a mesma garota que eu ameacei no almoço, no primeiro dia de aula. — Outra música tinha começado a tocar nos alto-falantes, mas Rylin ouvira tudo o que Leda dissera.

— Nisso você tem razão — disse Rylin, enquanto um sorriso deslizava pelo seu rosto. — Agora sou durona demais para você ficar mandando em mim.

— Durona você sempre foi — respondeu Leda, com um olhar estranho. — Mas agora você também está mais esperta, mais observadora e, *eu acho*, um pouco menos esquentada. Além disso — acrescentou, agora com um sorriso —, eu não preciso mais ameaçar você. Tenho outras vítimas.

Rylin não conseguiu saber se a outra garota estava falando sério ou brincando. Talvez um pouco das duas coisas.

Uma lembrança lhe veio à mente, do nada — de um dos dias que passara na ilha de edição com Xiayne e ele lhe dissera que a holografia dizia respeito a perspectivas. Que pessoas diferentes viam o mundo de maneiras diferentes. Rylin sabia que tinha feito mal a muita gente e sido prejudicada por outras tantas também: Hiral, Leda, Xiayne e, acima de tudo, Cord. Talvez ela precisasse olhar para tudo isso de outro ângulo.

— Pelo amor de Deus, Rylin. Isso aqui é uma festa e você parece estar tentando resolver os mistérios do universo. — Leda estendeu a mão para apanhar uma bebida e entregou-a a ela. — Relaxa e tenta sorrir, OK?

Rylin tomou um gole da bebida do copo branco gelado. O gosto era amargo em sua língua, e a bebida muito forte.

— Eu não posso beber isso aqui de estômago vazio — protestou.

— Eu sei, estou morrendo de fome. Você viu os bolinhos de risoto? Parecem incríveis. — Sem dizer mais nada, Leda enganchou o braço no de Rylin e arrastou-a em direção a uma das ilhas de gastronomia. Por um momento, Rylin hesitou, pois queria encontrar Cord, mas então lembrou que ainda havia horas de festa, que estava com fome e que era meio legal não odiar mais a Leda.

Como o mundo às vezes era estranho: Rylin Myers e Leda Cole estavam saindo juntas para encontrar risoto, assinando uma espécie bizarra de trégua sob o céu suave e cintilante.

CALLIOPE

CALLIOPE ESTAVA SOZINHA perto de um arranjo de flores de humor, que agora emitiam um brilho dourado suave e contente para combinar com a felicidade dela. O suposto sistema de detecção de emoções daquelas plantas era bastante capenga — baseava-se na frequência cardíaca e na temperatura corporal e, diziam, em feromônios —, mas, pela primeira vez, Calliope achou que a leitura tinha realmente acertado.

Ela havia se retirado para aquele terraço mais reservado para recuperar o fôlego e esperar que Atlas viesse encontrá-la. Dito e feito, ela ouviu passos atrás de si naquele exato momento. Virou-se, abrindo um sorriso, mas viu então que não era Atlas, e sim sua irmã.

Avery parecia uma criatura meio selvagem. Estava usando um vestido branco cintilante com um decote ilusão, costurado com várias camadas de renda e pérolas delicadas. A saia tinha sido cortada logo acima da altura dos joelhos, Calliope percebeu; não uniformemente, mas em uma linha irregular, como se alguém a tivesse cortado com uma lâmina. O cabelo dela tinha se soltado dos grampos do penteado e rodeava o rosto em uma nuvem loira emaranhada.

— Eu estava procurando por você — declarou Avery, em tom ameaçador.

— Oi, Avery. — Calliope levantou uma sobrancelha com curiosidade. Ela tinha de perguntar: — Isso aí é um vestido de noiva?

— Era, até que eu o cortei e o transformei em um vestido de festa.

Bem, certamente era chamativo.

— O que posso fazer por você?

— É bem simples, na verdade. Eu quero que você dê o fora de Nova York. — Avery falou a frase dando espaços distintos entre as palavras, como se precisasse que Calliope entendesse a importância máxima de cada sílaba.

— Desculpe, o quê? — disse Calliope, mas teve a sensação súbita, nauseante, de que Avery *sabia*.

Avery deu um passo ameaçador para frente.

— Eu sei de toda a verdade sobre você e sua mãe. Então, agora, vocês duas vão dar o fora de Nova York e nunca mais falar com Atlas, já que você estava o tempo todo enganando-o só por causa do *dinheiro*. Ele não passava da merda de um joguinho para você.

O medo subiu em espirais pela pele de Calliope. Ela inspirou, com cuidado.

— A coisa não é bem assim, tá legal?

— Ah, é? E qual era o seu plano hoje à noite então? Você estava prestes a fugir com os brincos da minha mãe?

Calliope sentiu uma pontada de culpa pela acusação. Ela tinha mesmo pensado em fazer isso, não é? E seria exatamente o que teria feito há não muito tempo; mas esta noite algo a impediu. Ela não queria tratar os Fuller assim. Não queria mais tratar *ninguém* assim.

Talvez ela estivesse desenvolvendo o que as pessoas chamavam de consciência.

Ela abriu a boca para falar, mas Avery estava balançando a cabeça ante o silêncio de Calliope. Seus traços perfeitos estavam retorcidos de nojo.

Silenciosamente, com toda a dignidade que conseguiu reunir, Calliope ergueu a mão e desatarraxou os magníficos diamantes cor-de-rosa que ainda estavam presos em suas orelhas. Ela os estendeu para Avery, que os apanhou com força.

— Você não tem ideia do que está falando — insistiu, enquanto assistia Avery trocar seus próprios brincos pelos diamantes cor-de-rosa. — Você nem me *conhece*.

Avery olhou para ela, e na expressão de seus olhos azulzíssimos não havia nada além de crueldade.

— Eu sei muito mais do que jamais quis saber sobre você.

— Como você descobriu? Pelo Brice? — Mais que qualquer coisa, Calliope sentia-se entristecida pelo fato de que ela e sua mãe teriam de fugir de novo. Depois de todo o trabalho duro de sua mãe — depois de ela ter aceitado o pedido de casamento de Nadav, de sua decisão de ficarem na cidade —, elas teriam de dar meia-volta e sair correndo mais uma vez. Arrumar novas retinas, novas identidades e começar a engambelar alguma outra pobre pessoa para conseguir algo dela. Que merda; não existiria mais Calliope Brown, com toda certeza. Aquela ideia a fez sentir-se oca por dentro.

Avery olhou para ela, espantada.

— O que Brice tem a ver com essa história? Ele está envolvido nisso?

— Deixa pra lá.

— *Dez, nove, oito...* — Ao redor delas, a festa começou uma súbita contagem regressiva para a meia-noite. A primeira rodada de fogos de artifício estava prestes a começar, e continuariam noite adentro, de hora em hora, até amanhecer. Calliope ficou espantada quando se deu conta de que ainda estava tão cedo, uma vez que no decorrer de uma única noite seu mundo inteiro tinha sido virado radicalmente de ponta-cabeça. Por duas vezes.

Ela manteve os olhos em Avery, tentando interpretar a dança de emoções que aparecia em seu rosto. Ela já havia previsto tantas ações de pessoas como Avery na vida... no entanto, pela primeira vez, seus instintos tinham falhado.

Então Calliope lembrou-se de algo que sua mãe dissera uma vez: se um dia ela fosse apanhada em uma situação difícil, se suas mentiras não estivessem funcionando, se tudo o mais desse errado, às vezes a melhor saída era dizer a verdade.

Ela nunca havia dito seu nome verdadeiro em voz alta. *Não o conte a ninguém*, sua mãe repetia para ela desde que saíram de Londres. *É perigoso demais; isso dá às pessoas poder sobre você. Simplesmente invente outro nome, um nome divertido, qualquer coisa que você goste.* Tinha sido um jogo que ela havia jogado, com bastante habilidade, durante anos. Ela usara tantos nomes, feito tantas trapaças. Havia se desfeito tanto em minúsculos pedacinhos a cada mentira que agora não tinha ideia do que restara.

— Calliope não é meu nome verdadeiro — disse, tão baixinho que Avery teve de se inclinar para a frente para ouvir o que ela falava, sobre o barulho da festa. — É Beth.

A raiva de Avery pareceu vacilar, como se aquele grãozinho pequeno de verdade a tivesse congelado por um instante.

— Eu jamais teria te tomado por uma Beth — disse ela, o que era uma coisa estranha para se dizer. Então os fogos de artifício explodiram acima delas, quebrando o feitiço temporário. — Mas não estou nem aí para quem você é ou deixa de ser. Você precisa sumir do mapa antes de voltarmos para Nova York. Se eu te vir na Torre novamente, vai ter uma confusão dos diabos. Está me entendendo?

Calliope tensionou a mandíbula e olhou fixamente para Avery. Um lampejo de sua velha atitude desafiadora ardeu dentro dela.

— Pode acreditar, você deixou isso bem claro — retrucou com irritação, e Avery foi embora.

Assim tudo terminava, mais uma vez. Calliope permitiu-se alguns minutos de melancolia, olhando para as águas e desejando que as coisas pudessem ser diferentes, que ela tivesse jogado com mais habilidade as suas cartas. Depois ela se virou com um suspiro derrotado e começou a caminhar de volta para a festa.

Ela pretendia aproveitar o resto da noite. Não com Atlas, já que Avery certamente o estaria observando, mas com qualquer pessoa, ou até mesmo sozinha; não tinha importância. Nada daquilo tinha importância. Na manhã seguinte, ela diria à mãe a verdade e elas teriam de deixar a cidade o mais rápida e silenciosamente possível.

Calliope não estava particularmente preocupada com os detalhes. Elas já tinham fugido de muitos lugares na vida, sob circunstâncias piores do que aquela; ela sabia que não enfrentariam problemas maiores. Mas, depois da declaração de sua mãe, ela havia se permitido ter esperanças de que, daquela vez, as coisas pudessem ser diferentes. Agora ela se sentia estranhamente à deriva, como se tivessem lhe oferecido algo brilhante e maravilhoso e depois o arrancado para longe.

Ante a ideia de se mudar para outra cidade — de fazer todo o trabalho de reconhecimento, começar outro golpe e roubar outra pessoa crédula e descuidada — todo o seu corpo protestou. Ela sentiu-se cansada, entristecida e sozinha.

Por um momento, pensou ter ouvido um som ao longe, como um grito, ecoando o gemido pesaroso do coração de Calliope, mas, quando tornou a prestar atenção, não era nada.

Ela se virou devagar, fazendo o elegante rabo de peixe de seu vestido deslizar atrás de si. Por uma última noite, ela continuaria a ser Calliope Brown, e que se danassem as consequências.

WATT

WATT ABRAÇOU LEDA por trás.

— Onde você se escondeu? — murmurou em seu cabelo, que cheirava a rosas, um cheiro ao qual ele tinha se acostumado naquelas últimas semanas.

— Eu estava me intrometendo na vida alheia — disse Leda, maliciosamente.

— É mesmo? — Watt soltou-a para colocá-la de frente para ele. Ela parecia radiante, como se seu rosto estivesse iluminado por dentro e todo o seu ser pudesse sair flutuando do terraço onde eles estavam.

— Estou tentando fazer Rylin reatar com Cord. Pode demorar um pouco, porém. Cada um está sendo cabeça-dura.

— Alguns meses atrás você estava ameaçando Rylin e agora resolveu bancar a Emma Woodhouse para cima dela? — perguntou Watt, divertido.

Leda inclinou a cabeça para ele.

— Estou enganada ou você acabou de fazer uma referência a Jane Austen? As surpresas não param.

— Ei, eu sei ler! — protestou Watt, embora, na verdade, Nadia é que tivesse lhe soprado aquela frase. Ele decidiu mudar de assunto: — Mas, enfim, por que você acha que deve decidir se Cord e Rylin devem ficar juntos?

— Porque eu sei o que é melhor — declarou Leda, como se fosse óbvio.

— Porque você gosta de brincar de marionete com a vida das outras pessoas.

— Ah, dá um tempo. Como se você não gostasse!

— Só porque eu *poderia* passar todo o meu tempo espionando os outros não significa que eu faça isso. Eu geralmente acabo empurrando a minha vigilância para Nadia. Você ficaria surpresa de como isso pode ser entediante.

— Menos me espionar, é claro — brincou Leda.

— Claro. — Watt reprimiu um sorriso. Nadia sugeriu um jardim do outro lado do terraço. Parecia bom, portanto Watt segurou a mão de Leda e conduziu-a até um caminho ladeado de árvores e enormes botões em flor.

Toque no assunto de Eris, insistiu Nadia. *Agora é a hora certa.*

Agora não, Nadia. Tá legal?

A chance é essa!, insistiu Nadia. *Você não quer se livrar de Leda?*

Leda apertou a sua mão, e Watt já não tinha mais certeza de nada.

Ele olhou para ela, observando seu perfil elegante, a maneira impulsiva como ela se movia em seu vestido branco esvoaçante, todos os seus traços — seus olhos, suas mãos, sua boca — suavizados na penumbra. Pensou em todos os lados diferentes de Leda que ele tinha vindo a conhecer. Sua determinação implacável e feroz; suas vulnerabilidades dolorosas; seus pesadelos; sua inteligência incrível. A única coisa que Leda Cole não era, ele pensou, era indecisa.

— Você acha mesmo que sempre sabe o que é melhor, não é? — disse, brincando.

— Eu sei que eu sei — rebateu ela.

— Bem, então, se você sabe o que é melhor, o que eu deveria estar fazendo de diferente? — formulou a pergunta como uma piada, mas de repente ficou curioso para saber:

— Por onde eu começo? Bem, em primeiro lugar, você poderia se livrar daquela camiseta horrorosa da Nerd Nation que você sempre usa.

— Eu ganhei aquela camiseta em uma feira de ciências... — começou a dizer Watt, mas Leda já estava falando por cima dele, ignorando seu protesto:

— Você poderia prestar um pouco mais de atenção à sua família. — Uma expressão de seriedade se instalou em seu rostinho apaixonado. — Eles realmente se importam com você, Watt. Dá para ver. E, ao contrário da minha família, jamais mentiriam para você.

Esse último comentário o deixou inexplicavelmente triste, mas, antes que ele pudesse pressionar para saber mais, Leda já tinha colocado o assunto de lado. Watt decidiu deixar pra lá.

— E, neste momento, você poderia começar me beijando — concluiu ela.

Não havia como desobedecer uma ordem direta.

Finalmente eles se afastaram e foram andando mais para dentro do jardim. Tudo era silencioso. Watt teve a impressão de que eles eram as únicas pessoas do mundo. Leda parecia satisfeita em não dizer nada e simplesmente inclinar o rosto para o céu e respirar devagar.

— Eu menti — disse ela de repente, numa voz muito baixa.

Watt olhou para ela confuso.

— Eu nem sempre sei o que é melhor. Especialmente em relação a mim mesma. Há muitas coisas que eu deveria ter feito diferente.

— Leda, todos nós cometemos erros... — começou a dizer Watt, mas ela recuou um passo, sacudindo a cabeça. Watt percebeu que sua mão ficou fria sem a dela. Ficou chocado ao ver pequeninas lágrimas se acumulando nos cantos dos cílios de Leda, deslizando pelo seu rosto.

— Você viu o que eu fiz, Watt. Sabe que os meus erros são os piores de todos. Eu só queria que...

Lá vem!, disse Nadia ansiosamente, enquanto Watt puxava Leda para mais perto, envolvendo-a em seus braços. Sentiu-se estranhamente nervoso, e ao mesmo tempo percebeu que Leda finalmente estava falando sobre aquela noite, depois de tudo.

— Shh, tá tudo bem — murmurou, correndo a mão levemente pelas suas costas. — Vai ficar tudo bem, não se preocupe.

— Eu não queria fazer aquilo. Você sabe — disse Leda, tão baixinho que ele não teve certeza do que tinha ouvido. Seu coração parou por um instante.

Peça para ela explicar melhor, insistiu Nadia. *Isso não é prova suficiente. Faça com que ela confesse com todas as palavras.*

— Você não quis fazer o quê? — perguntou Watt. Apesar de odiar a si mesmo, continuou insistindo mesmo assim, porque as palavras estavam escritas bem na sua frente por Nadia, e ele se sentia chocado demais agora para procurar quaisquer palavras que fossem dele mesmo.

Leda olhou para Watt, com os olhos arregalados e confiantes, cheios de lágrimas.

— Eris — disse ela, simplesmente. — Você sabe que eu não quis empurrá-la lá de cima. Eu só queria que ela recuasse... mas ela ficava tentando me abraçar, e depois de tudo que ela fez para mim... eu só queria que ela me deixasse em paz. — A mão de Leda apertou a dele tão forte que Watt teve a impressão de que seu fluxo de sangue estava sendo interrompido. — Foi um acidente. Eu não queria que ela tivesse caído. Nunca, nunca, *nunca*.

Peguei!, declarou Nadia, com evidente satisfação.

Mas a mente humana de Watt estava se prendendo às palavras de Leda.

— Como assim, depois de tudo o que ela fez para você?

— Você não sabia? — perguntou Leda. Watt balançou a cabeça, totalmente perdido. — Eu pensei que você soubesse de tudo. — Desta vez, as palavras dela estavam completamente desprovidas de sarcasmo.

— Eu nunca prestei muita atenção em Eris — disse ele, o que era verdade. Ele sempre estivera concentrado em Avery.

Leda assentiu, como se aquilo fizesse sentido para ela.

— Eris estava tendo um caso com meu pai antes de morrer.

— O quê? — *Nadia, como a gente deixou passar uma coisa dessa?*

Watt teve a sensação repugnante de estar preso em alguma coisa muito maior do que ele. Tinha caído demais e agora estava no fundo de um buraco negro, sem fundo, e não conseguia subir para respirar.

Acima de tudo, tinha uma sensação avassaladora de ódio por si próprio. Ele havia enganado Leda para que ela revelasse seu eu mais íntimo, mais vulnerável, apenas para que ele pudesse destruí-la.

Leda segurou a mão dele, respirando fundo, trêmula.

— Eu não sei por que estou falando desse assunto. Vamos voltar para a festa.

— Desculpe, é que eu... — Watt puxou a mão, ignorando o olhar assustado de Leda. *Não envie essa filmagem para lugar nenhum, Nadia. Você não vai fazer nada que envolva Leda sem a minha aprovação, falou?*

— Watt? O que foi? Qual o problema? — Leda franziu a testa, parecendo intrigada, até *preocupada* com ele. Aquilo o matou, o fato de ela estar preocupada com ele depois de tudo o que ele acabara de fazer com ela.

Ele deu um passo para trás, passando a mão pelos cabelos. Não podia pensar, não com Leda tão perto, olhando para ele de um jeito magoado. Sentiu-se atordoado e trêmulo.

O que estava acontecendo com ele? Quando foi que ele se tornou o tipo de pessoa que tentava enganar os outros para fazer com que revelassem seus segredos sombrios?

— Agora não dá. Eu preciso... Sinto muito — murmurou, e foi embora, endurecendo-se para não se emocionar com a dor que brilhava no rosto de Leda.

LEDA

LEDA FICOU ALI parada, em choque, enquanto o vulto de Watt recuava para a noite.

O que é que tinha acabado de acontecer? Ela havia exposto a ele suas verdades mais profundas e perigosas, contado todas as piores coisas de sua família e *de si mesma*, e ele simplesmente virara as costas para fugir.

Ela sentou-se em um banco suspenso e o empurrou para a frente com seus saltos, para balançar-se lentamente. Estava longe da festa agora, em algum tipo de jardim botânico de vários níveis. Ela escutou as vozes abafadas de casais caminhando pelas trilhas escurecidas, roubando beijos furtivos. Lanternas coloridas balançavam à sua passagem. Ela se sentia muito distante deles.

Teria Watt ido embora por causa do que ela fizera com Eris? Mas ele já sabia... e isso era o legal de estar com Watt, pensou: o fato de eles se entenderem justamente porque sabiam quem eram e conheciam todos os segredos um do outro.

Talvez Watt não tivesse entendido completamente até agora. Talvez, quando ela abriu sua alma e ele percebeu toda a escuridão que estava ali escondida, ele tenha percebido que não queria se meter naquilo.

Leda mordeu o lábio, repassando toda a conversa em sua mente e tentando determinar o que ela tinha feito de errado. Ela se sentia estranhamente abalada. Tinha alguma coisa em Watt que a estava incomodando, mas o quê? Não seria algo estranho em sua expressão, em seus olhos...?

Ele não tinha piscado. A constatação ocorreu a ela de repente, com uma certeza animalesca. Ele a havia observado o tempo todo sem piscar, como se fosse um gato esperando pacientemente por um rato.

Teria Watt *filmado* a conversa?, pensou Leda, descontroladamente.

Certamente não, o cérebro racional de Leda apressou-se a lembrá-la. Ela teria notado, teria ouvido Watt dizer "gravar vídeo", era assim que as lentes de contato funcionavam, afinal de contas. Ela fechou os olhos, ligeiramente mais calma.

Só que Nadia estava no cérebro dele.

Era muito fácil para Leda esquecer a presença de Nadia, por causa da emoção de estar na festa com Watt, mas, obviamente, Nadia estivera lá o tempo todo, ouvindo, gravando, transmitindo e Deus sabe o que mais. Leda não tinha ideia do que Watt era capaz com Nadia dentro da sua mente.

Ela fechou a mão em um punho, tão apertado que as unhas se cravaram dolorosamente na carne da palma da sua mão, mas a dor era boa: ajudava-a a manter o foco.

Pensou em todas as vezes em que Watt parecia observá-la um pouco demais, sempre que alguém mencionava Eris. Ele tinha concordado em ir com ela para a festa do Fundo do Mar e para a clínica de reabilitação tão depressa. Leda não pensara sobre isso na época, mas era estranho, não era, que ele não tivesse protestado? Será mesmo que ele estivera brincando com ela o tempo inteiro? Que se aproximara dela na esperança de ter uma oportunidade como esta, na esperança de que Leda se embebedasse, confiasse nele e confessasse a verdade?

Leda estendeu a mão para enxugar uma lágrima. Aquilo não devia ser realmente uma surpresa, mas perceber que o tempo que passaram juntos fora apenas uma mentira doía mais do que ela teria imaginado.

Que idiotice a dela pensar que Watt poderia se apaixonar por ela de verdade. Ela nem mesmo o culpava por querer se vingar. Ela teria feito o mesmo, se os papéis estivessem invertidos. Não disse mais de uma vez que ela e Watt eram farinha do mesmo saco?

Um antigo instinto familiar de autoconservação começou a se atiçar, incitando-a a combater fogo com fogo, a usar todas as armas de seu arsenal para destruir Watt antes que ele pudesse destruí-la. Porém Leda descobriu que não tinha coragem para tanto. Além disso, com aquele quant em seu cérebro, ele provavelmente já enviara o vídeo de confissão dela para a polícia. Eles poderiam estar vindo na sua cola agora mesmo.

Leda sentiu um peso sobre ela, transformando todo o seu corpo em chumbo. Talvez fosse resignação. Ou desespero. Leda Cole nunca havia se resignado a nada, mas também nunca encontrara ninguém que pudesse ser páreo para ela, até Watt.

Ela tinha encontrado o único garoto do mundo que era igual a ela e se apaixonara por ele; mas, à maneira típica de Leda Cole, conseguira fazer dele seu inimigo jurado.

Ela se levantou e seguiu em direção ao bar mais próximo — uma mesa solitária montada entre os limoeiros, perto dos limites da trilha do jardim. Estava tão afastado da festa que parecia que alguém, talvez a Providência, o tinha trazido até ali em sua hora de necessidade. Afinal, amanhã ela já poderia estar indo para a prisão. Era melhor desfrutar de suas últimas horas como mulher livre.

— Um uísque com soda — disse Leda automaticamente quando se aproximou. — E outro logo em seguida.

A atendente olhou para ela, e por alguma razão o cérebro de Leda se acendeu em reconhecimento.

— Eu te conheço? — perguntou ela.

A moça encolheu os ombros.

— Eu trabalho no Altitude. Meu nome é Mariel. — Ela começou a preparar o coquetel com movimentos rápidos e treinados.

— E agora você está aqui? — Leda ainda estava confusa.

— Os Fuller trouxeram alguns funcionários do Altitude para trabalhar nesta festa. Muito chique, né?

— Ah. — Leda não tinha ouvido falar nada a respeito disso, mas parecia típico dos Fuller.

— Você está na festa sozinha? — A outra garota deslizou o copo pela bancada, com uma sobrancelha levantada.

— No momento, sim. — Leda franziu a testa ao olhar para o copo, que era preto, escuro e opaco. — Esse copo é extremamente mórbido — observou ela. Parecia uma taça que as almas condenadas usariam para beber no inferno. Tão escura quanto os seus segredos, pensou, tomando um gole. O uísque tinha um gosto adstringente que ela não reconheceu.

— Desculpe. Tudo o que me deram é preto e branco. — Mariel mostrou um copo branco, mas Leda sacudiu a cabeça; não valia o incômodo. — Bem, Leda, ninguém deveria beber sozinho em uma festa como esta — insistiu Mariel, e preparou um drinque para si mesma.

Ela tinha contado seu nome àquela garota? Leda ficou um pouco confusa, um pouco espantada. O uísque estava batendo mais rápido do que ela imaginara. Tinha a leve sensação de que estava ficando enjoada, mas não conseguia saber se era por causa da bebida ou pela ideia de ver o vídeo de sua confissão em todas as redes sociais.

Por um momento, Leda pensou ter vislumbrado certa ansiedade e concentração no olhar de Mariel. Isso a intrigou. Ela pousou o copo meio vazio para olhar para o céu. Brilhava com estrelas, espalhadas como pequeninas cabeças de alfinete de algo efervescente e brilhante. Esperança, talvez.

Leda sabia que não havia esperança para ela. Pegou o copo negro e preparou-se para dar mais um gole no uísque de gosto estranho, esperando que conseguisse dissipar a dor causada pelo que Watt tinha feito.

AVERY

AVERY SEGUIA APRESSADA, sem fôlego, na direção da estrela pulsante em seu campo de visão que a conduziria até Atlas. Ainda bem que ele nunca desligara o compartilhamento de localização, mesmo depois de tudo o que haviam dito um ao outro. Ela abriu caminho pelo meio das multidões vestidas de preto e branco; os únicos pontos de cor eram os rostos maquiados, um borrão discordante recortado contra a escuridão. Avery abriu passagem pelo meio de tudo isso, seguindo em direção àquela luz pulsante como se fosse a própria Estrela do Norte a conduzindo para casa.

Ela dobrou uma esquina e viu com alívio que, sim, ele estava bem ali, sob a estrela amarela brilhante inscrita em suas lentes de contato. Franzia a testa ligeiramente, conversando com seu pai e um grupo de investidores. Avery estendeu a mão para arrumar o cabelo e ajustar a renda fina em seu decote, antes de se aventurar até lá.

— Atlas. Eu preciso falar com você. — Ela viu seu pai se encolher um pouco ao ouvir isso, mas não importava. Nada disso importava, contanto que Atlas e ela estivessem juntos.

Ele olhou para ela por um momento, depois afastou os olhos.

— Estamos muito ocupados agora.

Isso doeu, mas ela deixou passar.

— Por favor.

Atlas vacilou por um momento, depois deu uma desculpa para o grupo e a seguiu a certa distância.

— O que está acontecendo? — perguntou baixinho, irritado, mas ela não respondeu, apenas o conduziu determinadamente para baixo, para os terraços cada vez mais inferiores da Torre, até que eles chegassem a um portão com uma placa onde se lia ACESSO PROIBIDO. Abriu-o e arrastou Atlas até o terraço pequeno, escuro e meio sujo que havia atrás dele, lotado de máquinas, que se projetava diretamente sobre o canal. O barulho das águas lá embaixo era alto em seus ouvidos.

— Acha que já estamos longe o suficiente? — perguntou Atlas, sarcasticamente.

Ela odiou aquele tom hostil — não era nada como o Atlas normal, parecia a fala de um estranho habitando seu corpo. Ignorando a pergunta, Avery agarrou a gola de sua camisa e puxou-o para baixo para beijá-lo.

Ele continuava sendo seu Atlas, ela percebeu com alívio: a mesma boca, as mesmas mãos, os mesmos ombros de sempre. Deslizou as mãos por aqueles ombros para entrelaçar as mãos em seu cabelo, na nuca, onde eles se cacheavam muito de leve. *Eu te amo tanto, e sinto muito.*

Atlas se afastou, balançando a cabeça.

— Isso não é justo — disse ele, com a voz um pouco trêmula. — Você não pode ficar furiosa comigo por semanas e depois simplesmente decidir me beijar aqui, na festa mais lotada de nossas vidas.

— Desculpe — sussurrou.

— O que está acontecendo com você, Avery? O que aconteceu para provocar... isto? — Atlas fez um gesto impaciente para indicar o vestido dela, seu cabelo emaranhado. O beijo.

Ela disse a si mesma para não entrar em pânico por ele tê-la chamado de Avery e não de Aves.

— Tem uma coisa que você precisa saber sobre Calliope. Ela não é o que parece ser. — Isso saiu um pouco teatral, portanto ela tentou novamente: — Ela é uma fraude, Atlas. Ela está mentindo para você esse tempo todo, brincando com você. Ela nem mesmo *gosta* de você.

— Do que você está falando?

— Ela e a mãe dela são... — Ela ficou tentando encontrar a palavra certa. *Trambiqueiras* parecia sair de um holo ruim. — Golpistas. Elas se aproveitam das pessoas, tiram seu dinheiro e depois se mudam para outro lugar, com uma nova identidade.

Com cuidado, hesitante, Avery explicou tudo. Contou a Atlas sobre os vários pseudônimos de Calliope, os registros da prisão de sua mãe; enviou-lhe as fotos que Leda havia encontrado de todas as suas muitas identidades.

Diante de tudo aquilo, ele apenas balançava a cabeça silenciosamente, mal piscando os olhos.

— Que merda — murmurou Atlas quando ela finalmente ficou em silêncio. Ele balançou a cabeça sem conseguir acreditar, com seus olhos castanhos meio vidrados.

— Eu sei. Eu sinto muito. — Na verdade ela não sentia. Queria mais é que Calliope fosse embora, que ela tivesse Atlas de volta, e o mundo fosse restaurado à sua ordem correta.

— Como foi que você descobriu tudo isso?

Avery pegou a mão dele, entrelaçando seus dedos nos dela.

— Não importa, descobri e pronto. Eu não posso explicar, mas juro que é tudo verdade.

Um grito murmurado se elevou da multidão acima deles quando outra rodada de fogos de artifício começou. Avery não olhou para o rosto de Atlas. Ele estava muito quieto, pensando em tudo aquilo. Parecia perdido num mundo próprio.

— Não se preocupe — disse ela suavemente, um pouco abalada com o silêncio dele. — Eu já disse a ela para se mandar. E, se ela não for, nós vamos obrigá-la. Nós podemos fazer qualquer coisa juntos.

Atlas puxou a mão da dela em um movimento súbito e brusco.

— *Nós* não vamos fazer nada. Eu vou lidar com isso sozinho.

— Atlas...

— Por favor, não. Já é bastante difícil assim. — Ele estava olhando fixamente para a água, o que a enervou, porque significava que ele não conseguia sequer suportar olhar nos olhos dela. Fogos de artifício explodiram em grandes rajadas pretas e brancas no céu, lançando sombras fantasmagóricas que dançaram pelo rosto dele.

— Estou um pouco atordoado, para ser sincero. E puto da vida. Não que tenha acontecido alguma coisa entre mim e a Calliope — acrescentou Atlas, o que fez o coração de Avery saltar ansiosamente. — Mas ainda assim estou exausto — continuou, gravemente. — Eu preciso ficar longe disso, de tudo isso.

— Exatamente. Podemos fugir juntos, você e eu, como planejamos! — exclamou Avery. Agora que Leda estava de volta ao seu lado e queria ajudá-la, não havia mais nada que pudesse separá-los.

Atlas fez que não.

— A gente fez certo quando terminou as coisas. Nós tentamos, mas, não importa o quanto tentemos, não conseguimos fazer isso funcionar. — Ele lançou um olhar a Avery que a aterrorizou. — Você sabe que nome papai deu ao hotel na Torre Negra?

— Fanaa. — Um súbito pânico começou a correr pela pele dela.

— Significa se destruir pela pessoa que você ama — disse Atlas, insistente. — Somos eu e você, Avery. Não percebe? Estamos literalmente destruindo um ao outro. É complicado demais, e existem muitas pessoas que podem acabar se magoando. Principalmente nós dois.

— Então você não me ama mais. — Essa era a única explicação que fazia sentido. Como ele poderia amá-la e não querer estar com ela?

— Claro que te amo — insistiu Atlas. — Sempre vou te amar. Mas só amor não é necessariamente o suficiente. Não dá para construir uma vida inteira baseada nisso.

— Sim, dá sim! — gritou Avery, e sua voz guinchou descontroladamente.

— Eu só estou tentando ser realista — disse Atlas, e a maneira sensata com que ele falava fez com que Avery sentisse vontade de sacudir seus ombros e berrar. — O que você acha que vamos fazer, ir morar em uma ilha remota, só nós dois?

— Isso, exatamente!

— O que acontece quando você se cansar disso? Quando andar por essa ilhota e ler livros e comer peixe não for mais o bastante para você? — perguntou, baixinho.

— Eu terei *você*. E você será o suficiente.

— Eu não sei se serei. — A voz de Atlas falhou, mas ela fingiu não ouvir. — Honestamente, estou com medo. Tenho medo de te perder, mas tenho ainda mais medo de forçar você a seguir um caminho que você não deseja.

— Você não está me forçando a nada! — protestou Avery, mas era como se ele não tivesse ouvido.

— Você é incrível, Aves — disse Atlas, suavemente. — Você é muito inteligente e talentosa, maravilhosa demais para passar a vida afastada do mundo. Você *pertence* ao mundo, rindo e viajando, tendo amigos. Você merece ver tudo que o mundo tem a oferecer, e eu não posso te dar nada disso.

— Você e eu podemos ter todas essas coisas. Vamos fazer amigos, e viajar — começou a dizer Avery, mas ele estava fazendo que não.

— E ficar olhando por cima do ombro a cada momento, com medo de que alguém nos reconheça, com medo constante de ser pego? Não. Vermont me mostrou que isso é impossível.

A voz de Avery era quase um sussurro:

— Eu não me importo com nada disso. Eu trocaria tudo para estar com você.

Atlas a surpreendeu pegando as mãos dela, apertando-as e envolvendo-as com as suas.

— Eu sei que é sincero quando fala agora, mas estou com medo do que vai acontecer daqui a cinco anos, quando você se virar para mim e se arrepender da escolha que fez. Então, talvez seja tarde demais para você voltar atrás.

A respiração de Atlas estava entrecortada. Ele parecia prestes a chorar. Instintivamente, Avery soube que não podia deixá-lo chorar na sua frente, pelo bem dele. Ela deu um passo para trás, com os próprios olhos brilhando de lágrimas de tristeza, e esperou.

— Você não entende? Não pode dar certo entre nós. Estou apenas nos poupando uma dor de cabeça no fim da história — disse Atlas, finalmente.

"É isso", Avery pensou, com uma certeza terrível. Era realmente, verdadeiramente, o fim.

Ela não aguentou mais — atirou-se nos braços de Atlas e o beijou repetidas vezes, e dessa vez Atlas a beijou de volta, descontrolada e apaixonadamente. Aquilo partiu o coração de Avery porque ela sabia, no fundo, que ele estava se despedindo dela. Ela se apertou mais contra ele, pressionando o corpo ao longo do dele, tentando trazê-lo tão para perto que ele jamais pudesse se desvencilhar de seus braços, como se ela pudesse prendê-lo usando apenas a força de vontade. Desejou poder arrancar cada beijo do ar e escondê-lo em algum lugar seguro, porque cada beijo era um beijo mais próximo do derradeiro.

Quando eles finalmente se separaram, nenhum dos dois disse uma palavra. O rio corria abaixo deles. Os sons da festa chegavam a eles como se viessem de outro mundo.

— Beleza, então — disse ela finalmente, em voz baixa, porque parecia que um deles deveria dizer alguma coisa.

— Beleza, então — repetiu Atlas.

Lágrimas se reuniram nos olhos de Avery, mas ela as engoliu de volta. Precisava ser forte agora, pelo bem de Atlas. Portanto, ela conteve as lágrimas e balançou a cabeça, trêmula, embora isso lhe custasse mais do que ele jamais saberia, embora parecesse que alguém estava segurando uma navalha e abrindo um milhão de pequenos cortes por toda a sua pele.

Atlas começou a se virar para ir embora, mas parou como se tivesse pensado melhor e estendeu a mão para tocar Avery pela última vez. Ele colocou uma mecha de seu cabelo atrás da orelha, traçou a linha de sua mandíbula, passou o dedo levemente sobre seu lábio inferior. Como se fosse cego e tentasse reconhecê-la somente com as pontas dos dedos.

Avery fechou os olhos. Ela se concentrou em memorizar seu toque, desejando parar o tempo, parar o mundo e guardar aquele momento para sempre, porque, enquanto seus olhos estivessem fechados, seria possível acreditar que Atlas ainda estava ali. Que ainda era dela.

— Desculpe, Aves, mas eu juro que é melhor assim — disse ele, e então se foi.

Avery ficou ali por um tempo, de olhos firmemente fechados, apenas ela, seus segredos e sua tristeza, sozinhos no escuro.

CALLIOPE

CALLIOPE ESTAVA DANÇANDO e rindo há horas com uma intensidade quase frenética, sempre de olho nos irmãos Fuller enquanto andava pela festa, embora não visse nenhum deles havia algum tempo. Dava goles em uma taça de vinho de vez em quando, mas tinha um gosto azedo em sua boca.

Logo a noite acabaria e ela teria de confessar a verdade para sua mãe: que ela estragara tudo e precisavam ir embora, porque Avery Fuller sabia tudo sobre as duas. Apesar disso, continuava caminhando pela multidão, com sua boca vermelha e brilhante congelada em um sorriso inflexível.

Calliope sabia que estava adiando o inevitável, mas queria evitar a conversa com a mãe o máximo que pudesse, pois, quando dissesse o que tinha acontecido — quando pusesse a coisa em palavras, em voz alta —, Calliope Brown estaria morta. "Aqui jaz Calliope Brown, tão bonita quanto cruel. Ela morreu sem que ninguém a conhecesse de verdade", pensou amargamente.

Pela primeira vez, inventar um epitáfio para o seu pseudônimo perdido não era tão divertido.

Ela deu uma volta inteira em torno da pista de dança, imaginando se Elise já estaria dormindo, quando avistou um casal em um terraço lá embaixo. Alguma coisa nos dois lhe parecia familiar, embora estivessem longe demais para Calliope saber o quê. Estavam escondidos atrás da placa de ACESSO PROIBIDO, onde provavelmente achavam que tinham total privacidade — e teriam mesmo, se não fosse por ela. Ninguém mais estava olhando naquela direção.

Por falta de algo melhor para fazer, Calliope esticou o pescoço e deu zoom em ambos com suas lentes de contato. Ficou surpresa ao perceber que eram Avery e Atlas Fuller.

Avery tinha inclinado a cabeça para cima e falava alguma coisa enfaticamente com Atlas. Devia estar lhe contando a verdade sobre Calliope e Elise.

Tomada por uma espécie de curiosidade mórbida, Calliope deu um zoom ainda mais próximo e percebeu que alguma coisa nitidamente estranha estava acontecendo entre os irmãos. As expressões no rosto de ambos, e a forma possessiva com que Avery andou na direção dele, deixaram os cabelos da nuca de Calliope em pé.

Então, para seu espanto, eles uniram seus corpos e se beijaram.

De início, Calliope supôs que estivesse enganada. Mas, quanto mais dava zoom, mais certeza tinha que eram, definitivamente, Avery e Atlas. Ela assistiu, com horror fascinado, ao beijo que continuava, com Avery se levantando na ponta dos pés, enfiando as mãos no cabelo de Atlas.

Calliope piscou para que sua visão voltasse ao normal e desviou o olhar. Respirou fundo algumas vezes, enquanto um rugido surdo ecoava em seu cérebro desnorteado. Tudo aquilo fazia um sentido horrível e distorcido.

Ela lembrou-se de Atlas ter dito que tinha fugido para a África porque se envolvera em uma confusão complicada. Lembrou-se do amargo ressentimento que Avery demonstrou em relação a ela logo depois da festa do Fundo do Mar, quando percebeu que Calliope havia dormido na casa deles. E tinha o modo como Avery e Atlas falavam um com o outro, o modo como sempre pareciam estar ligados no que o outro estava fazendo; Calliope tinha presumido que não passava de um carinho excessivo entre os irmãos, mas obviamente era muito mais que isso. Todas as peças se encaixaram e mostraram a verdade, como estilhaços de um espelho quebrado e empenado que deveria ser incapaz de descrever a realidade... mas descrevia.

Ficou parada por um momento, ouvindo o vento assobiar pelos cantos daquela torre extravagante — mal se podia ouvi-lo por cima da música, das fofocas e das risadas, mas o barulho estava lá. Calliope imaginou que o vento se sentia zangado por estar sendo ignorado. Entendia aquele sentimento.

Ela se inclinou para a frente na balaustrada, pensando em Avery e em todas as ameaças que ela tinha lhe feito antes, e sorriu. Não havia nada de suave em sua expressão; era um sorriso frio e calculista, um sorriso de vitória. Porque Calliope estava farta de ser pressionada por qualquer um dos Fuller.

Quer dizer que Avery Fuller estava a fim de joguinhos. Bem, Calliope também sabia jogar. Tinha disputado partidas com os melhores dos melhores, ao redor do mundo, e não tinha a menor intenção de perder, agora que sabia um podre de Avery: algo tão perigoso quanto o que Avery sabia sobre ela mesma. Sabia o que tinha visto e como usar aquilo para sua própria vantagem.

Avery poderia protestar o quanto quisesse, mas Calliope não iria a lugar algum. Ela voltaria a Nova York para ficar.

LEDA

"PUTA QUE PARIU", pensou Leda em um torpor borrado. O que estava acontecendo?

Ela estava andando com a garçonete do Altitude — Miriam... Mariane... não, Mariel, ela lembrou, era isso. A garota tinha enlaçado um braço ao redor da cintura de Leda e outro em seu antebraço, que fechara com força em volta dela como um torno. Elas haviam percorrido, sabe-se lá como, uma estrada de serviço rio acima, distante d'Os Espelhos, e chegado à beira-mar. As águas escuras do Golfo Pérsico estavam à direita de Leda, parecendo frias e implacáveis. Leda olhou em volta, em todas as direções, mas não viu ninguém.

— Eu quero voltar para a festa. — Ela tentou puxar o braço de Mariel, mas a outra garota a arrastou teimosamente para a frente. Olhou para os seus pés e percebeu que estavam descalços. — O que aconteceu com os meus sapatos?

— Nós os tiramos, porque você não conseguia andar com eles na areia — disse Mariel, pacientemente.

— Mas eu não quero andar na areia. Eu quero voltar para a festa.

— Vamos nos sentar um minutinho — sugeriu Mariel em vez disso, com uma voz baixa e suave. — Você está bêbada demais para voltar para a festa.

Era verdade. Leda se sentia sonolenta e desorientada. Todos os seus neurônios estavam funcionando a um quarto da velocidade normal. Seus pés tropeçaram vagarosamente pela praia em direção à água. O vento chicoteava ao redor delas, entrando no cabelo de Leda para soltar seus cachos, mas Leda mal sentia. Como tinha ficado assim tão chapada? A última coisa que ela se lembrava era de ter tomado aquele drinque com Mariel... certamente devia ter tomado mais de um, caso contrário não estaria se sentindo assim...

— Por aqui. — Mariel tentou guiar Leda por uma encosta íngreme em direção à praia. Leda balançou a cabeça em protesto mudo. Ela não queria ir para tão perto da água, cuja superfície negra refletia o luar em Leda. Era uma luz brilhante e opaca, o que tornava impossível medir suas profundidades.
— Vamos, Leda — insistiu Mariel, e seu tom não dava margem a discussão. Ela deu um beliscão na lateral de Leda, através do seu fino vestido de festa.

— Ei — protestou Leda. Ela meio que escorregou, meio que caiu na duna de areia, aterrissando de lado. Tentou ficar de pé, mas não tinha forças suficientes. Rangeu os dentes e só conseguiu ficar em uma posição sentada.

Alguns edifícios assomavam da escuridão como monstros primordiais, cheios de máquinas hostis e hidrojatos. Leda de repente ansiou pelo ritmo e pelos risos da festa. Não estava gostando daquilo. O que tinha acontecido com Watt? Ele sabia onde ela estava?

— Vamos lá — disse Mariel, trazendo Leda para mais perto da água. Leda se encolheu para trás, incomodada, mas a outra garota era muito mais forte. Um dos pés descalços de Leda tocou acidentalmente uma onda e ela soltou um grito. Estava gelada. Aquele não era um oceano tropical? Ou ela é que estava tão bêbada que já não conseguia mais sentir nada corretamente?

— Nós precisamos conversar. É sobre Eris. — Mariel afundou os olhos nos de Leda.

Algo não estava certo. Cada instinto no corpo de Leda gritava para ela fugir, para ir embora; mas ela não conseguia se mexer, estava presa naquele lugar estranho. Mariel se agachou ao seu lado.

— Como você conheceu Eris? — perguntou, e algo ameaçador brilhou nos olhos de Mariel.

— Ela era minha amiga — disse a outra, devagar.

— Minha também — disse Leda com voz arrastada. Para a sua boca era difícil formar frases.

— Mas o que aconteceu na noite em que ela morreu? — insistiu Mariel. — Eu sei que ela não caiu. Ela nem sequer estava bêbada. O que aconteceu que você está escondendo?

Leda explodiu em súbitas lágrimas — soluços feios, irritados, que sacudiram seu corpo. Ela ficou maravilhada com a clareza da sua própria emoção. O que estaria acontecendo com ela? Estava mais que bêbada; estava chapada, talvez, só que isso era diferente de qualquer outra droga que ela já tivesse tomado, como se ela houvesse se soltado do próprio corpo e estivesse pairando bem acima dele. De repente, Leda ficou com muito medo. O rosto de Watt aparecia e desaparecia em sua consciência, a maneira estranha como ele ouviu a sua confissão, sem piscar os olhos. Ele não hesitara em machucá-la. Ele não estava nem aí para ela. Ninguém estava nem aí para ela. Ela não merecia a afeição de ninguém.

— Tá tudo bem, Leda. Eu estou aqui — dizia Mariel, sem parar, e aquela repetição era vagamente calmante. — Estou ouvindo. Tá tudo bem.

— Eu quero a minha mãe — Leda se ouviu dizer. Ela queria correr para os braços de Ilara, do jeito que fazia quando era pequena, e admitir o que ela havia feito. *Minha doce Leda*, sua mãe sempre dizia, colocando o cabelo de Leda atrás da orelha, *você é teimosa demais para o seu próprio bem. Não entende que as coisas nem sempre acontecem do jeito que você quer?* Então a mãe dela a punia, mas Leda sempre aceitava, porque sabia que havia amor por trás do castigo.

— Não foi minha culpa — sussurrou então, como se sua mãe estivesse ali, ouvindo. Seus olhos estavam fechados.

— Como assim? O que você quer dizer com isso?

— Eles estavam todos lá, Watt, Avery e Rylin. Sabiam que era perigoso. Deviam ter me puxado para longe da beirada, não deviam ter deixado Eris chegar tão perto. Eu não quis empurrá-la!

— Você empurrou Eris para fora do telhado?

— Já falei, foi um *acidente*! — gritou Leda, com voz rouca. Um fogo parecia estar acendendo em sua cabeça, as chamas lambiam o interior de seu cérebro, onde Watt guardava o seu computador. Ela imaginou as labaredas queimando tudo, não deixando nada além de cinzas.

— Como você impediu que eles contassem à polícia, se estavam lá em cima? — Mariel estava tremendo de nojo.

— Eu sabia segredos deles. Disse que eles tinham de ficar calados em relação ao meu, senão eu contaria tudo. — Em horror absoluto, Leda se ouviu contando tudo a Mariel. Sobre Avery e Atlas. Sobre Rylin ter roubado de Cord. E, o pior de todos, o segredo de Watt, que ele tinha um computador quântico ilegal alojado em seu cérebro.

Alguma parte confusa de Leda sabia que ela não deveria estar dizendo essas coisas, mas ela não conseguia evitar; era como se outra pessoa estivesse dizendo aquelas palavras, como se estivessem sendo arrancadas dela por vontade própria.

— Vocês são ainda piores do que eu pensava — disse Mariel por fim, quando Leda terminou.

— É — gemeu Leda, sabendo que merecia aquilo, acolhendo aquilo.

— Você nunca devia ter metido Eris no meio de tudo isso. Não era justo! — disse Mariel em tom baixo e irritado, e Leda ouviu o puro ódio em sua voz. Mariel a desprezava.

Uma teimosia magoada se impôs na mente de Leda.

— Ah, tá bom. Eris já estava metida no meio disso! — protestou ela. — Afinal de contas, estava transando com meu pai!

Mariel caiu em um silêncio mortal.

Leda tentou se levantar, mas seu corpo não estava respondendo adequadamente e ela desabou com violência no chão. Suas pernas se dobraram em um ângulo estranho embaixo dela. A areia parecia áspera e granulosa contra sua bochecha. Ela fechou os olhos, estremecendo de dor, e as lágrimas obscureceram sua visão, que já estava borrada de qualquer maneira.

— Por favor. Me ajude a voltar — pediu, com voz rouca. Ainda não entendia como ficara assim tão bêbada. — Quantos drinques eu tomei?

Mariel inclinou-se sobre ela. Seu rosto era tão duro e inflexível quanto se tivesse sido esculpido em pedra.

— Só um. Mas eu o batizei.

O quê? Por quê? Leda sentiu vontade de perguntar, mas afastou as perguntas em favor de seu problema mais imediato.

— Por favor, me ajude a voltar.

A água estava tão perto, e a maré começou a subir, arrastando-se em sua direção com dedos gelados. Ela a via com clareza, como um espelho negro perigoso, tão cheio de segredos quanto o próprio coração negro.

Não, pensou, ela não tinha mais nenhum segredo, havia contado todos eles. Mesmo os que não eram dela.

Mariel riu, uma risada aguda que não tinha a menor alegria. Aquilo foi como um milhão de pequenos tapas no rosto de Leda.

— Leda Cole. Você realmente acha que vou ajudar você a voltar, para continuar ferrando a vida dos outros? Você *matou* a garota que eu amava.

— Foi sem querer... — tentou dizer Leda, mas já não tinha certeza se tinha realmente dito aquelas palavras ou apenas pensado nelas. Seus olhos estavam pesados demais para se manterem abertos. Sua mão tocava a água, mas ela não conseguia mexê-la. Sentiu uma pontada vaga de pânico, imaginando a água fluindo lentamente sobre todo o seu corpo, sua escuridão se movendo insistentemente em direção à escuridão correspondente que existia dentro dela.

— Antes de eu ir, tem uma coisa que você precisa saber. Eris não estava tendo um caso com seu pai. — Mariel falava devagar, cada palavra pronunciada com gélida clareza. — Ela estava passando tempo com ele, sim, mas não pelo motivo que você imagina. O que serve para mostrar como você é uma pessoa má, que pressupõe o pior das pessoas.

As palavras pareciam estar vindo de muito longe, e Leda estava caindo, mas com toda a força de seu ser ela ouvia, esforçando-se para escutar o que Mariel estava lhe dizendo, porque aquilo a assustava; e porque ela podia ouvir a verdade por trás do ódio, reverberando com a força de um gongo.

— Seu pai era o pai de Eris também. Você matou sua irmã, Leda — vociferou Mariel.

E então Leda caiu na escuridão, e não havia mais nada.

WATT

WATT ESTAVA PROCURANDO Leda há uma hora.

Tinha dado a volta na festa inteira pelo menos três vezes, metendo-se desajeitadamente pela pista de dança, atravessando os jardins ao longo da Torre para verificar se Leda poderia estar ali. Tinha subido até o quarto do hotel, mas ele estava vazio. Desesperado, tinha inclusive mandado um flicker para Avery, para perguntar se ela tinha visto Leda, mas Avery não tinha respondido.

Normalmente, é claro, ele teria simplesmente recorrido a Nadia para hackear os contatos de Leda e dessa maneira determinar sua localização, mas o feed das lentes de contato de Leda estava em branco, o que significava que, onde quer que ela estivesse, estava dormindo ou desmaiada. Ou *morta*, sussurrou uma voz horrível, que ele ignorou deliberadamente.

Alguma novidade, Nadia? Ela estava procurando obstinadamente através das lentes de contato de todos na festa, de olho a qualquer pista de para onde Leda poderia ter ido.

Era tudo culpa dele. Se ele não tivesse fugido de Leda quando ela se confessou para ele, nada daquilo teria acontecido. Não podia imaginar o quanto ela devia ter se sentido rejeitada por abrir o seu coração e ele simplesmente lhe dar as costas e desaparecer.

— Na verdade, talvez sim — respondeu Nadia, e Watt ficou imediatamente em estado de alerta. — Não tenho certeza se é mesmo Leda — Nadia apressou-se a avisar. — Mas tem uma garota desmaiada na praia, alguns quilômetros ao norte da festa. Alguém acabou de apresentar um relatório anônimo à segurança, dizendo que a pessoa era uma ameaça.

Uma ameaça? Quem diria isso sobre Leda? Watt já havia começado a correr em direção à saída norte. *Quando a segurança chegará lá?*

— Eles ainda não se mobilizaram. Eu interceptei o relatório antes que atingisse seus monitores. Você quer que eu o apague dos registros?

Watt fechou os olhos contra o vento, sentindo um suor frio na testa. Tinha a sensação terrível de que alguma coisa havia acontecido, algo horrível que Leda não gostaria que a segurança tomasse conhecimento. Ele se lembrou da visita deles à clínica de reabilitação, como a recuperação dela estava indo bem. Se ela tivesse usado drogas hoje à noite, e a segurança dos Fuller em Dubai a apanhasse, os pais de Leda a mandariam de volta para a reabilitação com toda certeza, provavelmente para uma clínica mais pesada desta vez. Para um lugar onde Watt nunca poderia visitá-la.

E, se ela realmente tivesse feito algo ameaçador, precisaria de sua ajuda.

Ele se sentiu subitamente egoísta. E se Leda estivesse correndo um perigo real, e ele, impedindo a chegada dos robôs de segurança, pusessem em risco a vida dela?

— Watt? — indagou Nadia.

Mantenha o relatório escondido da segurança por enquanto, disse ele a Nadia, esperando não se arrepender da decisão. *Qual é o caminho mais rápido até a localização da garota?*

Nadia dirigiu o olhar dele para um *hoverboard* que estava encostado, nos limites da festa. Watt nunca havia pilotado um daqueles antes — eram um brinquedo caro, mas quão difícil poderia ser? Ele pegou o *hoverboard*, que bipou em protesto momentâneo, já que estava registrado com uma impressão digital e uma identificação de voz diferentes. Porém Nadia rapidamente o hackeou e os pequenos micromotores começaram a funcionar. Flechas fantasmagóricas cobriram o campo de visão de Watt, como algum tipo de aventura de videogame na vida real.

Watt inclinou o peso sobre os dedos dos pés e o *hoverboard* pulou para a frente, respondendo ao comando. Tentou fazer com que o veículo fosse mais rápido, mas este se inclinou para cima. Ele murmurou um palavrão.

Nadia, você consegue dirigir esse treco? Nadia obedientemente assumiu o sistema direcional do *hoverboard*, levando-o até a velocidade máxima à medida que ele se impulsionava para a frente, a centímetros da superfície irregular do solo.

O vento agitava com força o cabelo e o smoking de Watt, fazendo doer tanto os seus olhos que ele foi obrigado a fechá-los, confiando absolutamente em Nadia. Não era a primeira vez que ele fazia isso. Segurou a respiração e agachou-se, deixando que seus dedos tracejassem às cegas a superfície aerodinâmica.

Finalmente o *hoverboard* parou e Watt quase caiu. Lá estava ela: era Leda, parecendo uma versão estranha de si mesma, caída de um jeito nada natural na areia. Seu vestido branco estava espalhado ao seu redor como as asas de um anjo, formando um forte contraste com sua pele escura macia. Suas pernas já estavam parcialmente submersas pela maré alta do oceano.

Ai, meu Deus, ai, meu Deus, pensou, descendo às pressas para arrastar Leda até seus braços. Seu coração pulou de alegria, porque ela estava tremendo, e isso pelo menos significava que estava viva.

— Por que ela está assim tão gelada? — perguntou em voz alta, esfregando as mãos nos ombros nus de Leda para criar algum calor, mas a cabeça dela inclinou-se assustadoramente para trás, forçando-o a apoiá-la com uma das mãos. — É por causa do mar? — Ele correu uma mão na água, mas a temperatura era agradável, tropical, como ele esperava.

— Eu acredito que ela tenha ingerido drogas — disse Nadia. — Seria preciso que um médico robô realizasse um exame completo, mas, seja lá o que for, restringiu gravemente as artérias dela e não está deixando que o sangue flua para as extremidades do seu corpo.

Watt tirou o paletó e envolveu Leda com ele, como em um casulo. Segurou Leda em seus braços e começou a levá-la de volta ao *hoverboard*, ainda apoiando cuidadosamente o pescoço dela com uma das mãos, enquanto colocava a outra por baixo de seus joelhos. Conseguiu acomodá-la desajeitadamente no *hoverboard*, deitando-a aninhada de lado, e depois a prendeu com o cinto de segurança de emergência.

— Nadia — disse ele, com voz rouca —, como vamos reanimá-la?

— Vamos levá-la escondido até o hotel. Deixe essa parte comigo.

Watt teve a súbita percepção de que ele e Nadia tinham entendido tudo errado. Ele estivera determinado a mudar a opinião de Leda a seu respeito, mas foi ele que acabou mudando de opinião em relação a ela.

O que foi mesmo que ela disse, semanas atrás? "Nós somos iguais, Watt, você e eu." Ela estava certa. Ele *conhecia* Leda, não apenas fisicamente, mas mentalmente, emocionalmente — ah, merda, talvez ele a conhecesse melhor do que qualquer outra pessoa da sua vida. Ela era irritante, teimosa, atormentada e tinha grandes defeitos, porém ele também, e talvez o importante não fosse encontrar alguém sem defeitos, e sim, simplesmente, alguém cujos defeitos complementavam os nossos.

O hover voou para o hotel, movendo-se mais devagar agora, para que Leda não caísse. Watt disparou correndo atrás dele.

— Você realmente gosta dela, não é? — perguntou Nadia para ele, estranhamente controlada.

É. Watt não conseguia acreditar que tivesse sido preciso uma crise de vida ou morte para que ele percebesse aquilo, mas era o que tinha acontecido.

AVERY

AVERY TINHA IDO embora da festa. Voltou ao hotel, mas, assim que atravessou a enorme entrada, toda feita de pedra esculpida e tortuosa e azulejos brilhantes, descobriu que não estava pronta para subir até o quarto. Não queria enfrentar sua cama fria e solitária, uma cama onde Atlas nunca se deitaria. A perspectiva de uma vida sem ele se estendia à sua frente, vazia, sombria e impossivelmente, tormentosamente longa.

Ela caminhou até as janelas imensas do saguão do hotel e ficou ali por algum tempo, simplesmente olhando para a escuridão infinita do céu. As estrelas eram tão brilhantes ali. Quando começaria a próxima rodada de fogos de artifício?

Um arranjo de flores do humor em uma mesa ao seu lado começou a brilhar. Essas coisas idiotas nunca funcionavam, pensou Avery, porque tinham assumido um tom vermelho vivo, quando a única coisa que ela sentia era um vazio. Ela continuou tomando seu drinque, sem sequer registrar o que era. Atrás de si, de vez em quando, ouvia vozes e o barulho de saltos sobre o chão liso, à medida que as pessoas caminhavam pelo saguão a caminho de seus quartos. Tudo o que acontecera naquela noite — descobrir o golpe de Calliope, confrontá-la, e depois, o pior de tudo, Atlas lhe dizendo adeus, com aquele tom de dolorosa finalidade — deixara Avery estranhamente oca. Sua mente se transformou em um vórtice agitado, sem fundo. Ela tomou outro gole de sua bebida, esperando que preenchesse o vazio que ameaçava quebrá-la em duas.

— Avery?

— Oi — disse ela, sem sequer se virar ao ouvir a voz de Cord. Ela simplesmente continuou olhando para as águas escuras lá embaixo, as pontes que atravessavam o espaço, pontilhadas de luzes. Convidados iam de um lado para o outro, em uma dança de sombras espalhadas. Ela se perguntou quantos deles estariam com a pessoa que amavam e quantos estariam sozinhos, como ela.

— O que você está fazendo aqui? — perguntou ele. Ela sabia o que ele queria dizer. O que estava fazendo sozinha, sob a meia-luz da janela?

— Onde você esteve a noite toda? — perguntou ela, já que não o vira.

— Eu acabei de chegar. Acho que estou um pouco atrasado para a festa. É uma longa história — acrescentou, em resposta à pergunta. — Eu estava com Brice.

Avery assentiu. Os dois ficaram em silêncio por um tempo. O único barulho que se ouvia era o murmúrio ocasional de hóspedes do hotel e os acordes distantes da música.

Ela não conseguia parar de pensar em Atlas, no olhar em seu rosto quando ele lhe disse estava tudo terminado. Desejava afogar essa lembrança, esmagá-la até que não restasse mais nada. Pensou que o álcool ajudaria, mas tudo o que conseguiu fazer foi aguçar sua melancolia. Ela se perguntava se jamais seria capaz de esquecer.

— Avery, você está bem? — perguntou Cord. Assustada, Avery virou-se para Cord, para olhar *realmente* para ele.

Movida por algum impulso estranho, ela se colocou na ponta dos pés para beijá-lo.

Por um instante, Cord ficou tenso, surpreso, e não a beijou de volta. Então uma das mãos dele estava segurando sua cabeça, a outra em volta da cintura dela, e a sensação das duas contra a pele fria e insensível de Avery era boa. O beijo foi áspero e insistente, um pouco frenético.

— Avery. O que foi isso? — perguntou Cord finalmente, se afastando.

— Eu sinto muito... — Avery tentou não se sentir em pânico, mas assim que os lábios de Cord deixaram os dela, a escuridão voltou, pior do que antes, importunando implacavelmente os recantos de sua mente, arrastando-a para suas infinitas e terríveis profundezas.

Não tinha certeza de por que beijara Cord. Alguma parte lógica de Avery sabia que havia muitas razões para ficar longe dele. Ele era seu amigo e isto arruinaria a amizade dos dois. E, claro, a maior razão de todas: ela amava Atlas. Mas Atlas não a queria, e este era o único motivo pelo qual ela estava ali com Cord, em vez de nos braços dele.

Não importava o que ela fizesse, Atlas estaria sempre fora de alcance.

Ela se inclinou novamente para Cord, sabendo que poderia se arrepender, sabendo que estava brincando com fogo, justamente quando uma mensagem de Leda dançou diante de suas pálpebras fechadas:

Onde você está?

Avery hesitou. Ela não sabia o motivo, mas a mensagem foi o suficiente para fazê-la se afastar — como um golpe cósmico do destino, que a impediu de fazer algo com Cord que talvez não houvesse mais como consertar.

Cord parecia assustado. Ele a conhecia tão bem. Avery se perguntou se ele poderia entendê-la agora, se podia ver o quanto ela estava magoada, quão perto ela chegou de quase beijá-lo novamente.

— Desculpe, mas eu preciso ir — sussurrou ela, e correu em direção aos elevadores sem olhar para trás.

RYLIN

QUE NOITE FANTÁSTICA, Rylin refletiu, enquanto atravessava a enorme entrada do saguão do hotel. Ela não conseguia decidir qual parte tinha gostado mais. Ficara escutando a música por um tempo e depois passeara pelas belas pontes. Ela e Leda se sentaram a uma mesa alta para comer três taças de martíni cheias de bolinhos de risoto de bacon. Ela chegou até mesmo a dançar com algumas colegas de classe, as meninas da aula de inglês com quem às vezes ela almoçava. Na verdade, a noite toda tinha sido perfeita, exceto pelo fato de ela não ter encontrado Cord. Será que ele, por algum motivo, por fim não viera?

No entanto, Rylin não se sentiu muito decepcionada. Eles iriam se ver novamente em breve, quando estivessem de volta à Torre.

Ela se dirigia aos elevadores privados do hotel quando uma sombra se moveu em sua visão periférica, e algo nela a fez parar.

Era Cord. Ele estava perto das janelas com Avery Fuller; os dois sozinhos no saguão mal-iluminado e deserto. Óbvio que ela veria Cord quando menos esperasse. Rylin se balançou em seus calcanhares, sem conseguir se decidir se ia até lá dizer um oi ou não...

Então todo seu corpo ficou frio, quando Avery se colocou na ponta dos pés para beijá-lo.

Eles ficaram ali, com os rostos pressionados juntos, agarrados um ao outro. Rylin queria desesperadamente desviar os olhos, mas não conseguia: algum instinto masoquista cruel a obrigava a assistir. O sangue pulsava pelo seu corpo, perto da superfície de sua pele, como um fogo líquido. Ou talvez uma dor líquida.

Então Rylin percebeu que devia estar parecendo uma idiota ali parada, vendo Cord e Avery: e se eles a notassem? Teve a presença de espírito de sair apressada até um elevador, onde começou a apertar o botão furiosamente, piscando para conter as lágrimas.

Como o coração era engraçado, Rylin pensou. Ela não estava namorando Cord — não tinha mais direito a ele —, mas isso a machucava mais que qualquer coisa. Ainda mais porque ela conhecia a garota que ele escolheu.

Ela tinha sido uma tola de pensar que poderia realmente pertencer àquele mundo. Ah, eles a deixaram frequentar sua escola, ir a suas festas, mas ela não era um deles. Rylin percebeu com uma clareza surpreendente que nunca seria. Não importa o quanto ela tentasse.

Por que um garoto como Cord escolheria uma garota como Rylin, quando podia ter Avery Fuller?

LEDA

LEDA GRITOU E continuou correndo. O corredor parecia infinito, sem portas ou fim à vista, apenas o piso irregular sob seus pés e as sombras a perseguindo, batendo suas asas grandes e úmidas acima do rosto dela. Pareciam harpias, arranhando-a com suas garras, crocitando malignamente. Leda reconheceu o que eram.

Eram todos os seus segredos.

A crueldade com Avery, a amargura em relação ao pai, as coisas que fizera com Watt... cada um dos seus erros, seus anos de intromissão, espionagem e conspiração, todos se voltavam finalmente contra ela... e entre eles, destacava-se o que ela tinha feito com Eris.

As harpias se aproximaram, arranhando seu rosto. Arrancaram sangue. Leda caiu de joelhos, gemendo de dor, e atirou as mãos para cima...

Uma umidade repentina em seu rosto a acordou de repente. Ela esfregou os olhos, que ardiam um pouco. Passou as mãos por baixo de si, sentindo a superfície estranha e cheia de calombos. Estava em um sofá em algum lugar.

— Leda! Você acordou!

O rosto de Watt apareceu diante dela, seu queixo forte coberto pela sombra de uma barba rala.

— Você ficou apagada durante horas. O que aconteceu? Nadia hackeou um médico robô e conseguiu que ele lhe receitasse adrenalina, que estamos lhe dando em pequenas doses. Ela pensou que a essa altura você pudesse mesmo estar quase acordando, e é por isso que joguei a água em você...

"Pobre Watt", pensou Leda, entorpecida, ele sempre divagava quando ficava ansioso. Era tão fofo.

E então sua mente sinalizou um alerta súbito e violento, quando ela se lembrou. Não podia confiar em Watt. Watt era o inimigo.

— Deixa eu ir embora! — gritou, mas o grito saiu rouco e entrecortado. Ela tentou se levantar, mas caiu de novo, rolando em direção ao chão. Watt se abaixou e a pegou.

— Shh, Leda, está tudo bem — murmurou, acomodando-a nas almofadas, mas não antes de ela ter conseguido dar uma olhada em seus arredores. Eles estavam em seu quarto de hotel na Torre da Lua. Ela lamentou não ter reservado um quarto só para Watt, como tinha feito na clínica de reabilitação. Para onde ela poderia escapar agora?

— O que aconteceu? — perguntou ele novamente.

Leda fez um esforço imenso, reunindo cada último fragmento de suas forças. Não era muito, porque sentiu como se estivesse esmagada sob o peso da própria Torre, mas ela conseguiu se inclinar para trás, os olhos meio fechados; e então, num movimento rápido e súbito, disparou o punho na direção da cabeça de Watt.

Acertou o crânio dele com um barulho satisfatório e ressoante, exatamente onde mirara: no ponto em que Nadia estava implantada.

Watt gritou, momentaneamente cego de dor. Leda aproveitou a confusão dele para se levantar e tentar fugir. Cambaleou alguns passos, mas o mundo desequilibrou-se, o chão inclinou-se perigosamente para cima, e ela caiu pesadamente de novo no carpete.

— Puta que pariu, Leda! Da próxima vez a sua cabeça pode bater em uma mesa, tá legal?

Desta vez, Watt manteve distância, agachando-se a poucos metros de onde ela estava deitada de lado. Parecia ter entendido que era melhor não tentar mais ajudá-la.

Lentamente, Leda sentou-se. Sua cabeça latejava e sua boca estava seca. A luminosidade feria seus olhos, e ela levantou a mão para protegê-los, mas o quarto já estava ficando mais escuro. Olhou intensamente para Watt. Ela não o vira fazer nenhum movimento para o computador do quarto, mas depois percebeu que, claro, o supercomputador dele é que tinha feito aquilo.

— Eu te odeio — conseguiu dizer, em meio a sua dor e sofrimento violento. — Vá para o inferno, Watt.

— Seja lá o que aconteceu com você, não fui eu. O que você se lembra? — perguntou ele, com insistência.

Leda puxou os joelhos para o peito. Ela não se importava que seu lindo vestido branco estivesse arruinado, rasgado na bainha, manchado de sujeira e sangue. Não importava. Tudo o que importava era que ela estava aqui, ainda respirando, ainda viva. Aquela vagabunda a deixara à própria morte; queria que ela se afogasse no mar, mas ela sobreviveu.

— Você já me mandou para a cadeia ou estava esperando até que eu acordasse? — retrucou ela. — Não minta mais para mim, Watt. Eu sei que o seu computador está implantado no seu cérebro. Você me gravou, quando te contei sobre a Eris. Não foi?

Watt a encarou em evidente choque, a cor esvaindo-se do seu rosto. Ele tocou inconscientemente o mesmo ponto na sua cabeça, como se para verificar se Nadia ainda estava ali.

— Como você sabe?

— Então você não nega?

— Não. Quero dizer, *sim*, eu te gravei — gaguejou —, mas não vou mandar você para a cadeia, Leda. Eu não faria isso com você.

— Por que diabos eu deveria acreditar nisso, quando você ficou fingindo esse tempo todo que gostava de mim?

— Porque eu gosto de você, de verdade — disse ele suavemente.

Ela estreitou os olhos, não convencida.

— Leda, isso aqui é seu? — continuou ele, apanhando algo em uma mesa atrás dele. Mostrou-lhe um punhado de frascos de remédios baratos, do tipo que as pessoas injetavam diretamente na veia.

Leda fez que não.

— Nunca tomei nada parecido.

— Estavam no seu bolso quando a encontramos — disse Watt, lentamente. Ela notou o *nós* e percebeu que ele se referia a si mesmo e a Nadia, e sua raiva voltou novamente. — Se você não tomou isso, o que tomou na noite passada?

— Eu não *quis* tomar nada — protestou Leda. — Foi uma garota chamada Mariel. Ela me drogou...

Ela se lembrou que Mariel se vangloriara de ter batizado seu drinque. Devia ter sido o tal do suco da verdade, a droga "da língua solta" que Leda dera a Watt quando o convenceu a contar sobre Atlas e Avery, o que parecia ter sido uma vida inteira atrás. Meu Deus, justiça cármica pouca é bobagem. Leda contou a Mariel todos os seus segredos, que ela guardava com tanto cuidado por tanto tempo, tão casualmente como se estivesse conversando sobre o tempo. Estremeceu, recordando o olhar de Mariel quando ela deixou Leda para morrer. E aquela coisa horrível que Mariel tinha dito sobre Eris antes de ir, que Eris era a meia-irmã de Leda... poderia ser verdade?

Leda quis explicar, mas por algum motivo começou a chorar. Abraçou o próprio corpo, tentando se tornar incrivelmente pequena, para conter aquela dor intensa e terrível.

Ela estava chorando por tudo o que tinha feito e tudo o que havia perdido. Estava de luto pela Leda que ela tinha sido, muito tempo atrás, antes das drogas, de Atlas e da morte de Eris. Queria voltar no tempo, para colocar algum juízo em Leda, para *avisá-la,* mas aquela Leda não existia mais.

Os braços de Watt a envolveram e ele a puxou para perto, apoiando a cabeça no ombro dela.

— Tudo bem, vamos dar um jeito — garantiu. Leda fechou os olhos, saboreando a sensação de segurança, mesmo sabendo que era temporária.

— Você não vai me mandar para a cadeia? — perguntou ela, com a voz tensa.

— Leda, eu estava falando sério. Eu não faria uma coisa dessa. Eu estou... — Watt engoliu em seco. — Estou apaixonado por você.

— Também estou apaixonada por você — disse Leda em voz baixa.

Watt se inclinou para a frente com cuidado, como se ainda não tivesse certeza se ela poderia bater nele novamente, e a beijou.

Quando eles se separaram, os ventos da tempestade de gelo que açoitavam a mente de Leda se assentaram em uma clareza fria e brilhante. Ela sabia o que precisava fazer.

— Precisamos encontrar Rylin e Avery — disse ela.

— Na verdade, já mandei Nadia enviar uma mensagem para Avery em seu nome, quando eu estava realmente preocupado contigo — disse Watt, parecendo meio constrangido por ter hackeado as lentes de contato dela mais uma vez. — Mas ela não apareceu.

— Então, obviamente, não era urgente o bastante. — Leda balançou a cabeça e falou em voz alta, enviando um flicker: — Para Avery e Rylin. SOS. Quarto 175. — Depois olhou de volta para Watt. — Precisamos contar a elas o que aconteceu. Mariel está sabendo.

— O que exatamente ela está sabendo? — perguntou Watt em voz baixa, e Leda odiava o que tinha a dizer em seguida:

— Tudo.

WATT

WATT OLHOU EM torno da sala de estar da sua suíte de hotel, repleta de móveis brancos limpos, carpetes macios e brancos, delicadas mesinhas de canto brancas e sofás de um branco ofuscante que deixavam Watt quase incomodado ao se sentar. Agora Leda estava aninhada no canto do sofá, com um suéter enorme, os pés descalços apoiados nas almofadas ao seu lado. Nadia ainda estava monitorando seus sinais vitais, acompanhando seu pulso por meio da curva da garganta e a temperatura pela irradiação que seu corpo magro emitia.

Ele observou Leda enviar a mensagem de SOS para Avery e Rylin.

— O que está acontecendo? — perguntou ele, mas ela apenas sacudiu a cabeça e insistiu para que esperassem as duas.

— Elas precisam ouvir isso. Estão envolvidas, gostem ou não.

Nadia enviou uma mensagem para a visão de Watt e ele olhou para Leda.

— Nadia disse que você pode tomar um comprimido para dormir mais tarde, se quiser. Sua frequência cardíaca se estabilizou o suficiente para que seja seguro.

— Eu não tomo mais esses remédios. Não tomei nenhum desde aquela noite — respondeu Leda, abraçando uma almofada de borlas brancas junto ao peito. Olhou para o local sobre o ouvido de Watt, onde Nadia tinha sido implantada. — Nadia, você pode falar comigo diretamente, sabe. Não precisa usar o Watt.

— Que bom — disse Nadia, através do sistema de alto-falante da suíte. Isso fez Watt pular ligeiramente de susto. Leda notou isso e deu de ombros, desculpando-se.

— Desculpe, mas eu preferiria que Nadia falasse em voz alta quando estivesse aqui, se estiver tudo bem para você. Sei que agora, se estamos namorando, estou namorando Nadia também.

"Namorando", pensou Watt, experimentando a palavra para ver como ela se encaixava. Nunca tinha namorado ninguém antes. Ele nem sabia como começar. Esperava que Leda precisasse aprender tanto quanto ele.

Antes que pudesse dizer qualquer coisa, a campainha tocou. Leda acenou com a cabeça e o computador do quarto permitiu que a porta se abrisse.

— O que aconteceu, Leda? — perguntou Rylin, sem preâmbulos. Estava usando um vestido preto simples e parecia muito pálida.

— É uma longa história. Eu vou te contar quando Avery chegar aqui — prometeu Leda à outra garota, se sentando um pouco mais ereta.

— Pode ser que isso demore um pouco. — Rylin se acomodou em uma poltrona no canto, se sentando apenas na borda, como se pudesse a qualquer momento mudar de ideia e sair correndo de lá.

Estava tão tarde que era quase de manhã. O céu visto através da janela de vidro flexível curvo ainda estava escuro, embora ao longe, no horizonte, Watt pudesse ver o primeiro rubor hesitante do amanhecer, em tons de quartzo, rosa e o suave dourado do champanhe envelhecido.

A campainha tocou novamente. Watt ia atender, mas Leda assentiu mais uma vez e Avery entrou correndo no quarto. Seus cabelos caíam desordenadamente sobre os ombros e ela caminhou descalça sobre o tapete branco felpudo, segurando os delicados sapatos cravejados de contas em uma das mãos. Parecia desorientada.

Watt viu Rylin lançar um olhar ressentido para Avery, mas Avery não percebeu. Simplesmente saiu correndo direto até Leda e abraçou a amiga.

— Ai, meu Deus, o que aconteceu? Você está bem?

— Estou bem, Avery — garantiu Leda, encolhendo os ombros ligeiramente. — Graças a Watt. Ele me salvou.

Avery virou os olhos azul-claros para Watt, assustada, e deu um sorriso hesitante. "Eu não a salvei por você", pensou Watt, mas não guardava mais rancor de Avery, portanto assentiu silenciosamente, compreensivo. Afinal, os dois queriam o bem de Leda.

Rylin ainda estava encarando Avery descaradamente, seu rosto uma máscara de orgulho ferido. Watt ficou imaginando o que teria acontecido entre elas.

— Desculpem ter chamado vocês aqui, tão tarde da noite. Mas vocês precisam saber o que aconteceu, e isso não podia esperar — começou Leda. A almofada ainda estava em seu colo; ela continuou mexendo nas borlas, inquieta, puxando-as até que começassem a se desenrolar. — Esta noite eu fui confrontada por uma garota chamada Mariel. Ela veio para nos pegar. Todos nós.

— Quem é ela? — Os traços perfeitos de Avery se franziram.

Leda estremeceu ao responder:

— Eu acho que ela era a namorada de Eris. Ela trabalha no bar do Altitude e veio para cá hoje à noite como parte da equipe de serviço. Aparentemente, andou observando para descobrir o que aconteceu na noite em que Eris morreu. Eu dei a ela exatamente o que ela queria.

Nadia já estava trabalhando em alta velocidade, tentando montar todas as peças do quebra-cabeça em um arquivo completo para Watt. *Faça com que ela conte tudo. Em detalhes*, pediu Nadia, falando diretamente na cabeça de Watt, agora que as outras estavam presentes. Watt assentiu.

— Conte tudo desde o começo — pediu a Leda. — Tudo de que você consegue se lembrar.

Lentamente, Leda explicou que Mariel estava atrás de um bar exatamente quando Leda estava chateada e sozinha. Watt sabia por quê — porque ele a abandonara — e se sentiu péssimo com aquela constatação.

Leda disse-lhes que só tomado um drinque, mas que quando se deu conta, as duas estavam na praia e Mariel insistia em fazer perguntas sobre Eris.

Eu a encontrei, disse Nadia, e uma foto de Mariel — a oficial, de sua identidade — apareceu diante das pálpebras de Watt. Havia algo familiar nela, embora Watt não soubesse o que era. *Nadia, já a vimos antes?*

Você pediu um drinque para ela no Baile da Associação de Conservação do Hudson, Nadia lembrou-lhe.

Graças a Deus pela memória fotográfica de Nadia. *Talvez ela também estivesse nos espionando, então.*

— Esta é ela? — perguntou Watt em voz alta, fingindo usar suas lentes de contato para mandar a foto para Leda, para que Avery e Rylin não desconfiassem.

Leda apertou a mandíbula em sinal de reconhecimento.

— É ela. — Fez um movimento com o pulso, e projetou a foto em uma das enormes paredes de tela cheia da suíte.

Avery conteve um grito de espanto.

— Eu a conheci no túmulo de Eris! Ela olhou para mim como se me odiasse.

Leda olhou para baixo.

— Depois que Mariel me drogou e me raptou, ela me perguntou como eu tinha feito com que vocês escondessem a verdade. Eu contei todos os segredos de vocês para ela. — Sua voz tremeu, mas ela continuou, corajosamente: — Eu disse a ela o que você fez com o Cord, Rylin. E, Avery, sinto muitíssimo, mas eu contei a ela o seu segredo também. — Watt olhou para Avery, esperando que uma expressão de dor cruzasse seu rosto diante da referência a Atlas, mas ela apenas franziu os lábios e não disse nada.

Leda virou-se para Watt, por fim.

— E, Watt, contei a ela sobre Nadia...

Tudo bem, Watt se apressou em tranquilizar Nadia, *podemos dar um jeito...*

— Inclusive onde Nadia está — concluiu Leda.

Watt engoliu em seco, com coragem, o horror que ameaçava fechar seu peito. Se Mariel contasse a alguém que Nadia estava em seu cérebro, era o fim de ambos.

— Não foi sua culpa, Leda — garantiu ele.

Leda olhou ao redor do quarto, obviamente esperando que as garotas fossem culpá-la, mas nem Avery nem Rylin falaram nada. Watt ficou surpreso e contente. Talvez ele não fosse o único com quem Leda fizera as pazes recentemente.

Leda respirou fundo.

— Agora Mariel acha que todos merecem pagar pela morte de Eris, já que vocês ajudaram a encobrir o que aconteceu. Eu queria avisar vocês, porque ela quer vingança e não há nada que ela não possa fazer. Ela me deixou para morrer.

— Deixa eu ver se entendi — interrompeu Rylin. — Essa tal de Mariel acha que estamos todos envolvidos na morte de sua ex-namorada, conhece todos os nossos segredos e quer nos fazer pagar?

Ouvindo isso, Watt foi dominado por uma terrível onda de desespero. De certa forma, teve a impressão de estar revivendo aquela noite horrorosa no alto da Torre, como se nada tivesse mudado nos últimos meses, mas é claro que não era verdade. Tudo havia mudado. Dessa vez eles estavam unidos, em vez de atacando uns aos outros.

Todos olhavam ao redor da sala com olhos vazios e aterrorizados. Watt torcia para que Nadia fizesse alguma sugestão, mas ela estava assustadoramente quieta. Não era um bom sinal.

— Temos de fazer alguma coisa — falou Leda finalmente, quebrando o silêncio. — Temos de nos livrar dela de alguma forma.

— Nos livrar dela? Você não quer matá-la, né? — exclamou Rylin.

— Claro que Leda não quer matá-la — interrompeu Avery, olhando hesitante para Leda. — Certo?

Watt interveio:

— Eu vi o que Mariel fez com Leda. Sei do que ela é capaz. Temos de fazer alguma coisa antes que ela faça alguma coisa contra nós. Temos de impedir que ela destrua as nossas vidas.

Todos eles olharam ao redor, enquanto absorviam aquelas palavras. Pela janela, Watt viu fogos de artifício explodirem na noite, os últimos fogos antes do amanhecer, que lançaram um brilho vermelho brutal contra o céu negro.

Nadia?, perguntou ele, mas ela não respondeu, e ele soube com uma sensação aterrorizante o que aquilo significava.

Pela primeira vez em sua vida, Watt tinha lhe apresentado um problema que ela realmente não conseguia resolver.

MARIEL

MARIEL ABRAÇOU O próprio corpo com mais força e abaixou a cabeça diante do vento furioso, caminhando obstinadamente para casa depois de mais uma das festas de seu primo José. Ela não devia ter saído aquela noite, para começo de conversa; devia saber que aquilo iria despertar lembranças de Eris. Lembranças sensíveis que doíam como um hematoma, mas que ela continuava pressionando, porque era melhor sentir dor do que não sentir nada.

Ela poderia ter pegado o monotrilho, mas gostava desse trecho do rio East, especialmente encoberto pelas sombras escuras e líquidas do cair da noite. Era bom ter um momento para si mesma, para ficar sozinha com seus pensamentos na escuridão.

Ela ainda não entendia o que tinha dado tão errado em Dubai. Depois de descobrir que Leda havia matado Eris, Mariel não desejara mais nada além de destruir a vida dela. Morrer seria bom demais para Leda — ela precisava ver seu mundo inteiro desmoronar, perder as pessoas que amava, ser trancada atrás das grades em algum lugar escuro, infernal e solitário.

Mariel drogara Leda e a abandonara na praia, em um local que só era conhecido pelos funcionários da manutenção e pelos traficantes de drogas. Então enviou uma denúncia anônima a respeito de Leda, esperando que ela fosse parar na cadeia por posse de drogas — ou, no mínimo dos mínimos, em uma clínica de reabilitação tão horrenda que era quase como se estivesse mesmo numa cadeia. Ficou arrasada quando Leda chegou em segurança em Nova York e retomou sua antiga vida como se nada tivesse acontecido.

Mais uma vez, o mundo dos andares superiores havia aberto uma parede invisível e impenetrável para manter pessoas como Mariel do lado de fora — e proteger os seus.

Porém eles não tinham conseguido proteger Eris, Mariel pensou com amargura. A morte de Eris fora varrida para debaixo do tapete, assim como o fato de Leda ter desmaiado, drogada, em uma praia de Dubai.

O vento aumentou, parecendo quase oco e pesaroso, inclinando-se sobre águas para bater inutilmente na Torre. Começou a chover. Mariel não tinha se dado conta de que era um dia chuvoso; ela raramente checava os feeds, a não ser para espionar Leda e os outros. Puxou o zíper de sua jaqueta até o pescoço e manteve a cabeça baixa, mas já estava encharcada até os ossos.

Enquanto andava, tropeçando, pela rua, sua mente não parava de pensar, revivendo a conversa final que teve com Leda. Mariel meio que se arrependia de não ter gravado tudo, embora com certeza nunca fosse se esquecer. O choque daquela conversa estava marcado em seu espírito para sempre. Leda achava que Eris estava tendo um caso com o seu pai? Como ela poderia não ter visto a verdade, tão às claras?

Não dava para acreditar nas coisas que esses ricaços dos andares de cima faziam. O mundo deles era um redemoinho de brilhos deslumbrantes, mas, sob as luzes e a fachada, era duro e imperdoável: um mundo de hipocrisia, insensibilidade e ganância cruel. Leda tinha pressuposto o pior de Eris, sem fazer perguntas. Então ela a *empurrou*, acidentalmente ou não, e os outros ficaram lá e simplesmente deixaram a coisa toda acontecer.

Mariel sentia-se vingada por finalmente saber a verdade sobre aquela noite. Como estivera enlouquecida de dor, por tanto tempo, tecendo descontroladamente uma teoria da conspiração atrás da outra, tentando forçar as peças do quebra-cabeça a se encaixarem em uma narrativa que fizesse algum sentido.

Quando viu Leda e Watt juntos na festa do Fundo do Mar, e ouviu Watt mencionar o telhado e "aquela noite", soube que eles estavam encobrindo alguma coisa. Arrumou aquele emprego de bartender em Dubai — e levou escondido algumas drogas e o caro suco da verdade — só para provar que estava certa.

Pode ser que ela não tivesse se vingado como queria, mas pelo menos finalmente descobrira a verdade. Agora ela sabia exatamente a quem culpar.

"Eu não vou falhar de novo, Eris." Então ela deu uma escorregada em Dubai. Tudo bem. Se tinha uma coisa que Mariel era é determinada. É claro que ela teria de prosseguir com mais cautela agora, já que Leda a reconheceria. Ela já havia largado seu emprego no Altitude e começado a planejar algo novo.

Um por um, não importava quanto tempo levasse, ela faria todos os quatro pagarem pelo que fizeram.

Um lampejo de luz explodiu no céu, assustando Mariel. Ela estacou. Relâmpago? Aquilo não era apenas um dia chuvoso, era uma tempestade. A chuva caiu com mais força ainda, como se cada gota fosse arremessada na direção de Mariel com uma intenção maligna. Elas explodiam contra o asfalto e, quando batiam em seu corpo, pinicavam por cima de sua fina jaqueta como pedras afiadas.

Havia um barracão perto do rio, com uma luzinha minúscula teimosamente acesa em uma pequena janela. Mariel pensou ter ouvido uma voz lá dentro. Com certeza, seja lá quem estivesse ali, não se incomodaria de ela esperar a tempestade passar lá.

Ela começou a andar mais depressa, enxugando a água dos olhos, quando um terrível trovão ribombou.

— Olá. Tem alguém aí? — tentou gritar Mariel, mas os trovões eram furiosos e fizeram com que um terror primal profundo se instalasse no seu peito. Ela estava quase chegando ao barracão...

Alguma coisa bateu em Mariel por trás, com força.

Ela cambaleou e caiu de joelhos, tropeçando na calçada perto da água. Estrelas explodiram diante de seus olhos e um grito escapou da sua garganta. Mas seja lá quem — ou o quê — a tivesse atingido, atacou-a novamente, sem descanso. Ela tentou se segurar, mas não havia nada ali; ela estava caindo na água. Era extremamente, amargamente gelada.

Mariel não sabia nadar.

Procurou um apoio para os pés, mas o rio era muito profundo. A chuva continuava caindo ao seu redor, sibilando furiosamente na superfície turbulenta da água, e ela começou a afundar em uma escuridão discordante e escorregadia. O céu estava úmido e escuro, as águas estavam úmidas e escuras, e não havia como saber qual era qual.

Mariel tentou gritar de novo, mas o som se perdeu. As águas arrastaram seus membros para baixo, com dedos frios e mortos que nunca a deixariam partir.

Então, já não havia mais nada.

AGRADECIMENTOS

APESAR DAS MINHAS expectativas, escrever um segundo romance não foi menos aterrorizante, maravilhoso, estressante e emocionante do que o primeiro. Agradeço o apoio e a orientação de tantas pessoas incríveis que tornaram este livro possível.

Eu não poderia pedir uma equipe editorial melhor do que a da HarperCollins. Emilia Rhodes, minha editora destemida, obrigada por suas observações afiadas e atenciosas, por sua paciência e por acreditar nesta série desde o início. Jen Klonsky, seu entusiasmo consistentemente me inspira. Obrigada por ser a maior líder de torcida deste segundo volume. Alice Jerman, eu agradeço por todo o seu apoio editorial.

Jenna Stempel, mais uma vez você criou uma capa absolutamente perfeita. Obrigada, obrigada por fazer este livro tão deslumbrante! Gina Rizzo, seu gênio editorial e sua capacidade de se manter organizada em face do caos me impressionam. Obrigada por possibilitar que eu conhecesse tantos leitores e por todas as maneiras criativas com que você divulgou esta série. Elizabeth Ward, você é nada menos que deslumbrante. Obrigada pela sua energia ilimitada e seu marketing brilhante. (Eu realmente peço desculpas por matar sua personagem favorita — prometo recompensá-la de alguma forma!) Muito obrigada também a Kate Jackson, Suzanne Murphy, Sabrina Abballe, Margot Wood e Maggie Searcy.

Um enorme obrigada a toda a equipe da Alloy Entertainment. Joelle Hobeika, eu não estaria em lugar algum sem sua simpatia, seu entusiasmo e suas habilidades editoriais imensas. Obrigada por estar nessa jornada comigo a cada passo do caminho. Josh Bank, agradeço demais por suas dicas, sua honestidade e seu senso de humor. As melhores partes deste livro vieram das gargalhadas em nossos encontros cheios de maquinações. Sara Shandler, você é, como sempre, a rainha indiscutível do romance — obrigada por me ajudar a aprofundar cada relacionamento nessas páginas. Les Morgenstein e Gina Girolamo, obrigada por todos os seus esforços para transformar *O milésimo andar* em uma série de televisão. Romy Golan, todos estaríamos perdidos sem suas observações e habilidades mágicas de agendamento. Obrigada também a Stephanie Abrams por gerenciar as finanças, Matt Bloomgarden pelo conhecimento jurídico e Laura Barbiea por fazer tudo acontecer.

Para a equipe dos Direitos Autorais — Alexandra Devlin, Allison Hellegers, Caroline Hill-Trevor, Rachel Richardson, Alex Webb, Harim Yim e Charles Nettleton —, obrigada por continuar a levar O Milésimo Andar pelo mundo. Para todos os editores estrangeiros: obrigada por acreditarem nesta série, e por compartilharem-na com tantos leitores em tantos idiomas. É como um sonho tornado realidade.

Agradeço também ao meu primo Chris Bailey por ter me fotografado como autora; a Oka Tai-Lee e Zachary Fetters por construir um site de tirar o fôlego; e a Alyssa Sheedy por todas as suas lindas obras em papel.

Aos meus amigos e familiares, obrigada por tudo que fizeram para apoiar esta série. Mamãe e papai, sei que não foi o ano mais fácil comigo planejando um casamento, acabando a faculdade e escrevendo um livro, tudo de uma só vez. Eu não poderia ter gerenciado nenhuma dessas coisas sem sua ajuda. Obrigada pelo apoio inabalável, tanto logístico quanto emocional. Lizzy e John Ed, obrigada por continuarem a ser meus maiores campeões e meus primeiros leitores. E especialmente a Alex: obrigada pelas várias vitaminas de fruta, pelo alívio cômico e por me ajudar a sair de várias sinucas da trama. De alguma forma você me manteve (na maior parte do tempo) dentro do cronograma e (na maior parte do tempo) sã ao longo deste processo, e ainda conseguimos nos casar!

Finalmente, a todos os leitores de O Milésimo Andar — eu sou muito grata por sua empolgação, suas ideias e seu envolvimento com esta história. Esta série só ganha vida graças a vocês.

Impressão e Acabamento:
LIS GRÁFICA E EDITORA LTDA.